歷史故事新述

李奕定 著

臺灣商務印書館 發行

自序

自從有人戲筆把往昔的舊事賦予新的生命後，不旋踵間，居然能廣泛地流行。坊間，那些琳瑯滿目的書林，不也就證明這種編舊兼述新的體裁，正符合著時下一般人的需求嗎？

人們不免要搥擊出是些啥個緣由，導致此類新文體能這般的爲大衆所歡迎？

說來眞個好不傷心也嘛哥！中國的文字，自被一批自命爲讀書種籽的所謂「讀書人」把持後，即跟廣大的民衆，不僅脫離了生活上的血肉關係，抑且把他們變成了「絕緣體」，有資格與至聖亞賢拉上了「師弟」的關係的，終日咿咿啞啞，膏以繼晷的，搖頭擺尾，高哦低吟，至兀兀以窮年，夢魂所縈繫的是：子曰詩云，之乎也哉，他們感到有無窮的樂趣，旣把書本當作歌調唱，書中還有黃金屋與顏如玉哪！寢饋旣久，由於文字魔術性的調弄，乃有如螟蛉般的蛻變而成爲個中人了！從此之後，縱刀斧臨頭，却生死不渝地狠命地保衛著那個老堡壘，修葺補苴，說什麼總不使有一絲一毫的罅漏。

打從號稱「文起八代之衰」的古文復興運動者算起，一直到桐城派的老古董店止，他們始終無意打烊，「臨時公休」更不用提。他們硬要塑造一些「讀書種籽」，說的是一套，讀的、寫的則又是另一套，且把其魔術法，原封不動地傳下去、傳下去，永遠地傳下去！蓋他們都懂得個中三昧得來之不易，遂成爲古文的悍將，兼保守其老碉堡的戰鬥者。

叨天之幸，這個完全不是味兒而礙手礙脚的老古董店，終於在無情的時代洗禮中——該是五四運動吧——被連根拔起，拋到歷史的垃圾堆裏去了！人們要我手寫我口、寫我心、寫我所思所想的。人們半點也不稀罕它、留戀它、眷顧它！雖然，它在史乘上盤踞了將近一千二百年之久，也有過輝煌無比、不可一世的日子；但人們終於看出它的障礙性而卑棄了它，而有著自己所喜愛的文字新結構的出現。

新文學運動的導源與興起是這般的不簡單，而今新文學已匯成一股人人所需、人人所宜的新潮流，彷彿海塘的巨潮，無遮無攔地衝向世界的文海去！在人類文化史上，激起千丈萬丈的波瀾壯闊的文潮，應是可卜可期的事！

榴光耀眼，新文學運動，半個世紀過去了！於今人們尙有一項不可或缺的工作，那即是：把中國的文化，加以揚粕掇精，披沙淘金的迻譯與改寫，能廣泛地適時的介紹往昔的一些富有戰鬥性、啓示性與訓誨性的雋永故事，總是男女老幼所共同樂聞的哇！故事新編之所以能擁有各個階層的廣大讀者，大抵總不外乎基於此因吧！竊以爲。

他人的唾餘，作者不屑於揀拾；他人的牙慧，更雅不願承揀，乃於諸子百家中，獨挑其他人所棄的，而認爲尙合乎上述「三性」的試行寫作，都四十六篇，薈集於此。

復次，該是我國的象形文字問題，字體失之於艱難繁雜，要想唸書識字，化五七個苦功年頭，總是必不可少的吧！眞奇怪，一些大人先生們從不想怎樣來使其簡易、可行、普遍化，俾文字能無遠弗屆地變成人人會應用的活工具。

更奇怪的是一些寫史的先生們，老是鐵定不移地矢守著一條歷千萬年而不變的寫史定律「文以載道，藏諸名山，傳諸其人。」鮮有能像房龍先生（Van Loon）那樣勇敢地以嶄新、流暢、生動的筆法，把一部人類史，寫得活龍活現，渾然像一則故事般的，使人人手各一册，不忍或釋；由是終於弄得咱們的史學界，於輓近的百年中，陷入一種「歷史饑荒」的狀態（梁啓超語），難道這項大責任該由中小學生來負嗎？

人，幾乎是每一個人，自稍稍懂事的孩提時代起，即有愛聽神話與故事的天性；而神話，希臘的史家波盧塔克說得最中肯：「經過了理性的漂洗作用後，即出現其眞實的歷史性格來。」愛聽神話與故事，固然是天性，但實際上是人們要在空間與時間兩方面，擴大自己的智識領域，攝取活潑、生動、有趣、英勇的場面，以充實自己呆板的、平淡無奇的生活面。故平凡的人聽後，不過覺得有趣與興奮而已，不平凡的人聽後，就不知不覺地會起而行，從而摹仿與取法其不平凡了。

我國的歷史，簡直是一堆大雜貨，有貨皆臻，無物不備，幾幾乎是色色俱全。其原因係過去各項學問均未分科，凡百智識，莫不恃歷史以爲記載，故其範圍，浩瀚迷離若烟海，廣漠無垠如平沙，日積月累，汗牛充棟，倘使盡一生之力來唸，光是二十六史，恐怕仍不易啃完哩。

作者有鑑於此，特從《通鑑．各斷代史》中，挑出若干具有特色的人物，以時下的短篇小說的手法改寫，舊瓶新酒，半屬試筆，半以藉此提高唸史的趣味。是爲《歷史故事新述》。一九六五年春。

漂白歷史故事新述

一

畢生庸庸碌碌，自童稚起，讀史、研史、攻史、治史、說史以至於寫史。終於不無微有所感悟的是，**國史的缺失**：

㈠**太長**——話說舉世的學生，如：中、埃、波（波斯、伊朗）、印等，大抵均嫌其本國史太多而冗長，赫然以「千」爲單位，令人望而生畏；恰相反，若干新興國家的，則嫌其國史太短，無什可讀的。

㈡**太雜**——國史，以廿五史來說，實嫌繁什冗多，多得不堪負荷，於今必須乞靈於電腦。

㈢**太難**——艱深、晦澀、繁難，使人難以一目了然，既須加以句讀，且多借助於字典、辭典。

以上三者，係每一個中學生所面臨的困擾問題，如不加以重點解決，勢必教人望而却步。

二

國史，不管是通史或斷代史，不問它是編年體或傳記體，人們在唸完通史或斷代史後，對於二十四史的代號，該當有個譜兒，事實上却寥若晨星，百思之餘，三家村時代的「背誦法」，實有借重與參考的價值；那就先唸下列的一首七律，然後再作補充的解釋，印象準較爲深刻：

三皇五帝夏商周，戰國歸秦及漢劉；
吳魏蜀終南北繼，隋唐五代宋元休；
大明卓立乾坤曉，洪武開來日月悠；
滿清順治竊國運，民國以降萬萬秋。

三

國史上，教時人爲之痛心疾首的詬病之一是「年代」以及已形成的「年代學」。且以漢武帝劉徹的「建元元年」（公元前一四〇年）來說，似乎是給大時代有個標點式的誌號，但他並未充分了解年代的重要性，因之，一連串的「改元易朔」共有十一次之多，弄得有年代等於無時代，教人頭痛欲裂，即使是史臣或史家，也爲之頭痛不已。

傳說：梁啓超及五四時代的「史癖派」，曾擬以三字經或千字文來使它成爲朗朗上口的歌謠體，但被王莽、武則天及宋太宗、眞宗（趙光義、趙恆）兩父子等的三字、四字年號，搞得七葷八素，算了。

四

國史爲時人所詬病的另一點是「經史不分」。

原本治十三經的今古文經學家，常常把二十四史的史料，搬到經學上去講，在「六經皆史」的美名下，十三經搖身一變而成史，二十四史自然與十三經成了孿生姐妹。

時人大抵已莫不周知：自希臘的希羅多德以至於英人吉朋、H・G・威爾斯等，所持的態度：「史就是史」，跟其他社會學科並無糾纏與軒輊；而國人却把史料史事，當作「公民與道德」的教科書來講，觀念的混淆，誰該負其責？

五

一個武裝的王朝，推翻了另一個武裝的王朝，所標明的口號和旗號是什麼？史書從未作明確的交代。

讀了十多年的歷史，頗多的中小學生，根本不曉得那王朝姓什麼？打從春秋戰國的晉、楚、秦起以迄於漢、隋、唐、宋、元、明、清各代。

下列的姓氏，希以塡充加選擇方式出之：姬、芈、嬴、劉、楊、李、趙、奇渥溫、朱、愛新覺羅。

六

某王朝被推翻，勝利者以屠城方式把失敗者全家、全族、全姓，濫加屠殺，斬草除根式的絕滅，鮮有像英人在一六四九年把查理皇帝，送上斷頭臺時，公佈其罪狀，其後，法王路易十四也然。國人的全無法律常識作爲法治的基礎，一直至今猶懵懵然。

七

中學生唸西洋史，覺得津津有味而易讀，原因是西洋史事的演變，隨其地理作同步的轉移的緣故。

而國史呢？幾乎是「就地打轉」，被追逐的鹿兒，不管牠蹄輕若飛，却始終在「中原大舞臺」上兜圈子；地名可能已改變，地址却分明依舊在，建業、建康、金陵即石頭城的南京，泗水流、汴水流的汴京，乃是今日的開封，記下一大堆今古地名！覺來一身輕？

八

根據《禮記》的說法，天子擁有一后外，尚可以「三的方次制」而擁有「三夫人、九嬪、二十七世婦、八十一御妻」，而宮中的鶯鶯燕燕，恆在三千以上，天下的美女被席捲以去，好處這麼多，怪不得國人（男生）無不人人想過過帝王癮。

被席捲以去的天下美女，入宮之後，玉顏不及寒鴉色，咨嗟侍漏夜未央！

擁有成千上萬佳人的帝王，葡萄美酒，玉女環侍；而保衛疆土及王朝的將士們却「愛人，你在何方」？

唐玄宗特為某一戰士與其宮女撮合，而成人之美，惜乎數字太少了。

九

腐化的王朝，一旦被推翻後，王子皇孫即時落魄，那情景，杜工部以生花妙筆來描摹：

可憐王孫泣路隅，問之不肯道姓名；

但道困苦乞為奴，已經百日竄荊棘；

身上無有完肌膚……，錦衣玉食好下場、如此。

十

中官、太監、閹醜、大鐺、司禮監等，這些志願變性的「中性人物」，為啥絕對地忠於某一王朝，誓死靡它的，蓋其所共識的是：生死榮辱與利益輸送構成了不可分的集團，誓死保衛到底。

十一

傻瓜、白痴、阿呆，一旦夤緣而爬上了九五至尊的寶座，悲慘的不是該王朝，而是哀哀的黎民，付出的代價是塗炭。

被納入宮的美人兒，一旦被指升為后、妃，表面上是光宗耀祖，一旦帝王翹了辮子（晏駕），她立成了新寡婦或小寡婦，下嫁吧，誰承受得起？那個敢要？她的命運早已註定，死路一條。

幸而苟活下去吧，終身守活寡？逼幸大臣，採面首制？製造宮闈新新聞，誰能同情她！

十二

抽壯丁、拉伕，壯士一去，退役退伍是何年？泰半成為「可憐無定河邊骨」。

送別的情景是：

「牽衣頓足攔道哭，哭聲直上干雲霄，

或從十五北防河，便至四十西營田，

去時里正與裹頭，歸時頭白還戍邊…………」

泰西的婦女，尤其是斯巴達、德意志的，以鮮花、以長歌、以甜吻，鼓勵其戰士上戰場而為國爭光；即使白骨照驕陽，猶得萬年香。

十三

屠戮、砍殺，人頭如西瓜般滾滾落地，血流漂杵，屍積如阜，從本質上看「相砍書」，誰曰不宜？其他，血跡斑斑有訴說不盡的其他，更有容待重新發掘與發現的其他…………。

十四

爲求凸顯「歷史之人格」的蘊義，闡述其周遭情況的相互因果關係，並以自覺而覺人，貴客觀而務翔實，以史爲目的而非手段，期於信史小讀物，也就有所得了吧。

十五

太史公司馬遷的優點：⑴把史官專有的知識，化爲一般性的社會公器；⑵教人們重視由往事變成時事的演進規律；⑶引起學者普徧性的研究史學。

十六

《三國志》和《三國演義》是大相逕庭的，前者是正史，係史家陳壽（晉人）所撰，後者是章回小說體，是明人羅貫中所編寫的；但以對整個社會和民間的深入度、及其後續性的影響力來評估，前者不如後者遠甚！這不難從臺北的忠義鎭有「忠義廟」、以及民權東路上香火鼎盛的「行天宮」，就可得一明證。

正因如是，人們早已淡忘了羅君把領袖群倫的劉備刻劃成善哭的僞君子，大政治家的諸葛亮、畫成近乎神祕的妖道，而忠勇的關雲長則予以神化，至於笑張飛「胡」（胡鬚）、鄧艾「吃」（口吃），純是餘事。

由是看來，小說的勝於正史，已足見一斑了。

目錄

周宣王的「料民」

在國史上，周宣王姬靖，是一位中興的名主。

他的能夠獲得即位，是由周定公和召穆公於共同執政，號稱「共和」了十四年後，才名正言順地得到的。從此，他有鑑於先人乃老爸（厲王姬胡）的缺失與僨事，因而內政修明，察納雅言，順從輿情；復整頓軍旅，外征四夷，不數年間，文治武功，頗爲顯赫，號稱「中興」。

宣王曾命令著秦仲征犬戎，南征伐玁狁（北狄），方叔討荆蠻（楚國），召虎平淮夷；四者之中，除秦仲的「戰績」不太理想外，事實上，宣王已把「文王武王的政治」，輝煌地復興了。

但，在公元前八二三年的討伐荆蠻的戰爭裏，初期的戰績，並未達到預定的目的，在記載著當年史事的《周語》上，就一點也不隱諱的記載著：

「宣王既喪南國之師！」

正因戰事的逆轉，於是發生了一件奇妙的趣事：宣王想在行都太原府裏，來一次規模可觀的「清查戶口」（古人稱作料民）。

「料民」，是有裨益於民治的，蓋如能正確地把握住戶口與人丁數字，就可以「以令貢賦，以起田役，以作軍旅」等較有急功的事項；不料，大臣仲山甫却持相反的意見，他的最有力理由是：

「不必多此一舉的『淸査戶口』了！自古以來，並未有著淸査戶口，就能確知民衆的多寡，是不難由下列的職官所掌的職務上，概見其一二的！

「屬於秋官的『司民』，是專事登記人口的出生跟死亡的數字的；司商，是管理貴族和姓氏的；司徒是掌管邦國的政教的；司寇是辦理作奸犯科的刑案的；至於司牧和臣工，是主事的官員，協理著羣臣百僚的職責與工作；而國中的場圃，專事樹殖果蓏珍物的有『場人』；掌管九穀之數（註：黍、稷、秫、稻、麻、大豆、小豆、大麥、小麥，號曰九穀）的，則有倉廩的官員。

「由於官吏職責的分類詳備，對於人民的多少、生死、出入、往來，已了然在目，並大體上均可知了！何況還有可憑事實來熟究的，如王依農功而『籍田』，於秋際而作秋收；職業固定的農人，深耕、收穫亦依靠地籍，秋田既有成，蒐乘補卒的『大閱』也將完畢，這麼一來，對於整個的人口數字，不是夠淸楚了嗎？何必去淸査戶口？」。

仲山甫雖振振有詞地、層次分明地剖析著，但明毅果決的宣王，總覺得那些理論太牽強，因爲掌管、淸査「民數」的機構，固然衆多，却並未作出一個有如時下所強調的所謂「總體的整合」來！

「凡是有意義的舉措，就該放手的去作！」宣王本著既定的方針，毅然決然地舉行了！

時間就在公元前第八世紀的晚期，我國已有了「戶口普査」！

其後，詩人爲了頌讚宣王的明智舉措，特地寫了一首詩——〈鴻雁〉，來紀念他。

利民爲先

晉國的顯赫執政首長——趙簡子，在衆多的僚屬中，看中了精明幹練的尹鐸，遂派他爲晉陽令（今山西太原縣）。

受寵不驚，有職在身的尹鐸，於上任前，先請教著施政的方針：「現須請示的是：要我去作重稅苛斂，如抽繭絲的呢？還是推行著厚裕民生，並築堡以求人民安全的呢？」

「當然是予人民以『保障』呀！」趙簡子詞正義嚴地，並直截了當的明示著。

既有了這項明確的方針指示，尹鐸於到任後，憑著自己的意願，隨便地裁減了「戶口」的數字，縱然那是經過了調查，赫然有案可稽的。尹鐸的這種「意爲出入」，存心把「戶籍數字」攪亂的作法，不論從那方面來說，是不足取的，因他已作到了「保障過當」的程度。

「意爲出入」的尹鐸，隨意地降低了戶口的數字，不料，到了公元第十三世紀，竟發生了另一良好的副作用。

那是蒙古的鐵騎，也即奇渥溫・成吉思汗的苗裔們統治「莽莽神州」的時代。

能征善戰的蒙古鐵騎，可以「馬上取天下」，卻不能「馬上治天下」，正因如此，他需要一大批「頗解治道」的漢人，來作他們的僚屬，分官設職地去推行他們的政令。

精明幹練的漢人董文炳，被看上了，立刻派爲「槀城令」（今河北省保定縣）。董氏於到任之日，朝廷已頒佈了清查戶口的「料民令」。在文告裏，有極嚴峻的口吻威嚇著：

「（凡）有敢隱實（而不報的），誅！並籍（抄）其家！」

多麼的兇狠呀，有未報戶口的，不但要抄家，而且還要被誅殺呢！

胸有成竹的董文炳，即對民衆宣佈著，可以「聚合而居」，這樣就可以少報戶口了！

有些人認爲這樣作，未免太冒險！

董氏有恃無恐地道：「爲人民的幸福而獲得罪狀，是我董某所甘心情願的！」

但，仍有些膽小如鼠的，不敢依令如囑的去做。文炳加以撫慰，並強調著：

「保證沒錯！照我的話做去，我不妨公開的說，在以後，你們才會瞭解我，說不定還會感謝我吶！」

果不出董文炳所料，以後，槀城的賦稅，因「戶口數」較少而減輕了很多，相對地，卻「家給戶足」了很多家，至是，才瞭解董令的用心良苦，敢作敢爲，在韃子的虐政下，保存了多少善良的大漢人民。

尹鐸與董文炳是以同樣的作法，卻收得異樣的效果；足證爲政之道，務須洞悉客觀的環境，而處處以「利民爲先」。

孔子「微服過宋」探微

《禮記・檀弓篇》（戴聖編撰）裏，敘述一位渾身盡是傲骨的饑民，在逃荒中寧死也不願接受賑濟者的輕蔑施捨，故事名為「不食嗟來食」。

此文著墨無多，僅八十五個字，粗分可成七小段，茲抄錄如次：

「齊大饑，黔敖為食於路，以待餓者，而食之。」

「有餓者，蒙袂輯屨，貿貿然來。」

「黔敖左奉食，右執飲，曰：『嗟！來食！』」

「（餓者）揚其目而視之，曰：『予唯不食嗟來之食，以至於斯也。』」

「（黔敖）從而謝焉。」

「（餓者）終不食而死。」

「曾子聞之，曰：『微與！其嗟也，可去；其謝也，可食。』」

「微與」，曾參喟感的哀歎聲，一直迄於今，依然如聆其音的迴蕩著，多有力的感歎詞啊！

且聽文法學家在詞性上的說法：「微，同非，即：不對；與，同歟，是語末助詞，表示推測的語氣。」

至是，我人不難推想到：曾參先生在讀完這則齊國饑民的花邊軼聞後的興感，似是：「不對吧！」或「不大對勁吧！」

蓋曾參先生所用的表「驚訝、傷感」的感歎詞，加上那個有力的語尾助詞，已由戴聖把筆端，繪聲繪影的描摹出來了。

抑有進的，微，依時賢的註釋，是：「非也、無也」的意思，舉個有力的例句，《詩經・柏舟篇》中有「微我無酒」。是為一。

此外，微，尚有特別的妙用，孔仲尼老博士曾說過：「微管仲，吾其披髮左衽矣！」這兒的「微」，說得時髦些，已接近歐化體的「假如沒有××的話，那末……。」是逆態假定法，附有先決條件的，由是，足見老博士不愧為「聖之時者也」，造出一句名言，二千年後，依然有其「活用性」。

是為微字的微妙、精奇、感人處，抑尤有進的，此一與「非、無」毗鄰「假借」的微，有人竟硬生生的肯定為「無」，於是一則微微令人忍俊不禁的「會考」故事，終於應運而生：

在邈遠的過去，凡是「投牒以進」，也即自動報名參加考試的舉、貢、員生，因缺乏現代式的「附最近半身照片」的緣故，必須在自己的報名單上，以最簡明的字樣，把自己的尊容，加以描摹一番，以備監考者查對。

應考者吳下某生，自問年已而立，髭鬚齊備，乃信筆的書明：「微髭」。

「微髭」是一般性的，對於一個男性來說：微髭，實有別於「于思于思」。

當監考者在核對「面貌册」（相當於時下的准考證）時，突來一只驚人之筆，道：

「吳下某生，仔細聽著吧！微髭者，即無髭也。」

「誰說的？」吳下某生爲之一愣又一楞的。

「朱夫子的詮釋。」

「是這樣的嗎？」

「錯不了！」

吳下某生不甘示弱了，還以顏色道：

「照朱夫子和先生所說的，微即作無解，那麼，孔老夫子當年『微服過宋』，那還成什麼體統？」

「說得有理！」監考官承認自己錯了。

…………

「微」斯人，而有此機智者，微，方不至於「式微」。

齊姬倡音樂興國

齊國有位國王，在某一個夜晚，召集了寵愛的嬪妃，來陪他飲酒，同時，叫名琴手齊姬鼓瑟以助興。

齊姬是名瑟手，鼓瑟鼓琴，是很內行分內事，當輕撫了一陣小過門後，因目窺於庭前舞姬齊舞，以致瑟音不協調了，而且越來越多乖錯。

齊王因音調失和，樂音很刺耳，特放下手中的酒杯，有些不悅的責怪起來：

「虧你還是一名瑟手，並有資格在宮庭中演奏，結果竟弄成這種樣子，多麼的教人難過？」

受到了責難後的齊姬，放下了瑟，上前作揖的謝過，然後有了說辭：

「小妾以末技，得到君王的寵幸，這情況，好比作一條小魚，在江海裏游泳著。」

「怎麼會有這般的理論？」

「是的，江海既不會爲了一條小魚而加深，君王也不會爲了一個小姬妾，而加深了恩典。」

「是嗎？」

「所以，小妾的得到寵幸，純粹是寄託在琴瑟上。」

「還好，尙有自知之明。」國王頗爲欣賞的。

「小妾旣以琴瑟而得到寵幸，現在琴瑟失調，這自然是小妾的罪戾了。」

「不錯，自知之明，分析得好。」國王又作深入一層的欣賞，再加一句反問：

「那末，有了罪戾，該當怎麼辦？」

「那是不用說的，有了罪戾，自然是受到處分。」

「對。」

「但，小妾仍有話要說。」

「說吧！」

「國王負有霸王的才器，操著英雄的把柄，爲什麼偏偏明於鼓瑟的失調，而在謀國方面，却一無是處呢？」齊姬作有力的反詰了。

「誰說的？」

「現在全齊國的人民，都不懂什麼叫『太和之樂』的，也未免太久了吧。」

「讓我想一想。」

「假使鼓瑟而能夠和民，那麼，罪戾全由小妾來負擔；如果鼓瑟不和於人民，而偏協於琴瑟，則於國家又有啥個益處？」

「讓我再好好的想一想。」國王居然要再想一想了。

「小妾要提醒國王的是：和瑟之音，在於小妾的手藝；和民之性，在於國王的手中。假使國王能以寵妾之愛而愛萬民，以瑟之和，而和於人民，則小妾因獲罪而死，而教諸侯皆來朝見國王，則也值回應有的價值了吧。」齊姬娓娓的訴說著一篇堂皇的大道理。

「說得有理，大有道理，我明白了！」國王打從那天起，就從事奮發圖強的工作，而把鼓琴鼓瑟的事擺在一邊。

青出於藍

名琴師瓠巴的鼓琴技藝，達到啥個水準呢？

根據當時的列禦寇先生，以新聞採訪員的實錄，是「鳥聞之而起舞，魚聽後齊歡躍。」

在鄭國的師文，看到這種實錄性的記載後，決定和音樂家庭教師師襄，一起去向瓠巴先生求教，期望在音樂上，能有更高深的造詣。

師徒倆，一起來到杜指，向瓠巴學習了三個整整的年頭，結果，在成績上的記錄評語：是「三年不成章。」

作爲老師的師襄，有些灰心，從旁的提醒著愛徒：「大概可以回家了吧！師文呀！」正在鍥而不捨地鼓琴的愛徒師文，捨下了座琴，浩然地長嘆起來：

「小的並不是絃不能成鈎，篇章不能成文，究其實哪，所期存在著的，不在絃；而期望的不在聲，內既不得於心，外自不應於器，因之不敢發於手，而實行練習。」

「那該怎樣才好呢？」作爲老師的師襄也顯得無可奈何。

「這樣吧，師老師，暫且再假以時日，讓我鼓足最大的勇氣，實行練習怎樣？」師文提出最後的要求。

「行！那也只好如此。」師襄同意了。

過了一段不太短暫的時日，師徒又復見面。

爲師的先行開腔：「怎麼樣？近來是否已大有進步？」師襄備極關切的。

「請老師當面指教如何？」

「行呀！」

師文搬出了座琴，當堂實驗起來。

首奏陽春之曲，而撥動商絃，以起南呂之音，頓時覺得和風忽至，草木豐茂，春氣熙和而欣欣向榮。

陽春一曲，既告終了，轉入三秋，而撥動角絃，以起夾鐘之音，一時，覺得霜露既降，川池之水暴漲，木葉蕭蕭，涼意爽肌的。

此曲既了，改爲盛夏，而叩羽絃，以起黃鐘之音，倏忽之間，陽火熾烈，堅冰崩融，草木繁茂，炎夏當令。

最後，冬令已到，而叩徵絃，以起蕤賓之音，則陽光隱晦，四野蕭殺，堅冰已至。

將告終了之時，操宮調而起四絃，則景風翔，慶雲出，甘露降、澧泉湧。

不愧爲名師的師襄，在聆聽之後道：「可以了！你的彈奏，縱然是師曠的淸角，鄒衍的協律，大抵也不過如此，說句不太過分的話，說不定他們在聽到你的演奏後，也會挾琴執管，來跟你學習哪。」師襄把心中的讚美話，搬出來用在愛徒的身上。

「老師說得太過分了，弟子仍願奮力的學習，以期能有青……。」

「青出於藍對嗎？你現在已作到了。」師襄所說的，可能是實情實話。

於是，師徒倆，一起收拾了行李，「滿載而歸」，高高興興的。

「克匈名將」李牧

效忠自己的親愛的祖國，不避艱險危難而竭盡身心全力、克盡保衛之職責的，該是社會中最最可貴、可敬兼可愛的人物。

「克匈名將」李牧將軍，正是這般的人才。

作爲一個捍衛國土、保障人民生活安定又安全的李大將軍，他的基本修養是：視戰士像兄弟般，可以跟他們同赴任何苦難的場所，視戰士如子弟，當然可以和他們共同生死，兵法上所強調的「生活在一起、戰鬥在一起」，李牧將軍、躬親履行著，不折不扣的。

被一般號稱爲傑出的「克匈（奴）名將」的他，舉家住在九塞之首的雁門關（按此關寬度達一公里，關洞大門分爲三座：東門稱天險、西門稱地利、小北門才是雁門關，旁有營房校場和點將臺等），因之，他自幼即留心匈奴的動態、人馬、行軍，甚至於秋操兼劫掠的情況，既然對殘敵有了充分的瞭解，乃自自然然地衍生出一套應付匈奴的妙法，胸有成竹地。

頗有「知人之明」的趙惠文王，非常欣賞這位「不世出」的將軍，特地允許他可以「便宜行事」，可以安置自己合得來的行政官吏，甚至於市租和賦稅的收入，也掃數歸他的「屬下」一併管理。

李將軍成了「開府」（幕府）的第一人。

但，他以「行軍」的精神，兼管理行政的事務，公私分明，尤其是會計方面，絕不容許有人趁機撈油水、上下其手，私自分肥；假如有的話，決以軍法從事，不過，由他親自選擇的幹吏，人人都潔身自愛，絕不敢存有「沾光」的非分之想；這，委實是拜「將明．吏清」的良制的恩賜。

「點滴歸公」的李將軍，把公費的收入中，撥出一筆「公款」來，作爲戰士們的「生活費」，每天宰殺一條牛或幾隻羊，給兄弟們加加菜，增加營養，然後鍛練身體、練習騎射，準備提升戰鬥的力量。

除此之外，對於烽火臺的傳警與諜報的仔細蒐集，也特別重視，他常常親自主持、檢討、分析，便於知己知彼，以便採取適當的措施，一點也不敢鬆懈。

戰士們在李將軍的率領、教導下，精誠親愛而團結，上下的情感能溝通，目標一致、愛國一致，行動當然更是一致。

上下既已一致，李將軍即頒佈如下的「公約」：

「如果敵人前來攻擊，我們要趕快躲入碉堡，如果有人自告奮勇，硬要去捕俘的話，我絕不客氣，依軍法從事——斬！」

兄弟們都瞭解他是個言出必行的將領，都把那「公約的命令」，牢記在心。

牢記公約的話，大家都努力的遵守著，從此，匈奴每有騷擾性的行動，十里外的烽火臺上，馬上燃點起「烽火警報」，戰士們心中明白，現在尚未屆達「殺敵致果」的時候，那就到堡壘內去休息、休息；聊天、消遣、娛樂或下棋。

李將軍特地要求兄弟們「故意示弱」而不願應戰，這是堅壁淸野的戰術，幾年累積下來，居然也沒有什麼損失。沒有什麼損失，豈不是等於打了一個「無形的勝利」。

也許就因爲這般吧！匈奴從此更爲驕橫、傲慢，不把李將軍放在眼裏。

一批俗之又俗，却自命不凡的俗士和若干屯守邊境的守兵，都肯定李將軍太懦弱、不中用，只曉得一個「守」字，其他的，什麼都不曉得，什麼也都不會。

自命不凡的俗士終於向趙惠文王遞上「報告」了。說得天花亂墜，都是危言聳聽的話；辨別力尚不十分敏銳，意志力也未萬分堅定的趙王，立派專使持節前來責難，沒想到李將軍堅持自己的作法，一點也不肯讓步，因爲他相信，這種準備工作，絕對正確，絕對是必需的。

這麼一來，趙惠文王的「肝火」可大了，把李將軍召了回去「庭見」，立即免職，並派他人代替。

代將到差後，一反李將軍的作風，只要匈奴敢來寇邊，不管是騷擾性、試探性或行軍性，他馬上就出戰，出戰的戰果，是每戰必敗，而且敗得相當可觀，損失了不少人馬。

最糟的是，人民的六畜，損失得更爲龐大，簡直是無法統計。

情況進展到這種地步，趙惠文王在衡量、比較損失後，才微微有些覺悟，於是只好再請李將軍

「出山」。

「我的身體有病，行動不便，還是請國王另請高明吧！」李將軍婉拒了國王特使的徵召。

「有病也得去！」國王特使心中明白：「他一定是假病，不然，就是政治病。」

「有病，不能請長假嗎？」李將軍對使者道。

「請長假，有醫師證明單嗎？」使者反問著。

「掛號單不行嗎？」

「掛號單怎麼能算數，要證明單！」

「我馬上去請醫生大夫開。」

「李將軍，所有的大夫都不會開的。」

「爲什麼？」

「試問，在此時此地，還有那個吃了豹子膽的，敢替你開證明單？」

「我有病呀！」

「有病，那是你自己說的」。

「我有病，不由我自己來說，該由誰來說？」

「你的病，誰都明白，是心病，不是毛病。」

「哇！是心病，而不是毛病，看來你閣下也是一名醫生大夫咯！」

「李將軍，往事可以不提，請你看在國家上，趙王的薄面和全國人民的福祉上，勉爲其難，東山再起吧！」專使以言歸正傳的方式，配上誠懇的神態。

「聽了閣下的心言，我的病幾乎頓然若失！」

「這才是全國人民、個個愛戴的將軍。」

「不敢當，不敢當！」李將軍也顯得萬分誠摯的，茗了一口香片後，話題轉入核心：「專使先生，假如國王一定非要我——李某出來效命的話，我也有個小小的基本要求。」

「說吧！」

「一切依照幕府的公約行事！」

「行呀！本來就應當這樣辦。」

「一言爲定。」

「一言爲定，絕對的。」

情況已被澄清，李牧將軍，再度披掛地來到雁門關，和弟兄們生活在一起，戰鬥在一起，並推行公約在一起也如故。

打從李將軍重臨雁門關後，匈奴又一無所獲，這自然又是堅壁清野的戰術運用，就這般的，日月在李將軍的戰術下來來又去去，於是匈奴也得到一個新結論：

「李牧，是個窩囊廢，是個飯桶將軍。」

在窩囊將軍的領導下，情況與情勢，均有所變化了！兄弟們吃得飽、精神好，個個生龍活虎般，健康、活潑、有力、英勇、聽話，而且得賞賜而一無所用，於是乎個個都願開關、出塞、殺敵。

眼明心亮的李將軍，已瞭解到兄弟們的意願，該是「大用」的時期了。

於是，命令整頓戰具、馬匹、刀槍和戰車。

整頓的結果，選出精良的騎兵一萬三千名，戰車一千三百輛，準能破敵擒將的勇士五萬人，能放箭殲寇的弓箭手十萬名，日夜由李將軍操練戰鬥的特技，現在共同的目標只有一個，殘敵也只有一個——常常帶著大量災害給我同胞的匈奴。

一切準備停妥了，祇待時機——最適當的時機來臨。

現今，政策也改了，幕府實行開放政策——大舉放牧，人民和六畜，佈滿田野和山崗，在本來就是我們的國土上工作。

匈奴認爲機會難得，前來掠奪，我們假裝驚慌逃亡，並故意地扔下幾千名，甘願作誘敵的「小餌」。

貪婪無謀的匈奴單于，果然大舉來入寇。

李牧將軍，先佈下堂堂正正的奇陣，並以左右兩翼包抄、奮擊，一舉而殲滅了匈奴十餘萬騎，追奔逐北，滅跡掃塵，造成國史上最輝煌的勝利；復趁勝吃掉代北的襜襤、破東胡、教林胡頓首投降；單于狼狽地逃亡，以後接連有十多年，連趙國的邊境，都不敢瞄它一下。

沈毅、英勇、有魄力、有擔當，與兄弟們打成一片的李將軍，因功被授爲「武安君」。

他是名副其實，道道地地的「以武安邦」的武安君，以後，西方的秦國，派了一位大將——桓齮，率兵出關來試探趙國的實力。

李將軍把他打得棄甲曳兵而走。從此，秦國才曉得李牧將軍，的確是個了不起的將領。

但情勢又有了變化。

趙惠文王走了，悼襄王繼任，這個國王，耳朵輕、辨別力極差、智商不高，始終停滯在「幼稚園中班」的程度，以這樣的人物，來擔任國王的大任，前途是不問就約略可知的。

秦國看準了這一點，派出王牌大將王翦，率領大軍來攻，李牧將軍，再度披上戰袍，親率戰士，奮勇迎敵，當李將軍正擬妥戰略，要把王翦打回去時，形勢又起了激烈的變化。

原來秦國一方面用大兵作正面的進攻，另一方面却拋出大量的「銀彈攻勢」，收買悼襄王的僻倖郭開，亂造謠言，既潰散戰士的作戰心理，也破壞了李將軍的令譽。

那可怕的謠言之一是：

「李牧打勝後，就要自己稱王了！」

「自己稱王」，那不是造反嘛！這可怕的謠言，迅速的傳播開去；傳播開去了。

弟兄們，絕對不會相信；全國的人民，也絕對地不會相信，只有那個無知又顢頇、糊塗復低能的趙悼襄王，是百分之百的相信，他隨即派人到前線來接替李將軍的職位。

李將軍在遲疑間，竟被扣上不受命的大帽子，並立被收斬。

秦大將王翦得悉後，馬上揮軍疾進，大破趙軍，俘虜了悼襄王及其王家一族，趙亡。

一個國家的干城重鎮，一旦失去，後果就不堪設想，這是常理。

蓋「千秋」和「千古」的「千秋蓋」

一直到今天，我國仍舊保留著一項不可思議的風俗，那即是：當一個人壽終正寢後，不論貧富貴賤，總要在死者的面上，蒙上一條「千秋蓋」。誰可曾想到這條薄巾，竟蘊藏著一個公忠謀國的壯烈故事？

話說吳王夫差把越國打敗後，父仇也總算報了，驟覺得自己也是一個強國了！既係強國，自應問鼎中原去，而問鼎中原的首要步驟，是先把強鄰的齊國打敗，這是地緣戰略應有的運用。夫差乃召開了一次御前軍事會議，以討論著這個「爭霸」的問題。

開國重臣伍子胥首先提出他的反對伐齊的理由：「吳國與齊國，習俗既不同，言語又不通，即使戰勝了，得了齊國的領土，結局仍派不了用場；得了他的人民，卻不能差使，這就失去了戰果的效用。相反地，現我們和越國相鄰接，交通利便，習俗相同，言語相通，戰勝了，得地有用處，人民可差役；反過來說，越國戰勝了我們，效果也是一樣的。因此之故，吳越是勢不兩立的。現在拿生病來作譬喻：越國是我們的心腹之患，而齊國不過是一些疥癬的毛病，請大家平心靜氣地想一想，到底是哪一個重要？」伍子胥滔滔地用鐘宏似的聲量訴說著。同時，更把烱烱的眼光掃射著在座的每一個人。

太宰嚭急忙站起來反對，他居然也有一套言之成理的說法：「我必須提醒在座的諸位大臣，吳國的號令，直到此刻，仍未能爲中原的強國爲之點頭的基本道理，是因爲齊晉二強的從中作梗，現在，我們只要通力合作地把強鄰的齊國打敗了，就以戰勝的餘威兵臨中原，那時，晉國還敢頑強，不點頭『稱盟』嗎？因此，攻齊是『一石二鳥的戰法』，我以爲。」

夫差贊成了太宰嚭的看法，並作這樣的決定。

伍子胥很憤懣的道：「假使一戰而勝齊，那將是『天要亡吳』了，萬一儌幸而被打敗，則吳國還有復興的機會。」

情緒很激動的夫差，立即用鼻子嗤著他：「你老糊塗了，我看還是早些辦理退休手續吧！」

子胥很悒鬱的踱了出來，望著蔚黛的晴天，俯看瑋麗輝煌的宮闕，不勝感慨地歎著：「看來吳宮一定要生荊棘了。」

夫差自己掛帥伐齊，兩軍大戰於艾陵，大勝齊國，夫差於躊躇滿志之下，下令賜伍子胥自盡。

伍子胥明白自己的命運和吳國差不多。將死時，對著下屬說：「把我的眼睛挖出來，掛在城門上，我將睜著眼來看著越國人的入吳。」

自殺後的伍子胥，屍體被吳王命人拋在錢塘江裏，並眞個把眼睛挖下來，掛在姑蘇的東門城上。

夫差還很怨懟的說：「現在你總算有機會親眼看著越人的入吳吧！」

那曉得越王勾踐就在伍子胥死後不久親率大軍平吳。吳王夫差屢戰屢敗，求和，不得，最後兵敗被俘。將死時，深深地內疚：「死，如果還有知的話，教我還有什麼面目可去和伍子胥相見於地下呢？」乃吩咐著下屬，在他死後，用帊幞（就是現在的所謂「千秋蓋」）把他的面孔遮蓋著，因爲他內疚沒有面子可去和那位公忠謀國的伍子胥相見。

同是一物的千秋蓋，蓋千里眼與近視眼相去不可以道里計，「千里眼」，常著眼於大局興亡的契機；近視者則斤斤於目前的微利。岳飛的名言、歷千古而鏗鏘有聲：

「文官不愛錢（貪污・枉法）、武臣不怕死（荏弱・貪生），天下必太平！」

賢吏・劣吏

一

西門豹作了多年的鄴城的父母官後，其成績的考語是出人意外的所謂「四無」。即：廩無積粟，府無儲錢，庫無甲兵，官無會計。」

有人偷偷地把這「四無成績」向以開明著稱的魏文侯報告，文侯聽後大驚，這怎麼得了，他懊悔派錯了人，幸虧文侯素來是講究覈實的。因之，他非得親自去勘察一番不可。

文侯來到鄴城一看，果然一如報告裏所說的——的確是四無——，英明的文侯委實無法按捺一肚子的不高興，終於以不尋常的語氣開腔了：「翟璜推薦先生來治理鄴城，結果，搞得一無所有。現在，倘使你能說出一個所以然來，當然無話可說；不然的話，你可留心些，西門豹先生。」

不慌不忙的西門豹，像煞無介事般的答道：「我早已明白這些道理：『王』呢，主張富強；『霸』呢，主張富武，『亡國的』主張富庫；現在你大概是欲作『霸』吧！所以我把所有的積蓄都藏之於民，假如你不信的話，請你跟我一同登樓來參觀，鼓聲一響，則甲兵、粟米、人馬等馬上就可全部出現在目前。」

於是，君臣同行爬上譙樓，當第一聲更鼓鼕鼕地傳出去時，只見民衆們紛紛地披著甲胄，挾著強弓，背著弩箭而出；當第二鼓聲播出時，大家都駕著牛車，負著擔架米袋而出，他們都準備著前去殺敵。

文侯看後，喜得龍顏大開，對西門豹大加嘉獎：「行行——你先生的特別的治績。」

西門豹一本正經地道：「和民衆約信，不是一朝一夕所能建立的，現在這種不算是『演習』的舉措，不是等於欺騙了他們嗎？對老百姓一旦有了欺騙的行爲，以後就很難用了。目前，燕國常來侵犯我國，我請以這支民軍，向北進攻，以恢復我國的失地。」

魏文侯無可奈何地只得依允。

二

解扁是魏國東封省的一位主管，每次繳納國庫、穀物，總是超過別人的三倍，有司爲了嘉獎他並拿他作「示範」起見，特地報請魏文侯重重地獎賞他。

文侯沈思了片刻後問道：「土地既沒有擴大，人民也沒有加多，怎麼能夠多出三倍以上的財物來呢？」

「那是在冬天裏，教人民上山去砍柴，然後浮排在河裏，到春天才拿去賣掉所賺來的。」有司替爲說明，這不啻說明他的三倍財物是用很正當的方法得來的。

「唔！但，春天是伐木的時侯，夏天是耕耘的時候，秋天該收割，冬天原無所事事，現在却叫他們去伐木，搬負著放到河裏去，這樣一來，不是叫民衆連休息的時間，都沒有了嗎？想來民衆一定已痛苦到極點了吧！對不起得很，即使有三十倍的『超收』，我反而更加不快樂呢！」文侯義正辭嚴的駁斥著。

有司碰了一鼻子灰，遂叫解扁以後還是多與民休息爲是。

在吏治史上，品質賢良與惡劣的同出爲吏時，前者不思害民以釣譽，無處不爲公、爲國；後者則殘民以沽名，處處唯圖一己的利益。

害人！福人？

齊國大夫唐子儘在威王的面前譖說陳駢子的壞話，判斷力薄弱的威王聽後，很生氣地想把陳駢子宰掉。這不祥的訊息傳到陳駢子的耳朵後，本能地想起三十六計的第一著，於是率領著門弟子逃之夭夭地奔到薛去。

孟嘗君一聽到陳駢子前來，立即派車馬去邊境迎接，然後以最佳的膳食供應著他和他的隨從，一日三餐，盡是五味之膳，夏天送府綢，冬天服絲棉裘，出門要慢則乘牛車，要快則駕良馬，把逃難的陳子駢弄得「樂不思蜀。」

一日，孟嘗君打著趣的問陳駢子：「你出生於齊，長大於齊，現在來這兒避難，你可曾日夜思念著你那可愛的故國？」

「沒有！我只是日夜思念著唐先生。」陳駢子一本正經地回答著。

「唐先生！不是那位盡說你的壞話的壞傢伙嗎？」孟嘗君無法不表露他的吃驚。

「是的，就是那個角色。」

「你爲什麼老是思念著他呢？」

「唉！說起來你也許不會相信。我在齊國的時候，食粗糲的飯，飲藜藿的羹湯，冬天受寒浪的侵襲，夏天則常傷暑，自從唐先生打了我的小報告後，使我因禍得福的逃到這兒來，食芻豢、飯黍粱、服輕煖、乘良馬，這樣的遭遇，教我怎樣不感謝著，不！是思念著害我的他哪?!」陳駢子理由滿滿充分的解釋著。

古今中外的定律是：壞蛋們往往千方百計以迫害聰明才智者，唯有時「害之適足以福之」！

鷄定・鷄足

鬥鷄這玩藝兒，在春秋時代已很盛行了。

有一回，魯國的季孫氏約定和郈昭伯氏鬥鷄，郈氏先作弊，把芥末塗抹著鷄翅，用意是想著搏鬥時讓粉末辣住對方的眼睛，季孫氏更厲害，在鷄距上紮上了銅針。二者戰鬥的結局，季孫氏敗績，鷄的敗績，使鷄的主人失去了戰勝的面子，季孫氏大大光火後，竟遷怒到勝者的主人身上去，立即命下人侵佔了郈氏的宮室作爲自己的房舍，郈昭伯亟圖報復，立到魯昭公那兒告狀：「在魯襄公的廟裏作『八佾』之舞的，祇有二個人吧，其餘的盡在季孫氏那兒禱舞，想想看吧，季孫氏竟這樣強兇霸道，無法無天，假如讓他再跋扈下去，恐怕公家祇有名存而實亡的份兒。」

昭公把這件大事和大夫家駒商量，家駒分析著道：「季氏的得勢，三家——孟孫、叔孫、季孫——合一，其德厚，其威強，千萬不可輕舉妄動，動則連你也不利。」

昭公居然不理會客觀環境的大勢，糊塗地命令著郈昭伯率領著士兵去進攻季孫氏。

三家中的其餘二家——孟孫與叔孫——一得到季孫被攻的消息，立即召開家族緊急會議：「假如沒有了季孫氏，當然也不會有我們的存在，這是唇亡齒寒的原理。」於是毫不遲疑地二家隨即起兵去救季氏。

郈昭伯受不了三家強有力的合攻，兵敗被殺了，魯昭公也只好識相地自己走上逃亡的道路。

這件小事，歷史上有個名字，叫「鷄定」，錯了！實際上是「鷄足」之爭。

競爭、爭鬥，往良好方面發展是爭成績、爭鑽研、爭建設成功；但偏有相反的，如——郈昭伯由鬥鷄、鬥氣到鬥人，結局是鬥完了全家族，鬥鷄跑狗，於人何益？

弦外之音的諍諫

魯哀公想把王宮西面的舊居，擴充得更大些，變成爲內宅；史臣爭阻著，其理由是如果再把舊居擴充爲內宅的話，一定會遭遇到不祥。

哀公光火了，他認爲史臣不能拿這樣薄弱的理由來阻擋一個當權者的建設。

隨著，左右的人也都跟著諫阻他，哀公偏不吃這一套。

情勢僵化後，哀公便親自去請教自己的師傅宰折睢：「老先生，我想把西面的舊居拆掉，再擴建成內宅，但一般無聊的史臣，都以爲不祥，不知你的意見怎樣？」

宰折睢沉默了一會兒後，才慢條斯理的道：「天下事，有三大不祥，擴充西面的舊居，大概是不算在『不祥』的裏面吧，我以爲。」

哀公大喜過望地簡直想跳到半空去，因爲這幾句話正中了他的下懷。於是，在喜了半天後，他又發問了：「那麼，什麼叫作三不祥呢？」

「哦！聽著！不行禮義，一不祥；嗜慾無度，二不祥；不聽人家好意的勸諫，三不祥。聽清楚了沒有？」宰折睢淡淡地解釋著。

「……。」哀公半天說不出一句話來，結果是懷著無限沮喪的心情回去。從此之後，再也不敢提起擴充舊居這回事。

勸諫的方式多得「莫佬佬」（杭州俗語）！譏刺、訕嘲、明點、暗諷，甚至於「不屑諫的諫」……等是。

盜的道

隱士秦牛缺背著旅行袋駕著馬車，獨自在山中旅行時，碰上了土匪。土匪們好厲害，先搶奪了他的車馬，然後再洗劫他的行李和衣服。

土匪們逃去了一小段路後，似心有所不甘的又折了回來，他們竟找不出秦隱士有半點驚惶的樣子，相反地，倒是隱隱地有一種說不出的歡欣之色存在著哪！

「喂！我們搶奪了你的財貨，用刀威脅你，而你却半點也沒有驚惶的樣子，這是啥個道理？」土匪們對於這個秦隱士的這種一反常態的樣子，不得不探問個究竟。

「車馬是用來乘載身體，衣服是用來遮蔽身體的，聖人早主張，不以『所愛害所養』。」秦牛缺若無其事般對著土匪們講起哲學的大道理來。

土匪們聽了這篇大道理後，彼此相視著笑了笑。有一個說：「不因慾望而傷害著生命的，不因財貨而勞累身體的，即是世上的聖人。假如因這件劫案而讓他宣揚出去，那你我還會有活著的道理嗎？」

衆人面面相覷著。說話的那個土匪隨即抽出刀來，一刀就把秦牛缺撳翻在地上，然後才呼嘯地揚長而去。

對盜而談道，秦牛缺弄錯了對象，結局招致殺身之禍，俗語的所謂「討死啦！」正是秦牛缺的寫照。

所以，要誠懇地奉勸作爲座右銘的：認識客觀環境，然後才能談「待人接物」。

禍？福？

宋國有一家三代行善的大慈善家，家中所豢養著的一條黑牛，無緣無故地養出一頭白犢來，善士感到納罕，就去巫卜先生處請教。答案是：「這是吉祥的朕兆，可以薦饗於鬼神。」

過了一年，大善士突然地瞎去了眼睛。而那頭黑牛又生一匹白犢來，主人又差人去請教巫卜先生。

小主人有點不大高興了：「前一回已請教過了，而你竟瞎去了眼睛，現在不過是重複一遍，我看還是省省吧！」

「聖人們說的話，往往是先忤而後合的；這件事還不能作一個結論，你不妨再去問問看。」作尊長的用持重的看法並命令著小輩去遵行。

兒子不得已只得依照吩咐行事。

巫卜先生仍是那句老話：「吉祥，可以薦饗鬼神。」

兒子回家後，照本宣科的說了一遍。

老頭兒說：「那沒錯，就照先生所說的話作去。」無緣無故地兒子又瞎去了眼睛，時間恰好是一年。

在全家的嗟歎聲中，楚國來進攻宋國了，於楚兵重重包圍下，宋國艱困到「易子而食，析骨而炊」的地步，壯丁多死亡，老病童稚都須上城去輪番戍守，但一個孤城，怎禁得起楚兵的猛攻，城破了。各城門的看守者全被楚人屠殺。而擁有白牛犢的那二個——父子，因係瞎子，因此免去了守城，而躲過了這一屠殺的災厄。

當楚兵回去後，有白犢的父子二人竟全恢復了視覺，同平常人一模一樣。眞是千古奇聞。

古人奉爲圭臬的格言是：「天道無親，惟善人是親。」宅心多存一分厚道，處世多行一些好事，則在冥冥裏，已把自己的「歹命」扭轉。

仁人

在一次圍獵中，魯國大夫孟孫氏狩獵著一匹小麑，他喜不自勝地叫侍從秦西巴先把牠帶回家去烹調，準備著一頓精美的餚饌，等他回來享受。

秦西巴帶著那匹小麑剛上路，就發現有一匹母麑在前後左右不即不離的尾隨著，啼叫著，聲調是萬分的凄悲，秦西巴覺得萬分的不忍，隨即擅自把小麑給放走。

一回家就想大快朵頤的孟孫，匆匆地跑到廚房裏去張望，却半點也找不到麑的踪跡：「麑兒到哪裏去了？」他憤憤地責問著。

「因爲老母麑一路的跟著，啼叫著，因此，我覺得很不忍，私下把牠放生。」秦西巴把實際的情況作很誠坦的報告。

「去你的！倒把我的一頓美味給攪光。」孟孫氏於暴跳如雷的叱責後，立即把秦西巴趕了出去。

這件事大概是約摸過了一年的光景，孟孫氏居然一反常態，恭恭敬敬地去請秦西巴回來作他的兒子的師傅。

「這是怎麼回事啊？以前把他攆了出去，現在又把他迎了回來，而且還升作師傅呢！」左右不解地爭問著。

「唉！你們只知其一，不知其二，且聽我說來，秦西巴先生連一隻小動物，尚且感覺不忍而把牠放掉，對人的仁心是更加不用提。」孟孫氏很理智地解釋著。言下，頗有點懊悟以前一時的孟浪，險些失去了一個「眞正的仁人」之意。

舉世滔滔泰半沉溺於物慾與人欲，惟宅心良善的仁人，才能眞正的愛人，眞正地愛物。

糊塗的賞罰

魯國季孫的家臣陽虎，掌握了大權後，即按照計畫在魯國發動政變。

魯國國王下令，把四門的城門關起來逮捕陽虎，若逮住該亂臣賊子的有重賞，若是故意讓他逃亡的則有重罰；賞與罰之間，分得淸淸楚楚。

搜捕圈一共圍了三匝，陽虎知道自己是無法逃走了，於是倒也很乾脆地拔起劍來準備自殺，劍鋒都擱到脖子上去，一個好心的看門人對他說：「天下大得很哪，陽虎先生！何必這樣想不開？」

「……。」陽虎錯愕了，因他所說的一點也不錯呀。

「我可以放你出去。」那個人相當有魄力的說。

漏過了搜捕網的陽虎，手上仍揚著劍，提著戈，當他一溜出了城門，立即回起戈來，把那個放他自由的看門人搠倒。

作了好人而沒有好報的看門者，倒在地下很憤慨的說：「我並沒有參與你的造反，現在爲了你，將受到死罪的懲罰，結果你反而把我傷害，你是人，你有沒有人的良心？」他掙扎了一會，又歎道：

「對的！你必須有這種難關來折磨你。」

魯國國王聽說陽虎被放走了，大大地光火了一陣，問他逃的是那一個門，使人把守門的統統給關起來，然後對那個受傷者大加賞賜，而「莫須有」的倒反而給了罪。

值得使人警惕不已的是：一個社會，要是已腐蝕到賞罰不明，是非不分，黑白不辨的程度，則其去「毀滅的指標」已不遠。

宥卮的啓示

當觀光之風吹遍了列國時，孔子也未能免俗地動起了遊興來，就在他老先生率領著弟子們參觀魯桓公廟的時候，驚訝到廟裏還擺著一只盛器叫做「宥卮」的，孔子把玩了一回後，若有所感地歎息著：「眞是好運氣呀！我竟還有機會能看到這只容器。」說罷，回過頭來，對著弟子們道：「有勞那一位去打些水來。」

水取來後，就灌注，當水灌了一半時，這只宥卮就保持著平衡，水一滿貫時，它就顚覆了過來。

孔子很認眞地嚷著：「好得很呀！持盈啊！」

子貢在旁邊站了半天，立即把握了疑惑：「什麼叫作『持盈』啊！老先生。」

「太滿了就反損。」

「什麼叫作損？」

「大凡物盛極則衰，樂極則生悲，日過昃就移影，月盈了就虧。所以聰明睿智，應當以『愚』來守；多聞博辯，宜以『陋』來守；代力毅勇，須以『畏』來守；富貴廣大，要以『儉』來守；德施天下，則以『讓』來守，這五大原則，是先王所以守天下而永遠不會喪失的，倘使有人偏要違反這五項原則，則沒有不招致危險的，大的可使國家遭受危害，小的則使個人身敗名裂。」孔老先生不厭其詳地又把握了題旨給弟子們上了一課。

滿必招損，謙者得益；是千錘百鍊的金玉良言。

神偷

楚國的大將軍子發最喜愛那些一身擁有技藝的人。有一個小偷兒，知悉他的脾胃後，馬上去求見，他首先對接見他的副官說：「聽說大將軍最喜愛一技在身的人，我就是一個懷有薄技的小偷兒，希望能在大將軍麾下補一名三等兵。」

大將軍子發聽到一名有技術的人來求見，喜歡得不得了，連軍服都未穿得整齊，帽子也未戴好，就親自出來迎接，左右的人都大不以爲然地勸阻著：「小偷兒，是偷鷄摸狗的角色，何必有勞大將軍這般的躬親招待呢？」

「這不是你們所能明白的。」大將軍不顧左右的勸阻，依然按照通常的禮數把小偷兒當賓客般地予以接待。

過了不久，齊國起大兵來攻打楚國了，責無旁貸地，大將軍子發也就帶著麾下的勁旅到邊境去抵抗，可是很不幸，一連三次盡吃敗戰，而却退了下來。

楚國的賢良大夫們都絞盡了大量的腦汁去籌謀，無奈齊國委實太強盛了，仍弄得一籌莫展。在群情惶惶中這位小偷兒乃跑到帳前對著大將軍說：「我有一點小本事，希望能爲國家出出力。」

「行！」大將軍異常興奮的答道，一時，竟喜歡得沒有問淸他到底是有些什麼技能爲國出力就差遣他出去。

小偷兒就在當天的夜裏，把齊國大將的「幬帳」給偷了回來，並獻上去。

翌日，天一亮，大將軍即差人把幬帳送回到齊國的前敵司令部去，說是：「本部下有一位小兵出去打柴，拾到貴將軍的幬帳，現在奉回，請好好地保管。」第二天夜裏，小偷兒又去「大展神通」一番，這回偷回來的是齊國大將的枕頭，子發又差人把枕頭送回去。

第三天，小偷兒再度去施展他的妙手空空的絕技，這回，却偷了齊國大將頭髮上的簪針，當然嘍！子發又差人把簪針給送了回去，而且禮數比以前更要周到。

齊國的將領們都知道了這件不尋常的事件後，無不惶惶然地人人自危，於是一個機密的軍事會報終於召開了，大將軍把自己的觀點與想法毫無保留地說了出來：「假使現在不趕快走的話，恐怕楚國人立即就要來偷走我們的腦袋！」

於是馬上下令班師回國。

一場殘酷的戰爭就這樣輕易地結束。

由此可知，偷，雖爲人人所不齒的鄙劣行爲，但那是「偷」字的「狹義應用」；倘能「以偷制止侵略，制止罪惡的戰爭」，則偷又有何妨？古斯巴達的學生，均被迫上「偷竊的一課」，其意並非教人踰牆鑽洞去偷竊人家的財貨；恰相反，乃係竭盡個人的才智去偷竊敵人的軍用物資，這才是「偷」字的廣義應用。

相馬

秦穆公以一副純然憐憫的情調對著伯樂道：「孫先生，你的年紀大了，可有些子孫能承繼你的『識馬的工作』嗎？」

伯樂從從容容的答道：「一匹良馬是可以從『筋骨』方面來相的，但這個須會相天下之馬的人才行，如相馬的外相，則有時甚至連其奔跑都沒法摸準，二者若失其一，那麼，良馬準會『絕塵弭轍』疾馳而去的。我的子孫都是些下駟之材，對他們只能談『良馬』，却不能對他們談『天下之馬』。我有一位專管採辦叫『九方堙』的，這個人對於相馬，決不在我之下，請讓我帶他來拜見你。」

穆公接見了九方堙後，即叫他去求馬——千里馬。三個月後，他回來報告說是：「已經找到了，現在沙邱上」。

「那是怎麼樣的馬？」穆公很興奮的問著。

「牡的，黃鬃馬。」

穆公立即差人按址去牽來，却是一匹牝的，驪色的。穆公無法壓住內心的不高興，把伯樂找了來：「糟了！孫先生，差那位先生去求馬，竟連毛色、牝牡都搞不清楚，他怎麼能相馬呢？」

伯樂喟然地歎息起來了：「事態竟會糟到這種地步！我告訴你，像九方堙所看到的是『天機』，只顧求得其精，而忘掉牠的粗野，重其內在而忘掉其外表，見其所見，而不見其所不見，我敢保證，像他所相的，的的確確是眞正的千里馬。」

世人往往只重外表的「賣相」，而忽略其內在的才華，正因唯此，不但喪失了「千里馬」，抑且喪失了「棟樑材」。

青荓這個人

下了辦公後的趙襄子，依舊騎著馬，在自己的大花園裏閑步，藉以遣散一天的疲憊。當行到橋樑邊，坐騎驟然失驚，再也不肯前行。這時，青荓是唯一的侍從副官，跟隨在左右，襄子回過頭來，對著青荓說：「你去橋垷下查一查，下面是不是藏匿著陌生人？」

青荓跳下來，去橋垷搜查。嘿！刺客豫讓正睡在那裏，裝出一付死人的模樣，當他一看到青荓走近前，馬上怒叱著：「滾開些！我還有要緊事未辦呢！」

青荓一時楞住了，因豫讓不但是與他認識的，而且還是多年的好友吶！於是他不得不開腔：「喂！豫讓先生，我少年時候跟你作朋友，現在又碰上你有大事要辦，假如我去洩漏機密，那就失去了作朋友的意義，但是，現在你的目的是要刺殺我的主人——趙襄子。假如我不去報告他，有刺客，則顯然是對他不起，而失去了做下人的道義，像我的處境，竟會弄得這樣的尷尬，算了，不如死了倒也乾淨。」

於是，毫不猶豫地拔起劍來，自刎在豫讓的旁邊。

當公義和私誼發生了絕不相容的衝突時，應理智地思考，謹愼地抉擇。

士・國士

齊國有一位賢人，名叫北郭騷，他雖一天到晚忙著「結網罟、捆蒲葦、織葩屨」的工作，結果還是很難使自己和母親免於饑寒的交逼，在非常狼狽的情況下，乃踵門去求見宰相晏子：「請賜點什麼吧，好讓我贍養我年邁的母親。」

僕人們乘機把北郭騷的行狀向晏子推薦一番：「這位是咱們齊國的大賢人，他講究義氣，連尊貴的國王都不能派他作臣子，公侯不能跟他作朋友。凡是不義的東西，他絕對地不苟取；假使能符合著義的範疇，他是能赴死不避的。現在爲了要養活他的母親才登門來請求，這說明他非常尊敬你，就請你賜贈點什麼吧。」

晏子差人把倉庫裏的米穀和府庫裏的金錢，隨便拿些給他，北郭騷不要錢，只拿些米穀就走了。

後來，晏子突被國王不信任起來，其可怕的程度逼迫得他非出外逃亡不可。於是這位賢明的宰相特地駕著車專程到北郭騷那兒去辭別，這時，北郭騷剛巧在沐浴，一聽到宰相專程來訪，慌忙的跑出來迎接：「你要到哪兒去？」

「國王對我有點不大信任，我想我最好是換換環境，到外國去旅行一次。」晏子把很嚴重的問題說得很輕鬆。

「好吧！那麼你自己多多自我珍重吧！」北郭騷用的完全是一副漠不相關的口吻。

晏子原打算從這位賢人的口頭上得到一些安慰，結果却一無所獲，於是，憂悒地爬上了車子，一路上嘆息著：「我的逃亡大概是應得的吧！因爲我太不『知士』呀！」

晏子終於揚著鞭，離開了國門。

晏子一走，北郭騷以最快的方式集合了他的友人，並對他們說明晏子的義氣，而自己且曾向他討粟以救母，最後他鄭重地指出：「贍養而及到人的母親的，應當替人家抵難，現在晏子被國王『見疑』，我當以我的人格來替晏子表白他的清廉。」

然後，北郭騷穿了很齊整的衣服，叫他的朋友持著琴、捧著笥，跟著他到朝廷去：「晏子，是天下的大賢人，現在他離開了齊國，齊國遲早一定會被人侵略，與其眼看著國家失去了賢人而遭人壓迫，不如早死。」同時，又對著他的朋友說：「請把我的頭顱放在笥匣上，就託你捧著代我表白一番」。

於是北郭騷拔起劍自刎！

受北郭騷委託的那個友人，乘機對著群眾說：「北郭先生爲國家而犧牲，我將步北郭先生的後塵。」於是他也拔起劍來自殺！

齊國的國王聽到國內在一天之中失去了三位賢人——一位出亡、二位死亡——後，大起恐慌，遂慌忙地自己駕著車子，去追趕晏子，在郊外，終於追到了，於是，很慚愧並且很謙恭地請晏子仍舊回國主政。

晏子在國王誠懇的敦促下折駕回來，但一入京都，就聽到北郭先生等二人的死訊，他內心懷著無限的悲痛，哀悼著這對死難的賢人：「我的出亡，不是很適宜的嗎？從此之後，我愈更加不知『國士』了。」

「國士」的謀國，純粹基於正義公理與高矚遠視！而遠視高矚與正義公理，常須以志士仁人的寶血去拂拭，方更能放射其毫芒。

用「生命」治病

齊王患了一種奇異的毛病（糖尿病）——消瘦病。乃差人去宋國迎接名醫文摰來診治。

文摰隨著專差到達後，仔細地診斷了一遍，立即出來，對著太子說：「國王的病是可以治得痊癒的，但是恐怕一旦把國王的病治好後，我這條老命就保不住了。」

「爲什麼會這樣？」太子很驚訝的反問著。

「因爲不激怒國王，則這種怪病治不了；激怒了國王，則他一定不會放過我。」

太子磕著頭，禮貌很周到堅請著：「假如國王的病治得好，我可以我和我母親的人格來保證，並以死來諍諫，使國王絕對地不敢動你一根毫髮。好大夫！請你看在我和我母親的面上，無論如何救國王一命吧！」一種純然的父子之愛的至情，流露在太子的言詞與表情上。

「好吧！現在我以我的生命來治療國王。」於是和太子暗約，將有三次由國王下手令去請，而偏藉故不來。

這麼一來，國王的「無名火」被撩撥起來了。

最後，文摰擺著大架子慢呑慢呑的來到，一到國王的寢宮，鞋襪也不脫掉，逕自跳上國王的龍床，亂七八糟地踩踏著國王華麗的衣衫，嘴裏還不乾不淨地，夾雜著一些不中聽的話：「到底有啥個了不起的屁病！」

國王氣得暴跳如雷，半句話也不願和醫生談。

於是文摰又故意地找些風涼話來諷嘲他、刺激他，這一下，把一個枯瘦如柴的國王氣得想跳到半空去，由於這一氣，他的病居然給「氣好」了。

但是，事情的糟糕也就在這兒，國王的大發脾氣，並沒有跟著他的病的「痊癒」而停止了下來。相反地，「氣」却一直生著，而且一定要把醫師活生生地烹死，太子和皇后，急得滿頭大汗的去爭勸，可是一切等於白說。結局。文摰是註定非烹不可的。

以生命去救人的名醫文摰，被殘暴的國王放在大蒸籠裏，烹煮了三天三夜，可是不知爲了啥個原因，文摰不但沒有被蒸死，而且連一些些的顏色都沒有變，惟他的內心却感到無限的痛苦。因此，對著劊子手們說：「如果一定要蒸死我的話，請你加上一個蓋子吧！」

國王立刻叫人加一個蓋子上去，文摰就這麼從容地死去。

不爲良相，必爲良醫。而良醫的「捨己救人」，原是醫生們的至高無上的美德，文摰大夫充分的把這種精神發揮出來。

被掩埋的忠心

楚莊哀王在雲夢狩獵，國王的弓弦才響，一匹碩大無朋的大犀牛（古時稱作兕）立即應聲倒了下去，侍從們正想把牠擄獲過來時，刺斜裏殺出申邑的公爵名叫子培的，不問緣由地跑到國王的面前，把獵品劫持而去。

國王初很驚愕，繼即動起肝火來：「這樣的魯莽，一點禮貌都不懂得。來，把他逮起來，推出去宰了。」

左右的大夫眼看著事情鬧大了，都代子培求情地勸諫：「子培是一個很賢慧的人，而且比別人要賢明得多。可能這其中必有原故，希望國王先仔細地調查一下再辦。」

盛怒的國王不理這一套，事情也就不了了之了。

過不了三個月，申公子培竟稱病死了。

子培死後不久，楚國和晉國發生大規模的衝突，戰爭的地點是在兩棠，楚國因得地利，更兼將士用命，居然得到大勝。

國家行賞這次有功於軍旅的人員，申公子培的弟弟，也到吏部去請賞，其冠冕堂皇的理由是：「別人的功勳是建立在軍旅，但我的哥哥的功績却建立在『車下』。」

「這是怎麼的說法？」國王看到他的請賞的申請書後，大惑不解的問道。

「我哥哥犯了『不敬』的罪名，觸『死亡之罪』在國王的邊側，其一片愚心是盡忠於國王的玉體的；這樣，目的無非在使國王享有『千歲之壽』，因爲我哥哥嘗讀《故記》說：『殺近身之犀的，其命運不出三個月。』（楚人一向迷信），所以我哥哥爲了擔心國王的壽命起見，甘願冒攫取近犀的咒語，替國王受死。」申公子培的弟弟把這一段原委公開了出來。莊哀王使人開發平府來查證，於《故記》中果然有著這樣的記載，於是乃重賞已亡故的申公子培，以褒獎他的忠心。

忠誠於事事物物，乃是人性靈魂的具體表現；不幸，它常是掩埋在被矇蔽、詐僞的「冰層」下，惟有春天炫亮的熱暉的解凍，才顯露其毫芒。

也算是「一技」

公孫龍子在趙的時候，對著弟子們佈道：「一個人，倘使連一點起碼的本領都沒有，那我是說什麼也不願跟他作朋友的。」

有一個穿短裝的客人來求見，開門見山的話是：「我有本事，因爲我會大聲地『呼喚』。」

公孫龍子回頭問門弟子：「門下已有了會呼喚的人嗎？」

「沒有！」門弟子不屑地帶著鄙夷的聲調回答。

「那麼，給他補一個弟子的名額吧！」老師吩咐著。

過後不久，公孫龍子要去說燕王了，行到河邊，沒有渡船，所有的船都在河的那邊，於是這位會呼喚的學生派得到用場啦，他大聲一呼，所有的船都搖了過來。

一種薄技附在身上，勝過一筆龐大的不動產，諸如「良田千畝」與「黃金滿筐」等的實際效用，都不及它！

知音

某一個夜晚，中國的大音樂家鍾子期，正聚精匯神地在聆聽著管弦樂的演奏，就在衆樂齊舉、百音並湊聲中，突然，他意味到那一縷淸幽的磬音，蘊涵著無限的悽悲，他再也不忍心的聽下去，對著這一縷縷無形的樂音的打擊。於是，立即叫人把那位擊磬者請了來。

「先生，你有什麼不順意的事嗎？你擊磬時所發的音節，含有無限的悽切」。這位以耳朶能窺見人家內心情操的大音樂家，很關切地問道。

「我的爸犯了不能饒恕的殺人罪，是再也活不了了！我的媽早已成爲公家製酒的『酒奴』，我呢，是公家的一名樂伎——擊磬奴，我已有三年不曾跟媽媽見面了！昨天，在墟集上，湊巧碰到了我媽，我想，我應當怎樣來替媽媽贖身呢？可是我沒有一文錢，而且連我自己的身體也是屬於公家所有的。先生！像我這樣的遭遇，敎我怎能以愉悅的心情，來爲大家取樂呢？」

鍾子期聽後，萬分難過地喟歎著：「唉唉！心呀！本來不是臂，臂呢，既不是木椎，也不是石頭；可是，傷悲一旦鬱積在內心裏，連木石都一起有了反應啊！」

知味者衆，知人者少，知音者稀；多麼令人爲之扼腕、沮喪、喟感兼長歎息的「少之尤少」啊！

聰明過頭的國王

出奔到衛國來避難的齊湣王，心情自然是不會愉悅的。

一天，他循例地在庭園裏蹀躞著，驟然，以煩憂的神情問一起出亡的侍臣公玉丹：「我已是出外逃亡的人了！但是，直到此刻，仍然想不通究竟為了啥個緣故，我會不安於其位而必須逃亡，假使能尋出那個道理來，就由我自己來負那個責任吧。」

「我以為你早已明白了逃亡的道理哪，結果你還未搞清楚呢？我的天！」公玉丹輕寫淡描的微帶有訕譏的口吻道：「咱們說實在的，你的所以會搞到這樣狼狽不堪的樣子，就是因為你處處、事事都太聰明了，認定天下的諸侯都不及你，這些都不及你的諸侯，因之也就恨透了你這麼個聰明一世的『所羅門王』，因而這群「笨伯」就笨得可以聯合起來攻打你，懂嗎？聰明的國王，這就是你逃亡的基本因素。」

湣王慨然地歎息著：「聰明的國王就會有這般不幸的遭遇嗎？」

「那可不！」公玉丹對於這個自以為是的國王的未能領悟他的語意，只好用這樣的句子來表示他的遺憾。

「聰明的笨蛋」的行徑，不由得教人聯想起莎翁的話：「愚者認爲自己是聰明的，但眞正聰敏的人知道自己是愚者。」

始終不懂得「自我檢討」的，哪怕是到了「窮途末路」，依然是執迷不悟。悲夫！

知人

齊國的靜郭君（首相田嬰的封號）對待門客劑貌辨特別的優厚，可是劑貌辨的爲人處世，著實有許許多多值得指摘的地方，因此之故，靜郭君的門下客，幾乎沒有一個喜歡他的。門客之一的士尉，曾把劑貌辨的若干缺點的事實，向靜郭君提出報告，但靜郭君却不吃這一套，士尉感到很失面子，只得自行辭退而他去了。

孟嘗君（田文，田嬰的小兒子）又把那些事實，偷偷地婉勸靜郭君，靜郭君大發脾氣：「去你的，就是把你們都宰了，把我的家當都拆毀了，假如有一點能使劑貌辨先生稱心如意的，我仍是一點也不計較的。」於是下令給劑貌辨住最上等的賓舍，朝暮待以最好的佳餐，此外，還命令自己的大公子替劑貌辨作執御。

數年後，齊威王薨，宣王即位。靜郭君一向和宣王搞不好「公共關係」，因此自動辭職告退，回到自己的老家——薛去。

劑貌辨同靜郭君在薛住不了幾時，就告辭要去朝見宣王。

「宣王對我的印象委實太壞了，你要去朝見他，恐怕連你也免不了一死吶！」靜郭君很不以爲然地勸阻著這個他一向寵愛並信任的人物。

「我這一去，原也不想活的，還是讓我走吧！」劑貌辨答得異常的肯定。

靜郭君無法挽留這一個他最喜愛的人物，只得順從其意地讓他走。

劑貌辨立即去求見齊宣王。宣王聽到這麼個佞嬖的角色膽敢來求見，登時，怒容滿臉地立予接見，並準備給他「好看」。

劑貌辨一走上陛墀，宣王立即先聲奪人的道：「喂喂！你是靜郭君的最最『聽愛』的人物嘍……。」

機智便給的劑貌辨，不讓題旨溜走地隨即抓住了『聽愛』二字疾忙作答：「愛是有的，聽則並無此事呀！」

「哼！」宣王用鼻音來表示他充分置疑的態度。

「大王請聽我說！」劑貌辨從容地答辯：「當你尚在作太子的時候，我就悄悄地對靜郭君說：『太子的容貌，似乎不是「仁者」的樣子，而且耳朵長過腮部，眼睛老是睃邪地偷看人，像這樣的人物，恐怕是一個不易懂得大道理的儲君，不如趁早把太子換了吧！立衛夫人的兒子校師來作太子更較爲適當些。』

「沒想到當時靜郭君竟流起眼淚來，大不以爲然的說：『不！我不能這樣做，我不能「以貌取人」。』如果當時靜郭君肯採納我的話，哪會有今天的摜紗帽退居養晦呢？這是第一項。」

「靜郭君到了薛之後，狡獪的楚國得知這項訊息，慌忙派代表來向靜郭君表示，願以楚的東境的數倍大的土地來和薛對換，這當然是很划得來的，於是我妄自主張的說『算了！就換吧！』

「靜郭君怎樣呢？他義形於色的駁道：『我受薛的封地於先王，這是萬世不易之基，再多也不能換。雖然後王（指宣王）對我有些惡感，但我撫心自問，無論如何是對得起先王的，且先王的宗廟在薛，我怎能忍心把先王的宗廟去和野蠻的楚國人作交易呢？』於是靜郭君又不肯聽從我的話，這是第二項例證。」

聽到了這段曲折的原委後，宣王把剛才倨傲的態度驟地收斂起來：「劑貌辨先生，靜郭君對待我，一直是這樣的善意嗎？唉唉！我太年輕了，連起碼的事理，半點也不清楚，劑貌辨先生，請你現在專程替我去請請靜郭君到這裏來，好讓我當面向他道歉一番。」

「是！」劑貌辨鞠躬地答應著，退了下去。

靜郭君重新入朝了！他有意地穿著威王時代的朝服，戴著威王時候的帽子，並佩著威王贈給他的寶劍。樣子純然是威王時代的重臣來朝見新主。

宣王親自迎接靜郭君於郊外，望著先王時代的老臣，禮儀甚恭的涕泣。

君臣到了廟堂後，宣王即請其恢復執政，靜郭君一再婉辭；不得已，只得禮貌樣的接了。過了十日，稱病，又強辭；過了三天，才蒙准許「告老」。

靜郭君和齊宣王的一場不愉快，在門客劑貌辨的巧妙撮合下，終於冰釋了，從此，他的地位，安如磐石。

人，貴有「知人之明」！知人的人「得人」，不知人則「失人」。由失言、失人，勢必失事失敗；相對的，由得言得人準得勢、得意。誠如是，則成功已是「明珠在握」，得手應心了。

衛道・殉道

墨家的鉅子（領袖、掌門人）孟勝，和楚國的陽城君很要好。陽城君叫孟勝替他守國（封的城地），並砸了一玦璜玉和他相約：「以後只要認淸符合這塊玦玉就可移交。」

楚悼王薨後，群臣群起而攻大將軍吳起，舉兵的場所就在國王的殯儀地。陽城君也參加。事後，繼任的楚肅王把叛亂弭平下去，一定要把責任追究到底，陽城君懼罪，只好遁逃出國，楚王乃把陽城君的封國予以沒收。

這個難題可把孟勝困擾住了，於是乃和門人們商討：「受人之國，以符璜作表約，現在沒有符約，怎麼能移交，但自己的力量，又不足以抵抗，不如還是死了吧！」

弟子中有叫徐弱的持相反的看法：「死了假如有益於陽城君，那是有價値的；要是死了一點也沒有裨益，反而把墨子的衣缽給斷絕，這是很不聰明的。因之，我認爲你應當好好地重新考慮一番。」

「你只知其一，不知其二！我告訴你，我和陽城君的關係，是非師則友，非友則臣的。假如不死的話，那末，從此以後，我敢斷言絕對沒有人會在墨家中求拜嚴師，更不會有人願在墨家中求結良友！而求賢良更不會在墨家中得到。因之，我願殉墨而死。我死之後，執行墨者之嚴格規律而承繼正統的，我願屬意於宋國的田襄子。田襄子是一位賢人，這樣自不用擔心墨者的絕世。」孟勝義正辭嚴地把自己的理由分析給弟子們聽。

「先生說得很有道理，我請先死，以爲先生『掃除道路』。」徐弱說罷，就自刎的死在孟勝的前面。

孟勝即派二位弟子，把「鉅子」的尊號，送給宋國的田襄子，然後自己也就自殺。他的弟子跟著而自殺的共計有一百八十人。

友誼之光，宛如蠟炬，當周遭漆黑如瀋之際，才輝耀開來；墨家素重然諾，頂富豪俠精神，故其友情最爲眞摯、可貴；且把這股豪俠重義的精神，投射在澆漓、式微，及江河日下的「惡質社會」上，作一參照吧！

掣肘

宓子賤被委派爲亶父的縣令了。他擔心著耳輕的國王會聽信別人的讒言，而使他的整套政策無法施展出來，因之，特選定於辭行赴任的時候，請求國王另外加派二個特別助理秘書。

他們三人一起到了任所——亶父。一辦公，宓子賤即明令二位秘書辦理書寫，當這二個助手執筆書寫時，宓子賤就站在旁邊，不時的掣搖他們的手臂，因此二人的書寫寫得亂七八糟，宓子賤一看到他倆寫得那麼壞，毫不客氣地大發脾氣，大聲地斥責他們。這二個助理員感到很傷腦筋，不得已，祇好自動辭職告退回去。當他倆辭歸時，宓子賤還假惺惺地予以餞別：「很抱歉，你們實在寫得太不高明了，回去之後，還要特別加油，曉得嗎？」

二個特別助理員回去後，即向魯國君王報告：「我們說什麼再也不願作宓子賤的助理秘書。」

「爲什麼？」國王大惑不解地，感到相當的詫異。

二個秘書一起答道：「宓子賤叫我們書寫，却不時的在旁邊掣搖我們的臂肘，這樣怎能寫得好，寫不好他又大發脾氣，弄得大家很尷尬，下不了臺，所以，我們只好自動提出辭職。」

聰明的國王聽後，突有所悟地歎息著道：「這是宓子賤用這項方法來諫勸我呀！他怕我阻撓他的行政計畫，因之，特地想出這套辦法來；假如沒有你們的受這枉冤氣的回來，那我的過失可能還要大呢！」

於是，國王重新委派能幹的去幫助他，並且附帶地囑咐著宓子賤：「祇要是你自己認爲是對的，有利於民的，請儘管放手作去吧！我是充分信任著你的。」

宓子賤於是大刀闊斧地把他的一套理想政策加以推行，在亶父推行了三年，人民安樂，地方富庶，成爲全國治績最良好的縣境。

在惡質化社會裏的所謂「掣肘」，是名副其實、百分之百的掣肘，但，古代掣肘的原義則不然，乃是有所抱負、建樹，自己將欲放手的作去；時人的掣肘，則是欲人的「少作少錯、多作多錯、不作不錯」的「善意反淘汰」。古今涵意的不同由此判別開來。

勇得迷糊

齊莊公的時候，有一名雄赳赳的武士名叫賓卑聚的，在一個夜裏，得了一個怪夢。他夢見有一個也是雄赳赳的勇士，戴著雪白帽，帽沿飾著紅纓墜，身上穿的是粗布白衫，新白襪，腰間懸著一把墨晶色的古劍，無緣無故地對他怒叱了一頓，同時，並當面的唾了他一口水。於是，他在乍驚之下，惕然地醒轉了過來。

惕然醒後，他一骨碌翻身爬起，枯坐著，心中越想越有氣。天一亮，他立刻去找朋友，並對他說：「吾自少年時代起就好勇，一直到現在，六十年間，從未受到半點挫折，昨夜竟無緣無故的受了侮辱。我一定要追索著他的容貌，能夠找到最好；要不然的話，那我只好自殺。」

他每天會同友人站在街衢上等候，一共等候了三天，始終找不到半點影子，於是自己憤而自殺了事。

大勇，勇於愛眞理、愛人民、衛國家；小勇，勇於保衛一己、一鄉一族、一宗一姓；「狗勇」，勇於打鬥、咬人！「鼠勇」，勇於被人當作「工具」猶不自知。

好厲害的眼睛

齊桓公跟首相管仲推行了「尊王攘夷」的政策後，首要步驟即實行冠裳盛會、會見諸侯，請他們到指定的地點來「加盟」。

衛國偏偏滿不在乎的沒有派代表來與會。

桓公光火了，決心以霸主之尊，拿出點「武力的顏色」來給它膺懲一下。因此，當他又同管仲詳細地討論伐衛的策略後，即行退朝，回到寢宮休息。

剛一踏進衛夫人的寢房，衛夫人立即以「大禮」迎接，跪在地上磕頭：「請求君王赦免衛君的無知，免去人民的一場災劫。」

「我沒有什麼呀！對衛國仍舊是敦睦邦交，你憑什麼要這樣的隆重其事的求赦呢？」桓公的內心，非常的納罕和吃驚。他想道，哪位耳報神把情報這麼快的遞了進來。

「當你進來時，我已看出來了：你剛進門，高趾闊步，意氣昂揚，正說明一定有征討的企圖；當你一看到我的面孔時，馬上就動容變色，這還不分明是伐衛嗎？」衛夫人很精明地分析著他的心理的與外表形態的變化。

桓公默然無話可說。

翌日，他上辨公，一看到首相管仲迎面而來，慌忙作揖的踱了過去，還未及開腔，首相先開口：

「你已取消了伐衛的計畫嗎？」

「你怎麼曉得的？」桓公詫異，不知怎樣辨才好。

「你對我作揖的態度太恭敬了，想說話又老是囁嚅著，滿面孔儘是慚愧的樣子，這不啻通知了我呀！」管仲也以心理學者的態度分析著。

「太好了！仲父治外，夫人治內；這樣，我大概不至於被諸侯所笑話了吧！」桓公找出這麼一句話來打圓場。

攻衛的計畫也就不用提了。

明察、細析、洞悉在眼底下進行著的事事物物，則眞正的「智識金字塔」的底層已告奠基；而顢頇、迷糊、自我膨脹爲「聖賢」的「假先知」，其言論，終歸是沙漠中的海市蜃樓。

最出色的間諜

齊桓公和管仲在首相的辦公廳上商討著進攻莒國的計畫，計謀尚未商妥完畢，全國已沸沸揚揚地盛傳著要討伐莒國了。

訊息的走漏，使桓公感到無限的震驚：「我跟仲父（管仲的尊稱）商討著伐莒，怎麼會在計畫尚未商討定當之前，全國就統統曉得呢？」

管仲倒沒有疑心到敵人的間諜的厲害，只是漫不經心的說：「說不定國內有聖人匿隱著吶！」

桓公略略地思索了一通：「唔！對了！那天，我們在商討時，有一個工人模樣的人，他手裏雖拿著『柘杵』，却老是把眼睛往上望，大概就是他吧！」

於是首相命令所有的工友再「復役」，不要輪替，不一會，一個名叫「東郭牙」的工友即前來工作。

「就是他。」

管仲認定了他後，即親自招待，請他上廳，分賓主坐定。

首相管仲首先開腔：「說是要討伐莒國的謠言。是不是你散佈的？東郭牙先生。」

「是的。」對方倒很坦白地承認！

「連我自己都不敢說『伐莒』，你憑什麼證據說是要『伐莒』呢？」

「我聽說：『君子善謀，小人善意』，我是以個人之意，予以忖度的。」這位工友非常鎮靜地，一點也沒有驚惶、懼怕的樣子。

「我不宣佈『伐莒』，你憑什麼忖度的？」

「因為我瞭解『君子有三色』這句古語的涵義，那即是：(1)顯然而喜樂的是『鐘鼓之色』；(2)湫然清靜的是『衰絰之色』；(3)艴然充盈而手足矜奮的是『兵革之色』；那天，我望見國王在廳上，時有艴然充盈、手足矜奮的樣子，這自然是『兵革之色』了。接著，國王緊張地儘呿張著嘴而不吁禁，這不啻說是『莒』了；而你又高舉著肩膀，這不是莒國又是什麼，再加上我自己的觀察，現在諸侯所不服的唯有莒，於是乎我大膽地假設『討伐莒國』。」東郭牙把他的見解，分條析理地縷述了出來。

管仲傾聽著，點著頭，最後讚歎著：「你眞是一個聽於無色，視於無形的最最出色的間諜人才。」

執拗兼冥頑的人，大抵是不會擁有自己的分析及毫末的見解的，因其大腦、間腦及小腦已被「冥頑和執拗的板油」所矇蔽。

眞知灼見的預言家

晉國的太史屠黍，傷心於晉出公的驕奢淫佚和社會秩序的亂七八糟，在救時無計之餘，遂下了決心，把他所掌管的文書圖案，攜帶著投奔到成周的都城——洛陽來！

周威公接見了這位投奔自由的太史官，劈開頭就問道：「縱觀世局，以太史的眼光來看，現在該輪到哪些個國家先行滅亡？」

「晉！」屠黍毫不假思索的衝口而答。

「爲什麼？」威公很納罕，也很驚訝的。

「我在晉國的時候，因不敢直言不諱；現把親眼所覩的事實說一說吧：在晉出公的統治下，天災人禍，接連踵至不算外，附帶那日蝕月食，山崩地陷，種種不祥的災異，都一一出現。這是天時方面的。其二，以行政者的作事來說，沒有一件合乎法度規章的，朝令夕改，且多得像牛毛，老百姓怨憤到極點。因此之故，沒有一個鄰國會瞧得起它的。一個國家糟到賢良盡被掩藏，小人都在囂張，還會有長久的道理嗎？所以，我敢斷言，晉國絕對是第一個被滅亡的國家。」屠黍把他所見到的事實跟現實的理論滔滔的訴說了出來。

周威公默默地點著頭，欷歔著。

過了三年，晉亡了！一如屠黍所預料的。

晉亡後，周威公特地又召見了屠黍：「現在請你看看哪一個倒霉的國家在步著晉的後塵。屠先生。」

「中山這個國家就是。」屠黍又毫不猶豫地托出他獨特的判斷來。

「爲什麼？」威公很願意聽聽到底是啥個道理的問著。

洞若觀火的屠黍不慌不忙的說道：「法令規章制度，這原是一個國家的基本大法，是人與禽獸區別的不同點，也即是君臣上下的立足點。目下，該中山國的風俗是：『以晝爲夜，以夜繼日，男女廝守，荒唐放蕩』，而不知工作和休息，一些康樂性的歌謠，是旣悽厲又悲切，而身爲行政主管的，却漠不關心，迷迷糊糊的，祇知圖一己的歡樂，不管人民的死活與國家的前途。請問像這樣的國家，不亡還有啥個天理？」

周威公憂悒地點著頭，噓出一聲呻吟也似的嘆息。

過了二年，中山國果然滅亡了，又一如屠黍所預料的。

中山國亡後，周威公又特地接見了屠黍：「屠先生，請教現在該輪到哪一個國家會緊跟在中山國的後面呢？」

屠黍緊閉著嘴巴，拒不作答。

威公請他不必客氣地，儘管說出來。

屠黍在迫不得已的情況下，只得大著膽子直言的指出：

「算來你該是中山國的第二吧！」

周威公戰慄了，慌忙作些「救亡圖存」的工作。

首先，他禮聘到二位主政的賢人——義蒔、田邑；再求得二位敢言的諫臣——史驎、趙駢。然後廢除苛令三十九條，一時政府的策令和人物，耳目爲之一新。

謙恭下士的威公復把屠黍請來：「屠先生，請你不吝的指教，這有些像復興的氣象嗎？」

「大概在你這一生，是沒有什麼問題的。」屠黍用他犀銳的眼光，說出他的判斷來。

終周威公一生，果然沒有什麼大紕漏。他死後，成周也就差不多了。

觀光問俗，小焉者探悉其民衆安和樂利，社會是否臻於健康；中焉者擷採堪資借鏡的優點來彌補自己的缺失；大焉者可判斷其國家的興亡。

該死的酒徒司令

楚龔王和晉厲公在鄢陵大戰（公元前五七五年）；第一回合交綏下來，楚軍失利，龔王且掛了彩。

當大決戰正準備著進行時，楚三軍的總司令司馬子反老是感到很口渴，非弄點東西潤潤喉不可。善解人意的侍從副官陽穀捧著一壺黍酒（高粱白乾）呈上去，蓋他深深地明瞭司令是一名嗜酒如命的人。司令大聲的叱道：「滾開點，這是什麼時候，還飲酒吶！」

「報告！不是酒。」陽穀輕柔地作答，態度純然是出於忠心耿耿的至愛。

「快滾！滾！」香噴噴的酒味兒誘得司令饞涎欲滴，但他卻口不從心的反叱著。

「不是酒，絕對地！報告司令！」陽穀很肯定地重複了一遍的說。

既然不是酒，司令就毫不猶豫地把它端起來往喉管灌下去。司馬司令有一個別人所無的脾胃；只要是他的嘴唇一沾上了酒，那就非灌飽，以至於酩酊大醉不可。於是事情的變化全循著老路走，他又開懷牛飲到醉鄉去！

楚軍既然在第一回合中失利，龔王乃想在第二個回合中求勝，遂差人去請司令來開軍事會議。回話說是司令的心臟病復發，人正在不舒服哪。

龔王不知就裏，聽到司令有病，這一急非同小可，立刻駕了車前來探望。一踏進營帳，好傢伙！司令的酒味，臭氣衝天，龔王明白了！立即退了出來，很喟感的對天長歎著：「今天這一場硬仗，我自己掛著彩；國家所指望的司令是能爲國雪恥，而咱們的司令還在醉鄉呢！這分明是一幕大悲劇，楚國的衰亡當爲期不遠。好吧！仗再也不用打了，咱們班師回家去吧！」

於是隨即班師回國。

司令酒醒後，他的首級被取了下來示衆。從此，他再也不會口渴並爲酒而傷腦筋。

酒，對她文文雅雅而知節度的，可從她身上得到怡情悅性的慰藉和舒暢；一旦不知自愛而踰越了規範，她力能使你醜態畢露地遽變成猢猻、死豬，或魔鬼，甚至於把「嗜之若命」的狂徒，綁赴「斷頭臺」。

製酒的杜康，固曾使人歡樂，更會使人「抓狂」。

斲輪

齊桓公在公廳上朗朗地唸書，工匠輪扁在公廳下斲輪。不一會，輪扁就放下了椎鑿問起桓公來：

「你唸的是什麼書呀？」

「聖人的書！」

「聖人在哪兒呀？」

「聖人已死了多年了！」

「那你唸的是他的糟粕吧！親愛的國王。」

桓公一肚子不高興，頓時把聲量放大：「我作國王的唸書，工人怎能譏笑我呢？假如能說一個所以然來，我可以原諒你；否則，你可小心著。」有權在握的人說起話來，是很易帶有若干成分的威脅性。

「好的！」輪扁不慌不忙的答道：「現在就以我的斲輪來作例證：揚起斧來太快了很吃力，太慢了則不管事，必須不急不緩，然後才能順心應手而達於至妙的境界。這種境地，甚至連我都不能教我的孩子，而我的孩子也不可能從我這裏學到。我已行年七十了，到現在還不過是斲輪而已。目下聖人所講的也委實太多了，但他們大抵都「懷其實，窮而死」的，獨有一些糟粕的紀錄留了下來，對嗎，親愛的國王？」

「……」桓公啞然地無從答起。

會讀書的是啜其精華，揚其糟粕，然後配合自己的見解和思想，從而加以運用、「活用」，以見諸行事而福國利民；光是「唸書、背書的」，整腦子儘讓別人「跑馬」，自己反成爲一隻「書袋」。試問有何用呢？

太保國王的改過

我國的戰國時期，是群雄各自割據稱霸、謀求發展的大時代。

楚國的文王乃是個中佼佼者的一員。但當他還未具此雄心的時候，却過著一段荒唐的生活，幸虧一位公忠體國的執法者——鮑申，把他糾正過來後，他才修得了「霸果」。經過的事蹟是饒有趣味的：

繼承了王位的楚文王，年事極輕，因之，對於世上的聲色犬馬，竟比常人猶爲愛好。他首先搞到一匹最好的獵犬——茹黃，又得了一套良弓勁弩，樂得他渾淘淘地，一連三四個月，天天泡在雲夢與華容之間的深山大澤裏狩獵。當這項娛樂有點索然時，他又弄到一個美女——丹姬，這麼一來，他竟連上辦公室都給忘了，時間是整整的一年。

老臣鮑申覺得太不像話了。他認爲文王這樣怠忽國事的荒唐行徑，應當照國家的法律，好好地修理一番。於是他提出申誡，一定要把文王「繩之以法」——鞭撻。

文王恐懼了，託人向他關說，理由很堂皇：「我乃是諸侯的一員，如果眞個按律被笞打了，以後還有什麼面子可去跟諸侯見面呢？」

一本正氣的鮑申，鐵面無情的答道：「我所執行的是先王的遺令，至於其他，是一律不管的。誰叫他荒唐地怠忽職守啊？他想免除這場懲罰，絕對辦不到；我鮑申寧可對他不住，卻不能不執行國法，以免對不起先王的厚託。」

文王知道求情關說也無用後，於是乖乖地願意接受懲罰。

鮑申用細小的荆條紮成一條鞭，先對文王行過臣子的禮節後，就在君王的背脊上，抽打了一頓。處罰過後，鮑申萬分難過的表白：「要明白：君子蒙受恥辱，和小人的承受苦痛是一樣的；蒙了羞恥而不知悔改，則所受的肉體的苦痛是白費的。」他帶著憂傷的心回家後，忙把準備好了的陳情書呈給文王；內容是請求賜他一死，因爲他自認自己也犯了「犯上」的法。

賢明的文王，毫無半點怨恨的說：「這是我自己所犯的過失，理當受處分，和老臣鮑申的行爲，一點也沒有關係。」於是，立頒這樣子的令：命鮑申把名犬茹黃送到「香肉店」去，把良弓勁弩折毀，再把那個妖嬈的美女丹姬送到「綠燈戶」去。

從此之後，楚文王專心一意地爲國家、爲民衆服務。

終文王一生，開拓了長江上游的土地千餘里，併吞了三十九個小侯國，人民安樂，國家富強。

當文王每一想起了這段不太愉快的往事時，總是很謙遜並惶疚的說：「我的所以能有今日的成就，是拜忠誠謀國的老臣鮑申之賜的勞績。」

謀國以忠，執法唯嚴，鮑申的精神，貫諸日月。

患了「徒法不足以自行」的，純粹不足以語此。

人・鹿・命運

齊國的兇橫殘暴的大夫崔杼弒死國王後，用鋒芒的劍尖逼脅著晏子（晏嬰）跟他一起宣誓。

崔杼首先自言自語地大聲的起誓：「不參與姓崔的而參加公孫氏——齊群公子之子，即公黨——的，雷殛火燒。」

晏子從容地俯著首，以手蘸血，仰起頭來望著天：「不參加公孫氏而參與姓崔的也雷殛火燒。」

崔杼聽後，眼露兇光，青筋暴漲地把兵器直逼到晏子的胸膛：「識相點！把你的誓言改過來！那麼，我還可以把國家來個二一添作五；要不的話，馬上要你好看。」

一點也不擺在心上的晏子，很坦然的答道：「哎！崔先生，你總唸過《詩經》的『莫莫葛藟，延於條枚，愷悌君子，求福不回』的教訓吧！難道我晏嬰還希望活著回去求福嘛！一切隨你便。」

蓋世梟雄的崔杼對這位聖賢反而無所適從了，良知逼使他深深地喟歎：「這是一代的大聖賢，絕對不能隨便殺。」劍從手中掉了下來。

晏子從容地在地上拾起了馬鞭子，叫車夫駕著回家。

僕人驚慌之餘，一陣吆喝，趕著馬兒快跑。晏子從容地撫著僕人的手說：「鎮靜些，千萬別驚惶失措。快跑，不見得能逃生，慢些，也不見得就會死。一匹鹿，雖生長於大山深林裏，但牠的生命却註定在廚竈上。我今天的生命，早已像鹿兒那樣的被註定好了的。」

從容以應變，臨大難而不改；意志、毅力、堅執，是扭轉災害成爲幸福的主因。唯大智、大仁、大勇的人，才能從從容容的表現在言行上。

另一種死法的蘊義

莒敖公罹難了。

被莒敖公罷絀的杜厲叔偏辭了他的好友，準備去爲敖公殉難。友人很驚訝地反問著：「你是因敖公的『不知遇』，才憤然的離開他的，現在怎麼爲著『不知遇的人』去赴死？這樣，不是『知遇』與『不知遇』之間，沒有了分別嗎？」

杜厲叔淡淡地把心聲訴說出來：「錯了，朋友！我是因爲他的不知遇才離開他的，現在他罹難了，而我不去死難，這不正好證實了敖公認爲我是不良的臣子嗎？因之，我此刻一定要去爲他而死，以羞羞後世那些糊里糊塗、不明他的良臣的君主。」

這位深深瞭解死的另一蘊義的杜厲叔，居然義無反顧地按著自己的想法作去。

情況進展至此，死的方法與意義也多矣哉吧！惟杜厲叔則把「自己的死」，在辭典上，增添著新的涵義：既羞羞顢頇糊塗的執政者，也羞羞無恥貪生的「貳臣」。

寶劍用以自救救人

有一個荆州人名叫次非的，無意中得了一把寶劍——干遂，他喜孜孜地帶著劍回家。渡江時，船行至半途，被兩條長蛟夾繞住了。

船在激烈的顚簸著，次非摩娑著寶劍，問問舟子：「你可曾碰見兩條長蛟（大流鰻）繞纏了船，大家仍都有活著的機會？」

船夫搖搖頭，態度很堅決。

次非乃攘臂脫衣，拔出了寶劍，說道：「蛟是江流中的腐肉朽骨，有劍不用而愛惜自己的軀體，這算是老幾？」語畢，遽然跳進了江裏去，手戮兩蛟，然後從從容容的爬上船來。

寶劍不僅用以禦侮，也用以制強拯弱兼救人；是爲寶劍的崇高定義。寶劍如用在表演與專事幹著「見不得人的勾當」，那是歹徒的污衊了它。

不同的判斷

楚莊王想把毗鄰的陳國先行吃掉，作爲稱霸中原的鋪路工作，於是派著幹練的間諜去探察該國的虛實。

不久，諜報人員回來了，用十分堅定的口吻報導著：「陳國攻打不得！」

「爲什麼？」莊王頗爲吃驚的反問著。

「陳國的國防，非常的鞏固，城牆是加得那樣的堅厚，壕溝挖得旣闊又深，倉庫的堆積，堆得滿坑滿谷。」諜報人員列舉了三項他所親自目覩的情況，作爲犖犖的大理由而陳述著。

「……。」莊王有點沮喪了。

另外一位臣子，名叫寧國的，思索了一通後，滿滿興奮的站了起來：「假如這情報是萬分正確的話，陳國是應該可以攻打的；並且，我預料我方一定會得到勝利，這怎麼說呢？我的理由和判斷是：倉庫堆得密密麻麻，一定是苛捐雜稅很重，賦稅一太重，百姓的心中一定會埋怨；城牆加高，壕溝挖深，則百姓一定會被勞役累得透不過氣來。根據這三點實例的反證法，我人應該即時起兵，陳國一定會無條件的投降。」寧國作了一次深入淺出的分析，並從另一個角度的看法來支持他的判斷的正確。

楚莊王採納了寧國的判斷，立即起兵攻陳，陳國果然無條件地投降。

大凡每一件事，總有不同的看法，不同的判斷。惟有深入的研究、客觀的分析者，最能抓到事態的核心；而光看事態的表象，遽下粗糙的判斷兼粗魯的行動，則已自我陷於失敗的範疇之內了。

剝去讒言的外衣

衛靈公想利用冬季的「農閑期」，叫民衆來替他開鑿一座御池。

宛春得到這個消息後，很不以爲然的諫勸著：「天氣這麼寒冷，實在不應教人們服勞役；不然，人民一定會怨恨的。」

「天氣寒冷嗎？」靈公幾乎有點不敢相信的。

「你老穿的是狐裘，坐的是熊皮靠墊，室內還有取暖的火爐，當然是不會感到寒冷；但是老百姓衣衫單薄，鞋襪不全，對於砭肌刺骨的寒浪，倒是清清楚楚的。」宛春蠻有條理地陳述著，辯解著。

「好吧！那就停辦算了！」靈公終於採納了這個減輕民衆痛苦的建議。

愛吹毛求疵的人馬上利用機會把讒言奏上來：「你想鑿池，自然是一時疏忽了民衆的疾苦，但現在因宛春的申述而把計畫停止了，這樣傳開去，人家都要讚美宛春的勞績，而把怨恨統集中到你一人的身上來。」

開明的靈公，很冷靜的答道：「你的說法並不很正確，我告訴你，宛春不過是一個小小的官吏，因我多方的提拔他，老百姓却一點也看不出他有多大的爲國爲民的能耐來。現在，有了這麼個好機會，正可以顯示出宛春畢竟是時時刻刻爲著民衆著想的，說得誇張些，宛春的偉大的地方，也正是我的吶！」

靈公把讒言的外衣給剝褫掉，這是他的聰明處，因爲——

顯示別人也即顯示了自己；攻訐別人、踐踏他人，甚至陷害他人以顯示自己的，正是鼠輩常用的伎倆。

機智的連環套話

辯士惠盎去求見宋康王，康王知道來者總是賣弄那一套「仁義道德」的狗皮膏藥；於是一面盤著手蹀躞著，一面故意咳咳嗽，思忖了一通後，乃盛氣凌人地縱聲的道：「注意啊！我所喜歡的是勇敢善戰的戰士，凡是要說仁義道德的，請免開尊口，好了！請問你現在有何見教？」

機智敏捷的惠盎立即搭腔：「我有一套好辦法，能教人雖武勇，却無法刺入；雖有蠻力，却擊不中。怎麼樣？」

「不妨說說看！」

「可是，縱使刺不入，擊不中，還算差級。我還有一套，使對方雖勇猛，却不敢刺；雖有力，却不敢擊。」

「哼！倒滿有意思的。」

惠盎馬上接下去：「對方的不敢刺，不敢擊，並不是他無意於這樣做。我還有一套，使對方根本就不敢存有這樣的念頭。怎麼樣，阿要有意思？」

「好的。」康王的顏色晴和得多了：「我樂意聽聽。」

「不敢存有這樣的念頭，就是沒有欲利的慾念心理。我還有一套，可以使天下的丈夫女子，莫不歡然皆欲利；欲利自然比蠻勇更好哇！」

「行，這是我所欲的。」

惠盎提高了喉嚨：「這就是孔墨的道理，孔墨的學說，可使『無地能爲君，無官能爲長』，天下的人，無不延頸舉踵，願接受其安撫。目下，你是萬乘的君主，若有意於此，則四境之內，皆蒙受其利，而你也一定要比孔墨勝過千百倍。」

宋康王啞然地作答不得。

認識環境是水流，膽識是起航的風，機智是把方向的舵，三者交相配合活用，則任何困阻可克服，任何目的物可擄獲。

誠能如是，則成功的旗幟，已在前面的山峯上，向人「打旗語」了。

難與慮始，只宜樂成

魏襄王大宴群臣，酒酣，襄王端起杯來向群臣賀壽，願「大家都如意高升。」一股傻氣的史起，很不以爲然地煞風景的道：「群臣之中，有賢良的，有不肖的。如賢良的得意，當然沒有閒話可說；要是不肖的也得意高昇，那不是很糟糕的嗎？」

「像西門豹這樣的人物怎麼樣？史閣下。」國王故意提起這位賢明的官吏來提問。

「魏氏的『行田』是百畝，鄴獨二百畝，這分明是個『田惡』，漳水在近旁，西門豹半點也不知利用，這就是愚蠢。知道了而不說，是不忠；愚蠢加上不忠，他算得個啥子？」史起忿懣地直指摘著，絲毫不留情面。（按史起所說的於正史無據，不足採信）。

襄王沈默了。他不想爲西門豹辯正與掩護。

翌日，襄王特地召見史起，把未能釋然的問題重新提出：「從地理上來講，漳水怎麼可以灌溉鄴田呢？」

「當然可以！」史起很堅決地，同時顯得很有把握似的。

「那就要麻煩你替我推行這項計畫吶。」

「你高興我來推動嗎？」

「假如你的確能替我推行，我把一切的計畫全由你來主持。」襄王開誠佈公的，態度很明朗。

史起答應了。不過，他再三的叮囑著國王：「工程一經推動，人民必定要大起惡感、怨恨和反對，頂厲害的程度，可能是『剿家』和『死』。不管怎樣，即使我被圍攻、剿家而死亡，還是請你派人繼續幹下去，這是頂頂要緊的；不然，就會前功盡棄。」

「行！」國王答應著，立即發表史起爲鄴城令。

史起一上任，馬上推動了這項驚天動地的大計畫。

鄴城的人民得知這項艱鉅無比的工程後，無不氣憤塡胸，磨拳擦掌，非把這個勞民傷財的史鄴城令揍死不可。

史起在群衆交聲對討中失蹤了。

魏襄王派人來接任，結局仍然要推動這項大計畫。

直等到渠道成，漳水通，民衆普遍地沾被到利益，於是才曉得這全係史起發起的勞績。因之，一只有紀念性的歌謠到處傳播起來：

鄴有聖令，時爲史公；
決漳水，灌鄴旁，
終古斥鹵，生之稻粱。

按《漢書溝洫志》的記載是這樣的：

鄴有賢令兮爲史公，

決漳水兮灌鄴旁，

千古舄鹵兮生稻粱。

高瞻遠矚者，往往爲千萬年計而慮於始；凡夫俗子，却只有樂成的份。

高瞻遠矚者少，而其千萬年大計，常爲眼光短小者所扼阻；不過，一旦有成後，民衆又都歌頌起來。

齊國的二忌

鄒忌升官了，作了齊國的宰相，封爲成侯。同樣地，田忌也升官了，封爲大將軍。這二位將相的情感一向搞不好，至是竟不能相忍爲國的老是爭吵著，即使在辦公室裏。

鄒相國的一個門下客公孫閈——一個詭計多端的小人——看出這是大可利用的機會，乃向宰相獻謀：「你爲什麼不勸勸國王去攻打魏國呢？要是戰勝了的話，那也是你的榮耀和功勞啊！倘使不幸而敗，則田大將軍戰鬥不力，咱們不是可以抓住這個大題目，來作咱們的大文章嗎？」

褊狹、短見而自私的宰相，竟認爲這倒不失爲借刀殺人的好計策，就毅然地慫恿著國王命田忌去伐魏。

忠勇爲國的田大將軍，不知內幕的底細，乃英勇無比的爲國出死力攻魏，三戰三勝。

這種戰果，實出鄒宰相的意料之外，就秘密地召公孫閈來商討下一個步驟。

狡獪多端的公孫閈，立即叫人拿了十兩金，到市上去問卜，並作這樣公開的聲明：「我是田忌的親信，現在我三戰三勝，威震天下，我想作一番驚天動地的大事業——意指篡位奪國——，請你替我算算看，卦底是否吉利？」

賣卜者驚愕之下，一面叫人敷衍他，一面託詞偷溜地出去報警。治安者立即把來問卜者逮了起來，然後一同被送到齊王的面前去對質，結果自然是證實的確有這麼的一回事嘍！

這個人爲的構陷，對田大將軍來講，不啻晴天霹靂，爲了避禍，只好棄職而逃命。鄒忌和公孫閈終於如願以償的得到全面的勝利。

嫉妬是一條心地褊仄、目光短小、惡毒無比的「雨傘節」——且具有翅膀：能爬、能鑽、能飛，當然嘍最能咬——這條毒蛇要是一旦「生於其心」，無疑地，準「害於其事」；小的呢：害人、害己；大的呢：害家、害國。

寓言的曉喻

爲了國家的前途計，公忠謀國的孟嘗君（田文）決心親自赴秦國折衝一番；成千成萬的人都來勸阻他，可是孟嘗君沒有理會那一套。

辯士蘇秦也上門來勸阻了，孟嘗君立即差人對他說：「『人事』上的問題，我大體已完全瞭解，現在所未能徹底明瞭的，或許是『鬼事』上的問題吧！」

機警的蘇秦隨口應答：「我的自動登門求教，本來也不想言『人事』；恰相反，正如他所說的全係『鬼事』。」

孟嘗君在這種情況下，只得接見了他，蘇秦隨即展開了滔滔的雄辯：

「剛才我來的時候，經過淄水，看見土偶人和桃梗在討論著一個大問題。桃梗對土偶說：『你是黃河西岸的泥土，被人塑成了土偶的壞樣，一到八月，下大雨，淄水漲，你就完蛋了。』」

「土偶說：『是的，我是西岸的泥土，縱然我被毀壞了，依然是西岸的泥土，你呢？東邊的桃梗，被人雕刻成一個人樣，大雨一下，淄水一到，不知要把你冲到哪裏去！』」

「現今秦國是一個四面極其險固的國家，說得較動聽些，宛如一個虎口，而你竟自願進去，我不知你到什麼時光才能平安的歸來。」

孟嘗君乃將去秦國的念頭打消。

寓言——一種「天孫的機杼」，在「談言微中」裏，已發揮其內涵的眞理性；活用得妥，富有「振危釋憊，會義適時，頗益諷誡，理周要務」的妙諦。

孟嘗君出國記

孟嘗君出國去考察，第一站先到楚國。楚國把一床名貴的象牙床，贈給他作爲禮物。郢人登徒氏先生是被派爲贈禮的專使，可是他却不願負擔這個使命。於是，他偷偷地跑去求見孟嘗君的門人公孫戌：「我是郢人登徒氏，負責專送象牙床的，象牙床的價值太大了，假如有一絲一毫的損害的話，那麼就是賣妻鬻子，仍是償還不起的。假使你能使我不要負這項送禮的差使，我有一口祖先遺傳的寶劍，可以獻給你作爲酬謝。」

公孫戌喜不自勝，拍著胸脯：「不成問題，包在我身上。」遂連忙去求見孟嘗君。

「聽說你已接受了楚國所贈送的象牙床，眞個有這回事嗎？」

孟嘗君點點頭：「在禮貌和原則上，我是接受的。」

「希望你千萬不要接受。」公孫戌鄭重其事地警誡著。

「爲什麼？」

「大道理可以用很簡單的說：你知道嗎？列強之所以皆願和你拉關係、締盟好，而對你特別尊重客氣的緣故，無非是崇敬你在齊國能賑濟窮困，有存亡繼絕的大義；小國俊傑的人物之所以皆欲以國事向你請教的道理，那是敬慕你的高義，欽折你的賢明。現在你一到楚國，就接受了人家名貴的象牙床，這麼一來，那些尚未訪問的國家，將用什麼『禮物』來接待你才好呢？」

「對的！我差一點走錯了一步，那麼，麻煩你去對他們的外交官員說一聲：『恕我不能接受。』」

公孫戌昂首闊步，得意揚揚地走了，剛走到小門，孟嘗君突把他叫了回來：「喂！你叫我不要接受象牙床，當然是件好事，但你的態度爲啥這樣的趾高氣昂呢？」觀察入微的孟嘗君追究著。

「我有三件大喜事，此外還意外地得到一只寶劍。」公孫戌很誠坦地報告著。

「這怎麼說的？」

「聽我說吧！跟隨著你的門下客數百人，居然沒有一個人肯來並敢來諫阻你，而我獨敢來諫，這是第一件喜事；諫了而得到聽從，是第二喜事；諫後足以防止你的過錯，這是第三件大喜事。至於負送象牙床的那位登徒先生，他本人不喜歡負這項工作，他答應過我，假如事成，他準送給我一口寶劍作爲酬謝。」公孫戌絲毫也沒有隱瞞地把原委說了出來。

「滿好！你拿了沒有？」

「還沒有過手！」

「那就趕緊去辦理『移交』的手續吧！」孟嘗君一面幽默地說著，一面端起筆，寫了一張字條，貼在門板上：「如有人能揚播我——田文的名聲，而防止我的過失的，或私下已得到人家的酬謝，快點請進來規諫吧！」

公孫戌私下雖得到「好處」，惟並未忘情於「公義」，這才是第一個公開地會收「紅包」的傢伙。喜愛收「紅包」的，何妨向公孫戌看齊。

有權柄在握的，又何妨大規模的來個「公孫戌運動週。」

轉禍爲福

孟嘗君的三千食客中，有一位的操行並不怎樣高尙，他，居然勾引著孟嘗君的小夫人（侍妾），相戀成奸。天下事就這樣的，若要人不知，除非己莫爲，何況這種不名譽的事；於是有人馬上向孟嘗君告密：「作爲你的門下食客，而膽敢勾引小夫人，這種傢伙太不像話了，請你允許我把他秘密幹掉。」

寬宏大量的孟嘗君答得不僅富有風度，而且出人意外：「看外表的美貌而相互慕悅的，是人之常情；算了，不必再追究下去，人命不是可以隨便草菅的。」

這件桃色的案件就此壓沉了下去。過了年把的光景，孟嘗君把那位「登徒者」叫到面前來，用極其懇切的口吻對他道：「你和我作朋友，已是這麼的長久了。大官呢，始終無法得到；小官兒呢，你又不願屈就。現在有一個很好的出處想請你委屈一下。衛國的國王和我原係「布衣之交」，此刻我已準備好了車馬幣帛，請你把它當作贄禮去見見衛國國王，交個國王的朋友，說不定會有更好的出路。」

這位品行不端的朋友，感激零涕的叩謝著孟嘗君的愛護；然後駕起馬車，向衛國出發。他到了衛國後，眞是時來運轉，竟一天天的吃香，並走紅起來，在朝廷上。

後來，齊衛的國交，因糾紛而破裂而斷絕了！衛王很想約縱天下的諸侯，共同去圍攻齊國。那位原先是孟嘗君的門下客，得到這個不祥的訊息後，慌忙去和衛王開談判：「孟嘗君不曉得我的不成材，而把我推薦來替你服務，算起來也有好幾年了！以前我曾聽說過，齊衛的先賢們曾有『刑馬壓羊』的歃血爲盟，盟文是：『齊衛後世，無相攻伐，如有相攻相伐的，其命運準有如此馬羊。』現在你大王已約縱了天下的兵馬，準備去攻打齊國；由是可見顯然是你首先違背了盟誓，而藐視了孟嘗君所提倡的兩國盟好的友誼。我希望你勿再動伐齊的念頭，要是你肯聽從的話，我保證咱們大家平安無事；否則的話，我就要對你不起了！馬上我可以把頸血濺滿了你的衣衫，你，愛信否？」說著，一面孔剛毅之色，氣冲牛斗的逼視著國王。

衛王哪裏見過這樣的場面，在白刃凜凜的驚怖之下，乃允許不去攻伐齊國。

齊國的人民，聽到這個動人的消息後，無不雀躍萬分的額手稱慶，說孟嘗君確是一位善於處理公事和私事的人，連國家的災難都在冥冥中消弭於無形。

「向孟嘗君看齊！」對於惡質化的社會與人心，可能有若干「淨化作用」。

孟嘗君焚黑名單

被放逐的孟嘗君，終於又光榮地回到齊國來了。他的一位老門客——譚拾子，在國境上，熱烈地迎迓著，禮儀的細節表過後，譚拾子立即很關心地探問：

「請問田先生（孟嘗君姓田名文）對於祖國的士大夫們，仍抱著一些怨恨嗎？」

「難免總有些些吧！我想。」

「你打算把他們統統送上斷頭臺嗎？」

「哼！假如可能的話。」

「『事有必至，理有固然』的『必然律』，你徹底研究過沒有？」

「對不起，我認爲這個似不相干的吧！」

「我很誠坦的告訴你，事有必至是死，而理有固然的道理是：富貴則人們都會來趨奉，貧賤則人們莫不望望然而去，這幾乎是人情不變的常理。就以市場來作譬喻：早市的時候，市場滿坑滿谷；一到晚市，則空洞洞的。這個，並不是人們喜愛早市而厭惡晚市，而是客觀環境的形勢造成如此的緣故。所以我請求你，先明瞭了這項道理而勿怨懟他們。」

豁達大度的孟嘗君順手摸出了一張「黑名單」——裏面開列了五百個人物的姓名和住址——，當面放把火，焚燒掉，以表示他寬宥了那些對他不忠不義的小人。

在雜如亂絲，拜金主義盛行的惡質化社會裏，堪資一顧的是：寬宥永勝過厚責、報復。

殉葬的插曲

秦宣太后有了逾規蕩檢的行爲，她跟一位朝臣——魏醜夫熱情的奸戀著。等到她抱病將死時，竟大膽地下著這樣「溺愛」的命令：「下葬時，一定要把魏醜夫作爲陪葬。」

聽到這個以「活埋」作爲陪葬的犧牲品的訊息後，魏醜夫驚懼到極點，乃託庸芮向宣太后去求情，解說。

庸芮兜著圈子的先用話套問：「太后以爲人死了，到底是有知呢？還是無知？」

「大概是無知吧！」太后一時摸不著邊際，滿滿溫和的回答。

「不用說，像太后這樣聰明的人，當然明瞭人死了，是無知的嘍！那麼，你爲什麼偏要把生前所喜愛的人，白白地陪葬著一個無知無覺的人呢？反過來說，假如死了仍有知的話，那先王（指秦惠王，宣太后之夫）的怨憤已經夠深了，你該連彌補過失都來不及，怎麼還會有閑情逸致來私戀著不名譽的愛人——魏醜夫呢？」

「我明白，我錯了！」

這件殉葬的小風波就此告一個段落。

有權有勢的，向來有不愛認錯的習慣，哪怕是不爭的事實擺在面前，但秦宣太后是例外。

田單攻狄的逆料

大將軍田單親自指揮著勁旅，準備把侵犯邊境的北狄，加以驅逐掃蕩。

在大軍尙未出動前，他親自去拜訪魯仲子，仲子淡淡地預言著：「這回大將軍的攻狄，恐怕不容易克敵致果吧。」

田大將軍聽完了這種不客氣的預料後，一肚子不高興，隨即大聲的應道：「我憑著五里的城市，七里的城郭，敗兵殘卒，尙且能破萬乘的燕國，而光復齊國，一個蕞爾的小北狄，還會成問題嗎？」說完，忿憤地上車去了，連謝別都忘掉說一聲。

一切的佈置停妥後，馬上揮兵進攻。說來眞令人不敢置信，大軍一連進攻了三個月，居然沒有把小小的北狄攻下來。

這時，全齊國的小朋友們，都在街頭巷尾唱著一首不脛而走的歌謠：「大冠若箕，修劍拄頤，攻狄不能下，壘枯丘（註）。」

田大將軍聽後，汗流浹背；他再也無法按捺那忐忑的心情了。於是，虛心下氣地再度去拜訪那位料他攻不下北狄的魯仲子：「先生先前預料我絕對攻不下狄人，請你把那個道理，再行說明一下。」

「以前你在即墨時，起坐仍編織草器，行走時親操掘土的畚鍬，爲士卒作模範，並曾作這樣的倡導：『該當拚命了呀！宗廟將亡了！靈魂都將喪失了，咱們到哪兒去好呢？』當此之時，你將軍有決死之心，而士卒無生還的念頭，聽到你的說話，莫不揮淚奮臂，而欲一決死戰；就憑藉著這上下一心和必死的信念，終於打敗了燕國。」

「可是今天的環境却大不相同了！將軍現東有掖邑的供奉，西有菑上的娛樂，黃金的寶劍，橫繫在腰帶上，在淄澠的公路上，駕著輕快無比的馬車，奔馳著。像這樣的情況，祇有『生之樂』而無『死之心』，所以，我敢斗膽的預料：『準不會戰勝了！』你不以爲我的判斷太近於魯莽與主觀吧！田將軍。」魯仲子把客觀的環境，作鞭辟入裏的分析著。

「我有決心，我非攻下狄人不可！請你看著吧！」

翌日田大將軍，爲了鼓舞士氣與軍心，乃親自巡閱，親身立於矢石所及的危險地帶，舞椎擊鼓，指揮衝鋒。就這樣，狄城迅被攻克，狄人乖乖地降服。

決心、信心，準是到達勝利指標的唯一「通行證」，尤其是一顆盈充著絕對自信的信心、摒棄世間的物質享受的信心、和擊退死亡的復仇的信心。

註：意譯如下：官兵的冠帽像簸箕，長劍支拄著下頤，攻打狄人，無法降服，大軍空守著枯丘。

合縱後的選將問題

榮膺爲六國宰相的蘇秦的「合縱運動」在切實地推行了。

趙王差魏加爲專使，專誠去楚國拜訪春申君（黃歇）。晉見如儀後，魏加即很關心地問道：

「你們已把抗秦的大將人選派定了嗎？」

「這是何等大事，哪有怠慢之理；我們已內定派臨武君爲大將。」春申君很坦誠的回答著。

一聽到以臨武君爲將後，魏加的心裏，冷去了一大截，但在外交的儀節上，他又不便表露出什麼來。機智的他，略略沉思後，即把話題蕩開去：「記得我年輕的時候，很喜歡射獵，此刻我竭願拿一只射獵的故事，來向你說明另一件大事。」

「行！」

「前些時，更嬴跟魏王同在京臺之下遊憩，仰見一頭飛鳥掠過，更嬴乃對魏王說：『請你允許我引弓虛發，把鳥兒打下來。』

『你居然有著這麼神技的射術？』

『當然嘍！』

『過了一會，一隊雁兒從東方飛來，更羸寫寫意意地引滿了空弓，虛扣一下，一匹雁兒果然應聲而跌落了下來。』

『奇怪，你竟懷有這般高明的神技？』魏王很納罕地。

『沒有什麼，因爲這是一匹小孽種的緣故。』更羸說得異常的輕鬆。

『憑哪一點證明的？』

『喏！讓我分析給你聽吧：這小雁兒飛翔的時候，速度既緩慢，而鳴聲又比別的來得嘹唳，就從這二點上，我明白著，飛翔緩慢的道理是瘡痛的緣故；鳴聲嘹唳者，是離群索居太久的緣故，正因故瘡尚未完全痊癒而驚心尚未忘懷，一聽到劃空的弦音，立即驚鳴而高飛，因高飛而傷口破裂，於是它還能不掉下來嗎？』」

「現今我必須鄭重其事的指出，被內定爲大將的臨君武，是強秦的孽子，以你先生聰明的看法，這樣的人物能負起『抗秦』的大任嗎？」

這一席極有份量的分析，就把內定的委派大將問題給打消。

掩鼻的毒計

魏王把一個很美麗的女子，贈送給楚王，楚王高興得飄飄欲仙，終日渾淘淘地陶醉在美色裏。楚王的寵妃——鄭袖，徹底地瞭解楚王寵愛新美人的道理，於是她耍出一套毒如蛇蠍的狡計來。她挑選最華美的衣服與乎最最合意的珍玩送給新美人；以最華奢的宮室和臥榻送給新美人作起居寢室，而且，鄭袖的愛護著新美人，簡直比國王只有過之而無不及。

像這樣出人意外的不尋常的舉措，自然會引起國王的困惑，他想：「婦人的服侍丈夫是以美貌，而嫉妬倒是常情，現今鄭夫人當然瞭解我的寵愛新美人的心理，所以才耍出這套『孝子的事親，忠臣的事君』的道理吧！」國王這種想法委實太天眞了。

鄭袖一等到楚王明瞭她的不妬忌後，隨即按著第二個步驟進行；乃私下偷偷地告訴新美人道：「你明白了吧！新來的美人兒呀！國王非常的寵愛你，一如我的愛護你一樣。但是，聽說國王有一樁很不便開口的事是討厭你的鼻子，你大概有過鼻衂症吧！嗯！氣味得要命，所以，以後你要特別留心，當國王和你親近「打開死」時，你一定要把鼻子掩住。知道嗎？可愛的安琪兒！」

不知是計的新美人，居然滿滿聽話的循著人家的安排而作去。眞的，每當國王有意要和她親嫟時，她就用手把鼻子掩住。

一次，楚王跟鄭袖在聊天時，對著老相好道：「說來眞奇怪！那個美人兒，一看見了我，就用手掩蓋著鼻子。」

「大概總有點名堂吧！」鄭袖明瞭毒計在起酵了，緊緊地掌握住狡計的核心。

「什麼名堂，你倒說出來聽聽！」

「她私下對人說過，她討厭你的渾身的騷臭氣。」

「眞是她媽的見鬼！我不嫌她，她倒嫌我，這不要臉的小娼婦！來人呀！去把那小女人的鼻子，給我砍下來！快！」在盛怒之下的國王，原是一頭極無理智的畜牲，他說什麼就是什麼，一點也辯論不得的。

可憐的新美人，因爲不明就裏而隨便掩鼻，結果變成一個「阿鼻美人」。

當初度投入新境遇時，務須小心唯謹，用理智剝去甘言的外衣，認淸實際的客觀環境！不然，吃虧倒霉的總是自己。

益人益己的收賄

齊王打算去攻打魏國，魏國得知這個不祥的訊息後，連忙差人去齊國尋求能消弭戰機的辯士；而淳于髡先生乃是最最中意的人選，因爲他的言論對國王有深厚的影響力。

使者很謙和地對淳于髡道：「聽說齊國已準備動員來攻打敝國，現今能解除這項二國失和的兵燹之禍的，祇有你先生一人！敝國有寶璧二雙，文寶馬二匹，敬獻作先生的贄禮，請你千萬玉成！」

「行！絕對不成問題。」

淳于髡顯得很有把握地，一面穿上禮服，然後駕著馬車，上朝去了。一找到齊王，就開門見山的道：「敬愛的國王，我請你注意一件事：楚國是齊的世仇，魏呢，倒是我們的與國，現今我們却準備攻打友邦的與國，而讓敵人坐山觀虎鬥，這委實不是一樁很聰明的舉措吧！我以爲。再說，攻魏，師出無名，迹近侵略，而實際又是極其危險的魯莽行徑，想來聰明的國王不會採取這項似乎不大聰明的政策吧！」

「哼！你說得蠻有道理。那麼，就這樣，算了！」國王倒是蠻乾脆俐落的，爲了國家的前途兼利益計。

攻打魏國的計畫被取消了！漫天的戰雲也在聰明人的一言之下消散了。

可是風波就在大地祥和的氣氛裏湧起。喜歡告密的人摭拾了一點小流言，向齊王報告：「國王別再被矇蔽了！告訴你，淳于髡先生的勸告大王不可伐魏的主要動機，並非爲了國家的前途，乃是那小子接受了人家的寶馬和璧玉的緣故。」

聽到原來如此不純良的動機報告後，齊王著實無法按捺著滿腔的怒火，馬上派人去把淳于髡找來：「你幹的好事，淳于髡先生！原來你是接受了人家的白璧跟寶馬才來叫我不要動干戈的。」

「事實正是如此。」淳于髡半點也不顯得慌張，相反地，倒是心安理得的。

「接受了人家的賄賂，這動機已夠骯髒了。你怎麼還會好意思來勸我不去爲國擴張領土呢？」

「聽我說吧！敬愛的國王！」淳于髡慢條斯理的，一副蠻不在乎的樣子，依然運用著他的滔滔的辯才：「假如攻討魏國的事，是沒有什麼不對的話，則魏國即使把我淳于髡殺了，對國王有些什麼益處呢？相反地，倘使攻伐是對的話，那麼，即使魏國把我封了，於國王又有什麼損害呢？而今你沒有攻討鄰邦的怨謗與譴責；魏國呢，並無被滅亡的危險；而兩國的人民都無兵連禍結的災害，惟獨我淳于髡倒有『璧馬』的收穫。我著實不明瞭，像我這樣光明磊落的行爲，對國王、對國家、對百姓，有些什麼對不起的地方。」

對於世上的事事物物，只要是動機純良、處事光明，既對得起良心，復對得住天理，則哪怕是「骯髒的賄物」，照樣可收。

請自隗始的故事

燕昭王以無限的信心、勇氣與毅力，來收拾敗破的燕國的殘局。

剛即位，即很禮貌地屈卑著自己去訪問、招待國中的賢人，目的僅有一個——爲國復仇。最先，他去拜訪著郭隗先生：「齊國趁著我孤小的時候，就把我們打得落花流水。我充分地明白，我們的力量太小了，當然不足以對抗它。所以，目前當急的工作是：務須聘納賢人，來共赴國難，以雪覆國之恥。請老先生不吝賜教我一些爲國復仇的方針。」

「我們從頭說起吧！」郭隗先生宛如上教育課般的分析起來：「要作帝的，一定要跟你的老師相共處；要作王的，務必跟朋友相共處；作霸的呢，跟臣僚相共處；等而下之，願意作亡國的兒皇帝的，才與奴才相共處。」

「首先，卑躬屈節，向之北面而受教請益的，則比自己強上千百倍的人來了；比別人先趨承的，比後人慢休憩的，和比別人先趨問而後默然不語的，則比自己強上十倍的人來了；別人趨奉，自己也跟著趨前而承教的，則和自己差不多的人來了；倚著几、靠著杖，斜眼指使別人的，則廝役的人來了！倘使暴戾恣睢的，甚至於跳躍著的，呵罵叱打的，那只有一大批奴才的人物，前來吹拍了！凡此這些，全是古代的『服道招士』的方法。國王不妨博選國中的賢士而登門叩見，多方面的請教。那麼，天下人都曉得你國王接見了賢士。我想，這消息一傳開，所有天下的賢士，大概都會聞風而湧到燕國來的吧！」郭隗先生層次分明地作鞭辟入裏的說明。

「照郭先生的意見，我應當先拜訪哪一位賢士才較為適合呢？」國王滿誠懇的請教著。

「有這麼個故事：有一個國王，願意化千金來購買一匹千里馬，徵求了三年，始終沒有得到。」

「管傳達的人就對國王說：『讓我去找找看。』」

「國王把他派遣出去了，時間祇不過三個月，就購得了一匹，可是却是一匹死馬，而且僅買了一個死馬頭，就化了五百兩金子。他很高興地回來，向國王交賬。國王大發脾氣：『叫你去買千里馬，是要活的呀，怎麼買了一個死馬頭，而且還化了五百兩黃金？』」

「那位管傳達的不慌不忙的答道：『死馬頭尚且買了五百兩金，何況是活的呢？從此之後，天下人大概都曉得國王是眞心誠意要買千里馬的了。我敢保證，千里馬一定可以買得到。』」

「不到年把光景，居然得到了三匹千里馬。」

「從這個故事的啓示性看來，國王如眞欲招賢納士的話，不如先自我姓郭的開始吧！因為像我這樣差勁的人，尚且被國王所見重；那麼，那些比我賢上千百倍的人自當聞風而不遠千里的來了。」

燕昭王採納了這項寶貴的意見，於是築起「招賢壇」，拜郭隗為老師。

天下的賢士們，一聽到這個好消息，果然都栖栖惶惶地趕到燕國來作客。

著名的賢士計有：樂毅自魏國來，鄒衍自齊國來，劇辛從趙國來，以及……等。昭王與民同甘共苦，親自弔死問生，跟老百姓共同生活了二十八年，燕國殷富了，士卒們都樂為國家出力拚命。於是昭王任樂毅為上將，會合秦楚三晉，共謀攻打強敵的齊國。齊國大敗，閔王逃難去了。燕昭王追奔逐北，直入齊國的國都——臨淄，盡取齊國的寶貨，並縱復仇之火焚燒其宮殿。齊國僅剩下二個小城未被攻下，那就是歷史上最有名的莒和即墨。

世人須要弄明白的是：在水成岩中的黃金、矽礦床中的璞玉，是須「識貨的礦工」才成「鍬落寶得」的；璞玉與黃金固不易一掘而得，但能體認其岩礦的性質，則「雖不中也不遠」了！至於人才的發掘，似不妨也作如是觀。

糟糕·趙高·年號

公元前二百零七年，以項羽為核心而環繞的八千江東弟子，抱著破釜沉舟的決心，投在鉅鹿（河北平鄉）的戰場上，三秦（章邯、司馬欣、董翳）瓦解，二十六歲的青年司令項羽在一日之間，威名像核子彈般的在大地上爆炸，震撼天下的人心。此時，反秦西路軍司令，沛公劉邦已在緊扣武關的大門了！

亡秦的喪鐘震盪著原野、城郭，更震動著咸陽宮！最受不住，這頻頻催命的音響而成為熱地的蚯蚓的倒不是那「深居禁中、不坐朝廷、不見大臣」的咸陽宮新主人二世皇帝，而是那位把丞相李斯戴上「造反」的新帽子、拷掠百至立予五刑論，腰斬於咸陽市後，繼承丞相位的太監趙高。

矇上欺下的趙高丞相，對於「反秦軍」聲勢這樣浩大，速度來得這般迅捷，覺得連掩飾的藉口都計無所出了。於是順理成章地召開一個秘密的緊急會議，參加的人物是胞弟趙成及其愛婿咸陽市長閻樂，決議的內容是：「廢去二世皇帝，更立子嬰」，並且立即著閻樂負責馬上執行。閻快婿親自帶領了千餘人向「望夷宮出發」，一到宮門，即把衛令僕射綑縛住，責問他：「賊來了為啥不阻擋？」

「皇宮四週的設備甚爲安全，哪來賊？」守衛隊長正據理反駁時，他的頭顱即被砍了下來！於是閻樂堂而皇之地望宮內直衝，較忠誠的都拿起武器來抵抗，膽子小的看看大勢已去，早已一溜烟走了了事，地下死傷有數十人；殺到皇帝的寢宮，閻樂拉起弓箭拚命的放射。

二世皇帝大怒，立即叫衛隊們抵抗，但是衛隊們都惶惑地突變成不抵抗主義者；在他的旁邊站著一個太監，始終沒有逃走，二世感到有些奇異，當人們都各自逃生之際，偏有人不欲獨生，乃問他：

「爲什麼不早些告訴我，以致弄到今日。」

「我不敢說，因此才能苟活著，假如早說了，哪裏還會活到今日？」

二人正說話間，閻樂已帶著兵刃來到面前，當面指責二世皇帝：「太保皇帝，你太過於驕奢淫逸了，殺戮了無辜的百姓，天下因之叛變，現在你自己想想看，該當怎麼辦？」

「可否讓我見見趙高丞相？」二世哀求著。

「不行！」

「那麼，把我降爲一個郡主吧！」

「不行！」

「作爲萬戶侯，總可以吧！」

「不行！」始終是簡短而有力的。

「那麼我願意作爲一個平民，總該可以吧。」

「老實告訴你吧！丞相叫我來，目的就是把你宰掉，現在你却嚕哩嚕囌地提出無數的求生條件，叫我怎麼能答應你。」閻樂一面嚴詞的斥責著，一面以手示意著手下的士兵：「動手，幹。」

二世太保皇帝祇好抽出身上的佩劍，自刎了事。

閻樂完成這項任務後，即歸報他的老丈人，趙高自然喜歡萬分；一面報告與諸大臣及公子們知悉，一面就宣佈：「現在六國又恢復獨立了，秦國這麼小，不應再稱帝，還是回復到「秦王」的稱呼。」

同時宣佈立子嬰（秦始王長孫、扶蘇之子）爲王，並令其齋戒五日後，至宗廟受玉璽。

聰明的子嬰在齋戒如儀後，即與他的二個兒子相議：「聽說趙高早已與楚國締約亡秦，然後分王關中，現今叫我去廟中受璽，分明是欲在廟中趁機殺我；現在我偏不去，他一定會親自來邀請，咱們就先下手爲強吧！」

果然不出所料，趙高因秦王子嬰不去受璽，而親自來邀請，於是他的狗命就懸在子嬰的劍鋒上。子嬰還作了一件快事，即照趙高怎樣對付李斯的辦法原原本本地「拷貝」了一次——誅三族。咸陽市的人心雖大快一時，但攻嶢關的劉邦的鉦鼓聲，已鼕鼕有聲入耳可聞了！而楚項羽的鼙鼓也相繼地驚天動地的來了。

每一個唸中國史的人，總感到遺憾的是咱們的皇帝名稱繁多，而沒有西洋史中的喬治一世、詹姆士二世、亨利八世、愛德華六世……之類的人名，極爲簡明扼要地一下子就記牢；但是，差強人意的，中國也有一世（始）皇帝嬴政，及二世皇帝「嬴胡亥」，要是照始皇帝一廂情願的如意算盤打下去，他是希望他的承繼者能由二世、三世、四世，以至於千萬世的，假如天沒有眼睛，眞個這麼二世、三世、四世而萬世一系的傳下來的話，則今天的一部二十六史，就可能要易唸得多了。這也許是眞的，假定的話。

復次，站在史學的立場上看，秦始皇始終不曾想到「年號的問題」，這點又使人省却了無謂的腦筋！他以十三歲的齠齡於公元前二百四十七年繼位，於在位第二十六年，即統一了六國，把支離破碎四分五裂的神州赤縣合攏在一起收補紮綑，成爲大一統的國家，「車同軌，書同文，罷其不與秦文合者」。在這麼一個如此値得紀念的日子裏，他並沒有「改元易朔」，依然是這樣的照年號的賡續下去，直至他五十歲（公元前二一〇年）病歿於沙丘（河北平鄉）途中爲止。他的這一點良好的風範，直傳至西漢的景帝（劉啓）仍不少動。

武帝即位之初，還暫借用乃老爸（景帝劉啓）的「後元年」年號，至公元一四〇年，建立「建元元年」起，就一連串的遝改，如：元光、元朔、元狩、元鼎、元封、太初、天漢、太始、征和、後元等，共達十二之多！建元之意係給人們以事繫年的年代觀念，結果弄得有年代等於無年代。從此之後，一些阿狗阿貓的小太保，大癟三皇帝統統有了年號，並且動輒更改，這股惡劣無比的作風，一直保留到民國四年袁世凱——居然還要竊國盜號——洪憲元年止；這項使無數士子傷透了腦筋的老問題，才一起的被扔進了歷史的垃圾堆去。

人性・獸性

銷迷了八個溫柔歲月福的劉邦天子（公元前二〇二～一九五年）竟奉主召而於四月裏匆匆忙忙的晏駕了！那位個性仁弱屢次被老頭子想更換的「太子」，而終於沒有換成的劉盈，就於墨縗泣血之餘，翌月就即位——惠帝。根據母以子貴的定律，老太婆呂雉就由皇后往前擢升一級，變成了皇太后——她的眞正好運開始了，千眞的！萬確的！她的宏運比劉邦亭長先生，剛好多一倍，她主宰了中國十五年，有八個整整的年頭（公元前一八八～一八〇年），純然是她自己的，她才是中國的第一位女皇帝呢！

在她以自己的兒子出面，而實際上由她控制的初期，她的第一件最稱心的大事，是踐行中國的「漢摩拉比法」的以牙還牙，充分地表現了「妒」與「殘」！

她以皇太后的手令，囚禁她的情敵——戚夫人——劉邦片刻不離的姨太太。嚴令髡鉗她的美麗的秀髮，穿起囚徒的赤赭衣，並責令每天要義務勞動——用脚舂米。另一面，召戚夫人的親生子——趙王如意，他對劉盈之威脅性最大，屢次要更立的原因，正是爲了他——入宮朝見皇太后，特使去了三次，趙王劉如意始終沒有來報到，老太婆動了眞肝火了。是哪個吃了豹子膽的，膽敢包庇著她的情敵的孽種；經查明後，却是「郡國的丞相」——等於現今省級的主任秘書——周昌在作梗。老太婆氣呼呼的先來個調虎離山，先把周昌丞相召到長安，然後令召劉如意，這一下劉如意只得乖乖地前來京都報到。

素有仁弱之稱的爛好人——惠帝，早弄淸楚了皇太后的動機是不良的，想到手足之情，他不忍了，不忍這麼一位好弟兄落在「母老虎」的嘴裏。爲了預範起見，劉盈親自去郊迎，並把他載入宮中，起居飲食完全和自己一樣。一種友愛的情愫，洋溢著整個宮幃。

老太婆自然是不肯輕易放過的，她認爲這傢她致命的政敵，若不把他結束，那她是無論如何嚥不下這口涎水的。她幾次三番地派人去放「巴拉松」，結果總是因爲劉盈的左右袒護著，投鼠忌器，手下人始終沒有抓到適當的機會下手。

惠帝元年（公元前一九四年）冬十二月，某日，這眞是一個天假良緣的好日子。劉盈在大淸早起床後，即往御花園去作「騎射」的健身操，而劉家的小少爺趙王如意尙「我睡遲遲」的躺在龍床上睏覺，皇太后的「蓋世太保」來了，手中端的正是「奔陰催命湯」，強行灌下去，不屑五分鐘，一個活潑的「龍種王子」已在陰間辦理戶口遷移的手續了。等到那位竭力護弟的大哥作完體操回到宮中時，劉如意早已七孔流血，僵硬如鐵，氣畢多時。

這幕悲劇敎有人情味與正義感的劉盈看後，他的悲憤是不難想像的。

但更悲慘的宮中悲劇還在後呢！

劉邦天子的出身，是泗上亭長，呂雉的出身雖說是呂太公的名門「小姐」，但自于歸劉天子後，她耳濡目染著劉邦縱橫捭闔的那一套，她已不是一個普通人而青出於藍了。眞的，畢竟她懂得比任何人多得多，而今劉天子既已升天，老太婆大權在握，略施「權謀」，一個龍種的小孽種，就此報銷，實在太令人滿意。於是她於除根之餘，更須斬草。

這株草，就是她的唯一情敵——戚夫人。

呂雉命令她的蓋世太保，先把戚夫人的手足砍掉，挖去一雙水汪汪的眼睛，貫穿耳朵，還用「歐羅肥」灌下去，好讓她瘖啞無聲，這種刑罰，一告完畢，一個嬌俏的美人兒，立時變成了「四不像」，最後把她扔到「公共便所」中去，名叫「人豬」——過了一個不算短的日子，還命令惠帝去參觀「人豬的展覽會」呢！

劉盈在悶鬱的日子中，也曾聽左右傳說，宮中突然產生了「人豬」，心中感到很納罕，初不料一踏進「一號」，原來所謂「人豬也者」，竟是自己素來稔熟的戚夫人——趙王如意的母親——於是一股人性的至情，使他不禁悲從中來，縱聲大哭起來！號啕地。

他哭，他無法不哭，哭政爭使人——連自己的母親——都失去了理智，而率先變成了野獸。

從此他正正式式地得了一種怔忡症，而病倒，而壽終。

一個純然有人性，有理智的人，該生存在哪一個時代才好呢！天！

陳平奇計「探奇」

人，哪有像陳平這般的美好，而老是呆滯在貧賤的境遇裏？大抵是無此可能的吧！

陳平（河南開封府戶牖鄉人）在年輕時代，家境雖甚窮苦，但仍擁有祖遺良田三十畝，不需自己去胼手胝足的耕耘，借重乃老大的「人工牛力」的代耕，也就夠豐衣足食，不須擔憂「米甕常空」了。

在衣食無憂的情況下，讀書成了他唯一的嗜好和博取功名富貴的手法和目的。

這位被人稱為「好讀書」的人物，並不是三更燈火五更鷄，終日書聲琅琅的書生，而是一個道道地地好動歪腦筋的陰謀家，用他自己的話來評鑑，最為得體，他說：

「我多陰謀，是道家之所禁。」

（禁，是有傷陰騭的大禁忌。）

哪些是他的陰謀呢？鐵案如山，歷歷在人耳目的是：他略用小計，教劉邦討平了臧荼；叫劉大皇帝偽裝要到雲夢去作「休閒渡假」（帶著寸步不離的美姬戚夫人和小少爺趙王劉如意），順手拘捕了韓信；復施小計襲取陳豨，並誘捕黥布，然後輕輕鬆鬆地擠掉了右丞相王陵；架空了太尉周勃，從從容容的把他甩掉。

他——陰謀家陳平，幾乎是「有計必售，無謀不靈」，把別人玩弄於掌心之內，乖乖地聽其擺佈。難怪太史公司馬遷也相當的欣賞著：「他，六出奇謀」，不管大計小謀或中策，都能收到「預期的效果」。

他，不但以機智、敏銳、神速的判斷力來處理大事，即使瑣屑的小小事，也一樣的由「奇謀」來應付，並輕輕的打發，彷彿無那椿事般。

那是行將「發跡」的有一回，他穿著相當講究的服裝，提著簡單而豐厚的行李，自項王（西楚霸王項羽）處要「投奔自由」飛到劉邦那兒去。

在渡船上，眼尖的艄公軋出他的行李中，必定有金玉寶物，即眼不轉瞬，虎視眈眈的瞪注著。機警的人物立即察覺出來了，馬上打開行李自動再檢查一番，接著解開衣服，故意裸身赤膊地願意幫助艄公搖櫓划船。態度誠懇又認眞到十一萬分正。

艄公一睹之下，即把強搶甚至於溺屍的「慾望之火」頓時熄滅，安分地作他分內的事。會機警地應付危機的人物，終於度過了險巇的一厄。

是以一如衆所共知：奇謀奇計出諸奇士，應是天經地義吧！尤其是以奇謀著稱的策士，一如陳平者流，準是奇正相倚，奇中有奇，奇妙絕無比。

但有誰料到，當這位奇士在擔任劉邦的護軍中尉（屬於大司馬，表面上是盡護諸將，實際上帶有監護性質。這，不難從後來唐代的神策軍，全由宦官來作護軍監軍使一事上求證之）時，所耍出的奇策異謀，顯得非常的吃力，也相當的不夠光彩。

史事粗述如次：

「漢初，在馬邑（今山西朔縣）備邊的韓王信（請勿誤以爲是淮陰侯韓信），叛降匈奴，冒頓（單于）立引兵攻太原。」

「高祖七年（公元前二〇〇年），自將往擊，進至平城（山西大同府），因輕敵，爲冒頓所困，食盡，援絕，用『陳平奇計』，始得脫險。」

多麼的偉大呀！多麼的了不起哇！用了策士「陳平奇計」，劉邦先生和他的姨太太、小少爺，就平平安安的脫險，回到他的金鑾殿上又頤指氣使，威風凜凜的。

問題進展到此，不禁要問的是：陳平究竟用的是啥個「神機妙計」？才能起著旋乾轉坤，化險爲夷的作用？

所引以爲憾的，史書上並未作明白的交代，甚至於以最富有「求眞求是」之精神如太史公司馬遷，居然也未能毅然決然的一筆勾畫出來。這，委實是人間的一件大憾事。其事實出意表之外，請看《史記》的描摹：

「其明年（即公元前二〇〇年是也），（陳平）以護軍中尉，從攻反者韓王信於代（代縣），卒至平城（大同府），爲匈奴所圍，七日不得食。

「高帝（劉邦）用『陳平奇計』，使單于閼氏（唸作燕支，是匈奴單于的王后；另一說是烟支、紅藍花，採它的精英來染成緋黃色的胭脂），圍得以開。

「高帝旣出，其計秘，世莫得聞。」

節骨眼的問題核心，幾全集中於此，劉邦先生等一行一旦回到「長安安全島」後，就上下一心的把這件「奇計」隱蔽並存檔起來，手法似乎不夠光明正大，且甘冒大不韙，存心作個歷史的罪人，什麼都一手遮天，須知他本人此時的分量，已足夠壓扁了半個地球啊！

那麼，這個由護軍中尉所創造出來的「奇計」，是否就此石沉大海哪？事實上，倒也不見得。跟西漢相銜接的是東漢，在東漢有個大儒，著有《新書》二十九篇的桓譚，就率先要揭開這個「悶葫蘆」，讓世人來欣賞它的神秘性：

「高帝見圍七日，而陳平往說閼氏；閼氏言於單于而出之，以是知其所用說之事矣！」

那麼，陳平怎麼去下說詞呢？喏！下文是這樣的（姑且不談陳平是否懂得屬於阿爾泰語系的匈奴話）：

「彼陳平必言：漢有好的美女，爲道其容貌，天下無有（中國小姐，新近才選出）；今困急，已閱使歸近取，欲進與單于，單于見此人，必大愛好之；愛之，則閼氏日以疏遠，不如及其未到，令漢王（劉邦）得脫去；去，亦不持『女』來矣。」

「閼氏婦女，有妬嫉之性，必憎惡而剸去之。」

查桓譚是東漢時代的正統儒家，於學無取不窺，見識博洽，且去西漢時代不遠，自然知道得相當的「繁富」，但他並未作正面的「和盤托出」，只是從側面來著墨，這不難從首句的「彼陳平必言……」以至於末句的「必憎惡而……」，一連疊用兩個「必」字，分明是順態來推測的「虛擬句」，儘管推測得相當符合事理，惜乎仍教人摸不清葫蘆裏「貨品」，而不無微微的遺憾。

皇天不負尋覓的苦心人，在段安節的《樂府雜錄》裏，就有更爲完美的貨色，可彌補那個遺憾，看吧：

「漢高祖在平城（山西大同府），爲冒頓（單于）所圍，其城一面，即冒頓妻閼氏兵，強於（其他的）三面。」

「（漢）壘中絕食，陳平訪知閼氏妬忌，即造『木偶人』（傀儡或布袋戲吧），運機關，舞於陣間，閼氏慮下其城，冒頓必納妓女，遂退軍。」（女司令的主力軍撤退了，在欣賞陳平的奇計傀儡舞後，女將軍閼氏一溜，其老公也跟著一起溜竄，根據婦唱夫隨之理。）後樂家翻爲『戲具』，即傀儡也。

這就是名聲籍籍的大策士陳平先生的「退兵奇計」，這項別出心裁的神計，遠比什麼「千軍萬馬」還要靈光，說眞的。

姑且撇開了桓譚所強調的：陳平曾冒萬險，親至「虜廷」。憑著三寸不爛的「外交良舌」，把閼氏小姐說得服服貼貼，把劉邦先生無保的「即時開釋」；顧在實際的效果上，總未若耍出這一套特別新鮮的，具有機關，能活動的，更有板有眼的「話劇」，演得絲絲入扣，演得如此動人，教「不識之無」的閼氏小姐，在親自目擊之下，頓時徹悟到簡明的「劇情」是：平城一旦攻打下來，立即使自己陷於萬分不利之地，而老公則左擁右抱個沒完沒了，大享齊人之福。

於是乎也就難怪當她徹底明瞭整個事態的「未來後果」後，要毅然決然的指揮著自己麾下的四分之一的勁旅，返旆回家去「涮涮羊牛肉火鍋」或蒙古的「沙茶火鍋」吧。

太座負氣的回國了，作爲先生的冒頓，實在感到很乏味，同出而不同歸，最低限度，會給人以「琴瑟失調」的感覺，尤其是在弟兄們的心目裏，當冒頓單于想通了這一層次，揮軍回蒙，也是很合理的吧！

事態發展到這種地步，整個情況突變了，當然也是遽然的改觀了。

可能是正因如此和這般吧！劉邦先生護軍中尉陳平的心目中的主意，也起了一百八十度的轉變，且把那「奇計」隱蔽起來，沒有必要敎「好事的史臣」和滔滔的世人「得聞其詳」。

啥個道理？蓋因這項「奇計」，委實運用得不怎麼光彩，對於劉大皇帝此時的身分和吃重的分量來說，隱蔽實較公開更來得佳妙與完美。

然否？不然否？會心處，當不在遠。

（附註一筆：段安節所提的「被樂家翻爲戲具的傀儡戲」，有人說，傀儡肇創於戰國時代，而盛行於西、東漢，內容繁雜、冗長，也越出本文的範疇，恕不贅了。）

思子亭的悲劇

太史公司馬遷在〈報任少卿書〉中，最先的開場白是：「……今少卿抱不測之罪，涉旬月，迫季冬；僕又薄從上雍（陝西鳳翔縣南），恐卒然不可為諱，是僕終已不得舒憤懣，以曉左右，則長逝者魂魄，私恨無窮。」

究竟是啥個大事呢？「抱不測之罪，卒然不可為諱；長逝者魂魄，私恨無窮。」

這之中，蘊藏著一件冤枉的家庭悲劇，而且是發生在號稱精明幹練的明主的宮庭中。

奮發有為的漢武帝（公元前一四一～八七年），在他一生的事業中，撇開內政不談，光是對付最棘手的匈奴問題，他一共費了整整四十八年頭（公元前一三五～八七年）來排擊。從二十二歲始，他下定了最大的決心，一定要匈奴吃點苦頭，而明白中國不是可隨便欺侮的；他的目的終於如願以償的達到了，北匈奴衹有乖乖地到歐洲去流浪。秦始皇與漢高祖所傷透了腦筋的問題，終於被這位中國的男兒予以徹底的解決。凡此這些，這兒暫且按下不表，留待另章再行討論。

論說武帝頻年對外征戰，加以他本人又篤信幽冥，有神必祭，大禮盛典，幾無虛歲，又學著秦始皇的作風，喜愛出外巡行，登封泰山，所過賞賜，一下子是用去絹帛百餘萬匹，錢以「巨萬」一萬萬計，弄得國庫空虛，赤字連連。於是造皮幣，鑄白金，告緡錢，征鹽鐵，貲商車，置均輸、設平準以及武功爵（買至五級的可以補官）；此外，還有募民入財為郎（官）的，入奴婢免役——等。這樣，就這樣，一批政治投機家，乃有了良好的機緣可鑽了；桑弘羊，專門管度支財政不算外，公孫弘以曲學進，李少君以「長生不老」進，欒大以「神仙進」，文成以「致鬼進」，卜式以「輸財進」，而稱炙手可熱的是，張湯、杜周諸酷吏的舞文弄法，法繁於秋荼，利析於秋毫。

凡此這些，均難逃過雄才精明的武帝的眼睛，而今居然有一件事，偏偏在明察秋毫中逃過去了——這就是江充的邀寵。

說起江充的被皇上邀上青睞也是一段奇事。江充作水衡都尉，是趙敬肅王的門客，得罪於太子劉丹，乃逃亡到朝廷，告趙太子的陰謀，太子丹因而被廢掉。武帝召見他時，見他容貌魁岸，談政事對答如流，無不稱旨，於是有寵了。充秉性梗直，彈劾任何人，均無所諱避；一次跟皇上去甘泉，遇到太子的家使，乘車馬行於「馳道」——超級國防公路——中，江充把他逮住後，交給派出所照辦，太子使人謝罪，江充不理，並報告給皇帝聽。武帝說：「對的，做臣子的當該這般才是！」於是「硬漢江充」的威名，震懾整個京師。

武帝在二十九歲那年，（公元前一二八年）生下了劉據（即著名的戾太子），異常喜歡他，因其性情溫存忠謹故；但後來却嫌他的材能並不像自己，而漸把「父愛」分配到其他的皇子的身上去。

當此之時，各方的術士，及諸神巫均聚集於京師，皆以左道惑衆，變幻無所不為。女巫往來於宮中，替美人們「度厄」，幾乎是每一間房屋，都埋有木頭人在祭祀，因之互相妬忌恚詈，更相告訐，幾無寧日。有一天，武帝在睡午覺，恍惚間彷彿有數個木頭人，拿著木頭劍要刺殺他，一驚而醒，因之，身體大感不適。

江充看看老皇帝不濟事了，恐怕太子記起前仇，要算老賬，乃對皇上說，這病出在巫蠱；一句話，正符合了皇上的心意，於是派江充爲特使，專治巫蠱。江充就因胡巫檀何言說，宮中有蠱氣，不除，皇帝終不會好的，皇上乃使充入宮中，壞御座，掘地求蠱，然後治後宮所希幸的夫人，漸次及皇后，及太子宮；掘地縱橫，太子皇后，幾乎連放床舖被褥，都無處所。江充至是竟昧著良心說話，說是太子宮中，掘到很多蠱，又有帛書，所言不道，當奏皇上。太子大懼，問計於少傅石德，石德認爲可以矯節，收捕江充，窮治其奸詐。太子則以爲無權可擅誅戮，擬親自前往報告皇帝，而江充於此時反迫太子。太子無計，只有從石德計，捕江充，自行監斬。

於是京師都傳說：「太子反了！」聽到這危急的訊號後，皇帝立從甘泉來到城西建章宮，詔發三輔近兵，丞相爲將，率領著以攻太子。太子兵敗，逃至泉鳩里，上吊畢命。

故事發展至此，悲劇理該劇終，但是不，因前文尚未呼應。皇帝怪戾太子（劉據）這次的事變中，老吏任安（少卿）見兵事起，欲坐觀成敗，實有兩心，因命令腰斬。

任少卿是在如此這般的情況下，算作是戾太子死亡的陪客。

這件轟動京都的皇宮家庭悲劇，發生在公元前九十年。

懺悔。

等到皇帝於弄清楚事態的前因後果後，痛定思痛之餘，特地建立一座「思子亭」，算作是自己的懺悔。

俗語說「知子莫若父！」知子之善呢？還是知子之惡？

而今太保遍地，殺人越貨，無所不爲，不知這些「太保的令尊大人」可曾知否，他的犬子，畢竟幹了些啥個「犬事」！

第一位殉佛教者及其他

佛教（浮屠）的傳入我國，最早要算是在公元前二年，大月氏的使者東來，有一位太學生（博士弟子）跟他受浮屠經。

惟史乘上，正式有紀錄的，大抵要算東漢光武帝的兒子——楚王劉英，他的親哥哥是明帝劉陽。劉英對於宗教的信仰，似乎是多面式的，他既尊崇黃老的道教，同時更愛好佛教；而佛教的傳授和播道法，是必須具備著法像、圖表，以及木魚、磬、鉢、鐘鼓、法器……等工具的。孰料這位佛教的第一位信徒的犧牲者，正因爲具有這類器具而被構陷成史籍上的一段藉藉有名的冤獄。要不是靠著一位精明幹練、明察秋毫的御史——寒朗，冒著頭顱搬家的大禍，加以徹查，加以「平反」，誰也不會相信一件冤枉透頂的「冤獄」，居然會發生在號稱清明的帝王之家中。清明的帝王家猶有此等冤沈海底的大獄在，其他不清不明的自不在話下了！嗚呼痛哉！

事態的經過，是這般的由不簡單而逐漸趨於簡單的。

楚王劉英既愛好浮屠，自然是按部就班地遵循著「教規」辦事哇！於是，「金龜玉鶴」，造作圖表，刻文字為符瑞……等花樣，一切悉行如儀；不料，立即有好挑撥的馬屁客等向當道者告密，而有司即據以為藍本，奏告皇帝，說是劉英大逆不道，應加誅殺。明帝劉陽顧念手足之情，不忍加誅，乃貶廢其爵號封祿而徙置於丹陽涇縣。一點證據也沒有，調查是更不用提了，劉英是如此這般地被貶廢掉。

這位倒足了一輩子霉頭的楚王，一到了丹陽，既不請辯護律師，也不自我申訴一通，馬上自殺；自己既畏了「罪」而自裁，則一切自成了「鐵案如山」。於是告密者不但有獎金可領，而且統統因而升官了——封作「折奸侯」。皇上有命，除嘉獎其發揮告密的精神外，並「窮治楚獄」。凡此，完全符合了酷吏的心意，在羅織、構陷、株連、拷掠的淫威下，日以繼夜的窮治窮究。史上說，「坐死罪」和「坐流徙」的數以千計，此外，因而鐵索鋃鐺，呻吟於鐵窗之下，惶悚於獄卒的申叱的尚有數千之多。

假如「冤獄」僅止於此，則還可說是「也云幸矣」；不幸，事態依然尚在發展中。劉英素來好客，一張客人會餐的名單，偏在此時被搜到，於是按圖索驥，又有五百餘名冤枉者投入狴犴的口內去長期休息並靜待「折奸侯」的修理；那些因受不了「折奸侯」們的磨折、拷掠的，幾乎全都願意提早把戶口遷到閻羅王那兒去，那是一種什麼世界呀！

吳郡太守門下有一名小科員——陸續先生，渾身已備受折奸侯們的「五毒」，（恕不清楚是何種特殊刑法）而「肌肉消散」殆盡了！但陸君始終是條天生的硬漢，既受盡了這些天地間少有的酷刑，却自始至終地「全無異詞」，沒有就是沒有，拷打、灌水、修理、倒懸、老虎凳，並沒有使他改變了把原本「沒有的」說成了「有」的口供。最最值得欣賞兼稱揚的，陸君雖備嘗了「五毒」，却從來不曾哀叫過一聲，更從未傷心、哭泣過一次，足見其的確是秉著天地間的正氣而堅強地活著、站著、頂立著。

可是，有一天，他突然對著碗中的羹餚，悲不自勝、號淘大哭起來了！這種不尋常的舉措，使得「折奸侯」的大老爺們，感到意外的興趣與納罕，他們要追究個明白，畢竟是啥個道理？鐵漢陸續先生邊哭邊道：「我的母親遠迢迢的從洛陽來這裏探監，所以我無法不傷心呀！」

「你從哪裏曉得你的母親來了？」折奸侯們以爲既沒有給這個小科員「特別接見」，也未通知他說是他老母來了，他怎麼會知道呢？案子不是又可更進一步的發展嗎？

「我的母親於切肉時，總是切成方塊，切葱時則以方寸爲標準，現在這碗中的方塊肉和方寸葱，不正是告訴著我，我年老的母親，已在獄外涕泗徬徨嗎？」陸先生呈奉著碗中的證據，以證實並非用錢收買外面的音訊。

折奸侯們及獄吏、獄卒、看守等把這件「不尋常的趣聞」當作酒後茶餘的「談助」，談助由中心的監獄而擴散開去！皇帝也或多或少的聽到些，於是賢明的明帝，乃減赦了這批未死的囚徒，量刑從輕，減爲無期徒刑。

當這件千古冤獄的案子，到了御史寒朗的辦公桌上時，寒朗心知個中一定是冤枉，因爲楚王劉英和那些被稱爲所謂造反者——王平、顏忠等，根本未曾見面，談話是更不用提，而今不過是在折奸侯們的淫威慘拷逼掠下，爲求肉體的一時免於痛楚而誣服，才造成如此龐大的冤獄。寒朗乃親自去詢問此二囚犯——王平跟顏忠，二人竟錯愕得不能回答；折奸佞們淫威力量的持久性，由是可見一斑。

賢良公正的大御史——寒朗乃上書給皇帝，辯明那些人的冤枉，並特別強調：「天下無辜，類多如此」云云。

明帝召問道：「即使是冤枉，那麼王、顏二人，爲何偏要牽連其他的人等？」

「多所牽連，目的不外乎二：一則希冀由彼此的矛盾詞中，反證自己的無罪；二則希望他人來分擔自己的無辜，這是智識份子最悲哀的基本弱點。」

「眞個如此的話，那你爲啥不早奏？」

「我擔心海內還有人會再告發他們的罪狀！」

「胡說！你是御史，怎麼能走中間路線！」

皇帝劉陽的肝火特別旺，隨即命令左右把這位剛正的御史——寒朗逮起來，一併交給折奸佞修理並問罪。

聽到這項「聖旨」後的左右們，馬上動手。

寒朗了無懼色，侃侃的道：「願再多說一句話後，就死！」

明帝虎虎地生著氣：「是哪一個負責、調查這件事的？」

「我自己獨自負責、調查。」寒御史的鐵肩獨自擔當著，誠坦地答著。

「爲什麼不跟『三府』（太尉、司徒、司空合稱『三公之府』，簡稱『三府』）共議？」

「我自己曉得，冒這樣的大不韙，必當會滅族，因之，不敢多所聯袂他人。」

「爲什麼會滅族？」

「報告皇上，我整整地調查了一個年頭，還是不能「窮盡奸狀」，結局反替罪人「辯冤」，故一定會滅族，理由全在乎此。現在所以冒死而說出的，目的只有一個——希望你陛下能夠瞭解這個中的冤情！因我看到那些「折奸侯」們在辦案時，總說這是「妖惡大敵」，是人們所共同厭棄的；現既已錯抓進來了，決沒有錯放的道理。只有這樣，才可以免去折奸侯們本身所負的責任，於是乎：拷一連十，掠百連千了，而於「公卿朝會」的報告上，陛下問得失時，都長跪地說是：『舊制大禍』，禍應及九族；刻蒙陛下大恩，止及於囚徒一人，眞是好幸運呀！等到他們——折奸侯們，回到自己的公館，口雖不說什麼，心中實未曾不仰屋興歎，喟歎著天下竟有這麼多的冤枉犯。但稀奇得很！他們始終不敢對陛下說一句半言的眞話，爲的是害怕忤逆了你的尊意呀！這就是我此刻所要敍說明白的。話說完了，我就是死了，也沒有什麼可怨恨的了！」

賢明的皇帝劉陽，至是才有些回心轉意，明白冤獄的造成，純由自己一人在有意無意中促成的。

二天後，明帝親自駕臨洛陽，翻閱各人的口供後，隨即命令釋放含冤的囚徒一千餘人——在江蘇丹陽獄的陸續先生也應是沾沐皇恩的一員吧！感謝天！

一千九百六十餘年了，翻讀了這麼多的史乘，僅僅讀到一個「鐵錚錚的御史——寒朗」。

御史寒朗先生太少了！太少了！古今中外，不論任何朝代，人們所最最需要的，應是無處而不有寒朗在，則哀哀的黎庶幸甚，哀哀的黔首幸甚。

黨錮・黨禍

號稱歷史綿延、文化發達的國史上，祇有朋黨的狠鬥，並無政黨的顯現；如所周知，朋黨和政黨，是大有分別的：朋黨，只有黨魁、黨徒而無黨章和政策，所爭的是小集團的利害和利益，而不顧及國家、人民的前途和福利；相對地，政黨則一應俱全，黨魁黨徒、黨綱和政策，以大開大闔的方式，呈諸國人的心目前，任憑裁奪。

國史上的朋黨，溯源於東漢的黨錮，盛行於唐代的牛李黨；至於政黨，國史既不具備，姑且以英史查理一世時代的兩黨制爲嚆矢——騎士黨（Cavaliers）和圓顱黨（Round heads）。前者一變而成王黨（Tory），保守黨；後者演變而成爲民黨（Whig）、自由黨及今日的工黨，終於蔚爲普世盛行兼值得讚譽的兩黨制。

撇開取材於外史的兩黨制不談，且看黨錮的演變及其後遺症。

黨、黨錮，黨而配上錮，且看此兩字的涵義：

黨在倫常關係上，稱作鄉黨，則舉凡親族姻戚，統稱作黨，推而廣之，它已含有朋輩的意義了！

錮呢？是鑄塞，譬如鑄銅鐵以杜塞漏罅，引伸起來，把人的前途予以堵塞，就是錮或禁錮（它，遠比時下的褫奪公權要厲害千百倍，相當於西洋中世紀的破門律。）

黨錮兩字的構成一個名詞，是東漢晚期那兩個著名的小太保皇帝（桓帝劉志、靈帝劉宏）所一手創建出來的。

黨錮的序幕既揭開，形成以士流朋黨而受株連迫害的黨禍，歷代乃援爲成例，如李唐的牛李黨的清流之禍，宋代的元祐黨籍，明代的東林黨禍，清代的維新黨等，均昭張地在人耳目，本文無暇顧及，且說黨錮的來龍去脈。

一

東漢的「跋扈將軍」梁冀，老是認爲質帝劉纘很不順眼，不聽話，乃用一塊暗藏有氰酸鉀之類的餅乾，把他的戶口遷到冥國府去；另外選了一個看來比較聽話的蠡吾侯（蠡吾，地名，是今河北博望縣）劉志爲帝；他只有十五歲，外表柔順，內實狡獪，什麼也不想學，IQ不高；又被皇冠遮瞎了眼睛。

小太保劉志爬上高位後，反把梁冀看不順眼，又因爲他的太保情報組長大閹醜單超，與梁氏有過仇隙，這一下可對勁了，兩者有志一同地採取共同行動；梁冀也只好把戶口搬到冥國府去。家天下！就此成了小太保皇帝跟閹醜們的天下！天下還能在「安定中求進步」嗎？老天！

想不到另一「內幕」也趁機而兜了出來：

當劉志在繼承作蠡吾侯時代，聘請甘陵人（甘陵兩地，一是山東清平縣，一是河北清河縣，古地名多變，今難考正）周福（字仲進）爲老師，時來運轉，弟子升爲大皇帝，老師因緣時會，出任爲尚書省的尙書令（丞相級）。平庸的周福平白地作了宰相，人們的心中，別有一股感受。另一位甘陵人房植（字伯武），官拜河南尹（即洛陽市特別市長），才華茂捷，極有聲望於當時；兩者才具不同而顯赫有別，鄉人乃編出如下的歌謠：

天下規矩房伯武

因師獲印周仲進（因作老師而獲得丞相大官印）

唱唱玩玩的歌謠，一變成爲房、周兩家賓客的相互譏嘲的論證，進而形成朋黨，嫌隙不解而反深，終於更進一步地惡化成爲南甘陵、北甘陵兩派的名稱了。

世人大抵都曉得：傳染病是靠細菌的流播，不幸，南北甘陵謠的細菌，被傳揚開來了，另一只歌謠應運而生。

話說汝南郡的太守宗資，禮聘到一位傑出的青年才俊范滂作郡府的功曹（主任秘書級），專管選舉人才的事宜。他，公忠廉正，人人稱譽。

同樣地，南陽郡太守成瑨，也聘到一個才俊青年岑晊爲功曹，也幹得有聲有色，個個讚美。

范、岑兩君，忠心盡職，褒舉善良，糾正違禁，使兩府的政績斐然，委實是很難得的好現象。是以汝南和南陽的有心人，又編出這樣的歌謠來：

汝南太守范孟博（范滂字）

南陽宗資主畫諾（畫諾，成簽名蓋章的工具）

南陽太守岑公孝（岑晊字）

弘農成瑨但坐嘯（唱唱綠島小夜曲之類）

訕嘲的南北甘陵謠，與俏皮的兩南謠，在當時的社會上，由歌聲的相激相宕而相扇成風，事情就逐漸變質了。

東漢的太學生三萬多人，以郭泰（字林宗）、賈彪（字偉節）爲首領，都服膺太尉（國防部長）陳蕃，司隸校尉（警備司令吧）李膺和王暢（字叔茂）等三人，相互褒揚，中外承風，臧否公卿人物，更不怕權勢的高壓而敢發言高論，因之，另一只歌謠又告產生了：

天下楷模李元禮（膺字）

不畏强禦陳仲舉（蕃字）

天下俊秀王叔茂（暢字）

三只看來全無所謂的歌謠，構成社會上的輿論和批評人物的準則，則人們心目中的滋味是什麼呢？實不難想像？

二

歌謠在褒揚好人的出頭，自然引起壞蛋的不安，是故要來的事終於大踏步的衝來了，誰也想不到的。

有個以四方四隅配上「宮商角徵羽」五音的占侯而定凶吉的風角家（江湖郎中）張成，憑他的特殊風角律而推定不久會大赦，乃命令他的太保兒子去殺人，李膺認爲係故意殺人，把張成扣押起來。眞巧，張成被押後，果然出現大赦，張某也在大赦中。李膺認爲此風不可長，乃把張某依法照辦。

張某有一風角門徒牢修，眼看乃師可蒙大赦，結果未能如願，遂在閹醜的教唆下，上書誣告李膺等：「養太學遊士，交結諸郡生徒，更相驅馳，共爲部黨，誹訕朝廷，疑亂風俗……」云云。天賦的判斷力極爲薄弱的劉志，在看到這封誣告信後，大發狗熊脾氣，竟下令郡國：「抓人！抓人！趕快抓人！」一全按照閹醜的意見行事。

李膺是榜首，范滂、陳實、杜密……等二百餘人，像大閘蟹般，一串串的被抓起來，關在大牢裏，是爲第一次黨錮之禍，時在公元一六六年。

翌年，太學生賈彪等勸告尙書霍諝，城門校尉（保安司令）竇武向劉志解說一番，劉志的火氣也略略減了些青啖，乃同意赦免，唯附有特殊條件：禁錮終身，「黨人的黑名單」仍由朝建大衙門保管，以備不時派監管人員去查問並監視。

黨錮之禍，是這般可怖，依理來說，人們該埋名隱姓，逃亡到國外去依附強邦才是；不！「民不畏死，奈何以死懼之」，情況正是如此。李膺等於出獄後，聲望更高，海內希風之流，共相標榜，凡天下名物，都起了稱號。上等的稱爲三君，次等是「八元八凱」之流的共有「四八」，統統湧上榜來：

㈠三君——陳蕃、竇武、劉淑；君，是一世之所宗。

㈡八俊——李膺、荀昱等八人；俊，人之英傑也。

㈢八顧——郭泰、宗慈等八人；顧，以德引人上進。

㈣八及——張儉、岑晊等八人；及，能導人追宗。

㈤八廚——度高、張邈等八人；廚，能以財濟人之急。

當是時，張儉彈劾閹醜侯覽，覽教其同鄉人朱並控告張儉與同鄉廿四人爲部黨，儉是黨魁，指揮部衆；天賦判斷力也極爲薄弱的靈帝劉宏，任命閹醜大長秋（特務頭子）曹節逮捕已有前科的李膺、杜密、范滂等百餘人，均庾死於獄中，妻子徙邊，凡附從的，錮及五族。後來株連更廣，太學生遭到大長秋逮捕千餘人，黨人的門生故吏、父子兄弟、族人等等，都一律禁錮，是爲第二次黨錮之禍，時在公元一六九年。三年之間，黨錮之禍共有兩次。

由時下的眼光，來檢討這兩場盛舉式的大悲劇：

㈠當時的執政者，總以爲採取「高壓政策」，準能鎮壓得人人自動瞠目結舌、閉嘴封喉，乖同孫子般，從此對政治產生冷感症，結局適得其反。

㈡富有責任感的知識分子，無不以獻身殉義、熱誠愛民爲己任，狴犴縲絏算得了什麼？多以鐵索鋃鐺，「一過鐵窗生活」爲無上的榮光暨無上的顯耀，大大地發揮著「雖千萬人，我往也」的精神。

㈢平民則一分而爲兩，中上的，多爲知識分子的行爲而喝彩，且有力求入「黨」以表示「有志一同」的；中下的多抱「橫豎」的心態，鋌而走險，加入賢良大師張角所領導的「黃巾黨」去了。

綜上所述，結論也該有了：

歷史母親所貽留給她的子民的一面寶鑑，祇有這十字眞言：

應當常拂拭，

不教染塵埃。

是爲「前車之鑒」，也即「殷鑑」。

五侯家的「梁家幫」

東漢末年，當梁冀拜爲丞相的時候，他的蠻橫、凶暴和頑固，就一步步的暴露出來了！目中無人的梁冀，在權傾天下的峰頂狀態下，人人側目；個個睜著眼，看他要把「那齣戲」演到何時才收場？

當他手執大鋼刀，把質帝劉纘宰了，改立十五歲的桓帝劉志時，人們無條件地贈送他一個允如其分的外號——「跋扈將軍」。

跋扈將軍並未因封號的不雅，而有所警惕，恰相反，他比以前更加跋扈。

竭力欣賞著「跋扈將軍」在耍弄權術的丞相夫人孫氏，覺得人生在世，只有這般的顯赫兼不可一世的作法，才夠味，才配合味口。因之，爲了顯示「梁府」的人才是獨特的、出色的，必須拿出一套「新作風」，來給世人瞧瞧才行。在焦思苦慮了七十二小時後，無師自通地，在相府的服裝上和髮型上，居然讓她推陳出新，搞出一套嶄新的「模式」來；概括地說起來，頗有《三字經》的韻味：

作愁眉，
做啼粧，
墮馬髻，
折腰步，
齲齒笑。

梁相國夫人，爲了使這一套「新花樣」能風靡全國，不惜以自己作爲示範，既有「啼粧展示會」，又有「馬髻榜樣會」的陸續推出。

在相國夫人的大力推展下，一時之間，不但風靡了京師的洛陽城，而且連全國的婦女界，也先後景然的從風，人人都向丞相府的「梁夫人」看齊。

究竟，「梁府的新模式」，是怎麼樣的「打扮入時」的，根據梁夫人的「示範」資料所顯示，那情況是這麼樣的：

㈠作愁眉——把眉毛先行剃去，然後以2B鉛筆，輕輕的描摹，描得越細小，越美妙，而且要微微呈作波浪形狀。

有了「作愁眉」，縱使「家有喜事」，仍須頻頻作蹙眉狀，這有個名稱「無愁時候把愁招！」

㈡做啼粧——薄薄地塗抹著目下部分，做成「似啼非啼」的樣子，在人們一見之下，就有此特殊的感覺狀。

如果依照時下若干「化粧專家」的分析，是以紫黛來塗眼瞼，教人有「驚鴻乍睹」的情況。

㈢墮馬髻——把滿頭烏溜溜的「秀髮」，全梳向一邊去，完全排除了「兩水中分白鷺洲」的平分秋色形，改作「一邊倒」的型式。

這類「髮型」，據說是梁相國夫人，在馬背上，眼看著馬兒向前奔，好風忽忽的掠來，把馬鬃掠向半邊去的啓示。

㈣折腰步——把舉足的重點，不放在脚後跟，而改置在前五趾上，走起步來，就顯得「婀娜多姿」，體態輕盈，步步生蓮花了。

有人細心地研究著梁夫人的「折腰步」的步態，完全是「摩登女郎」穿上高跟鞋的英姿，足見國人的頭腦的敏捷和靈活，永遠是「首屈一指」的。

㈤齲齒笑——這種「笑法」是相當特殊的！一個人，如果沒有蛀齒病，是無從領略齲齒病痛時的苦楚的，假如「幸而有一小病」，那就上路兼對勁了。

齲齒笑是當齲齒病，尙未作「雷電交馳」的掣擊時，已微微作痛，而當太燙或太冷的食物入口，觸及那痛點神經時，「哇！」的一聲，哭笑不得的一副尷尬相，呈現在人們面前的可愛樣子。

當梁相國夫人推出這一套「新發明」以應市的時候，首都洛陽的人士，即分成兩派，各有各的看法和言之成理的理由：

⑴頌揚派——一致地公認爲梁相府，多人才，於今能及時的配合著「跋扈將軍」的新行動而有新表現，正是「領導群倫」的有力證據，不但應該大力模仿、學習並體認，而且要努力的頌揚、讚美、歌功、載德。

(2)杞憂派——在可以預見的將來，梁相府準會出大紕漏，因爲照「圖讖緯候」（東漢時代，特別盛行的新學說）的原理看來，很多不祥的徵候，都在上述的「三字經」內出現，那有力的現象是：當大隊的兵馬，前來收捕「跋扈人物」時，舉家惶惶，婦女啼泣，感痛、掩袖、憂恐萬狀。而虎狼型的吏卒，是不管這一套的，他們揮出有力的刀槍、掣頓、威脅、強折腰脊、金髮髻傾斜，散亂勝似馬鬃，一旦情況發展這一地步，雖然要作「強顏歡笑」，終歸是「完蛋」的！

有心人曾把上述的情況預測，專程到梁相府上，要求相國夫人發表一些「心得」或「感想」。

「說這些話，並作這般預測的人，是未通過大腦的運思的胡說八道！」梁丞相夫人一口加以駁斥著：「我倒要問問，什麼叫做『大隊的兵馬，前來收捕』？」

「這是假定的。」

「假定的主詞是什麼人，受詞又是什麼人？」梁夫人緊緊地扣住題旨中的假定人物。

「譬如說吧！」好心的訪問者，儘量把氣氛予以緩和的：「譬如說，北方的匈奴，或正在東北方，蠢然思動的鮮卑。」

「這話說得更離譜了！這些韃子的胡人敢思動嗎？那『跋扈將軍』不是等於『木頭人』了嗎？我可以肯定的告訴你：跋扈將軍的大才，既能夠安內——安如泰山的；又能夠攘外，把戎、夷、蠻、狄等等，趕到山窮水盡，然後都乖乖地跪下，臣服我大漢皇朝。」梁夫人聲勢俱厲的，咬字淸楚，蠻有力的。

「是是是！我們絕對相信『跋扈將軍』梁相國的大才和神威，來應付這類戎狄，是綽綽有餘裕的，不過，天下事，往往很難逆料，萬一……。」有心人鍥而不捨的嘀咕著。

「沒有萬一，只有一萬！」

「那麼一萬又指什麼來著呢？」

「一萬嘛！就是放『一萬個安心』，千萬不要三心兩意的胡思亂想，害苦了自己。」

「夫人分析得有理！領教領教！」有心人敬佩的，也讚不絕口的。

「還有什麼要嚕嗦的嗎？」梁相國夫人，反扣了極重要的一句。

「夫人對於時下所流行的『圖讖、緯候』的看法，有什麼意見？」有心人依然不願捨離本題，在邊緣兜起圈子來。

「說句難聽的衷心話！」梁夫人把句子緩緩的曼曳著：「那是近乎迷信的一套玩意兒。」

「夫人的高見，是値得敬景和欽佩的！因這個的確是近乎迷信的一套。但是，打從前漢晚期的『王翁』（指王莽）起，一直到本朝的『光武中興』，幾乎都是相信這套說詞的！」

「他們雖貴爲『九五至尊』的帝王，但在破除迷信的力行上，似乎不夠積極。」

「那麼，現時代若干頗有名氣的學人、學者和專家，爲什麼也迷信此道呢？」

「這個，最好你不妨跟他們親自談一談，更能夠了解實際的槪況，遠比旁人的隔靴搔蝨的探測，要來得客觀、翔實得多。」

「承夫人的指敎。」

「不過，我必須提醒你的！」梁夫人把聲量放大了些，用以提醒注意的：「當你在訪問了所有的學人、學者和專家後，你必須花費一天半天，去跟『王充先生』（一個最不信邪的學人，著有破除迷信的《論衡》一書）談一談，他可能有更新穎的見解，可以告訴你！」梁夫人善意欣欣的叮囑著。

「是的！謝謝夫人。」

有心的訪問者走後，不多久，教人不敢想像的「大事」，終於爆發了！

「大太保皇帝」——桓帝劉志的手下，擁有五個中常侍，一般都稱作「閹醜將軍」，他們的大名是：單超、左悺、徐璜、具瑗、唐衡等，他們有志一同的，組成秘密的「倒梁同盟」，擁有武力，更有財力，外加太保皇帝的協助，就此浩浩蕩蕩地撲向梁府去，打倒跋扈將軍。

顯赫輝煌的梁府，不旋踵間，風消雲散，而「梁府的新模式」，更是痛快淋漓的表現無遺。

當梁相國府的黃金時代閉幕之時，眞叫人納罕的是：京師的童謠，把前面的三字經字句，加上兩句歇後語：

一將軍死，

五將軍生！（按一將軍指梁冀，五將軍指五閹醜）

從此之後，單超的權勢，如麗日中天，荼毒善良，虐待天下。可憐時代前驅的梁夫人，不知流落到何方？

江東創業的孫郎

當赤縣神州，每遵循著一條五千餘年來決不少變的定律——一治一亂，也即所謂「天下大勢，合久必分，分久必合」的運動律而運動時，一些自命不凡的草莽英雄，市井豪傑，乃緊緊地抓牢時代的機軸，因緣時會，稱孤道寡起來，過過日夜所繫念著的「帝王夢」的大癮。

江東孫氏三傑，也殊未能例外於此一原則；只是，其創業的過程，似乎夠得上稱爲「艱難」。

當孫堅以長沙太守的地位，帶領部隊，會合諸侯入都共討董卓，行到南陽，不幸遇難，於是他的基本部隊，掃數被袁術併呑去了！這時，孫堅留下四個兒子——策、權、翊、匡及一個女兒（即京戲的甘露寺中，嫁與劉備的孫夫人），而最大的兒子孫策，年齡才不過十七歲，如以世俗的眼光來看，十七歲，正是頂危險的「太保年齡時期」，然而孫策並不是那種人，他早已結納豪傑——安徽舒城人周瑜就是一位——有爲父報仇，獨霸一方的野心。

當他營葬老父於曲阿（今江蘇丹陽縣），並把母弟等寄託於張紘後，即逕到壽春，向袁術要回其老父的舊幹部，顢頇的袁術，於驚愕之餘，當然不願輕易地交還那已屬於自己的武力之一的隊伍。

孫策不得已，只好自行招募，但在吃了人家的一次偷襲的大虧後，只得再度向袁術要這股鍥而不捨的「討人兼討債的精神」，使袁術不得不把孫堅昔日的舊幹部千餘人還給他，同時，爲了賣弄交情起見，並表拜這位少年將軍爲「懷義校尉」。

事有湊巧，有一個「騎士」犯了軍法，仍逃回袁術的老營去，匿居在內廐，孫策使人在內廐中把他斬了，然後親自至袁術的司令部謝罪，袁術非但不究辦，反而安慰他。

這樁事件，使得這位少年將軍的威名爲人所懾服，在心理上，在軍紀上。

一個孫堅的舊幹部，校尉朱治，看穿袁術本人並不是一個成大事的角色，遂勸孫策渡江而東，把江東（即江南）作爲創業垂統的根據地，孫策得到了這項寶貴的地緣與戰略上指導後，隨即收拾人馬，渡江而鬥，所向皆捷，竟無有敢攖其鋒的。乖乖！

江東的老百姓聽說「孫郎來了」！無不惶惶然如失魂魄，縣官府吏們甚至有委棄了城池而逃到森林草莽間去的。

但當孫郎的正規部隊來臨時，鷄犬草木，一無所犯，至此民衆才曉得以前是中了「錯聽誤信」的宣傳毒。民衆們彼此互相競爭著牽牛攜酒，前來勞軍；凡此似不能不歸功於孫策治軍的嚴謹，軍紀的森然有以致之吧！

孫策的外表，長得非常「帥」，性格平易隨和，有禮可親，更兼心地豁達，能採納他人的建議，善於用人；因之，凡是被他提用的士民，無有不甘心情願，爲他誓死效忠的。他的唯一嗜好是騎射游獵，當他於攻取會稽郡後，會稽功曹（等於省府委員廳長之流）虞翻曾把他的弱點加以指出，並作這樣的勸導：

「閣下喜歡『輕出微行』，要明白，作一個長官，如不莊嚴地出道，則跟隨的下人，都會認爲是一項苦差使；因爲一旦地位升到了『人君』，不莊重，則不成『人君』的樣子！譬如一條龍，穿上了『魚的服裝』而隨處出游，無疑地，它的隨時遭遇意外的困擾，是咎由自取，怪不得任何人的；所以希望你要多多的留意。」

「虞先生說得很對，我銘記就是！」孫策盈盈地笑謝著。可是始終無法改變他的微服出遊的習性。因之，他的致命傷就出在這上面。

這是一件關係著他本人安全的事，此外，還有一件更值得大書特書的。會稽功曹魏騰，不知爲了啥個大事而大大地惹旺了孫策的肝火，孫策竟決定把魏功曹宰掉方出心中的怨氣。

大家都惶惶然地，半點也想不出拯救魏騰的好辦法。有人突想到該向吳太夫人（孫策的母親）求救。吳太夫人聽後，巍顫顫地踱到食井邊去，倚立在井欄，以嚴厲的口吻教訓著孫策道：「你剛剛締造江南，大事初創，距離成功二字尙遙遠，理當禮賢敬士，捨過錄功才是，現今魏功曹爲了公家事而盡規，你反想殺他，今日你殺了他，明日一定是大家都叛變你，我不忍親見大禍的降臨到我家，我先要投在這個井裏。」

孫策驚悟，立即釋放魏騰；一場滿滿值得稱道的賢母庭訓，竟借用井欄來教誨。

初，孫策據吳郡時，曾射殺其太守許貢，許貢的奴客，乃潛服於民間，屢欲爲其主人報仇，機會終於被等到了。

孫策性既好獵，驅馳時，其所乘駿馬，往往一奔數十百里，每每爲其保衛隊們所不能追及；於是，許貢的奴客三人潛起，伏射，正中他的面頰，等到他的衛隊趕來，射殺了刺客，但孫策的傷勢已經不輕了。

這年，這位青年創業的江東英雄——孫郎，就此逝世，享年僅二十有六歲。使得江東的「大喬」成了寡婦。

以後的世界，就由他的第二位胞弟——領袖群倫的孫權來領導。

蜀以喜劇收場

司馬昭看到蜀國的腐化到近乎糜爛的情報後，認爲「滅蜀」的時機成熟了！

公元二六三年，發表鍾會爲伐蜀總司令，統率十餘萬大軍，由「三谷」——斜谷、駱谷、子午谷逕趨漢中。而征西將軍鄧艾則率領三萬餘衆自狄道直走甘松、沓中；鄧艾至陰平，簡選精銳，鑿山通道，造作橋閣，越過艱難重重、險阻困厄的摩天嶺，傳說是：一共走了七百里無人地帶、由江油直撲成都——這是極富冒險性的奇兵，蜀軍始終不曾在這方面設防；據說，鄧艾自己以毛氈自裹，推轉而下，將士們無不攀木緣崖，魚貫而進；先鋒既猛撲江油，蜀軍守將馬邈驚爲飛將軍自天而降，立即高舉白旗，魏軍遂如入無人之境般長驅而進；劉蜀的命運至是已無須乎龜著的占卜而明白地決定了——這是該年十月的大事記。

劉禪一看，大勢已去，乃決心投降，當即遣尙書郎（部長階級）呈送全國的戶口簿給鄧艾，計共：二十八萬戶，九十四萬人，將士十萬二千人，官吏四萬人等是。

鄧艾將軍的車駕來到成都的城北郊外！劉禪親率太子、諸王及群臣共六十餘人；面縛、輿櫬（抬著空棺材），步行至鄧艾的行轅司令部，恭恭敬敬的投降，一點也沒有所謂難過的表情，由是正證明他對於建國與乎亡國，都看得一樣的平淡，哪怕自己的自由從此一併失去，他仍是滿不在乎的。

他的好弟弟劉諶，當聽到劉禪已經派遣侍中張紹等呈奉國璽和印綬給鄧艾時，曾怒不可抑地奔到劉禪的面前，指責著道：「要是確實地理窮力盡，大禍已逼臨在頭上，也當君臣父子，合力同心作背城的一戰，爲國而死，以期有面目可見祖先於地下，而今爲啥偏要這般輕易地投降呢？」劉禪對於這種不切實際的「高調」，焉有不懂之理，無奈他早已認定惡活總比好死好，而降比戰更要妙。作作「亡國賤俘」也是一番不可多得的生活經歷呀！因之，以苦笑來婉拒乃弟的救國大計。

劉諶眼看這窩囊廢已無藥可救後，知道諫也是枉然的事！於是逕趕到先主劉備的牌位前，哀哀切切地痛哭了一場，歸家後，即先行砍殺，然後再行自殺，因他著實不願意去嘗嘗亡國奴的滋味。

這是一個有骨氣的好男兒應有的下場，可見劉家中尚不見得全是軟綿綿的。

翌年三月，洛陽方面的至高權威者——司馬昭，命令劉禪帶著妻子兒女到「上國的國都」——洛陽去。戰勝國的命令是綸音玉旨，誰也不敢有絲毫的違撓，而心地豁達的劉後主，倒認爲頗符合他自己的想法，蓋能觀光乎上國，總不失爲一樁終生值得追念的盛事。

他率先捲起了舖蓋，整理了行裝，高高興興地擬欣然就道；但，糟了！臣僚們居然沒有半個肯和他採取同一步驟的！祇有一個「秘書令」却正、和「殿中督」張通，摒棄了妻子，願單身隨護。也正幸因有此二君的護駕，劉禪的「亡國奴的禮節」，才得到適當的指點而不致於出盡洋相。

於是劉後主反而感慨系之起來了，他抱怨過去的有眼無珠，把這般忠貞幹練的人才埋沒掉，一直到現在，才發現蜀國尚有「亡國禮節指導員」在哪！

劉禪一批人馬於報到後，立被封為安國公，蔭庇子孫及群臣封侯的共五十餘人——由是足見劉後主確是高矚遠瞻，恩澤仍被及臣僚。

要來的壓軸好戲，終於在可預見中來到。

一天，司馬昭為了要試試這位活的「亡國標記」，到底想不想家鄉，乃請他「吃飯」，飯飽之後，總免不了有些餘興節目；司馬昭的手下，早已安排好，所有的節目，盡是蜀國的花樣和彩排，跟來的人看後，無不感愴萬千，獨獨「亡國主」劉禪先生却嘻笑自若，連半絲的感情都不曾走樣，眞是虧得他！

司馬昭很感慨地對著弄臣賈充道：「人的無情，竟至於這種地步！假使諸葛亮還在的話，仍證明實在是個扶不起的『阿斗』，何況是個姜維呢！」

就在這樁興會不久後的某一個日子，勝國的主人親自下問「亡國君」道：「也時常想念著家鄉蜀國吧？」

「不！這兒蠻快樂，我向來不思念著蜀！」劉禪不假思索的答覆著——人人所共知的『樂不思蜀』的典故於是乎誕生了！此後也被普遍地應用著。

「亡國禮貌指導員」却正，聽到這段不尋常的對答後，一肚子不高興，立即予劉禪以指導：「以後要是碰到君王仍這般下問的話，要作這樣的回答：『祖先墳墓，都在那裏，心中每一想到時，怎麼不難過呢？』然後緊閉著眼皮，裝出冥想的樣子。」

「是！」

過了不多久，湊巧，司馬昭又問，這回，劉禪像小學生般照本宣科地掃數應用上。

司馬昭沒料到劉禪還有這一手：「聽你的說話，完全是指導員郤正的口氣！」

「本來就是郤指導員教我這樣對答的！」劉禪於驚懼之餘，瞪著母牛樣的眼睛，很坦誠的恭答。

一時，彼此的左右，均情不自禁地笑了起來。

所以，劉備的蜀國，是劉後主安排著「喜劇的方式」來收場的。

人說，開國難，其實，收國也不易，觀乎劉禪，不應作如是觀嗎？

吳也以喜劇收場

劉後主禪在洛陽的「精彩節目」表演過後十七年（公元二八〇年），誰也想不到的這項可遇而不可求的，滿滿富有趣味化的「盛會」，竟輪到吳王孫皓來擔任主角。

該年五月，受晉封為「歸命侯」的孫皓，親率太子孫瑾及后妃一行人等，泥首面縛，五花大綁地至洛陽的東陽門，待罪候見。皇上司馬炎（晉武帝）有令：「左右解其縛，賜衣服、車乘、食田三十頃。」（吳亡時，孫皓共獻上四十三郡、五十二萬三千戶，二十三萬兵），從此歲給錢穀，布帛甚豐厚云。同時，拜孫瑾為郎中（司長級），其他諸子已封王的皆被封為郎中，至於吳的舊族望臣，則隨其才幹擢敘、錄用在案。

他日，司馬炎親自臨軒，大會文武百官，各國使節，國子學生（太學生）等，命左右引見歸命侯孫皓及吳的降將、降臣一干人等。

孫皓步行至皇帝階前，行跪拜禮，猛磕響頭，三呼萬歲後，降禮告畢。

司馬炎看看這位前一些日子，也是與自己同等地位的人物，而今卻「磕頭三呼」完全合乎禮節的亡國君主，變得相當乖巧的歸命侯，乃半得意半諷譏的道：「喂！孫皓，朕專設這個座位以等待你，竟一直到現在才等到。」

「我在南方，亦設立你的座位，在等候著陛下呢！」乖覺伶俐的降王，很機警的作答，半點也沒有愧怍兼難過。眞是虧得他——孫皓。

弄臣賈充軋出其中的苗頭，私下蹭了過來，問著降王：「聽說你在江南作王稱帝時，最喜歡鑿人家的眼睛，剝人家的臉皮，請教，這是一種啥個刑罰呀？」

「凡是作人臣有弑君的行爲和意圖的，有奸宄不忠的鬼心思的，我就專用這等刑罰來對付。」

素來有「心病」的賈充聽後，甚是惶愧，默無一語地踱開去。但孫皓却若無其事般。

於是，細節似無須乎細表。

但，司馬炎始終無法弄懂這麼一個伶俐乖覺的人物也會弄到「國破家亡」的緣由，究竟係出在哪裏？一回，從容地跟散騎常侍薛瑩聊到了這個問題的癥結。

「孫皓爲什麼也會弄到亡國？」

「他昵近專拍他馬屁的一批弄臣，刑罰失常而太濫用，以致大臣諸將，人人不自保，這是亡國的基本因素。」薛瑩終於把吳國衰亡的原因找出來，作扼要的說明。

而「歸命侯」孫皓以及一干人等，是再也不會有閑工夫去思索、探討、研究如此深奧兼簡明的大道理的。他們早已抱定了決心，一心一意追隨著劉後主，合作有志一同的「曲江遊」的新調。

長江上下游的一對寶——劉禪、孫皓，以無獨有偶的同一型態，出現在歷史的舞臺上，令讀史者多加以吟味！雖然，後者畢竟要聰明得多多！但其無補於國，無益於民則半斤與八兩。嗟嗟！

南風烈烈賈南風

晉武帝司馬炎爲他的標準大白癡兒子司馬衷挑媳婦，立時有二家性格截然相反的候選人應徵——衛瓘的及賈充的女兒。

賈充是個熱衷權勢的弄臣，機謀權變，急功好利，渾身無半根骨頭；是時已官拜侍中尙書令、車騎將軍，滿朝全係他的黨人，炙手可熱，權勢傾天下。而衛瓘則官拜征北大將軍，論地位、聲望、財勢，均非賈充的敵手。但，最主要的因素，並非在這方面，而應係準媳婦的品德、容貌的問題；司馬炎對於這一點，頗予以特別的注意，當有人前來替他的兒子議婚時，他就誠坦的點明準媳婦的標準：「衛公女有五可，賈公女有五不可；衛氏種賢而多子，美而長白；賈氏種妬而少子，醜而短黑。」

惟醜而矮黑的「賈氏女」，終於在她的老頭子的位尊勢大，多方奔走、籠絡、活動的情況下，變成了司馬炎的準媳婦了！那就是晉惠帝司馬衷的老婆，人人皆知的賈南風小姐。

賈南風嫁給傻瓜皇帝司馬衷後，衛瓘的酸溜溜的醋味不問可知，於是，他從司馬衷的傻里傻氣上動腦筋，勸告司馬炎把他廢掉，換個像樣的兒子來繼承。

有一回，剛好輪到他侍宴於陵雲臺，三杯黃湯下肚後，衛瓘僞裝大醉，跪在皇上的床前道：

「臣想對陛下有所報告。」

「說吧！有些啥個大事。」司馬炎漫不經心的。

衛瓘頻頻以手撫摩著龍床，囁嚅了半天，才說道：「這個座位多可惜呀！」

司馬炎瞭解了：「你眞個醉了嗎？」衛瓘再也不敢多說半句話，事情就這般地一筆帶過。

但司馬炎却認眞起來了！他把太子東宮的屬員，掃數的召集在一起御宴，一面密封「尙書疑事令」，準備由太子來決定——這何異於「臨時高等行政考試」。頭腦敏捷、訊息靈通的賈南風得到這個消息後，急得像熱地上的螞蟻般，多方的拜託人家代爲照拂代答，最後是由張泓代草，復由司馬衷繕寫後，再行呈與父皇過目，司馬炎覺得文理通順，處置得宜，於得意之餘，乃先給衛瓘觀看，弄得衛瓘跼蹴萬分；賈充的一黨至此才曉得原來個中尙有秘密在哪！

賈充於揑著一把冷汗後，終於抹抹乾了，乃託密使語其愛女：「衛瓘老奴，幾乎破壞了你的家事。」

這裏，須補充地叙明的是：司馬衷的戇呆行徑：

有一回，司馬衷帶著左右們，在華林園玩，聽見青草叢中的蝦蟆叫，竟引起他的問題：「蝦蟆鳴叫，到底是爲了求官作呢？還是爲了它自己？」

那時候，有些省分饑荒，百姓相率餓死於道者枕藉相望，不料這位寶貝皇帝聽說後，竟萬分遺憾地反問：「百姓們爲啥不多買肉來食呢？」

這就是司馬懿的孫子，也即是西晉開國後承統的第二位皇帝——晉惠帝的普通常識。

這麼個傻態可掬、傻氣可愛的皇帝，娶到了一個比他長二歲（他十五，她十七歲）而妬悍無比的妻子為后。

現在該是反過頭來看看賈南風妒悍的行徑：當賈南風尙作太子后的時候，已親自動手殺戮了宮女嬪妃，最精彩的一幕是：傻瓜皇帝，一般說來，什麼都傻，雖獨對於「房中戲」這類本能的事，却半點也不傻，一個宮女就由於他的「不傻」的行為而懷了孕。當賈南風知道了這項事實後，氣得柳眉倒豎，兩頰發青，只見她手戟遙擲處，宮女隨即「刃落子墮」，母子死於非命。

從此，傻瓜皇帝被賈南風收拾得服服貼貼，過去她不過是妬悍，而今則是大權集於一身，變成為「淫虐無道」。

傻瓜皇帝在性能方面，是無論如何不能滿足這個慾壑深似海的賈南風的，於是膽大妄為的她，命令太醫令程據等定製了特別的簏箱，每當夜靜更深，著令太監們去馬路捕捉一干身強力壯的青少年，前來給皇后「滋陰」；同時，為了滅口起見，當這些青少年人已被搾取成「蟑螂乾」後，即著手殺掉，大卸八塊，分屍投河。洛陽市上，不時有人報告「人口失蹤」的事，其實，這類人丁，全被賈南風小姐活生生地「一口呑掉」。

精明蓋世的司馬炎挑選這樣一個「女妖」來作兒媳婦，當然要引起司馬懿的其他子孫們的垂涎數尺，接著就是磨刀霍霍地準備互相廝殺一場。其後，賈南風的膽敢殺大臣，殺太后，砍太子……等；彷彿原子廻旋加速器般把西晉推向毀滅的道路——一場歷時八年之久的長期砍殺的八王之亂的序幕，無疑地是賈南風小姐一人揭開的。

懷愍二帝的同一下場

司馬懿的子孫們正忙著相互砍殺之際（公元三〇〇～三〇七年），五胡中的匈奴，就此趁機坐大。

疲於內戰的晉兵，自然不是驃悍強幹的匈奴人的敵手，匈奴大將石勒，於羊城之役，縱騎圍殺晉兵十餘萬人。史說晉兵相踐踏如山，無一人得免於死者，情況的慘烈，不難概見一斑。

當此之時，國都洛陽發生了糧荒，有先見之明兼脚下抹油的，早已逃之夭夭，溜個大吉。懷帝司馬熾，也打算「遷地爲宜」，但苦於衛從不備，皇上只好搓搓手，望著宮闈興嘆，半點辦法也沒有。後來差傅祇去河陰（洛水）籌措船隻，決心循著三十六計的上策走。是時有朝廷文武官員數十人跟隨，皇帝步行，出西掖門，行到銅駝街，被散兵游勇所阻擋，不能再往前走，只得退回皇宮，於是他的命運被註定了。

公元三一一年，匈奴王劉聰發兵二萬七千人猛攻洛陽，晉兵大敗，死三萬餘，司馬熾曾差人於洛水預備好的逃難船，全被劉聰的前敵指揮官延晏放火燒掉。他的合應作俘虜的命運，已不必再用龜著。

當王彌與延晏由宣陽門遝入南宮，升太極殿時，其部隊已在街上，無所不至的大劫大燒、奸淫擄掠一番。司馬熾仍想逃走，潛行出華林園門，擬往長安，却被追騎逮到，幽錮於端門內。

翌年，公元三一二年，劉聰以勝主的資格，大宴群臣於光極殿，命令懷帝司馬熾穿了「酒保的行頭」（青衣小帽），穿梭於筵席間，從事端菜敬酒。

晉故臣王庾珉、王儁看到這種形狀後，悲憤不自勝，因而號淘大哭起來。劉聰著實的不高興，剛好有人說庾珉等跟平陽的劉琨有勾結，劉聰抓到這個大題目，立予發揮，因而文章就有了內容；庾珉等十餘人立行「棄市」，懷帝竟反作了「陪斬的成員」，一起畢命。

人說懷帝並不壞，也不像惠帝的痴儍，考其所以有這樣不幸的下場，全係拜食「八王之亂」的惡果。

當這幕短暫的悲劇落幕了五年之後（即公元三一六年），歹命運又降落在愍帝司馬業的皇冠上。該年八月，匈奴的漢大司馬劉曜率兵包圍長安城，三個月後，城中一斗米賣到二兩黃金，仍是有價無市，要買也無處買，弄得人相食，城中餓死了一大半。且此時已晉入隆冬的氣候，當司馬業的稀飯也成了問題時，他涕泣地對著麴允道：

「目下窮厄到這種地步，外面並無半個救兵，情況完全是坐而等死，我當忍辱出降，以救活平民。」

皇帝的主意決定後，即差侍中宗敞送「降牋」（即降書）給劉曜大司馬。

跟著是一連串活劇的出現：愍帝乘坐羊車、肉袒、銜璧、輿櫬（抬空棺材），出東門外投降，群臣號泣，攀車爭執帝手，皇帝唯有執手相欷歔，涕泣而已。

劉曜接受了司馬業的投降。

過了幾天，劉曜下令所有的公卿大夫及皇帝等悉行搬入其司令部去接受其嚴密的「保護」；從此，他們在實際上，是失去了行動的自由。

該年十一月底，匈奴王劉聰出獵，以愍帝爲「車騎將軍」，全身披掛，執戟作爲前導，一路上，有人指指點點的道：「這位就是『長安天子』啊！」

一時，長安市民，都聚攏來爭相「瞻仰丰采」的，立匯成一道道的人城人壁；但一些故老，多有悲不自勝，而涕泣於道旁的。

十二月，匈奴王劉聰大宴群臣於光極殿，差愍帝行酒、洗爵，一會兒，又命令他更換「店小二」的服裝，再執壺陪酒，愍帝只有逆來順受的作去，但一些老臣，又興起了無端的感慨而泣不成聲。

前尙書郎辛賓控制不了自己，起身離座，擁抱著「酒保」的司馬業而大哭一場，劉聰怎會看得慣這種「故君老臣」的火辣辣場面呢？立命把辛賓牽到刑場上去執行，事態演變至此，愍帝司馬業的下場，似乎也無須乎多所交代而人人自會了然於心吧。

鄉巴佬皇帝——劉裕

東晉晚年，南朝出了一位傑出的英雄人物，那即是自稱爲鄉巴佬（草地人）皇帝的劉裕，乳名寄奴。

劉裕一生的事業，純係靠著他個人的血戰、鎮壓、征討、奮鬥得來的。他有一段看來似不很平凡的身世。蓋他一下娘胎，母親即與他永別；家裏窮得無柴無草，連燒點開水都成了問題；他的父親想把他扔在路旁，讓他去作「棄嬰」吧，叨幸他的一位嬸母，覺得怪可憐地，乃把他抱來「分乳」——他就這般地與堂兄弟劉懷敬共乳而長的——，劉懷敬的母親正式成了他的「養母」。

在如此環境養育下的劉裕，其所受的教育，自然是不會太多；因之，西瓜般大的字，劉裕識不到三二籮筐，但識字的多或寡，似都無礙於他往後的事業。相反地，正因他的識字無多，反促使他明瞭自己的「腹內無墨水」，而於對人待物，更能謙恭有禮些。

最初，他的職業是販賣鞋子，但，博取些微的蠅頭小利，竟不夠他的手面闊綽地往賭桌上一擲，鄉下人曉得他的嗜賭如命的性格後，格外的瞧他不起。

他也曾地地道道地從事於田畝的耕耘，但田地是別人的，終年辛勞的所得，還不夠田主租賦，加上年荒歲歉，兵燹處處，於是他的出路祇有一條，讓時勢來造英雄吧——從軍去。

從此，劉裕一步步地靠著武功而往上爬，最先是投在劉牢之部下，作「參軍事」而擊走以「道教為亂」的天師道的孫恩。

公元四〇三年，桓玄稱起帝來，並策立其妻劉氏為后，劉裕，拜見篡位的新皇帝。會懂一點相術的劉皇后看到劉裕的相貌後，立對桓玄提出一條不尋常的建議：「劉裕龍行虎步，視瞻不凡，恐怕終久不會居於人下，不如早早清除掉吧！」

「我正想平定中原（北伐），非借用劉裕的軍事材幹不可，一俟河山克復，大局底定，那時再行計算不遲。」桓皇帝頗懂得應用人才的方法，輕輕地把皇后的意見擱在半邊。

這位由楚王而篡升為天子的桓玄，乃是一名以苛細為矜誇的「小聰明人」，他的下屬，如於奏事中，有一個半個字不太端正的話，或造句行文有些微差錯的話，他必立加糾摘，以顯示自己的聰明銳達。一位尚書於答詔時，誤把「春蒐」寫成「春菟」，糟了！桓玄氣得兩頰發青，立令自左丞以下，凡與此公文有關署的一律降黜；僅不過誤寫了一個字，弄得大小官員摜紗帽，實是很少有的現象。桓玄的性格極好遊畋並擺威風，往往一日進出宮闈三五次，弄得儀仗隊散了又排，排了又散；吹鼓手更是忙碌，吹打終日，不得休息；又大興土木，親自嚴加督迫，弄得朝野騷然，上下離心，無人不在動動這位苛細、精明，又好矜伐的桓皇帝的腦筋。

一件毫不相干的事，竟會變成促動「推翻桓皇帝運動」的導火線，眞是不可思議。

青州主簿（即曹掾，主任祕書之類）孟昶入朝覲見桓皇帝。桓玄非常欣賞他的才幹，於接見後，笑對其同鄉劉邁道：「在貧士堆中，找到了一位尙書郎，他跟你是同鄉，你可曾認識他——孟昶。」那曉得劉邁和孟昶素來是死對頭，桓玄的讚美著孟昶，把劉邁的「醋酸」全撚點了：「我在京口（鎭江）時，從不曾聽說孟昶有啥個了不起的能耐，所聽到的只是，他父子倆，老是在那裏『相互贈詩』吧了。」

「父子相互贈詩」，把人家侮辱到什麼一種地步。桓玄聽後笑了笑，事情就算過去。但是，不久，「君臣」的對話，就由有心人傳到孟昶的耳朶裏去！孟昶認爲這是奇恥大辱。回到京口後，無意中碰到劉裕，寒暄之後，繼以閑聊。

「草莽間，可能有英雄會出頭，你可曾聽見或看見？」劉裕無心的閑扯。

「現在還有啥人堪稱『英雄』哪，英雄正是閣下哩！」孟昶當面把他捧起來，半係諛揚半係激勵的。

劉裕就被孟昶的這一有心的激發，起而從事於革命的。

劉裕眞個聯絡了劉毅、何無忌、劉穆之（劉裕的主要參謀兼後勤司令）……等共起義，克復京口。桓皇帝害怕了，浮江而走；劉裕的光復軍，浩浩蕩蕩地進入建康（南京）。京都收復，劉裕被推爲揚、徐、兗、豫、青、冀、幽、幷八州都督。

桓玄挾持已被他廢掉的晉安帝逆江而上，至潯陽，被劉毅的前鋒馮遷所追及，梟首示衆。

當此之時，劉毅自謂「光復建康」有功，與劉裕相等，故深自矜伐，驕縱日甚。曾作這般的大言：

「恨不遇劉項（劉邦、項羽），與之爭中原。」

又因劉裕胸無點墨，自己則頗涉文雅，朝士中凡有點名望的都歸附於他，因之，更趾高氣揚起來了。最後，終因看不起劉裕的緣故，而造成「二劉的火拼」，結局兵敗自縊。

劉毅有一叔父，早就看出了子、侄輩的浮誇虛驕而不成大器，曾說：「你們的才器，剛好是足以得志而已，但却不能持久，我不稀罕你們的富貴利祿，當然也不願被你們連累受罪。」

每一次，劉毅帶著儀仗隊前來謁見時，總是受到無情的訶責，因之，劉毅非常敬畏他。往後常在未到叔父的住宅前，約莫百來公尺的場所，先行下車，摒擯儀仗與衛隊，然後和一些便衣才敢同去進謁。

劉毅的行徑，終不出其叔父的預料。而他的同謀起義者劉裕的地位，却一路扶搖直上，由太尉、相國，而稱起宋國公來了。

作了宋國公的劉裕，可不再是鄉巴佬了。他於北伐南征、東平西討之餘，並開始剪除晉室宗族中的一些較有才能的人物；奉命的刺客，陸續在道，無有不完全使命的。

劉裕的地位，到達了登峯造極，借他自己對群臣的話：「桓玄篡位，鼎命已移；我首唱大義，興復帝室；南征北伐，平定四海；功成業著，遂荷九錫……」文氣至此一轉：「今年將衰暮，崇極如此，物忌盛滿，非可久安；今欲奉還爵位，歸老京師。」

謙冲、虛和到如此地步的話，在座的人，個個只有盛讚功德的份，却搞不清楚他的內心，安的是啥個鬼心思，獨獨中書令（院長級）傅亮於走出宮外時，經好風一吹，突然醒悟過來！「原來他是這種意思啊！」明白了過來的傅亮，立即折了回來，可是宮門已閉，再扣門，然後直達劉裕的寢宮。劉裕也瞭然來客的用意，連忙挑燈接見。

「幹什麼，傅院長（中書令）！」

「我想先行暫時回都一下。」

劉裕明白了，更明白他先行暫時回都的用意。

「要多少人相送？」

「數十人！」

到達了建康的中書令傅亮，私下先行草擬皇帝的〈退位詔〉，於晉見皇帝時，示意要恭帝禪讓。晉恭帝（司馬德文）很大方，很從容，更很漂亮，馬上答應，連考慮一下都認為不需要。早先預備好了〈退位詔〉的傅亮，即把袖中的草稿摸出，叫他親自照抄一遍。恭帝欣然命筆，照抄不誤；抄完後，笑笑地對著侍從們說：

「司馬氏早已無天下了！這二十年來，全是劉公一人的力量所延續下來的，今天退位的事，實出於本人的甘心情願。」

復從抽屜中，抽出一張大紅紙，草成詔書，頒佈天下，實行禪位——晉恭帝此舉，實不失為一光明磊落的行徑。

公元四二〇年，劉裕受禪，即皇帝位，是為宋武帝；鄉巴佬正式作到皇帝。宋武帝立降晉恭帝為零陵王。

但劉皇帝對於這位禪讓得光明俐落的司馬德文，始終放不下心，翌年派郎中令張偉帶著「來沙爾」去酖殺掉。張偉走到半路，嘆道：「酖君以求生，不如死。」

遂在途中自飲而卒。劉皇帝決心不放過司馬德文，繼續派人去。

話說零陵王司馬德文，每於生男時，劉皇帝常令王妃（即恭帝之后）的兄弟前去道賀，趁機把他扼死——母舅於暗中殺死外甥。遜位後的司馬德文，看到自己的兒子，相繼的被妻兄所弄死後，也曉得自己地位的危殆，於是與嬪妃們共處一室，盡量節省開支和排場，並把廚房移到床前來，實行自炊自食。因之，劉裕的工作人員始終無法下毒手；一日，其妃出就別室，刺客們連忙越牆而入，呈進毒藥，司馬德文不肯飲，理由是：「信佛教的（看來他是一位虔誠的佛教徒），自殺後，就不能廻轉爲人。」刺客們乃改用棉被撲殺。

劉裕皇帝，從此安心睡覺了！他雖做了皇帝，却保存著鄉巴佬的本色，晚餐後，喜愛拖著木屐，優哉遊哉地步自龍虎門，逍遙一通，常常自說自話：「想不到鄉巴佬也有今日。」

劉皇帝在宮中特闢一宮室，把作農夫時代的農具，掃數的搬進宮中去保管，命令宮中的老太監，在以後的皇儲登基之日即領來此參觀，藉以明瞭父祖創業的艱難。用意雖屬至善，奈子孫們不樂意參觀何；此無他，因他們早已化爲另一階層的人物了呀！

宇文護母子

元魏的分裂爲東西兩魏，究其根源，可自胡太后（宣武帝之后，孝明帝之母）的亂政算起。她逼幸著清河王元懌——叔嫂有曖昧行爲不算外，復逼幸著參軍鄭儼，鄭儼成了她的正式姘夫；姘夫淫婦共謀酖帝（肅宗、年十九）立皇女爲帝。有此二大把柄流落人間，遂給標準軍閥爾朱榮有了起兵平亂的口實。

胡太后——年事尙未屆達徐娘半老的胡充華，聽到大軍閥擁兵入都時，嚇得渾身戰慄，親自詣爾朱氏的司令部請罪，但說什麼也沒有用了！爾朱氏既已高舉靖逆平亂的大纛而入都（洛都），焉肯放棄好文章的題目而不作，隨即命令侍從，把「太后恭送到黃河底去」！可憐的胡太后，爲了性慾，落得這般的下場。時在公元五二八年。

這一幕戲過後，爾朱氏即行廢帝，立了個傀儡皇帝——孝莊帝。一切的軍政大權，全掌在爾朱氏一人手中。可是孝莊帝並不是一個普通人物，他早已看出爾朱榮的跋扈恣睢，終不會守著人臣之節的，於是計殺爾朱氏大軍閥。不料其弟爾朱兆立即出而爲乃兄報仇，且終於如願。

大將高歡起而討亂，平定爾朱兆，大權至是遂落入高氏之手，高氏擅朝政，立孝武帝。孝武與孝莊是同一類人物，不願寄人籬下，作個活傀儡，當在擬討高歡不成後，只得棄職。自洛陽潛行入關，依附關中的大將宇文泰。

高歡不在乎這麼個東西，橫豎更換一個半個，等於國民學校的級任導師撤換會刁皮的小班長一樣的輕易，孝靜帝就是在這種情況下誕生出來的。

於是元魏正式分裂爲兩了。

被宇文泰所擁護的孝武帝，稱作西魏，都於長安（五三五——五五七），後來由宇文泰的兒子宇文覺篡位後，便變成北周。

被高歡所擁護的孝靜帝，稱作東魏，建都在山西晉陽（五三四——五五〇），後來由高歡的次子高洋篡位後，就成爲北齊。

以上係點明歷史沿變的背景，蓋事先明瞭了大時代的演變後，再來叙述人物的因時因地的變動情況，當更易於一目瞭然。

話說宇文泰的坐鎭關中平原，目的係對抗著當時西北強大的敵人——突厥。他作夢也沒想到，天上會降落一個王朝的帝王來，讓他搞成一個集團，而專擅朝政。

當宇文泰自洛陽率兵入潼關去保衛西北的國防時，他携帶著年輕的侄兒——宇文護同行。宇文護此時大約是二十歲左右，其寡母約四十餘歲，母親依依不捨地送著兒子去保衛疆土。從此一別，母子亙三十五年非但不曾見面，而且是絕了音訊，各在兩個截然相反有如霄壤般的環境下活著。

宇文護入關後，一帆風順，旗開得勝，轉戰十餘載，戰功彪炳。在西魏，其官位是扶搖直升，累至中山公。但他的親娘，却因政治因素的關係，被高歡列入叛族的家屬，依例籍役而成了奴隸，並被挾持，離開了故鄉的洛陽，而到北齊的新都晉陽去。

宇文護在西魏，是位極人臣，富有山海，妻妾衣綾緞，犬馬饜腴肉，崇樓傑閣中頤指氣使的公侯。但他的親娘，在東魏，是宮廷中任人糟蹋，受人差遣，不得翻身的賤孖——奴隸。

黃河流域的兩個魏國，由對峙而敵對而不時的發生著戰鬥的行爲——殺人、爭城、略地。高歡爲政，墨守著舊規，不求振作，不思改進，故於經濟、政治、軍事、社會各方面，均無多大的政績可言。

但，宇文泰却大大地不同：政治方面，有蘇綽的創行「六條詔書」；軍事方面，他本人創立了頂頂有名的軍事制度——府兵制。分全國爲百府，選擇中等以上人家的魁健材力之士爲軍，以免除他們的家屬的賦稅作爲獎勵；復把李安世的「均田制」，繼續貫徹的推行下去，有了這三項基本的成因在，兩兩相較，東魏自不是西魏的對手，是理有固然、勢所必至的。

高歡不在這兩方面求自力更生，而動了特別的腦筋。他想宇文護既係西魏的名將，此刻，他的親娘正是我手中的奴隸，爲什麼不利用其母子的關係而威脅其子歸來呢？於是，稍稍地改善了宇文護之母的「奴隸生活」的待遇，把她移居於「別室」，讓她與其姑（周四姑）同住在一起。這樣，姑嫂作了同伴，閑聊有了對手，問題大可商量，不論從正面或側面來加壓力，事情的發展當必更能理想些。

有了計畫，就易按部就班的實施。高歡強迫宇文護之母修書召兒歸來，可是這位倔強而有見地的母親，却加以拒絕，她最充分的理由是：

「兒子已經長大成人了！人各有志，更有各自的理想，和所追求的事業；作母親的，不可能憑一己的「親情」，而把他改變過來，這係顯而易見的常理。再說她本人與兒子暌違了二十餘年，即使此時修書相召，兒子會傻到爲了「母親」故，而作了違背自己的國家，投向終生的死敵嗎？」

閻氏——宇文護之母，這樣誠坦地分析著，末了更很明白的表示，倘使高歡以權力相逼的話，則她是寧願一死的；橫豎奴隸的生涯距離死亡，原只是一線之隔而已。

高歡被她這般大義凜然的辭令所峻拒後，顯出無可奈何，只得優待地禮遇一番，表示皇齊恩典的優渥。惟仍然叫她過著奴隸的生活，且不時地派人前去遊說，希望閻氏能改變態度，親筆招降。

就這樣一幌，又是好幾個年頭過去了。此時，北周的府兵，其戰鬥力堅強得所向無敵；他們出兵，滅了南朝的梁國，並俘虜了梁君蕭繹（西梁）。而宇文護的地位，爬得更高，位極人臣，權秉司衡，爵封晉王。

世事的常理是：如自己不思圖振作，不使自己日趨於龐大與強盛，光讓敵人去發展、稱雄；兩兩相比乃反映出自己的萎縮與荏弱，於東西兩魏，應作如是觀。

宇文泰與高歡，在各趨強弱的競賽聲中，分別地辭開了那個世界，新的人物登臺了。

北齊的新君高湛，想趁此良機，對宇文護修好；因宇文覺太年輕，大權正落在權秉司衡的宇文護手中，而唯一可與宇文護溝通訊息的搭線者，就是其母。於是，高湛召見了她，說盡好話，勸她修書，俾達成和談；一旦事成後，即行釋放，使其能至長安，母子團聚，享樂餘年。

已年屆八十的宇文護之母，此時也思子心切，終於接受了條件而動筆：

「吾年十九適汝家，今已八十歲，凡生汝輩三男二女，今日目下不睹一人，興言及此，悲纏肌骨！

賴皇齊恩卹，差安衰暮，又得汝姑嫂等相依，稍足自適！但一念及汝，百感叢生！今特寄汝小時所著錦袍一襲，汝宜檢看，知吾含悲抱慼，多歷年祀。

禽獸草木，母子相依，吾有何辜，與汝分隔？今復何福，還望見汝？世間所有，皆可求得，母子異國，何處可求？假汝貴極王公，富過山海，有一老母，八十之年，飄然千里，死亡旦夕，不得一朝同處！寒！不得汝衣；饑！不得汝食；汝雖窮榮極盛，光耀世間，與吾何益？

吾今日之前，汝既不得中其供養，事往何論；今日之後，吾之殘命，唯繫於汝！汝戴天履地，中有鬼神，勿云冥昧，而可欺負。

周氏姑，今雖炎暑，猶能先發，關河阻遠，隔絕多年，言不盡情，汝其鑒之。」

宇文護得書後，悲不自勝，復書云：

「區宇分崩，遭遇災禍，違離膝下，三十五年！受形稟氣，皆知母子，誰同薩保，如此不孝；子爲公侯，母爲俘隸。暑！不見母暑；寒！不見母寒；衣，不知有無；食！不知饑飽；泯知天地之外，無由暫聞，分懷冤酷，終此一生，死若有知，冀奉見於泉下耳！

不謂齊朝解網，惠以德音，磨敦四姑，並許矜放，初聞此旨，魂爽飛越，號天叩地，不能自勝，齊朝沛然之恩，既已沾洽，有家有國，信義爲本，伏度來期，已應有日。

一得奉見慈顏，永畢生願，生死肉骨，豈過今朝，負山戴岳，未足勝荷。」

這係他母子倆睽違了三十五年後的第一次通訊。宇文護的母親閻氏的「付子書」，成了歷史上最著名的信扎之一，因其字字血淚，流自肝肺的緣故。而宇文護爲了救母，遂允與齊和談。北周與北齊的和談，是在這種情況下而達成的。

齊人也明知此一和議，北周純然爲其相國宇文護的母親故，並非有誠意要和；但齊君高湛爲了首先表示誠意，不管一切，即行依約而釋放，並派一隊儀仗兵護送出境。宇文護的母親，將到達長安時，丞相親率文武百官步出長安城外郊迎，無數的市民，爲了瞻仰「丞相親娘」的豐采，都自動的參加了，其場面的熱鬧，塡街塞巷，歡迎的隊伍，排列了十多里路，成爲北周開國以來，長安城中頂頂動人的一個場面。

嗣後，宇文護特地在長安城的東郊，建了一座「迎親亭」，以紀念他的母氏的劬勞。

閻氏享受了三年丞相的太夫人的清福後，即辭別了人世。

這段著名的軼事，終於留在青史上。再談宇文護本人：北周的孝愍帝，性沈毅果敢，深惡宇文護當政，而參軍李植，軍司馬孫恒，因懷恨宇文護的不相容，就此「三位一體」的形成了一個集團，以去掉宇文護爲目標。

愍帝招收了若干武士於後園中，天天練習擒拿執縛等武藝；李植又招引宮伯張光洛共同參加；不料光洛是宇文護的心腹，即把其陰謀向丞相告密。宇文護因未抓到證據，不便先下手，遂於覲見之日，忠誠地泣諫：

「天下至親，無過於兄弟；如果兄弟猶尙相疑，則天下人還有什麼可相信的呢？……且臣既爲天子之兄（堂兄），位至宰相，尙復求什麼？願陛下勿信讒人之言，疏離了至親骨肉。」

愍帝很不高興，把它當作耳邊風般吹過。唯從此，再也不願跟丞相見面了！而私下圖謀的計畫，却進行得更爲厲害。他們擬定於「群公入讌」時，趁機抓住了丞相，立行誅戮。張光洛再度告密，宇文護迫不得已，乃逼孝愍帝遜位，廢爲略陽公，迎立岐州刺史寧都公宇文毓爲帝，（周武帝）孫恒等伏誅，李植也在內。

提起李植，他的父親柱國大將軍李遠（封陽平公）坐鎭弘農（靈寶縣）。宇文護特地召他還朝，李遠疑有變，沈吟了良久，歎道：「大丈夫寧爲忠鬼，安可作叛臣？」遂就道，至長安。

宇文護因陽平公功名素重，猶欲保全其性命，當予以接見，曰：「貴公子有叛變的異謀，不但想要刺殺我一人而已，並且想傾覆國家，叛臣賊子，諒來也是你所厭惡而不願與之同朝吧！」說罷，命把李植交付給其父李遠，自行處置。

李遠向來最喜歡李植，因其有極好的口才，至此李植竭力的代自己辯護，並無圖謀不軌等情。李遠信以爲然。

翌日，即攜帶著李植，同至丞相府謁見。

宇文護以爲李植已死了，李遠是來道歉的。左右曰：「李植尙在門外。」

宇文護大怒：「難道陽平公不信任我的話嗎？」

立召入。命李遠等歸坐；飛召廢帝孝愍帝（略陽公）前來對質，李植詞窮，對著已廢的愍帝道：「所以有這種圖謀，原想安定國家，尊重天子，想不到害苦了皇帝，而有了今日，還有啥個話可說呢？」

李遠聽後，氣得亂搥床：「眞是罪該萬死！」

於是宇文護宰了李植，並逼令李遠也一併自裁。

宇文護剷平了一次叛逆後，其權位更高更穩固了！而最最糟糕的，是他的子弟輩更爲橫行不法，宇文護竟不加以約束，以致他日害苦了自己。

北周的府兵制，原爲宇文泰所創，宇文泰死後，府兵的大權，全落在宇文護手中，凡兵有所徵發，非護的手筆不能行。宇文護的府第，屯兵守衛，盛於皇上的宮闕，而他的諸子僚屬，無不貪殘恣橫，爲一般士民所厭惡，更爲士民所引爲詬病。

自孝愍帝的計畫失敗後，圖謀他的人乃改變策略。

宇文護於宮禁中朝見皇帝時，常行家人禮，太后賜護坐，帝反立於一旁，這是習常，並不稀奇，但會動腦筋的人就從這方面著眼。

公元五七二年，宇文護自同州（陝西大荔縣）回長安，周武帝的佈置已就緒了！乃於文安殿接見，慰勞一番後，請護入含仁殿謁見太后。路上，帝私下對他說：

「太后上了年紀，仍舊喜歡杯中物，雖然勸了無數趟，都是白費唇舌；兄今入見，希望多多地勸解一通。」順便摸出藏在袖裏的〈酒誥〉給他，藉以勸太后戒酒。宇文護步入含仁殿後，即以武帝所吩咐的勸告太后。

〈酒誥〉剛唸了一半，武帝突然拔出玉珽，冷不防地朝他的後腦猛擊過去，有了年紀的宇文護，那裏經得起這一只暗襲，支持不住，立踣倒於地上。

武帝立命宦官何泉以御刀斫剁，何泉惶懼得軟了手脚，連刀都抓不住，拼命地發抖。

當是時，武帝的弟弟匿藏在內所，立即躍出，把宇文護的腦袋斫了下來。

宇文護的輝煌事業，就此結束。

綜觀他的一生，尚稱忠心耿耿，並無踰越不軌的行動，但史上却說是：「宇文護逆節」。看來係放縱子弟，包庇官員，營私舞弊、貪狠不法、橫行霸道，成了腐化集團的總代表人物，才會有如此悲哀的下場。

高澄・高洋

東魏的靜帝，相貌端正，風度甚佳，而且臂力過人，能力舉石獅子並扔過牆去；射技方面，尤為擅長，百步射揚，射無不中；又好文學，從容沈雅，翩然儒者，時人都以為有孝文帝的風範；獨獨大將軍高澄（東魏開國元老高歡的長子）偏厭惡他。蓋大將軍所喜歡的是易於駕馭的、懦弱的、愚闇的一路貨色，精明幹練自不為他所喜。

靜帝曾於鄴城（河南臨漳縣）東郊行獵，馳逐如飛，督衛都督在後面高呼的阻擋：「皇帝勿跑馬！大將軍不喜歡哪！」

皇帝只得無可奈何的自動停止，足見高澄氣燄的一斑。

大將軍高澄曾和靜帝同桌進餐，他舉起大觴來向帝勸酒：「我高澄請你吃酒！」態度異常的傲慢，不像是個臣子的樣子。靜帝氣得渾身抖索，衝口而出：「自古無不亡之國，活著，我還活著作什麼？」

大將軍的脾氣也來了，破口大罵：「朕朕！狗脚朕！」示意其侍從副官崔季舒把靜帝毆擊個三五拳；崔季舒是狗腿子，哪有不從之理，毆打三拳後，二人大搖大擺地步出宮外去了。

當面的毆打，是莫大的恥辱，靜帝想報復，把高澄宰掉，乃從宮中挖地道，直向北城，目的地是高澄的相府。挖到千秋門，守門者發覺地下有聲，慌忙報告高澄，大將軍馬上勒兵入宮，拜也不拜，氣得二撇小鬍子往上翹：

「皇帝老子，你想『造反』嗎？放明白些，我高氏父子功在朝廷，哪一點對你不起，而要動我的腦筋！對啦，一定是那些娼婦的嬪妃們和閹醜教唆你的！」

大將軍越說越氣，擬把胡夫人及李嬪——這兩位高澄最看不上眼——拉出來修理。

就在這千鈞一髮的當兒，尚能保有男子氣概的靜帝正色的道：「自古唯有臣反君，從不聞有君反臣的道理，你自己要造反，現在反來責問我……是了，我自己的性命尚且保不住，何況是妃嬪呢！如大將軍高興動動刀槍的話，那麼，請先把我宰了吧！」

高澄的心反而軟起來了！大哭，叩首！謝罪！凡此，並不是人性的發現，而是「作工」好到了極點。

三天後，不放心的高澄，再度勒兵進宮，把靜帝幽禁於含章殿。

靜帝的命運似無須多所交代；而高澄的地位是由大將軍而渤海王。

東魏有一位驕悍跋扈的將領——侯景，始終瞧不起高澄，他曾私下地對司馬子如說：「高歡如健在的話，我侯景沒有第二句話可說，異心是不用提吶。如高歡翹了辮子，那麼，我侯景絕對不和『鮮卑小兒』共事！」

公元五四九年（梁武帝大淸三年），高歡病篤，高澄想把這位將領召入都來看看，不料，信函被他看出了破綻，於是兩人的情感正式公開破裂。原來高歡與侯景有約在先：為了恐怕有詐起見，往來的書信，凡是高歡親筆的，總在信箋背後加幾個圈點。高澄並不曉得內中的蹊蹺，矯詔的信函並沒有加，以致一下子就被侯景識破，他決不奉命入朝了！鐵定地。

曉得了侯景斷然不應命後的高澄，一肚子不高興！那天，向彌留的老父問安時，面有憂色，一下子就給高歡看出來，問了幾遍，高澄均未便照實奉告，高歡問道：

「是否擔心著侯景會叛變？」

「嗯！」高澄以這個來搪塞，不敢遽致是否。

「侯景專制河南，共有十四年，常有飛揚跋扈之志，祇因我尙在的緣故，所以仍有所顧慮，不敢放手的幹！但你，却不能駕御他了，於今四方未定，我死之後，勿行馬上發哀，這是頂頂要緊的……現在，全國的將領中，堪與侯景對抗的，唯有慕容紹宗；這個人，我一向不願提拔他，目的就是要留下來，讓你去好好地借重他的材幹，知道嗎？兒呀！」

高歡的確有二手，他留下這一張最後的王牌——慕容紹宗來對付侯景，侯景只有出路一條，投向南朝的梁國去。梁朝遂有「侯景之亂」，在後來。

高歡的第二個兒子是高洋——高澄的弟弟。高澄向來看不起這位弟弟——沒有出色的才幹。高洋很明白他哥哥鄙視他的原因是什麼，故深自晦匿，口不出言，常自貶退，和大哥對話時，總以大哥的意見爲意見；故高澄異常的高興，一面更瞧不起乃弟，一面却作這般的揚言：「洋弟如果也有飛黃騰達的一天的話，那所有的『相書』統統要扔到毛坑裏去。」

懂得不能露鋒芒的高洋，每每於退朝後，老是閉門靜坐，雖然對著自己，他可以整天不講話。有時則穿起短褲來，光著脚，練習賽跑，他的太太問他爲什麼這樣，他的最響亮的理由是：「表面看來似是遊戲，實際上是勞動筋骨，以備一旦可以驅馳。」

高家兄弟倆的見解是這麼的不同；孰優孰劣，孰勝孰敗，讀者們必定能辨得淸淸楚楚的。

要發生的事終於在無法防預中發生了，對一個『多行不義』的人來說。

早些時候，高澄抓到一個名廚子——膳奴蘭京。膳奴並不是出身「家政系」的大司務；恰相反，他也有一個蠻好的身世，他的父親是衡州的刺史——蘭欽。

蘭欽聽到自己的兒子被東魏抓去當膳奴，遂集了一大筆贖金，要向高澄贖回，高澄無論如何總不許；看來大概是欣賞蘭京手下有「二手」吧！

不願作奴隸的蘭京，就採用「自訴」的方法，期望主人能賜還他的自由，不料剛愎得無理可喻的高澄於「不准」之下，復叫左右好好地把膳奴「修理」了一頓，然後又加上口頭的警告：「以後，如再上訴，當把你宰掉。」

事態發展至此，蘭京是休想還我自由身了。但他繼而一想，既然用金錢、理由、文法……等買不到自由，那，爲什麼不用自己的力量去把它收回呢？於是蘭京約好了友好數人，準備實行以「武力奪回可貴的自由」。

事情眞巧，蘭京等的集會是準備收回自由；高澄等也在集會，不過，這個會的目標有異於前者，乃是準備實行逼宮、逼帝禪讓給相國。

高澄和僚屬正在署擬百官的封號，膳奴蘭京把點心端了進去，澄大怒，大聲的叱責，立叫他退出。同時半認眞的告訴幕僚道：「昨夜夢見這個膳奴用刀斫我，我應該馬上叫人把他殺掉。」

說話的聲音似不小，立被蘭京聽到，跑到廚房中，摸出一把菜刀放置在盤底下，第二次進點心，高澄怒火未消，暴跳如雷的道：「我並未叫你進呈食物，你怎麼又來了？」

「來殺你！」蘭京應聲而答，同時殺向前去。

高澄慌忙不迭地躲入床底下，蘭京一個箭步，手揚刀舞，像殺豬般把高澄宰於床下。

不幸的消息傳到太原公高洋的耳朵時，高洋神色不變，指揮部下，趕快入宮討賊，把膳奴剁成肉漿，然後若無其事般對外宣佈：

「膳奴造反，大將軍受了點微傷，並無性命危險。」

朝野人士聽到這消息後，無不驚異，但高洋故示鎭定，始終秘不發喪。這係因他本人的地位尙未建立得穩若磐石故。

高洋在耍花槍了，他聽從了參謀的意見，先回老根據地去。於是他向皇帝辭行，這趟是「武裝示威的辭別」，他帶了扈從的甲士八千人，一字兒在昭陽殿前排開，命令全副武裝的二百餘名登階，攘袂露刃，如對嚴敵，他的侍從代奏：「臣家有要事，須回晉陽。」說罷，再拜而去。

魏主失色，目送之曰：「此人看來又和我過不去，我不知死在何日何地了。」

晉陽方面的舊臣宿將，向來瞧不起這位深自養晦的高洋，現在，高洋以三軍總司令的姿態出現，來大會文武僚屬，態度完全一變，神采英暢，言辭便給，治事敏銳，對答如流，衆人無不大驚。至此才明白他以前的那一套純係矇騙他那剛愎、顢頇的哥哥的。

高洋宣佈，凡高澄所已頒佈而不合時宜的一切律令規章，概予更改。

自晉陽擁兵回鄴都（今臨漳縣）的高洋，已不是「吳下阿蒙」了，他現在顯得迫不急待的是，皇帝非馬上辦理移交不可。

他就是篡了東魏的孝靜帝而改稱爲齊（北齊）的文宣帝——高洋，時在五五〇年。

賢母們的畫像

陶母湛氏

陶侃的父親陶丹，化一筆禮金，聘娶江西新淦縣（淸江縣）的湛氏女爲妾，這是一位極爲賢慧的女子。當她生下陶侃的時候，陶丹逝世了，家庭中失去了一位生產的中堅份子，其經濟境況的日趨於拮据，是不難想像的。

湛氏無間寒暑，日夜紡績，以謀自給；同時嚴加督促兒子向學，並使其交納當代賢豪。陶侃的聲譽與才幹，就這般由他的母親多方面培養起來的。

鄱陽縣的名孝廉范逵前來拜訪陶侃，當時侃的經濟情況，拮据得無法招待客人；其母毅然截去滿頭的長可委地的青絲，賣給「做假頭髮的」，換得數斗米和菜錢，購買酒餚，以歡娛佳賓。是日，剛巧又下著大雪，湛氏把自己睡的薦子，剉切成寸，以餵范逵的馬；其他跟隨來的僕從們，也都各有賞賜。

范逵別去時，陶侃親自相送百餘里，范逵受不了他殷勤的摯意，臨分手，掬誠的問道：「是否也打算求些功名呢？」

「是的，不過，家境太窮困，又無人代爲介紹！」

范逵過江後，即去拜訪廬江（皖霍山縣）太守張夔，備極讚揚陶侃才幹，是一個不可多得的人才。張夔立予接談，的是名不虛傳，遂暫委爲督郵（科長級），領樅陽令。陶侃很認眞，很努力的幹下去，因之聲名鵲起。事後，范逵知道陶母是以自己的頭髮易錢來敬客的事情，更很感慨的頌讚陶母：「沒有這樣賢明的母親，哪來這般賢達幹練的兒子？」

不久，陶侃遷升爲潯陽（九江）縣吏了。一回，出差去魚梁視察漁市的行情，趁便派人專程呈送給老母親一籃糟魚、海蜇、蚶等，算是甘旨之奉，但湛氏拒絕收下，立予退回，另附一回信，教訓其子：「你作官吏，擅挪公家的財物，來孝敬私親，這種公私不明的大膽作風，不但不能博取我的歡心，相反地，更增加我無窮的憂慮。」

從此，陶侃一直公忠廉直地直作到大將軍，始終不敢擅自應用公家一文錢，貪污是更勿用提了，直到他老死。

古今中外的賢母家教，不僅是影響於一人一家，而是影響著整個社會、國家、民族、千秋萬代的。

何無忌之母劉氏

公元四〇三年，桓玄篡位了！當其自荊州順流而東，驃騎將軍司馬元顯的前鋒劉牢之，時坐鎭溧州（江寧）；參軍劉裕，勸其乘機勤王討玄，牢之遲疑不決，於是牢之的族舅何穆來作說客了；拿不定主意的劉牢之，意志居然有些動搖起來。

牢之的外甥，是時官拜東海中尉的何無忌，聯絡了參軍劉裕，竭力規諫，牢之還是猶豫不決，蓋有投機性的人永遠是如此。

桓玄的大軍就趁著首鼠兩端間的縫罅而殺到，司馬元顯雖欲戰，奈士兵們久聽不到「戰聲」而於臨陣時各自逃亡了，元顯被俘。劉牢之因不曾主戰抗禦，故桓玄立即發表他爲會稽內史（市長級）；牢之將赴任，他的一個參謀敬宣，勸牢之趁機襲玄。這回，他居然拿定了主意，大會僚佐，擬先據江北，然後討玄，當即差敬宣去京口（鎮江）迎家眷，期限已到了，敬宣始終不來，牢之以爲謀洩，大事不好了，竟遽行自縊。

看來，這段文章似與本標題無關，事實上不然，因爲牢之的寃死，才能引起下文。

劉牢之的外甥——何無忌的見解，就較乃舅高超，因他一來勸乃舅要堅守自己的立場，二來要進一步的討賊平亂。

有甥如此，其母當然也並不簡單，這位殊不簡單的母親是誰呢？她正是劉牢之的親姐姐。

何母劉氏，無日不銜桓玄的謀殺他的弟弟，每思報復，在她銳敏的觀察中，她早已發覺其子何無忌業已參加了劉裕、劉毅等所組織的「討桓軍」。她心中有數，喜而不言。

某一個夜裏，無忌摒退一切從人，獨自於屏風中草擬「討桓的檄文」——告全國同胞書。劉氏事先窺出他的行動的異乎常日，知道準有大事要發生，遂偷偷地滅了燭，爬上梯子，從屏風上窺探，原來正是她日夜所企望其及早發生的事，喜極而泣的撫著無忌道：「你能如此的討賊，吾的仇恨一定可以湔雪。」隨即問其同謀者，無忌坦白地一一告訴她。何母堅決的表示：「桓賊必敗，義師必成」是勢所必然的，遂慰勉其子努力的做去，克底於成。

歷史的行程，證明她所斷言的，往後無不應驗，所以，她委實是位很有目光的女子。

拓跋珪之母——賀氏

公元三七六年，秦王苻堅，率領著幽冀之兵十餘萬，步騎二十餘萬衆，以泰山壓頂之勢，出擊綏遠方面的代王什翼犍。時犍大病，未能親自臨陣，命其甥劉庫仁將十萬衆，禦戰於石子嶺，敗績。什翼犍抱病帥諸部向陰山之北逃難，其庶長子寔君於弒犍後的翌月，即奔還雲中，而苻堅的大軍尚在君子津，乃乘機伐之。拓跋部衆潰逃，國中大亂。

苻堅召長史（監百官，有如監察委員）燕鳳，檢討這次的戰役。燕鳳主張把代郡分成爲二部，黃河以東（山西）歸劉庫仁管，河以西（陝西）屬劉衛辰管；苻堅就照這樣辦。

當雲中大亂時，什翼犍的孫子拓跋珪尙幼，其母賀氏帶著他逃回娘家去依附舅氏——陰山賀納。十年之後（三八六），即淝水之戰後三年，黃河南北，盡是四分五裂的局勢。劉庫仁的兒子劉顯——一個異常兇殘暴戾的角色——殺死了鮮卑族的劉頭眷後，自立爲王。劉顯在剷除異己的事業上，首先把槍口對準拓跋珪一家。劉顯的這一意圖，被他的弟婦亢埿，洩漏出來了。她原原本本地告訴著拓跋珪的母親，因她係拓跋珪的姑母故。

劉顯帶著主要參謀梁六眷（什翼犍的外甥）和部屬穆崇、奚牧等來看拓跋部。

梁六眷私下把其妻的駿馬，交給穆崇，並吩咐著道：「事情洩漏了，當以此馬爲證。」

劉顯一行人等到達後，賀氏一面故作鎮定，一面忙差人酤好酒招待，飲食間，殷勤地勸酒，終於把一干人等全都灌醉了！賀氏乃令拓跋珪跟著從前的老臣長孫犍、他羅結等乘輕騎逃亡。約莫到了天將破曉的時候，賀氏故意驚起馬廐中的群馬。一面催促劉顯等起來觀看，一面假作悲傷地號啕著：「我的兒子也在這兒呀，怎麼現在不見了，一定是你們這些殺坯把他殺了！」

賀氏哭得極爲眞切，作工是百分之百的不假；劉顯被哭鬧的障眼法騙過了，才不叫人去追趕。但劉顯始終懷疑是梁六眷洩了謀，馬上把他囚禁起來；穆崇出來講話了：「梁六眷是個六親不認，無恩無義的人，我連他妻子的駿馬都掠過來了，還有啥個話可說呢？」

劉顯看到證據的確是在，才赦免了六眷的罪。

拓跋珪等奔逃到了舅家，舅氏賀納，喜歡得連連的撫慰著他：「他年復國之後，總該想念著老臣的辛勞。」

「舅父所吩咐的，永遠不敢忘！」拓跋珪恭恭敬敬地應答著。

各部落聽到拓跋珪現在是在賀納部了，都來奉承他，擁他爲首領。

劉顯氣得渾身發抖，想先把珪母宰掉，賀氏逃往其姑亢泥家，匿藏於「神車」中三晝夜，然後，亢埿全家說好說歹地向劉顯請求宥恕，劉顯終於也就赦免了她。

翌年（三八七），拓跋珪自立爲王，借著舅氏的武力，他實行著打回老家——盛樂去。此後北方的統一，全是他一人掃平的。等到北方正式統一，他的封號也不同了——稱作北魏道武帝（三八

陸讓之母

六——四〇九）——是北朝開國的第一號人物。

陸讓是庶出，他的嫡母是上黨人（山西長治縣），姓馮，性仁愛，有母儀。

陸讓於任番州刺史時，貪墨枉法，名聲狼藉，被執法者所檢舉；上司派人復行查驗，果然有這等事，於是陸讓鐵索鋃鐺地囚入牢籠內，押解到長安去。隋文帝楊堅親自問案，陸讓口口聲聲稱冤枉，矢口否認，說是全逼於「刑求」。楊堅既無法問出實情來，只得交給治書御史再度審問，結果，口供又和初審時一般無二。文帝特地召開一個公卿百僚的會議來決定他的命運，最後全體一致通過：死刑。皇帝自然順從衆意，予以認可，事態至此遂告決定。

陸讓的行刑是指日可算了！其嫡母馮氏，不辭勞頓，自故鄉步行至都，蓬頭垢面地直詣朝堂，指斥陸讓：「無汗馬的功勞，位却做到刺史，既作了刺史，又不能竭忠盡誠奉事國家；於今反而違背憲章，貪污贓貨，敗壞家聲。假如說是司法官誣陷你，難道眼睛雪亮的民衆們都誣了你不成？假如說皇上不憐憫你，那爲什麼要親自用御函答覆你……你爲人臣則不忠，爲人子則不孝，不忠不孝，還配作『人』嗎？」又悲又憤，嗚咽地聲隨淚下，並親持盂粥，勸其進食。

既而上表求哀，情意懇切，楊堅和皇后看後，都很感動。治書侍御史柳彧因而進言道：「馮氏母，其道德的崇高，足以感動路人，如果宰了陸讓，將何以勸慰馮氏。」

楊堅復召開士庶大會於朱雀門；一面遣舍人宣詔：減去陸讓的死刑，廢除官階，降爲庶民；一面復下詔褒揚馮氏：

「馮氏備體仁慈，夙嫻禮度，孽讓非其所生，狂犯憲章，宜從極法；躬自詣闕，爲之請命，匍匐頓顙，朔哀其義，特免死罪；使天下婦人，皆如馮者，豈不閨門雍睦，風俗和平；朕每嘉歎不能，已宜標揚優賞，用彰有德。」

另賜絹帛五百匹，召集貴族中的「命婦」與馮氏相識，以示寵異。

鍾士雄之母

鍾士雄是陳朝的將領，官拜伏波將軍，坐鎮嶺南。陳後主怕士雄叛變，時常詢問他的母親，有關士雄的生活情況。

楊廣爲總司令平定了江南的陳國後，無形中，鍾士雄變成嶺南的統帥，楊廣對他並不想用武力解決，而以恩義來籠絡，遂遣士雄的母親蔣氏回故鄉臨賀（廣西賀縣）去。

不料同郡的虞子茂、鍾文華等作亂，舉兵攻城，同時復派人請士雄共同參加，士雄躍躍欲試。

蔣氏探悉其子的行徑後，立加責斥並阻擋：

「以前我在揚都，備嘗了辛苦；現在蒙恩，母子才得團聚，這係莫大的恩典，雖死不能報答，於今哪能隨便地反叛？要是你有禽獸其心的話，那我當在你的面前自殺。」

詞正義嚴的母訓，阻止了兒子的不軌行爲。

賢妻們的畫像

王凝之之妻——謝道蘊

會稽王司馬道子的寶貝兒子元顯的性格，極爲苛刻，對於民衆的性命財產，任意掠奪，甚至於可不由法律王章，生死予奪，全由他一己的喜惡、憎愛來決定。司馬元顯把浙東諸郡那些已恢復了自由身分的奴隸，改稱爲「樂屬」，全部發送京師，以充兵役——其實，東晉的兵源，奴隸是唯一來源——因之，弄得浙東遍地騷然，怨聲載道。

當是時，會懂一點邪術的孫恩，正盤踞於嵊泗列島一帶；他看出民心的騷動，認定時機來了！公元三九九年（晉安帝隆安三年）乃自海島帥其徒黨，進攻上虞縣，殺死其令守，趁勢進攻會稽。

會稽的內史（市長級）王凝之，是名書法家王羲之的兒子，篤守「天師道」，既不想派兵抗禦，也不差人防守城郭，天天躲在「密房」中，唸咒跪拜，頂禮稽顙。他以爲只要這樣做，太上老君、元天始尊準會受了感動而命令天兵天將前來助陣而掃蕩敵人的。

僚屬們看到大勢太危殆了，惶恐地，逼切地請其出兵聲討孫恩，不料他居然把心目中的話，和盤地公佈出來：「我已請大道借鬼兵，防守各個要塞，總數有數萬萬人之多，一小撮雜毛賊，怕啥子哪！」

孫恩的部隊已在城外攻城了！王凝之至是才略略有點明白：自我陶醉式的禦敵，實在是自欺欺人；遂聽任要抵抗的，自由行動，可惜太遲了！孫恩的亂兵迅即攻陷會稽城，凝之在天兵天將始終不肯來救的觖望下，只得循著「三十六計」的上計走。眞是不幸，他被逮住了，不但自己丟了一條命，連帶地諸子也一併遇害；這就是著名的「天師道」害苦了王謝高門的王家。

奇怪，王凝之是這般的迷信、懦弱，地地道道地是一個「不抵抗主義者」的典型人物；但他的妻子——謝道蘊則完全跟他相反，當她聽到「賊來了！」她一點也不慌張，從容地一面命令著婢女們拔刀自衛，一面命備轎出門逃難；剛剛出門，就碰上，道蘊很勇敢地持刀衝上前去，手殺數人，終因寡不敵衆，她變成了俘虜。

當時，她的外孫劉濤，才數歲，也一併被俘，賊衆想先把他宰了，女詩人顯出無比的英勇而據理力爭：「一切的事，全出於王門，和別的族有啥子關連？如必定要殺害他，且先宰了我好啦！」孫恩想不到謝道蘊是如此的英勇、堅定，竟爲之改容，乃不殺劉濤。

女詩人謝道蘊是安西將軍謝奕的女兒，淝水之戰時，任職宰相的謝安正是她的叔父。

一回，謝安於相府內集宴，不多時，大雪紛飛，謝安衝口的問諸侄兒輩：「下雪像什麼呀？」

「撒鹽空中差可擬！」謝朗應聲的吟誦著。

「未若柳絮因風起。」道蘊徐徐地也吟誦著。

「妙妙！未若柳絮因風起！多逼眞呀！」謝安備極讚揚地。

謝道蘊因而有了「詠絮才」「女詩人」的稱呼，這係她童年時代的一段軼事。

檀道濟之妻

自曹操以來，南朝劉裕是位傑出的政治軍事人物。在軍事方面，才能堪與劉裕相頡頏的要推算檀道濟將軍，時封永脩公，官拜司空、江州刺史。

檀道濟因功在前朝，盛名甚著，而左右腹心，俱係身經百戰的沙場名將；諸子又都有才氣，就因爲有了這些好條件，竟招致一些嫉妬者的疑忌，讒言謠諑滿天飛，非去掉他，心中老是不舒服。

公元四三六年（宋文帝劉義隆元嘉十三年）帝久病不癒，劉湛乃說司徒、彭城王劉義康：「假使你哥哥一旦翹了辮子的話，那麼，像檀道濟那樣的人物，是誰也制服不了他的。」

劉義隆的病越來越沈重了！義康即把劉湛說的話對著哥哥的面說了。抱病中的皇帝立下手令，召檀道濟入朝朝見。

道濟接到這道命令，倒也覺得普普通通，故沒有什麼表示，但他的妻子卻持悲觀的看法：

「高世之勳，自古以來，爲人之所忌。現在無事而召行入朝，這不是福，而是禍，大禍已降臨吾家門了！」

檀道濟若無其事地欣然就道，到了京都，果然被扣留了起來——這一扣，就是好幾個月之久。

剛好皇帝的病有些轉機，允許道濟返防，人已下到渚洲，船快要開了，義隆的病又加劇起來，包藏禍心的彭城王劉義康遂矯詔復召道濟再入朝。義康的爪牙祖道因就此把他關閉了起來。

三個月後，文帝頒行詔書，公佈道濟的罪名：

「潛散金貨，招誘剽猾，因寢疾，規肆禍心。」應行收付廷尉——司法官，然後並其子給事黃門侍郎等十一人一併棄市。

又殺司空參軍薛彤、高進之二人。薛高二將軍皆係道濟的心腹，作戰時，特別英勇，時人比之爲「關張」。

當檀道濟被祖道因扣押起來時，憤怒異常，目光如電炬，氣憤地把紗帽扔在地上：

「你們想先毀掉自己的萬里長城嗎？」

檀道濟終於在讒佞的陰謀下被犧牲了！劉宋方面倒並沒有特別哀悼的表示，可是元魏的官員們，聽到這消息後，莫不歡躍萬分，人人舉手相賀：「南朝的孫子們，沒有一個可怕的了！」

劉聰之妻

五胡中的匈奴，趁著八王之亂，司馬懿的子孫們正忙於相互砍殺之際，正式地宣佈稱王；他要過過帝王的「大癮」——劉淵首稱漢王。

劉淵的兒子——劉聰；攻陷洛陽，殺進長安，俘虜了愍帝，並使其靑衣小帽當酒保般行酒。劉聰，性情粗暴得像原野上的一頭奔獸，殺戮與恩賞，全由心頭一時的喜惡來決定。他唸過一些經書，故略懂文義。非常幸運的他娶到一位極爲賢淑、能辨論經義文理的好妻子——劉娥。

劉聰僭位後，由於內心的極端尊敬暨寵愛著她的緣故，把她提升爲后是不在話下的了！同時，決心要特造一座美侖美奐，畫棟雕甍的大宮殿來讓她居住。

封建時代，君主的決定權是高於所有的法律的，劉聰的主意既定，鳩工興建也就著手進行。那曉得廷尉陳元達却竭力反對，劉聰的火性剛在頭上，氣火火地喝令左右把他「推出去！」——推出去是「宰掉」的別名。

是時，劉娥皇后正在後宮，聽到這驚人的消息後，一面叫左右暫行停刑，一面即刻手疏啓奏：

「……自古敗國喪家，未始不由婦人者也；妾每覽古事，忿之忘食。何意今日，妾自爲之；後人之觀妾，亦猶妾之視前人也。復何面目仰侍巾櫛，請歸死此堂，以塞陛下誤惑之過。」

劉聰看後，面色紅了半天，然後才囁嚅地對著臣僚道：

「我近來得到一個很討厭的毛病——頭風病，常常會喜怒無常，結果，連我自己作了什麼事，都不太清楚。譬如剛才的事就是一例。陳元達是位忠臣，盡誠極諫，我衷誠地對他不起。」隨即把劉娥的手疏遞給押解回來的陳元達看，然後很感慨的道：

「外輔如公，內輔如后，我還有什麼值得憂慮的呢？」

話説陳後主——陳叔寶

陳叔寶搶得了至尊的寶座後，下決心把宮庭盡可能美化，因之，在光昭殿前，特別設計建造三座傑閣——臨春閣、結綺閣、望仙閣。三閣的窗牖、壁帶、懸楣、欄檻等全用檀香木，飾以金石，間以珠翠，外施珠簾，內置寶床紗帳，其服玩的瑰麗堂煌，爲南朝以來所未曾有，是以微風過處，香聞數里。

三閣的下面，砌石爲人工造山，引水爲池，雜植異卉奇葩，爭艷鬥勝，景色非一。陳叔寶自居臨春閣，張麗華貴妃居結綺閣，龔孔二貴妃合居望仙閣，三閣間有複道交相往來，此外他尙寵愛著王李二美人，張薛二叔媛，袁昭儀、何婕妤、江修容……等，人間艷福，全由陳叔寶一人包去。

陳叔寶生怕這些美人們久待宮禁，情緒敗壞，遂自動地引進以江總爲首的一干「狎客們」前來遊宴，以寬抒美人們的心情。於是，呼盧博六、投壺、飲酒、賽詩，互相贈答，酒酣則放聲而歌，自夕至旦，習以爲常。陳叔寶有意要把文學的氣氛，弄得有聲有色，好教他年的路易十四的凡爾賽宮文學氣氛，瞠乎其後；至於政治和軍政的措施，管他的，他抱著這樣豁達兼不在乎的看法和作法。

張麗華小姐，為群妃的冠首，故最獲得陳後主的歡心。麗華的秀髮垂地，長可七尺，光可鑑人。其性格尤極敏慧，舉止嫻冶，每瞻視眄睞，光采溢目，照映左右，能因人而說話，最最懂得侍候陳叔寶，陳叔寶把她當作心肝寶貝般。

陳叔寶的個性對於政務之類是極不相宜的，其所以偶而也批閱公牘也者，純係客串性而出於不得已的；自有了善解人意的張麗華後，他總算是要勉強地辦公了！他把張麗華小姐放在自己的膝上，一面共同玩樂，一面取決公文，這是古今中外所少有的「辦公方式」；麗華小姐的性格既聰明銳敏，更能條陳疏奏，大小無一遺漏；她往往先行差人往外邊參訪重要的事務，然後預作「批改」的準備，因之，外間的一言一事，她已事事有了腹稿和主意，等到公文到達內宮，她拿起筆來，一揮而就。陳叔寶有了這麼能幹的「女祕書」在，那能不寵錫倍於常人呢？

日日夜夜沈醉於溫柔鄉和詩歌的唱和聲中的陳叔寶，自然是把軍政大事當作唯一傷腦筋的討厭事。但，在長江對面的隋文帝楊堅，剛剛和他相反；於是，決定勝敗的契機的人物，似乎不必待乎龜著而自明了。

陳朝的諜報人員，每被楊堅的治安機構逮捕後，不但未受到酷刑、監禁與殺害，反受到有計畫性的「特別優待」給以衣食、駿馬厚幣而以禮遣送歸來。蓋楊堅在表面上，盡可能裝出要與陳朝維持友好的和平，而內心則無日不在計畫著如何把陳朝消滅。

他曾親自去穎拜訪高熲，關於「取陳」的政策。高矚遠瞻而知彼知己的高熲，立獻了一條毒辣無比的奇策：

「江北地寒，收成較晚；江南則反過來，水稻的收成較早，在他們將收穫的時候，咱們揚言放聲要徵兵徵馬（按隋依北周，行府兵制），裝出馬上就要進攻的樣子，他們必定屯兵守禦，這麼一來，他們準荒廢其農事了！等到他們大軍佈防駐守，咱們馬上解除武裝，幾次三番的『演習』後，他們看得多了、膩了、不稀罕了；咱們才眞個把部隊徵集，他們定會誤以爲又是演習吧！咱們就此趁機渡江，一戰準可攻下金陵。這係軍事上的。

至於地理方面的：江南的氣候，多濕霧，故房屋多用茅竹來蓋；人民所有的儲存，並不像北方的乾燥氣候的地窖，咱們可收買些『行人』（間諜）前去因風而放火，等到他們修繕完整時，再行燃燒，就這樣，不出數年間，準可使他們的財力俱窮。」

高熲的高超的見解，配合著地理的戰略應用，的是不同凡響。楊堅採納了這條好意見而著著實實地執行。

陳國開始疲困而漸漸地感到吃不消了。

政策收效後，隋文帝楊堅即發表了三位行軍元帥，實行「討陳」！晉王楊廣，出自六合（儀徵縣）；秦王楊俊，出襄陽；淸河王楊素出永安，聯合攻陳。

此時，楊素已在永安建造大船——五牙船——，上起五層樓，高可百餘尺，左右前後，置六拍竿，並高五十尺，可容戰士八百人，旌旗舟楫，橫亙江流，是中古時代的大軍艦。

文帝又另派廬州總管韓擒虎出廬州，吳州總管賀若弼出廣陵（揚州），總共的部隊加在一起是五十一萬人，統受晉王楊廣的節制。

賀若弼在未率軍渡江前，先耍了一套委實狡猾得可以的「騙術」：他賣了一批老馬，而買了六十條報廢的破船來藏匿，並把它全放在溝瀆內，陳朝的諜報人員得知後，以為隋朝國內無船。賀若弼的障眼法騙過了陳國的君臣。

賀若弼於沿江佈防，每當瓜替交接之期，必定集合於廣陵，集合時，準是大列旌旗，營幕遍野；陳朝誤以為敵人將來進攻，乃慌慌張張地沿江佈防，事後久等不至，才弄明白是瓜代交接。於是全不理會它了！因為白忙氣煞人。賀若弼的第二步障眼法又成功了。最後，隋人常常大批人馬，沿江行獵，行時，旗幟鮮艷，人馬喧譟，一列行軍狀，陳朝的人又看得厭煩了，不理它那一套。賀若弼的第三步障眼法又自自然然地奏了功效。

公元五八九年正月，一個大霧迷江的春日，賀若弼就挑了這麼個極有利於行軍的日子來渡江。那天，陳叔寶直睡到太陽晒著屁股才醒過來，眼睛剛張開，緊急軍事情報到了，他不得已，只好勉強爬起來召開緊急軍事會議，議案通過後，他以純文學家的手筆，親自寫出文情並茂的詔書來：

「犬羊陵縱，侵竊郊畿，蜂蠆有毒，宜時掃定；朕當親御六師，廓清八表，內外並可戒嚴……。」

隨即本著兵來土擋的戰法，分遣各路將軍禦敵抗戰。

賀若弼攻陷京口（鎮江）了，釋放了俘虜六千餘人，全部給糧、慰問而遣歸，叫他們分道宣傳隋朝的「寬大」政策，於是隋軍所到處，無不披靡，望風而降。

另一路軍，韓擒虎，攻姑孰（當塗），不過半日辰光，被攻下了！江南的父老們，向來聽到韓擒虎的行軍威信，陸續爭去拜見於其司令部的，晝夜不絕。

賀若弼自北道而進，韓擒虎自南道而進，前後夾攻，南京的陳朝在這般精銳軍的壓境下，亡國的日子，是指日可算。

陳朝的抗敵總司令——驃騎將軍蕭摩訶，因妻子與陳叔寶有著不乾不淨的曖昧行爲，故態度消極，不願力戰。

不願力戰的蕭將軍被俘了，陳朝還指望著啥子？

不諳軍旅只愛文辭的陳叔寶，現在只有日日夜夜淚以洗面的份了，他仍然待在臨春閣上。「狎客們」不來了，歌聲已被鼙鼓的鼓聲所淹沒了，皇帝內心的憂悒是不難想見的，可是沒有人來慰解他，眞是忘恩負義之至。

任忠叛變了，親自率領韓擒虎的軍隊直入朱雀門，陳朝的士兵仍想抗戰，任忠作起反宣傳的作用來：

「我老頭子尚且投降，你們幹嗎要戰？快快放下武器。」

頓時，守城的將士，全作了鳥獸散。

居於宮禁中的陳叔寶，得到這不祥的消息後，立時，慌成了一團，他得趕快想辦法逃走，不然，有到俘虜營去編號的可能。只見他，攜著親愛的妃嬪，張麗華是不可少的一員，鶯鶯燕燕地，誠惶誠恐地朝後堂奔去，方向是對準著「景陽井」，看樣子，準係投井無疑。

好心的侍從副官袁憲苦苦的勸諫：

「不要想不開哪！我親愛的皇帝，何必呢，好死不如惡活，留得青山在，何患無遊樂呢！」

袁憲似把陳叔寶「估計得太高一點」，說眞的！陳叔寶被這一提後，居然硬起心腸，決心投井自裁了，他要把「人生的戲劇」演得逼眞些，以期引起後世觀者的同情。

當一行人等逼近井欄時，護駕的夏公韻立即跳上前去，以整個身體蔽遮著景陽井，說什麼總不讓他跳。陳叔寶說好說歹地與他爭論了半天，最後，夏公韻被文學家流利的口才所說服，總算同意著，用大提籃，把最最有優先權的張麗華、孔貴妃跟著陳叔寶共同下井去避難。

景陽井極大，理宜把龔貴妃、王李二美人、張薛二淑媛、袁昭儀、何婕妤、江修容……等一同請下去才是，唯因一時過於怱逼，以致未能作到，眞是不勝遺憾之至。

隋軍入宮了！是韓擒虎的部隊。他們翻遍了屋頂的痲雀窩，找遍了地窖的老鼠洞，居然找不到陳叔寶，難道他乘了直升機，逃出臨春閣，到新大陸去了嗎？無人不納罕著，彼此相問著，陳叔寶到哪裏去了？

軍士們因想汲些清水來應用，探頭窺井時，喚了好幾聲，井中寂然無聲，有人想先扔幾個石頭下去試一試，巧了！井中有了迴聲了，軍士們乃合力把桔槔拖起，井中居然共有三個人，一帝二妃——陳叔寶，張麗華，孔貴妃。

軍士們從不曾見過南方的「中國小姐」——張麗華是這般的標緻，以致當張小姐在跨籃過欄時，忘掉給她個「全力的援助」，而讓多才多難的麗華小姐的朱唇，不自覺地在井欄邊上嗑了一下，害得她嚶嚶地啜泣了好半天。於今胭脂依然猶在，清晰可辨的。民間從此改稱該井爲「胭脂井」。景陽井的被張麗華小姐的朱唇嗑了一下，從此有福而大名永垂宇宙了！南京又多了一處「六朝勝蹟」，好教人們去憑弔，張麗華的芳名也從此一併不朽。嗚呼！

陳叔寶於「臨大難」時，祇顧到自己的和愛人的性命，至其妻子（沈后）和太子（陳深），他却根本沒擺在心上，這是一種作丈夫的和作父親的什麼行爲？

沈后母子，當聽到隋兵入宮的消息，早知末日到了，逃也沒用，故反而鎭定起來，把寢室門關閉後，靜待事態的發展。隋軍於叩閣而入時，反肅然起敬，沒有加害。陳叔寶和陳深父子的行徑，適成一鮮明的對比。

作了俘虜的陳叔寶，被牽著去朝拜賀若弼，皇帝沒有種，只認識自己的俘虜身分，渾身股慄、惶懼、流汗，完全像一條待宰的肉豬。幸虧他表現出無比的觳觫、懦怯，於是，他的狗命才被戰勝者保留下來。

他的愛妃張麗華呢？嘿！她的命運可悲慘到極點。

三軍總司令的晉王楊廣——即繼位後的隋煬帝，一個內心酷愛漁色而表面裝出道貌岸然、遠離女色的大壞蛋，在揚州（廣陵）坐鎭時，早就牢記「江南妖姬」張麗華小姐的芳名。他下定決心，總想一親芳澤，才了平生之願。於今，陳國的南京被其部下攻陷了，伊人當尙健在吧！伊人當尙無恙吧！

魂夢縈迴念念不忘的楊廣，把獵取伊人當作「第一件軍政大事」來處理，當隋軍隨著任忠進入朱雀門時，楊廣早派其私人秘書高德弘渡江帶著秘密命令去對其老父高熲——就是畫下「平陳策」的高熲，時任三軍的參謀長兼書記官——說：

「無論如何要保護張麗華小姐的安全！」

「從前呂尚（姜太公）蒙面以斬妲己，現在怎能留住妖姬張麗華？」高熲堅決地不理會總司令的一套，立命處斬張麗華於青溪，可憐的「絕代妖姬」——

芳魂一縷隨風渺　祇恨高熲不留情

高德弘無法完成這項艱鉅的使命，好不提心吊膽地回到六合，把事態的經過照實地說了；氣得楊廣牙恨兮兮，捶足頓地的道：

「好得很！姓高的偏不賣賬！記牢！古人說：『無德不報』，我總有辦法來替我心愛的張小姐復仇。」

以後，楊廣即位，成爲隋煬帝，一旦大權在手，專找姓高的麻煩，那是後話了，此處不表。

公元五八九年的陽春三月，正是江南草長、群鶯亂飛的時節，可憐的俘虜陳叔寶，竟奉到命令，要馬上離開江南了。

他連同其他的王公、后妃、有司、百僚，共五百餘人，以浩大的亡國賤俘隊的姿態，迤邐五百餘里，纍纍不絕地被押奔到隋國的國都——長安去。

隋文帝楊堅高高地坐在廣陽門上，文武百僚，兩翼地排開著，然後才下旨：傳令陳朝的亡國主——陳叔寶晉見。

陳叔寶被牽引到面前，磕頭跪拜如儀。

楊堅並沒有像以往的勝國主一樣，假惺惺地予以慰勉一通，勸其努力學作「順民」的模範；相反地，一開口，就沒好聲調地把陳叔寶教訓並斥責了一頓：

「爲什麼一個好好的國家，都無法看守，弄到國破家亡，作了俘虜？你還對得起你的祖先嗎？」

陳叔寶及其群臣們俱愧懼地跪伏在地上，盡磕著響頭，連氣息都摒營住了，像一群「啞狗」般沒有一個人能夠作答，把亡國的理由說出來。

楊堅對待陳叔寶，可說是夠得上「寬待」，數次接見，班同三品；每次預宴時，恐怕傷了他的心，總是不教音樂隊奏著江南的歌曲。但據監視著陳叔寶行動的人員說：他倒滿不在乎這個！相反地，他感到自己未能在「勝朝」裏，得一個允如其份的新爵位，才是掃興兼丟臉的事哪，所以他幾次三番要求監視的人員轉奏皇上：

「無論如何，總得派我一個新官職！」陳叔寶的「料」，本來就如此。

「陳叔寶全無心肝！」楊堅喟歎著。

監視者又報告著：陳叔寶老是吃醉酒，一醉就不易醒。

「每次他飲了多少酒？」楊堅滿有興趣並很關切地。

「往往是一石，和他的狎客們在一起飲的話。」

素性講究節儉的文帝聽後，大大地吃了一驚：「照這樣的豪飲、牛飲下去，即使把黃河之水變成了家釀，也會被他吃個光涸呀！」楊堅很不以爲然地想叫人令他就此戒酒，但繼而一想，倒也怪可憐見地，於是改了口氣：

「算了算了！讓他開懷地暢飲就是了！不然，教他拿什麼來消磨時光哪！」

公元五九四年，陳叔寶跟隨隋文帝修祭，登邙山，傳飲時，楊堅正式要親自考驗他的酒量與才華，命其賦詩。

陳叔寶立成五言一絕：

日月光天德，
山河壯帝居；
太平無以報，
願上東封書。

不亢不卑的馬屁拍得很稱分。

當時，楊堅並沒有什麼表示，當陳叔寶步出後，楊堅的評語是旣深刻又客觀：

「陳叔寶的亡國喪家，大概就全出在『酒』字上，倘使能以作詩的功力，化在國事上，還會有今日嗎？」

陳叔寶就是陳叔寶！他無論如何總要飲酒作詩——酒、詩是他的生命中的二大要素。他有一首膾炙人口，流行了三百餘年的歌曲——〈玉樹後庭花〉：

麗宇芳林對高閣，
新妝艷質本傾城；
映戶凝嬌乍不進，

出帷含態笑相迎；

妖姬臉似花含露，

玉樹流光照後庭。

傳說賀若弼揮軍渡江之日，有人以緊急文書火速報告，陳叔寶却緊端著酒杯，態度安詳地放飲，連拆封開來瞄它一瞄都懶得動一動；可見其從容與滿不在乎的一斑。

高熲於到達皇宮之日，猶見此封「緊急密啓」的文書，原封不動地擱在床底下。

中國的歷史上，共有四大後主，劉後主、高後主（緯）、陳後主俱能善體「勝主」的歡心而得以善終，「留芳千載」！獨獨李後主（煜）因周小后太標緻故，遂爲宋太宗（趙匡義）以牽機藥所毒殺，致使李後主之後，即不復有「後主」，眞是使人掃興、索然之至。

隋煬帝亡隋前所耍的花鎗

篡奪了北周天下的隋文帝楊堅，深知此位得來之不易，因之，他務須小心唯謹地把這個「九五至尊」的寶座，好好地移交給他心目中的理想人物。他素來喜愛讀史，尤其喜愛翻閱前朝的見聞；他常常感到北齊的高緯與乎南朝的陳叔寶（後主），有了這種「料」的寶貝兒子出現，整個社稷只有「不血食」之一途；事實上的確是如此。

以嫡長子而承統的皇太子楊勇，對於老父的性格、行事、想法與所作所為，一點也不瞭解。他雖貴居太子之位，惟前途却盡佈滿著陷阱、荆棘與危機，而他竟顢頇到半點也不察覺到。他的二弟，被封為晉王的楊廣，則恰恰相反；對於乃父的個性、為人處事以及一切却完全瞭然於心。因此，楊廣乃一心一意地矯揉做作起來，務期把自己的「字號招牌」賣出去，俾可奪取乃兄的大寶。

太子楊勇好穿極標緻的時裝，曾穿上有文飾的蜀鎧，以資炫耀，好談節儉兼樸素的老頭子看後，一肚子的不高興，立加訓誨，力誡奢侈。楊廣看在心目中，於是日日麻布粗衣，一副鄉巴佬派頭，乃父看後心中有著無限的喜悅，以為此子大有父風，的確是堪克紹箕裘，承此大統。楊勇一起步就陷入荊天棘地，楊廣一開始即博得好評，於是，成功與失敗的朕兆，已不卜可知。

楊勇在東宮，有內寵，他獨愛昭訓雲氏，而其準皇后元氏却無寵。這位無寵的元后於心臟病發後二天，翹了辮子，母后獨孤氏不大相信，認為其中必有蹊蹺。楊勇竟沒有請法醫檢屍，並出證明文件而草草的收殮了事。太疏忽！眞不該。

存心不良，希圖奪位的乃弟楊廣得悉了這椿事後，時機的把柄又被他抓住，竭力地矯飾作偽，自與蕭淑妃獨處——假裝著不好女色，實行一夫一妻制以討好母后；一面復與用事的大臣們拉攏關係，於是聲名鵲起。

太后每遣左右至晉王府視察；不論阿狗阿貓來到，楊廣一定與蕭淑妃親自迎接，敬茶，請上館子，吃中西大菜、並送紅包，然後復用自己的「小轎車」歡送就道。這樣，就是靠這樣的作法，楊廣的聲譽還有誰不說他行，會作人，懂禮節嘛！

楊堅與獨孤后受不了人們對楊廣的衆口一同的稱讚後，將親自行幸到晉王府來參觀，情報靈通的楊廣，馬上把府中的歌舞團、音樂隊、雜伎班，以及一批漂亮的姬妾，掃數移到民間去藏匿，臨時雇用一批旣老且醜的僕役來侍陪，窗簾屏幃一律改用白細布，並不許僕役們抹去桌上的塵埃，務期要父皇母后獲得一個良好到難以磨滅的「不好聲色」的令譽。

楊廣的外表很帥，性格外柔內剛，好學，善寫文章，敬接朝士時，禮極卑屈。由是內外交相讚譽，聲名藉藉，冠於諸王及太子。楊廣眼看自己的招牌賣出後，下一個步驟，是厚禮敦聘總管司馬張衡來替他畫策奪宗。

這時，能左右楊堅和獨孤皇后的意見的唯有楊素。而楊素的智囊人物則是他的弟弟楊約。張衡看清了這盤棋局的重心，遂勸楊廣從安州總管宇文述這方面下手，因宇文述和楊約是一對「百搭」。楊廣乃大送一筆紅包給宇文述，請其入京活動，亟於想作開國元勳的宇文述自無不遵之理，何況化的盡是「冤大頭」。宇文述到京後，述、約一對寶，日日夜夜廝混在秦樓楚館、酒家茶室，當「軟綿綿」的摸完後，即摸摸「硬綳綳」的；方城之局既開，宇文述幾乎是無場不輸，而楊約却每場必贏，贏到楊約自己不好意思起來。於是宇文述至此才把底牌翻出，原來本錢全是楊廣存心孝敬的。

得了變相紅包後的楊約，現在是聽候「阿堵物」的話嘍！某次，抓住了機會力勸乃兄楊素乘時建立大功，則晉王當更永銘骨髓。楊素聽後，滿心歡忭地撫掌道：「你看我多糊塗，怎麼想不到這一點，幸虧你的啓導。」

楊廣的紅包的力量又起了間接性的作用，楊素被收買了！楊素從此決心要作開國的功臣啦！先在皇后面前，竭力盛讚晉王楊廣的孝悌恭儉，純然是「楊堅第二」；相反地，一面則盡情的詆貶太子的身價。獨孤皇后被征服了，立行賜金，末後，竟吩咐他竭力贊成楊堅趕快廢去太子楊勇。

廢立的風聲，漸漸地傳到楊勇的耳朵，他於憂煩之餘，立即來個「挽回頹勢運動」；先在東宮的後園，作起「平民村」來，房屋很卑陋，設備簡單，自己改穿土布衣，睡臥在草褥上，準備一朝有人前來視察時，也可帶一份「好報告」回去。果然不出所料，楊素奉命來考察了。老奸巨滑的楊素一到東宮的門前，故意遷延而不立行進宮，以激怒楊勇；向來缺少忍耐性的太子楊勇，居然等得不耐煩，終於在禮貌接應上，均欠周到，於是給老奸賊有了一項鐵錚錚的口實——太子楊勇怨望皇上，不堪承繼大統。

接著，東宮的幸臣們全被廉價的收買去了。從此，內外喧謗，人人所說的，個個所聽的，盡是太子楊勇的壞話，太子的命運已是不問可知。

十月，楊堅穿上戎裝，盛陳兵旅於武德殿，集合文官於東面，諸親王立於西面，手令召太子楊勇報到；楊勇到，被引到諸王子的一邊，並立於殿庭，內史侍郎薛道衡出而宣讀詔書：「廢太子楊勇爲平民！欽此！」

楊勇聞詔後，再拜謝，道：「我，原應早日伏屍於都市，作爲將來的鑒誡，今幸蒙哀憐，得保全性命，謝謝！」說罷，涕泗交流，繼即舞蹈而去。從此與乃父母不復再見一面。

十一月，晉王楊廣在朝廷內外，交相迭譽的禮讚中，被封爲皇太子，楊廣期望已久的目的物，終於在苦心孤詣的經營下，垂手而得。

楊堅中計之後，又復中計，他命令把楊勇囚禁於東宮，交付給乃弟楊廣看管。這一來，楊勇的命運更加悲慘。

楊勇於痛定思痛之餘，總覺得「廢立」得不服貼，更不是他應得的罪名，曾親作報告，向乃父楊堅申冤。楊廣是何等人物，哪還有應允、放行的道理嗎？

屢行申訴而消息如石沉大海的楊勇，其心情的怨望與憂悒是不難想像的。一回，他勇敢地爬上宮中的老樹，大聲地朝向皇宮呼喚，目的無非要求父皇能與他會一會面，談談心中的冤抑。

老奸的楊素遂把握住這個機會，說楊勇已得了精神病，有魔鬼附身，非用大鐵鏈鎖住不可！楊堅也不詳加推究，竟信以爲眞。從此父子永不見面，父子的關係正式斷絕，楊勇業已成了楊廣刀下的「俎上肉」。

壓軸好戲來了！楊堅病了！兵部尙書（國防部長）柳述等入閤侍疾，楊廣以太子名義入居大寶殿。工於心計的楊廣，擔心一旦楊堅死後，應如何來收拾這場面，乃手書各種疑問，封妥後派人去問楊素，楊素就逐條作答並寄回。太子宮人却把它誤送給楊堅，楊堅看後才恍然大悟，原來是如此和這般的，氣得兩眼發白，渾身直打抖索。無巧不巧地，剛好他的寵姬陳夫人（陳高宗之女）早起去「一號」，就被楊廣所調戲並脅逼；陳夫人於峻拒後逃回時，神色極爲慌張，楊堅看出疑點，即予責問。陳夫人泫然的泣道：「太子無禮！」

楊堅氣得直搥龍床：「畜生！怎能把大事交付給這種畜生呢！獨狐后誤了我的大事！」隨即命令兵部尙書柳述道：

「叫我的兒子來！」

「是太子嗎？」柳述誤以爲是太子楊廣。

「不！是前太子楊勇！」

柳述退出後將寫敕書。

消息靈通的楊素覺得大禍臨頭了，通知楊廣，趕快矯詔收捕柳述，下於大獄中。

楊廣的大將宇文述帶兵上朝保衛皇宮，楊素也一併趕到；不久，即傳出：隋文帝楊堅晏駕了！

「隋文帝晏駕」，野史說：是由楊素、楊廣倆在有志一同、通力合作下，硬生生地送到鬼門關去——扼死的；遠證於陳夫人聞噩耗而慌張、錯愕的表情；近證諸今日的社會新聞——逆子以領帶勒死老父（教授級），似乎不能說沒有此可能，尤其是在「狗急跳牆」的情況下。

蓋因陳夫人於聽到文帝逝世的消息，渾身戰慄，了無人色；不料午飯過後，太子楊廣的特使竟喜氣洋洋地送禮來了！

禮品是一個小金盒，上面還附貼著一張小條子：「敬請陳夫人親啓」！

陳夫人以爲是酖毒的「氰酸鉀 KCN」，遲疑了半天，戰顫著始終不敢開啓，使者等待得不耐煩，頻頻催促，不得已只得打開來，原來並不是什麼毒品，却是「同心結」數枚。宮女們一齊道賀，因爲皇太子馬上要和陳夫人「相好」一番啦！

陳夫人恚憤不自恃，退步却坐，不願致謝，諸宮女乃共同逼她並教她拜謝。

是晚，楊堅的屍體尚未放入棺材裏的是晚，皇太子楊廣又達到另一個垂涎已久的目的，好運道一向寵愛著過去的晉王，目下的皇太子楊廣——也即是隋煬帝。

工於心計而以僞起家的楊廣，用他的那一套謀略，瞞母欺父、殺兄奪位，從楊家一姓從來，不過是「家庭的變故」而已；但，於今楊廣擁有天下了！楊廣復以那老套——虛僞、欺詐來君臨天下，老百姓只有倒足了一百輩子的霉！

他的政績是：勞民傷財的修長城、建新都、治御道、開運河、造龍船、置離宮，號召諸番酋長及胡商，聚集於洛陽，盛陳百戲，吃喝玩樂，不但全部免費，抑且還有犒賞。

原來楊廣早已主觀地認定並肯定：中國太富強、太安樂了！

太過於富強和太過於安樂的中國（隋朝），非得有一位像他這樣手面闊綽的少爺皇帝來加以大大地揮霍一番不可。

因之，他統治了十三年（六〇五——六一八），拼命地加足馬力把隋朝驅向毀滅之路。

歷史家給他一個相當客觀並允如其分的標題：「煬帝亡隋！」說眞的，一點也不假。

玄武門之變

古人說過：「盡信書，則不如無書。」對於歷史上若干已屬於勝利者的記載，不妨作如是觀，則其客觀性與正確性的成分比較大，當更能接近乎事實。

李世民上有一胞兄——建成，下有一妹及二胞弟——玄霸、元吉。在專傳嫡長子的宗法封建社會中，他想爬登「九五之尊」的機會似不太多，何況他的大哥——太子建成的才華與能耐也確有一手。當然嘍！與乃弟比，是差得多多。但當太原兵起時，建成也同樣地親率將士衝鋒陷陣，攻城掠地，有著不可磨滅的汗馬功勞。

所可能的，或許是在行事、用人、交際與乎御下的各方面較乃弟稍遜一籌也未可知。而最最不幸的是，玄武門之變，他是死於胞弟世民之手的，祇因如此，史乘上若干不太文雅的筆法，乃無情地降落在他和元吉的字號上。

喏！像這樣的「建成與元吉曲意事諸（唐高祖）妃嬪，諂諛賂遺，無所不至，以求媚於上（李淵），甚至或言烝於張婕妤、尹德妃……。」

建成位居太子，有自己的妻室宮妃，元吉也早已封爲齊王，妻子兒女妃嬪成群，何至於此。史臣怕口說無憑地亂替人家扣帽子，對不起自己的良心，不得已加上一句：「宮禁深祕，莫能明也。」

但，兄弟彼此間，各結成龐大的武力集團，以從事於爭鬥，則是無庸諱言的事實。

爭鬥的序幕，應從秦王府（李世民封秦王）的參謀人員杜如晦被毆打算起：李淵的寵姬——尹德妃當時正在走紅，依著女兒的勢力的尹妃的老頭——阿鼠，其氣燄，遂不可一世。其驕橫兇悍的程度，令人爲之切齒。杜如晦經過尹府，忘掉下馬致敬，立被阿鼠的家僮揪下馬來，一頓臭打後，即把他的一只手指折斷，以示教訓：「你是啥個東西，膽敢經過尹府而不下馬敬禮。」

阿鼠恐怕李世民往上面控訴，乃差尹德妃先行告狀：「秦王府的人，欺侮了奴家的老父。」枕邊的力量，自古以來總是大的。李淵怒責世民放縱下人，世民雖深自辯析，無奈李淵終不採信。

據說尹德妃及諸妃嬪的所以敢如此和秦王李世民挑戰，純由於有強力的後臺老板——建成、元吉在撐腰的緣故。

接著是元吉向建成提議：先下手爲強，宰掉世民。

機會來了，一次，大哥二哥跟乃父李淵幸遊四弟的齊王府，元吉先埋伏下護軍宇文寶於寢內，準備下手。而秉賦仁厚的太子建成，原已預知其謀，至是突然變卦，阻止這種鬩牆的相殘。元吉很是生氣的道：「純粹是爲著你的前途打算，於我又有啥個好處呢？」

這件事，就此寢息下去。但，下列二事，史說是建成仍蓄意要害世民的。

李淵帶了三位王子，一起到長安城南校獵，皇帝命三人各馳馬，放射以角勝。建成有一匹胡馬，極肥壯，但喜歡蹶倒，大哥乃把牠臨時賜給二弟，並吩咐：「這匹馬，很雄壯，能躍過數丈闊的溪澗，二弟喜騎，不妨一試。」

不知就裏的世民，果然騎乘著來角逐，不數步，馬蹶倒，世民蹤身一跳，立於數步之外，候馬爬起後，再乘騎；這樣有數次之多，竟沒有受傷。

建成曾請二弟吃便飯，酒菜剛過後不久，世民突感到心痛，並立即嘔血，後來是被扶著回府的。李淵聽說世民食物中毒，曾責怪太子，並不准以後再「夜飲」。

建成、元吉的計畫不成功後，遂行收買秦王府的驍將——護軍尉遲敬德，贈了一大卡車金銀器外，還有一封萬分謙恭的結交信：「願迂長者之眷，以敦布衣之交。」

尉遲敬德予以峻拒，世民一面獎慰他，一面怪他不該拒絕，因就此無從將計就計以探知其祕密行動。

要來的時機終於更向前逼近一步了！突厥數萬人入塞圍烏城，建成因薦元吉代世民督軍北上，皇帝自無不允之理。元吉遂奏請秦王府的一些驍將如尉遲敬德、程知節（咬金）、段志宏及秦叔寶（瓊）等與之偕行。

有人向秦王府密告：建成擬餞別時，使刺客暗殺世民於幕下，假說是「暴卒」；一面由齊王李元吉掃數坑殺尉遲敬德……等諸將。

事態發展至此，李世民不得不先行下手。

世民即行告密，說建成、元吉淫亂後宮，且欲暗殺他以爲王世充、竇建德報仇——這話近乎不可能的揑造。

李淵聽後說：「我決定明天開庭審問個明白，明天你也來作朝會。」

李世民的安排天牢地網就此算完成，遂帶了妻兄長孫無忌、尉遲敬德等埋下伏兵於京都要塞——玄武門。

張婕妤立把這情報通知建成，建成問計於元吉。元吉主張託病不入朝，勒宮府之兵，以觀局勢的變化。但建成偏要入朝，參見父皇，一問事態的究竟。

兄弟倆乃俱上朝，行至臨鏡湖，發覺局勢全不對勁，立即撥轉馬頭，打算回東宮；世民立時殺出，大聲的叫喊，元吉拉起弓來，就是一箭。有了準備的李世民自不願示弱，瞄準目標，一箭過去，建成應弦而墜馬——太子翹了辮子。此時，剛好尉遲敬德帶領著七十名騎兵趕到，左右一起亂射元吉，元吉也翻身落馬。

李世民的馬落荒，逸入樹林下，爲木枝所纏住也墜下馬來，就在這千鈞一髮間，元吉突奄到，奪了世民的弓，一把擬把他扼殺，尉遲敬德躍馬奔到，一聲巨吼，四弟拋下二哥，朝向武德殿奔去，敬德給他一箭，貫穿了心臟，完了。

當玄武門正上演著一幕極殘酷的骨肉相砍的好戲時，李淵方優哉游哉地泛舟於長安的昆明池（按此池爲漢武帝爲征夜郎時所鑿），不一會，奉了秦王命令，前來保衛皇帝的安全的是血手未乾的秦王府大將尉遲敬德。大將全副武裝，擐甲持矛直至皇帝的寢宮門。

看到尉遲大將的不尋常的舉措後，李淵很驚愕，問道：「你是來幹什麼的？大將軍。」

「太子和齊王舉兵作亂，已被秦王和俺討平了！我是奉了秦王的命令，前來保護你的，皇帝陛下。」

原已派定裴寂跟蕭瑀共同調查三王子之間的恩恩怨怨的父皇李淵聽後，錯愕地、楞楞地呆住了半天，一句話也說不出來。最後，歎息地對著裴寂道：「想不到這件事，終於發生了，並且比我所預料的還要來得快，現在教我應怎樣辦？」李淵泫然著，淚珠潸潸地。

「禪位，趁著這個時刻，趕緊禪位！」裴寂對準著問題的核心，出之以快刀斬亂麻的手法。

當是時，皇宮的衛隊、秦王府的兵跟二宮（太子東宮的和齊王府的）的劇烈巷戰仍在繼續的進行著。

尉遲敬德乃請李淵立即下令「停戰」！一切的事務均聽從秦王李世民的處置。

事變後，李世民對於太子的及齊王府的大將、參謀、門客……等一律赦罪，並對於那些從此不願爲世民效勞的人，備加讚揚，說他們是「忠於所事的義士」。

但，獨獨對於太子建成的五位兒子，齊王元吉的五位兒子——也即他的十位侄子，業已俱封王爵——一律不放過，全部論斬棄市。

這是啥個道理呢？一句中國的俗語說：「斬草須除根」！馬基雅維利特別強調：是政治的權謀之一。

唐太宗不愛看「奪嫡戲」重演

唐太宗登上大寶後，立其八歲的嫡長子李承乾爲皇太子，承乾生長於深宮，自然不像乃父的來自民間，深知民間的生活與疾苦，因之自不易體會皇業開基的艱難，相反地，他具有向來一般皇太子的習氣，愛玩好遊，不大喜愛讀書。

他到達十四歲那年，竟具有時下的「太保性格」。

太子的詹事（生活輔導員）于志寧於母喪後復職，專管理太子的生活起居，因太子不但愛好哼哼時代的流行歌曲，而且時常跟一些妖冶的宮女鬼混，甚至竟私開後門，把突厥族的「洋太保達哥友」引入宮來，一同飲酒作樂。志寧忠於職守，乃好好地切諫了一番；不料，這一諫，反惹旺了承乾的肝火，也不問于志寧是好意壞意，立派出二位打手，想把老于幹掉。二個頗有人性的職業殺手，到了于家，看到志寧猶寢處苫塊，引起了無限的同情，竟不忍下毒手，私自逃逸了事。

太子的右庶子（等於門下省的侍中，部長階級）張玄素，也爲了一點不太愉快的事，而險遭承乾的毒手。

一回，肆無忌憚的承乾，膽敢於宮禁中擂鼓（有如目前的亂拉緊急警報），玄素乃叩閣而諫勸，承乾火了，抬出了大鼓，當著玄素的面前，把大鼓搗得稀稀爛爛，然後揚長而去。這種如此令人難堪的事，承乾全做得出來。

但，事情猶不止此，太子不知爲了什麼，明取暗偷府庫的物資無算。玄素知道後，又好好地規諫了一通，承乾恨透了，這回他決心要玄素的命，密令「戶奴」（職業打手）暗伏在通巷，伺玄素早朝時，用大馬箠把他打個死去活來。

承乾秘密地在鐵工廠定製了一座八尺大的銅鑪，六隔的大鼎，鼓勵宮中的「英雄奴僕」，去偷盜民間的牛馬，盜來後，親自宰殺烹煮，剛開鍋，即招請所嬖倖的，共同進食；太子的英雄行徑是盜賊的主使人，是「皇家幫太保」的老大。

向來，一般文化落後的總羨慕文化水準高的生活及其文明。但李承乾是一個反過來的人物，這並不是他有意要「輔助暨開發落後民族」作準備工作。否！他只是覺新奇和好玩而已！他每日在皇宮中練習外國的突厥語，不但如此，而且還特別喜愛穿上他們的「胡服」。他挑選了一些形狀有如突厥人的左右，以每五個人編成一落（一伍），自己則辮髮羊裘，樹起有五狼頭的大纛及幡旗，並設立穹廬，一切完全摹仿突厥的作風；承乾自處穹帳中，殺羊宰羔，親自動手烹調，然後抽佩刀割肉相啗，這種蒙古式的「涮羊肉」，他最感興趣。

現代的史家，愛解釋他的這項舉措，純屬爲將來「征服突厥」，作「見習性」的預演，就算「是的」吧！因李承乾在演完了活的，仍嫌不夠癮，還要演習死翹翹的。

「我來試作可汗而假死，你們效仿他們的喪儀，演習一通！」」說罷，太子即直挺挺地僵踣於地上，大家一面立即號哭，一面跨馬而環走，臨近其身時，注目了長久，太子驟然躍起：「一旦作了天子，當帥數萬騎獵於金城西。」看來似是豪語，但仍離不了「遊幸的行獵」。

更進一步是，承乾結交了一些旁門左道的江湖人物。事發後，連坐論死罪者數人。承乾推想；可能是他的二弟魏王李泰所幹的好事，銜恨之餘，特在宮中構立乃弟的肖像，朝夕親自祭奠，期望他早日「奉主召歸去」！

承乾有一個愛婢，聰敏慧秀，死後，太子私念不已，特於苑中作冢，並私自贈封號，樹碑石；凡此這些，無一不傳到乃父的耳朵中去。李世民是何等人物，能無條件地放過他嗎？接著是，承乾有好幾個月託病不入朝謁見，並且私養打手、刺客及武裝人物數百，擬謀殺魏王（二弟）李泰。最後，騎虎難下，竟然正式反叛。

承乾的反叛有如「弄兵於潢池」，其不成功乃是意中事；不過，他的運氣不算太壞，失敗後，仍能免予一死，被廢為平民。

後來，父子閑聊中，李世民親自追問他要造反的因由。

「我的地位已是皇太子了，還有其他的目的嗎？不過，處處被二弟李泰所逼，乃與臣子們謀求補救的辦法；因之一些野心家就教我圖謀不軌，要是現在讓泰弟作了太子，那恰好正落入他的計謀中。」已是無官無職的平民李承乾很坦白，很客觀地說出了事態的來龍兼前因。

至此李世民才明白個中的眞相，他氣得幾乎想自殺。幾經與心腹大臣磋商後，決定也不要李泰，改由三弟晉王李治——唐高宗，來承繼大統。

李世民說得滿有道理：「若册立李泰，則無形中證實『太子位』是可由經營而得到的，今太子既失道，藩王窺伺者，統統廢除掉，傳之子孫，永爲後法。且一旦李泰立，承乾李治都不可能有命，晉王李治立，則其二位兄長均可獲得平安。」

封建制度下的一種永遠無法解決的嫡長子繼承問題，總算是在一位賢明的父王策劃下，獲得了暫時的解決。這係因太宗本人經過了奪嫡的成功，與乎鑑於隋煬帝楊廣奪嫡的可怕後果，才使苦心經營的魏王李泰白忙了一陣子。

唐太宗的過人兼可愛的地方

一

唐太宗（李世民）與群臣討論著：如何防止盜賊的發生，有人主張用「重法來禁止」。

太宗哂笑的道：「老百姓的所以甘願作盜賊，純由於賦役繁重，官吏貪求枉法，飢寒交逼，因之就顧不得什麼『禮義廉恥』了！懂嗎？」

二

太宗對裴寂說：「近來多有上書陳述的，我統統把它黏貼在牆壁上，進進出出時，多省覽兩通；每當想起施政的方針，總是要弄到深夜才就寢，希望你們也當恪勤各職，以副公意。」

三

唐開國後，貪污的風氣仍很盛。太宗曾使左右去試行賄賂，有司門令史受了一匹絹（西裝料），太宗想把他宰掉。民部尚書(相當於內政部長)裴矩開腔了:「作官吏而受賄賂,有人證物證在,罪名固然該死,但這是陛下差人去行賄,乃是有意『陷人於法』,恐怕不是『道之以德,齊之以禮』的道理吧!」

太宗很高興的接納!後召文武百官五品以上的,對他們道:「裴矩能當官力爭,不肯面從,假如每事皆如此,天下怎怕會搞不好?」

四

兵部尚書(國防部長)戴胄因忠清公直,被擢爲大理院少卿(相當於監察院副院長)。

事情終於有了!太宗以選人時,多有詐僞冒充資歷的,立「敕令自首」,不自首被發覺者處極刑。當即有冒充而被發覺的,太宗想依敕處治。戴胄上奏:據法是應當處『流刑』(充軍、流浪)。

皇上大怒:「你欲守法而使我失信嗎?」

戴胄對答著:「『敕』者,出於皇帝一時的喜怒,是臨時性質;『法』者,國家所以佈大信於天下也。你皇上氣被選者的假冒資歷,所以想要用刑,然而既曉得這樣不行,復想以法來決斷,這就是『忍小忿而存大信』的道理。」

太宗曰:「你能執法,我還擔啥個心呢?」

載胄前後犯顏執法數次,言出如湧泉,皇帝皆聽從,故天下無冤獄。

戴胄掌握了「敕」(命令、手諭等)與「法」(法律明文)的性質,否認前者而堅執後者,眞不失爲一位「諍諍的執法者」。

五

右驍衛大將軍長孫順德貪污，接受了人家暗送的絹料事發。

太宗道：「順德果能有益於國家，則我願意和他共府庫的所有。他為什麼要貪污呢？」因惜念他的前功而不追問加罪，但於殿庭之上，反加賜絹帛數十匹。

大理院少卿胡寅持相反的看法，大不以為然，責問著皇帝：「順德貪污，罪不可赦，為什麼反而賞賜絹帛給他？」

太宗作曉諭性的道：「他如果尚有『人性』在，則『得絹之辱』，甚於受刑；如不知羞愧，則何異於禽獸，殺掉也無用！」

（按：長孫順德是太宗的「小舅子」！而拿破崙也曾用該法以治其將領。）

六

有人上書給太宗，內容是主張「去掉佞臣」。

皇帝召問他：「那一個是佞臣？」

「我不太清楚，但你皇帝可和群臣談話，有時假裝大發脾氣，如果他堅持著他的見解，那就是『忠直的人』；相反地，如畏威而順從，則便是佞臣。」對方這般提議。

「要明白：君是源，臣是流，源頭都濁了，末流怎會清？君王自己先作偽，怎能求得『直臣』？我要以至誠先待人，後治天下；每見前代一些帝王們喜愛以『權譎術數』來對待他的臣子們，眞是無聊到透頂。閣下的辦法雖好，但我決不願採用。」

七

長安京城的近郊發生了蝗蟲的災害。

太宗到上林御苑，目擊著蝗蟲的啃食，立刻手抓了數隻，作起禱告來：「人民以五穀爲生命，而你偏啃食淨盡，我寧願你們喫我的肺腑。」舉起手來，準備塞入喉中去。

左右的人諫阻道：「這是骯髒東西，吃了會生病的。」

「我爲民受災，還怕啥個疾病！」立即把它吞下去。

據說那年，蝗蟲爲害不甚厲害。

八

皇帝寢宮的槐樹上，有純白的喜鵲來作巢，合歡之狀，有如腰鼓；左右們都向太宗稱賀，說這是祥瑞的象徵。

皇帝淡淡的答：「我常笑隋煬帝喜歡祥瑞，國家的祥瑞在求得賢人來輔政，白鵲有啥稀奇！把那個巢拆掉，把白鵲抓到野外去放生。」

左右們只得乖乖地照辦，因賢明的皇帝不喜歡裝神弄鬼迷信的一套。

一回，太宗與魏徵在討論著「獄盜」的問題。

九

魏徵引證了一件隋代的往事：「煬帝時，發生了盜匪，煬帝令於士澄去抓，稍稍涉一點嫌疑的，士澄杭巴拉統抓起來，一律用拷掠取供，往上報，一共是二千餘人。煬帝下令：統統宰掉！大理丞張元濟感覺到納罕，盜賊哪來這麼多？試行調查的結果，僅有五個人才是眞正的盜賊，其餘全是無辜的。張元濟竟不敢秉公的復奏，而讓這些無辜的平民都受了極刑，冤枉的喪命！」

「這不但是煬帝無道，他的臣子也未能盡職；上下旣如此，國那有不亡的道理！希望大家都謹愼儆誡！」皇帝很欷歔地作了結論。

十

著作佐郎鄧世隆想拍拍太宗的馬屁，把皇帝的文章收集在一起加以出版、行世。

「我的辭令，如有益於民的，史官皆書寫起來，也可以不朽了；倘使是廢話連篇，就是收集在一起，又有啥個好處呢？梁武帝父子、陳後主、隋煬帝這類帝王，統統有文集行於世，但對國家民衆有啥個益處呢？爲政的，怕在無良好的善政，著文章行世有啥子用呢？」太宗始終不許。

十一

長樂公主將誕生時，太宗以為公主是皇后所生，為表示特愛起見，敕有司資送禮品，要加倍於永嘉長公主。（按永嘉公主係庶出。）

魏徵諫了：「從前漢明帝欲封皇子時，道：『先帝之子豈可與我子比，皆令加倍於楚淮陽』；現資送公主，比長公主加倍，大概也是明帝的意思吧！」

太宗認為對的，回宮後告訴皇后。

極有見地的皇后歎道：「過去我老是聽你讚揚魏徵，不曉得是啥個緣故，現在看他這種引禮義以抑人主之情，才明白眞是國家的大臣。我與陛下，結髮為夫婦，曲承恩禮，每說話時，總是先候顏色，不敢輕犯威嚴，夫妻尙如此，何況以人臣的疏遠，乃能抗言如此，陛下不可不從。」

十二

有時，君臣討論著問題，太宗往往會被魏徵駁得無話可說，氣得無名火燒得老旺。一次罷朝後，怒氣始終不消的嘀咕著：「無論如何總要把這個『鄉巴佬』殺掉。」

皇后問：「要殺什麼人呀？」

「魏徵每每當廷折辱我！所以我……」

皇后立退回後宮，穿上大禮服，站立於庭心。

太宗驚問爲什麼要這樣。

「我聽說主明則臣直，今魏徵公忠廉直，更證明是陛下的賢明，穿上大禮服，特向陛下祝賀。」皇后說明其穿上禮服的大道理。

太宗於是才開心。

十三

魏徵死後，唐太宗老是想念著這位正言不諱的諍臣。曾對侍臣們道：「人，以銅爲鏡（唐時，尙未有玻璃，故仍以青銅磨光作鏡子），可以正衣冠；以古爲鏡，可以鑑見興衰；以人爲鏡，可以明白自己的過失。自從魏徵逝世後，我失去了一面可以隨時照鑑自己的過失的好鏡子。」

十四

太宗詢問監修國史的房玄齡：「前代史官所記所寫的，都不容許當時的君主過目，是啥個道理？」

「因爲史官竭力主客觀，不虛美、不隱惡，若人主看了自己的過失的記載，難免要發脾氣，故所以不敢也不願獻給其過目。」

「但我——李世民，和前代的帝王不同，我一定要觀閱國家的歷史，才可知『前日之過，以爲後來之誡』，你們撰寫完後，拿來我看看。」

諫議大夫（監察委員）朱子奢隨即上言：「陛下聖德完備，並無多大錯過，故史官所記寫的，都義歸盡善。再說陛下獨覽起居，於事無失；但，若以此法——觀國史，傳之子孫，恐怕曾孫玄孫之後，如不是上智，那麼，飾非護短，史官就免不了要受處刑罰；要是眞個如此的話，史官們祇有『希風乘旨』，以期保全身體，避免禍害，如是則悠悠千載之下，哪還有可信的信史呢？這就是『前代不觀國史』的基本道理。」

太宗硬是不理這一套，執意要親自過目。

玄齡乃與給事中（殿中，掌封駁的御史）許敬宗等，刪去高祖和皇上的實錄。書成後，即呈奉給他看。

太宗閱讀到六二六年「六月四日之事」——指玄武門之變，殺戮其兄建成、弟元吉的事件——語多微隱。乃對玄齡道：「從前周公姬旦誅殺自己的兄弟管叔鮮、蔡叔度以安定周朝；季友酖毒叔牙以安定魯國；我的誅殺建成和元吉，情況也是一樣，史官講究客觀，就不必諱，應直書其事才是。」

至今，我人仍能在史籍上，讀到「玄武門之變」的前因後果的眞相，不得不敬佩唐太宗的這股「忠於史事」的客觀精神；不然，房玄齡和許敬宗們不是早已把它隱諱起來了嗎？

大凡一個人的行事，若無「行有媿怍於心」，則沒有一件見不得天日的，更沒有一件不可和天下人相見的。

好男兒・唐太宗・平突厥

太原的留守李淵，聽從第二子世民的化家爲國的話後，即行起兵；這支原係戍守邊疆的部隊，從此槍頭調轉，正式投入角逐中原的戰鬥中。當是時，李淵擔心著突厥會偷襲他的後路，遂派劉文靜出使，訂約並請兵；當然嘍，必不可少的是許以富有甜頭的利益。劉大使果不辱使命，返旆時，帶著五百名突厥兵和二千匹戰馬；唐與突厥的關係，遂晉入「蜜月」的時期。

自古以來，邊疆各民族諸如戎狄、匈奴、突厥、回鶻、契丹……等對於中土的農業民族的需求，總不外乎旨酒、茶葉、綢緞、布匹等日用品以及擄掠一些男女，男的可以作「奴」，女的似不必細說，人人都自明。故敵人之所以願意跟中國握手言歡，訂立盟好的動機，純粹是一種「投資貿易的行爲」，有時，盟約的墨瀋尚未乾，業已兵臨城下，打劫擄掠，無所不爲了！蓋在他們看來，一面可作爲行軍的演習，一面復冀有意外的收穫；因之，盟約，在文化水準不高的游牧部落看來，它的尊嚴性與可守性並不太高；明白了這項基本的因素後，才能恍然於他們「無年不入寇」、「時時會背約」的內涵的基本道理。

自公元六一八至六二四的這段時期間，正是李世民拚力和大河上下的豪傑如王世充、李密、竇建德、劉武周、宋老生、劉黑闥、徐圓朗、蕭銑、杜伏威……等拚得死去活來的「酣戰時期」。突厥民族緊抓住機會，東面部隊逕行入寇雁門關、寇幷州、寇原州，甚至於來到汾州而飲馬黃河；西面部隊是寇廉州，陷大震關，縱馬關中平原，使中原大震。

突厥的背盟入寇，是李世民於平定群雄後，唯一最感棘手的問題，尤其是外族膽敢到關內來縱馬飲河。

有些聰明人，對李淵作游說：「突厥之所以頻頻來入寇關中，是因爲子女玉帛皆在京師的長安故，倘使縱火燒長安而打算遷都於別處，則胡人失去了目的物，以後就是下帖子請他們，他們也不見得會來吶。」

太子建成和齊王元吉都認爲這說法相當有理，而不失爲可行的辦法，獨秦王李世民則堅持不可；他的理由是：「戎狄自古以來是中國的大患，怎麼能用遷都來避禍呢？西漢時代，霍去病不過是一名將領，猶立志誓滅匈奴，現在我忝在藩侯，（時李世民位居秦王）難道反不及霍將軍；願在數年之內，決繫突厥可汗——頡利的首級於闕下。」

李淵贊成了這項既有壯志且有雄圖的好意見。

不久，頡利和突利叔侄聯合舉兵入寇，李世民和四弟元吉領兵出豳州（陝西邠縣），勒兵將戰，可汗帥萬餘騎奄至城西，結陣於五壠坡，將士們微有懼色。世民對著元吉道：「今虜騎憑陵氣勢，咱們千萬不能示之以怯，你能和我一起出戰嗎？」

「敵虜氣勢這般雄壯，怎麼可輕出，萬一失利，懊悔都來不及吶。」

「你不敢出，我自己去，你在這兒觀看個究竟吧！」

世民乃帥百騎衝出，先行譴責他們負約，繼即高聲的喚話：「我是秦王，可汗能戰，請來跟我鬥，如以兵衆來戰，這一百名騎兵就行。」頡利莫測高深，笑而不應。

世民乃往前，遣騎士告訴突利：「你我是盟約國，有急難則互相救助，現舉兵來侵略，怎麼無一點『香火情』呢？」

突利也不吭氣。

世民續前行，將渡溝水，頡利見世民輕出，又聽到『香火情』的話，乃懷疑突利跟世民有謀約，遣人阻止世民渡溝：「請秦王不必過溝，我無別意，不過欲重申前約吧了！」隨即令部隊往後退却。

當是時，因關中久雨不放晴，世民趁機分析敵我的情況給諸將聽：「敵人所持的，全是弓箭，現久雨不停，弓矢的筋膠完全分解，弓不可用，使得他們如鳥的缺翼；相反地，咱們是屋居而伙食，刀槊犀利，以逸待勞，不趁此時機進攻，時機一失，永不復返。」於是潛師夜出，冒雨而進，突厥大驚。

世民一面又派人說突利以利害，突利大悅，俯首聽命；頡利雖欲出戰，突利不從，叔侄互相猜貳，從此失和。

以上係太宗作秦王時，兄弟一致對外的事蹟。

玄武門之變，太宗奪得寶座後，頡利與突利再度合作，帥兵十餘萬，再度入寇，逕奔涇州（甘肅涇川縣），直達武功，京師戒嚴。

唐朝大將尉遲敬德出師與之交綏，大勝，斬首千餘級。

但頡利可汗的部隊已進至渭水便橋之北。頡利為了觀察京師的虛實，遣心腹人物執失思力入見，執失一到朝廷，即盛言二位可汗將帶百萬兵前來進攻。

「我與你們的可汗，當面答應結成和親，贈送的金帛，不可勝數，你可汗自己背約，引兵來侵略，對我不起，你雖是戎狄，但也是人，應當具有良心才是！現竟全忘大恩，自誇強盛，這回別想再饒恕你，非先宰掉了你不可！」太宗雖然光火，但還是以一套大道理去折服對方。最後，眞個下令把執失思力送上斷頭臺去。

參謀的朝士封德彝和蕭瑀竭力代為請命，請以禮送歸。

「不！不能再客氣了！再客氣下去，會誤以為咱們害怕他們！現姑且暫行禁閉起來！」

執失思力被囚禁於門下省，唐太宗有意扣押突厥的使者。

太宗帶隊自出玄武門，與高士廉、房玄齡等六騎逕詣渭水邊，與頡利隔水而語，面責其負約；突厥大驚，皆下馬羅拜敬禮。不一會，太宗的後援部隊來了，旌旗蔽野、人強馬壯，清一色全是大唐的生力軍。

至是才輪到頡利有些膽怯而面有憂色。

太宗麾諸將少退卻，佈陣，獨與頡利對話。蕭瑀為了皇上的安全，怕其輕敵，叩馬固諫不可，太宗遂從容地把形勢分析給他聽：

「敵人所以敢傾國出師而且直抵郊境的緣故，是料定：我們國家有內難，我又新即位，因之必不能抵抗，假如拿出了怯弱的形式，馬上閉門堅守，他們準放兵大掠，那時，人民可就慘了，也無法加以控制了；所以我的輕騎獨出，復示之以軍容之盛，使他們明瞭我們素來就有準備，且敵人深入我腹地，也不可能沒有懼心。因之，跟他們戰，準可以勝；談和則永固。制服突厥，在此一舉。」

果不出太宗所料，當日頡利派人來請和，於是兩國乃斬白馬，訂盟於「便橋」之上。

從此日開始，太宗日率數百名將官和兵士，教射於宮廷，皇帝親自臨陣，校考，凡中鵠的多的，用弓、刀、布帛等作爲獎品；太宗的對將領們的訓話是：「戎狄侵盜，自古以來，無歲不有；毛病出在邊境略爲小安，則人主嬉遊逸樂而忘了教戰，所以一旦寇來了，就無法抵抗。現在，我不願你們去穿園池，築林苑；專來教習弓矢，馳射。閑居無事的時候，是諸位的教師；一朝敵寇來，則作你們的主將。」他本著這個目標，有始有終的作去，突厥逞強的時日，就越來越無多。好男兒的李世民，他的本色就是這樣。

公元六三〇年（貞觀四年）太宗命李靖帥驍騎三千，自馬邑（山西朔縣）出擊，夜襲定襄（定襄即今山西忻縣，朔縣在寧武關外，史籍記載可能有錯）；頡利及其部衆，一夕數驚，忙忙地徙其牙帳（司令部）於磧口。

同時，大將李世勣出擊雲中（綏遠托克托縣），與突厥大戰於白道（綏遠歸綏縣北），大破之。大唐遠征軍的兩位李將軍，於歸綏縣開了一場軍事會報後，續行出擊，不給敵人有喘息的機會。

李世勣的部隊，出至陰山，以蘇定方將軍爲前鋒，乘大霧溟濛之際，實行夜襲，其距離牙帳僅剩下七里，頡利發覺，潛行逃逸，而李靖大軍淹至，乘勢大破之。過去係敵人在咱們的關內縱橫踐踏，而今漢兒要把戰場開闢在敵虜的境內。

狡黠的頡利可汗終於被擒獲了！他被綁送到大唐的國都——長安來！過去，他係入侵者，趾高氣揚；於今，係階下囚。大唐開國以來的盛事，這是第一樁，全國放假三天以示慶祝。

唐太宗駕臨順天樓，盛列文武百官及文物，然後下令，引頡利前來叩見。太宗面責他五大罪狀：

「㈠藉父兄之業，縱淫虐以自取敗亡。

㈡數與我盟誓而背約。

㈢恃強好戰，暴骨如草莽。

㈣蹂躪我稼穡，擄掠我子女。

㈤我恕宥你罪惡，保有你社稷，而你遷延不來。

但自『便橋』盟約以來，不復大舉『入寇』，所以可以恕免一死！」李世民侃侃地斥責兼解釋著，理論極為雄壯有力。

當唐高祖李淵聽到世民俘虜了頡利可汗，喜得連連的讚歎：「漢高祖（劉邦）被匈奴圍困於白登，終其一生，被困被圍被辱之仇始終不能報；今我子——世民能撲滅突厥，（東突厥），是我把國家託付得人，我還有啥個不放心的呢？」

是日——順天樓受俘典禮的那一天，唐高祖李淵，親自下請貼，邀請世民和各位在朝大臣、戰場戰將多人以及諸王、妃主……等，齊赴凌煙閣，接受「最光榮的御宴」；也即老皇最難得的「晏客宴」。

酒酣，李淵興趣很濃，自行抓起一把玉琵琶，親自彈奏，並小唱一只戰歌。多麼高興的他啊！在「克敵致果」的奏凱日子裏。

李世民吶，看到老爸的這般興奮而「忘我」，立拔起劍器來，當場的「表演」一番，算是「助興」。

李唐王朝的開國父子，是這般的興緻淋漓，各公卿與各將軍乃迭起稱觴祝壽；是爲一場最歡暢、最稱心、最光榮的「慶功宴」，直宴到午夜才罷。

與這場面相反的另一幕也必須敍及：

東突厥的「一世梟雄」頡利可汗，打從來到長安後，情緒異常的「不安」，常與其家人（妻妾、子女等），相對地飲泣，號哭。

糟的是：那股悒鬱之情，現諸顏色、而容貌日見枯羸並疲憊起來了！根據調查：飲食也失常了。

富有「同情心」、「英雄惜好漢」的李世民，在得悉此項情況下，認爲虢州（陝西陝縣）的地方，有的是各種野生動物如麋鹿之類，即以「特准令」，准許他可以到那兒去騎射、狩獵，藉以運動筋骨；在尙未徵得他的「同意」前，立發表他爲「虢州刺史」，還給了他個「頭銜」，好教他「有些面子」。李世民的設想，是異常週到的。

但，失敗的英雄人物，卻無論如何，總歸不接受，情勢旣如是，剩下來的路已不多，唯有「悒鬱以終」。

頡利可汗死後，國人從其風俗，焚屍、火葬。

侵略者的下場，不該如此的「收場」嘛!?

寶誌、濟顛

一

佛教的高僧，在東漢之後，陸續地前來東土弘法；他們經歷了無窮的艱險，跋涉流沙，風濤萬里，或偃臥途中，委婉流離，含恨以歿，所志不申，事蹟不彰，甚至於名字湮沒，幾與草木同朽，正不知凡幾？

相對地，中土的僧侶，銳意西行，以求佛祖遺範，也絡繹於途；打從蔡愔、朱士行、法顯……等，自兩晉以迄於隋初，幸運地躋上「高僧」的寶座，而有名字可稽可考的，也不過數輩而已，至於「名不見經傳」的，也不知有幾？

在「土生土長」中，有一位傑出的「高僧」，他就是人我共知的「寶誌大和尚」。

話說「寶誌」，一作「保誌」，是六朝時代的高僧，本籍屬於金陵（今南京），姓朱，自幼即師事「僧儉」，力修禪業，行藏高潔，軼聞不少，在劉宋和蕭齊兩代，已陸續地顯示出他那神奇性的行跡了。

出現在史籍上的寶誌，純是一副弔兒郎當的「邋遢相」：赤著大板脚，連一雙拖鞋都沒有，滿頭散髮，隨風飄舞，頗有「詩人」和「嬉皮」混而爲一的「韻味」！在外表上看來。

至於言語，有時頗有條理，有時則不倫不類，且大有裝瘋賣傻的樣子。

像他這副長相，幾乎是一副「乞丐」的行狀，但，說也奇怪，有的時候，他居然穿上鮮麗的「大錦袍」，大搖大擺地，在大街小巷上，踱他的方字步。

他的拄杖上，總掛上一個大包袱，包袱內裝些啥個寶物呢？有人要一探究竟？說穿了，只是一些小銅鏡——他老是借此以照鑑自己的尊容——，銅剪刀和一把小鑷子，後兩者究竟對他有啥用場呢？只有他自己明白，旁人是莫測高深的。

他不時踱到林木蓊鬱的「鍾山」去「掛單」三兩天，也不時往來於「金陵」的通衢達巷。

假如「機緣」蠻好，碰到熟人，他也會「應邀」而在附近的「酒肆」中，共醉一杯！酒，這玩意兒，對他來說，是絕對不避諱的，一旦碰上了，開懷暢飲，是常有的事。

妙的是，有的時候，他可以一大整天，不吃一點食物，也從不叫餓，這是最教人弄不懂的地方。

總而言之，寶誌大和尚的行徑，已與一般的僧衆，有很多截然的不同。

二

當寶誌的「道行」，已晉入「微妙難測」的變化階段，頗多的神奇妙蹟，也就斷續的顯示出來。

最最奇妙的一點，是他在一日之內，既能「分身」，也能「易所」，不論遠近，皆可赴往，而他所常到之地，是人煙雜沓，市語紛紜的場所，換句話說，越是「貧民窟」地方，越是常見到寶誌的行踪。

有人向齊武帝（蕭頤）檢舉，認爲寶誌常以宗教的奇蹟，在貧民中炫耀，可能有「不軌」的行爲。

蕭頤認爲說得有理，不可不加以「防範」，馬上頒下「手令」，以「妨礙治安」的罪名，予以「保安處分」起來。

寶誌大和尚，就此被押入「建康大牢」中去，鐵索鋃鐺的。

當奉命辦事的檢察官，尚未收集有力的證據，以便提起「公訴」時，情況有些不太正常了。

有人曾目睹著他——這個業已身繫縲絏的大和尚——依然在市裏的通衢達巷上，逍遙自在的散步著哪，情景宛如昔日的樣子。

狗腿子根據目擊者的話，再向蕭頤先生報告時，蕭頤既惶惑又驚恐了：「這，怎麼可能呢？他不是分明被押到大牢內去休息嗎？」

「是啊！一切都照陛下的手令行事！」

「好吧！讓我親自去查監，看個究竟的情況。」

蕭頤帶著一批隨從，風起雲湧地來到大牢內一看：寶誌大和尚，原封不動地，坐在牢內的地上休息，連神情都不曾走樣。

「你在這裏！」蕭頤神情莫測地，以手戟指著大和尙，半疑半信的。

「你叫我在這裏，我當然在這裏！」寶誌淡淡地反應著，表示出無可無不可的模樣。

「好吧！那就『請坐』吧！」

「不必『請』我已『坐牢』了！」

「委屈！委屈！」

「應該！應該！」

蕭頤嘖嘖稱奇地走了，牢內的「皇帝旋風」也平靜如初了！

就在那個傍晚，寶誌突倚在鐵欄杆的「仄門」邊，有禮貌地向看守著他的獄吏（一般已改稱爲班長）情商著：

「大班長，請你幫個忙吧！」

「什麼事！」偉大的班長，欲理不理的，態度和口吻惡劣得無法形容。

「大牢的門外，有人送來了兩盒小點心，且都用金銅缽盛裝著白米飯，麻煩你去把它拿來！」寶誌苦苦地哀求著。

「你怎麼曉得的，哪個告訴了你？」大班長以爲有人通風報訊，走漏「情報機密」，從而又可撈到一筆不少的賞金。

「…………。」寶誌語塞了。

「快說，誰告訴你？」

「神！佛祖釋迦牟尼！」

「他怎麼來告訴你，而不來告訴我？」

「他事先告訴了我，然後叫我再告訴你，這樣不是一樣了嗎？」

「行！讓我到大門外去看看！如果沒有食物，害我空跑一場，你得小心！」大班長盛氣凌人的地走了！

「阿彌陀佛！」寶誌合十的頂著禮。

不一會，大班長果然端著「食物」進來了。

「喏！和尙！拿去！」

「謝謝！」

「是哪一個送來給你的？」

「上面不是寫著名字了嗎？」

「你唸，我聽，以後上面有人問，我好回答。」

「是！」寶誌大和尙，畢恭畢敬的：「這份是文惠太子（蕭長懋）送的；這份是竟陵王蕭子良送的！」

「太子和竟陵王爲什麼要來送『牢飯』？」大班長咄咄逼人的。

「不太清楚！」

「你平時跟他有往來？」

要冒了。

「可見你終歸是狡獪又不安分的和尚！」大班長窮吼著，因他問不出一個究竟來，無名火有些煙

「請你自己去問他倆吧！他倆可能比我『更清楚』！」

「怎麼樣樣都不太清楚？」

「不太清楚！」

「隨便你怎麼說吧！阿彌陀——陀佛！」

大班長和寶誌大和尚在「牢內」的一段新聞紀實，由靈通方面傳播到市井之後；好心的縣長呂文顯先生，親自到監內視察一通，並檢閱「監內生活大事紀」，覺得大和尚規規矩矩的，並無「鬧監」、糾紛、打架、吵鬧、污辱監獄長……等等不法事宜，依照蕭齊王朝的「新頒暫行減刑條例」，是可以「假釋」的。

當即以「駢四儷六」的文體，寫了一篇翔實、詳盡的報告，向齊武帝蕭頤請求，不妨「假釋」這位高僧，千萬不要再教他和一般囚徒拘押在一起。

心腸已略為軟化的蕭頤，居然從善如流起來，下令即時釋放，不需交保、對保和店保。

寶誌大和尚，在糊糊塗塗中坐了牢，又在迷迷糊糊中被釋放，用他自己的話，這是命中註定的「牢獄之厄」，命中既註定，該坐就該坐！不是嗎？人，有時宜坐——坐！

被釋放的大和尚寶誌，剛步出「狴犴」的大門，欽差大臣和監獄長，聯袂的踵上來：

「和尚聽著！皇上有旨！」

寶誌像塊木頭般，直楞在那裏，一動也不動的，傻傻的。

「皇上在華林園召見，並賜（鷄尾）酒壓驚！」

「阿彌陀佛！謝了」寶誌謝完了「皇恩」，拔起步來，自行開溜。

「你到哪裏去？」監獄長猛吼著。

「去！到該去的地方去。」

「不可以！」

「不是已釋放，讓我恢復自由了嗎？」寶誌無限的惶恐著。

「那是一時的！」

「原來只有一時，我還以爲是一年的！」寶誌唸唸有詞的，摸摸自己的長頭髮，幾個月來的「長髮修養」，他的頭髮，已可修成「兩條辮子長又亮」了。

頗爲解事的欽差大臣，看出彼此已有所誤會，蹭了過來，道：「和尙呀！你打算怎麼樣啦？」

「洗洗頭髮啊，再不洗的話，老白蝨將變成『飛蛾』，會向皇家飛過去呀。」

「有理，有理！」欽差大臣萬分同情的：「不過，你打算到哪兒去洗呢？」

「水溝旁、溪流邊，只要有水的地方就可以！我一向不太講究的。」

「行！那就到皇家的『盥洗室』，淸滌一番吧，省得去找河流了！」

「行呀！盥洗室裏有沒有『藥水肥皀』？」寶誌喜形於色的。

「藥水肥皀可沒有，不過，有的是香噴噴的香肥皀！」

「噁！」一聽到「香」字，寶誌幾乎馬上就要嘔吐的。

「怎麼啦，你？」

「我怕香！」

「好吧！」監獄長開腔了：「本監內，有的是爛肥皀、臭肥皀，你就帶一兩塊去吧！」說罷，示意那大班長，趕快去摸一點來。

「謝謝監獄長的『皇恩』，老衲終身感恩戴德，以後在佛祖面前，決替你點一支『長壽燈』！」

事情告一段落後，寶誌大和尚，才乖乖的上道，跟隨著那欽差，一起到蕭齊的皇家去報到。

寶誌在皇家的盥洗室，化裝了十三分鐘，依然那副邋遢相，弔兒郎當地步入「華林園」去。

齊武帝蕭頤，爲了表示對「高僧」的景仰，親自站在華林園的階陛上迎接，但，當他放眼一看時，神色立現出非常的不自在。

衆人也順著園門望去，只見寶誌的「頂上」，戴著三頂不一樣的帽子，踉踉蹌蹌的踱進來。

「喂喂！你這是幹什麼的？」欽差大臣有些不悅的質問著。

「摩頂頂三冠！」

「太不像話，拿掉！」

「那怎麼行？」

「你拿不拿？」

「不拿！」

「劈！」欽差大臣一只「旋風掃落葉」的出擊，三頂王冠，紛紛掉落在地上。

「糟了糟了！王冠一頂又一頂的掉落了！」寶誌很惋惜地盡跺著脚。

這場「華林園的活劇」表演過後，不到個把月之間，齊武帝蕭頤、文惠太子蕭長懋、豫章文獻王蕭嶷等相繼病逝，三頂「王冠」確鑿地掉落在地上。

從此之後，蕭齊王朝的命運，也步入了「晚期」，因「蕭梁王朝」已隱隱在望了！

三

靈味寺的老和尚釋志亮，道行高潔，富有同情心，常抱著慈悲為懷的態度，以對待芸芸的衆生。

當志亮老和尚，知悉寶誌出獄後，一無所有、衣食不周時，即擬妥一張「衲被」，等待有機會時，即行相贈，以表心意。

志亮有此心意，却並未把這份心意以書翰表達出來。

「心有靈犀一點通」的寶誌，不知從「啥個社」得到這一佳音，即時，自行登門，出示「和尚身分證」表示絕非他人後，即逕行收被，一手挾持著，連「謝謝」都未曾說一句，揚長而去，彷彿那是他的「家中物」一樣的。

釋志亮只是頷著首，不吭一口氣。

寶誌和尚，一手挾持著棉被，一路的向前去，刺斜裏，有人在打招呼。

「大和尚！忙啥子哪？」

「趕路呀！」

「別忙，別忙！我請你喝兩盅。」算是認識的友人蔡仲熊以這個相邀著。

「行！」

於是兩者相偕進入附近的小酒店，在冷酒仍未溫熱時，蔡仲熊無話找話的。

「寶和尚，人家都說你能看相、算命，而且靈光得很！怎麼樣，替小的也來算算吧！」

「那是胡說八道的！」

「胡說八道也行！」

「你相信胡說八道？」

「哼！」

「那你叫我怎麼胡說？」

「隨你高興的胡說！」

適時，酒保獻上了酒，蔡仲熊恭恭敬敬的斟滿一盅白乾：「乾！」

「乾！」

三杯乾了之後，寶誌霍地站了起來，想溜了。

「呃呃！還未『胡說』呢！」

「要我胡說些什麼？」

「看相、算命啊！」

「對、對對！」寶誌大和尙，慌忙解開拄杖的「左繩索」，扔了過去，連頭也不回的走了。

後來，蔡仲熊憑著自己的才華和夤緣，外加上善舞的舞姿，官運亨通，扶搖直上，一路作到了「尙書左丞」的大官。

至此，才恍然大悟，寶誌所扔的那根「左繩索」，就是「官名」的隱稱。（按左丞、左繩諧音。）

四

南朝的蕭齊王朝，像曇花一現般，轉瞬間過去了。

南朝的蕭梁王朝，彷彿牡丹花般的綻開著。

寶誌的命運，也步入美好的時代，他受到梁武帝蕭衍的尊敬，作爲一個出家人，受到了有權柄人物的禮待，吃香就概可想見。

曾有一日，蕭衍懷著好奇心，向寶誌探問著，自己的帝王事業，將來該被打成啥個成績？

「元嘉！元嘉！」寶誌答非所問地，而實際上業已指示出來了。

按元嘉，是劉宋的宜都王劉義隆（後來的宋文帝）的年號，此君的天性，仁厚恭儉，勤於爲政，親臨聽訟，最重人民的生命，司法採取「毋枉毋縱」，力求公平合理，他曾修葺孔子廟，是「嘉獎右文」的表示；最重要的是，命令在職的官員，不要存著「五日京兆」的心理，只要不瀆職，不貪污，人人皆宜久任，所以，「元嘉之治」，號稱「小康」。

以後，蕭衍的行政成績，大抵也只有元嘉的分數——七十一點四而已。

如所周知，魏晉、南北朝時代的君主，幾乎很少例外，都是「佛門弟子」，諸如南朝的宋明帝、齊明帝、梁武帝……等等，無不篤信佛教。

在這三位比較「像樣」的帝王裏，蕭衍的相信宗教，最爲特出；他，不惜以帝王之尊，三臨「同泰寺」（在南京），親自爲文武百官，以及男女信徒們「講經」（今人叫作「證道」。）

公元五三一年十月，初臨同泰寺，皇帝自登「法座」，爲四部衆生，講解《大般涅槃經》。

同年十一月，二度降臨同泰寺，講解《摩訶般若波羅密經》的經義。

五三三年二月，行經同泰寺，升法座，發講《金字摩訶訂若經》。

五四六年夏三月，行臨同泰寺，講解《金字三慧經》的經義。

同年夏四月，再度駕臨，講解設法會。

蕭衍先生，在五年內，躬親光降同泰寺，向文武官員及芸芸衆生所講演的，盡是出家超塵的「來世因果」，與今世的人民福祉、國家強弱、共同禦敵、廓清胡塵、拯救水深火熱的同胞，全然不相干。

這個王朝的本質，不難於此窺見一二。

曾有一回，蕭衍很認眞地，向寶誌請教著：這座廟宇（其實也即這個王朝）的壽命有多長？」

聰明的寶誌，不擬正面的作答，順口作了一偈：

昔年三十八，今年八十三，
四中復有四，城北火酣酣！

蕭衍聽後，當然不瞭解個中所藏的玄機，於是叫傑出的書記官，吏部郎中的周捨記了起來，以備他年，作爲查證之用。

原來蕭衍先生於三十八歲那年，揮軍而東，克復了建康（今南京），到了八十三歲那年，同泰寺被人放火焚燒，剛好是四月十四日，大火酣燒，消防隊都無人願意搶救，什麼理由呢？

原來蕭衍先生「三次捨身同泰寺」——講經、證道、拈香、禮佛，並有意在該寺出家，於是文武百官及男女信徒的「四部會衆」等等，都慷慨解囊、化緣、「拯救皇帝還家」，所有捐獻的「禮金」，由同泰寺的主持，把「大雄寶殿」的瓦甍，淸一色的換成「金光萬道」的「金瓦」和「金甍」。

在貪婪者的心目中，覺得終生辛勞，還不及廟上的一片瓦；因之，在「有志一同」的祝禱聲中，同泰寺的「大火」，酣酣地燃燒著，燃燒著！

蕭衍害慘了同泰寺，假如他不三度「光降」該廟，不來此講經、不剃度、不想出家的話！

此外，寶誌尙有一首「三字經」的歌謠，那是把蕭梁王朝，作一預測性的「四柱預言書」：

太歲龍，將無理；
蕭經霜，草應死；
餘人散，十八子！

這首讖語式的歌謠，被人解釋作「蕭氏當滅」而「李氏當興」、（按李字，如作硬性的拆開，就是十八子），後來，一位迷信到家的「李洪雅」，居然就憑著這一支歌謠，在湖南的湘州，起兵作亂，結果，被驃騎大將軍中書監王僧辯所撲滅。

這，也不妨把李洪雅的「蠢動」，算是受了歌謠影響的「後遺症」。

五

寶誌的預測休咎，既多「談言微中」，知名度就此高起來了。很多人都爭先恐後地向他請教著「自己的流年」，該如何避凶逢吉？

官拜尙書令的侍中將軍何敬容，也未能例外地向寶誌請教著。

「你呀，以後當大富大貴，但，終歸何敗何！」

「什麼意思嗎？活神仙？」

「天機不可洩漏，你注意就是！」

何敬容把寶誌的話，當「畢生寶典」般銘記在心中，無一時無一刻而不記取著。以後，等到何敬容貴爲一品的大丞相時，唯恐姓何的，不利於自己的大業，乃盡可能地抑制著何姓，朝廷之中，居然無人是姓何的，眞是妙到極點。

但，要來的是，終於在「天定勝人」的情況下，很自然的來到。

且說，何大丞相敬容，有一內弟——是愛妾的愛弟費慧明，因爲「裙帶關係」的助力，官拜「導倉丞」，這角色看到官倉的米糧堆積如山，縱然「私售」個三五十包，大抵是不妨事的；於是膽大妄為地夜盜官倉，私售公糧，所得的贓款，盡數沒入私囊。

「若要人不知，除非己莫為！」凡膽敢幹下見不得天日的壞事，遲早總要爆發的；費慧明的貪墨案終於發生了，即被逮捕，送往「領軍府」蕭譽的府內去扣押。

何敬容經不起愛妾的要求，馬上出面，曲意代為求情。

不料蕭譽不吃這一套，把來龍去脈，前因後果以及有關的罪證，掃數的往上呈報。

蕭道成（齊高祖）在看完報告後，大光其火，立把何敬容革職，並交付「南司推劾」，御史中丞張綰，根據各項證據，劾何氏「挾私罔上，合應棄市」云云。

何敬容被免去一切的職責，成了無官一身輕的人物，至是，才恍然大悟：「終是何敗何」，此何乃是「河東王」蕭譽的「河」，與「何」姓，全不相涉。

六

江南的好風景，幾無處而不留下寶誌的行踪。

一日，他行到一座三山環繞，一水長流的村落，廣闊的曬穀場上，一羣兒童正在玩著各種遊戲，大和尚佇立觀看，不斷的讚歎著。

不一會，不勝喜悅的寶誌，隻身的躋到兒童隊伍中去，展開有力的手掌，盡摩摸著一個孩子——徐陵的天靈蓋，道：

「你呀！不愧爲天上的石麒麟！」

他年，徐陵以綺麗的詞藻——駢四儷六，和另一位傑出的駢體文專家——庾信，風靡了整個文壇，號稱「徐庾體」，是南朝文學的代表作。

徐氏著有膾炙人口的《玉臺新詠》的專集；也是最早被寶誌大和尙賞識的人物。

七

劉歊在興皇寺出家，並潛修學道，微有友誼的寶誌特地到該寺造訪，歎道：

「隱居學道，精淨登佛！」

三說了三遍，也讚歎了三遍。

八

遁入空門的寶誌，雖摩頂而剃淨鬚髮，却常戴冠帽衲袍，一般都稱他爲「誌公」。

寶誌精通文字，喜愛作讖記，是爲有名的「誌公符」；正因如此，知名度遠播海外，高麗王甚至於指派專使，恭送綿帽，以表敬意。

公元五一五年，寶誌突然把寺內的「金剛像」挪到戶外去，並對人家道：

「菩薩該走了！」

過了不多久，竟無疾而圓寂，「菩薩該走了！」算是最後的遺言，也隱射著他自己。

他——寶誌就是這麼一個土生土長的高僧，傳奇性不亞於西來的鳩摩羅什和佛圖澄。

九

寶誌的「誌公和尙」走後約莫五百年光景，世人突被「濟公和尙」的神奇舉止所震驚。

他，是浙東天臺山下的一個和尙，俗姓李，法名叫「道濟」，剃度是在杭州西湖畔的靈隱寺。

人說，他瘋瘋癲癲的行徑，是佯裝出來的，目的只有一個，「廣度芸芸衆生」，共登彼岸、共渡苦海。只因他的癲狂，作得太美妙動人，就此被人叫作「濟顚」。

濟顚的神奇行事固然不少，但以在「淨慈寺」的成績爲最著：

淨慈寺很不幸，「祝融光臨」了，燒剩一個空殼子，於是很需要木材來重建。

傳說濟顚獨自行地至嚴陵，解下袈裟，罩被諸山，教山上的木材都被拔出。

濟顚回杭州後，對寺內的僧衆道：

「木材都運來了，就在香積井之內。」

衆僧即前往井口拔取，在數量上，已取了不少，濟顚問道：

「夠用了沒有？」

「夠了夠了！」衆僧齊聲的答著。

「既然夠了，剩下的一根，就留在『香積井』內，作爲紀念。」

公元一二〇八年（南宋寧宗嘉定年間），濟顚和尙坐化於「虎跑寺」，臨終的時候，猶作了一偈：

六十年來狼藉，
東壁打倒西壁，
於今收拾歸來，
依舊天連水碧！

說來頗教人納罕，濟顛和尚分明已在「虎跑寺」圓寂並入滅，却有人在錢塘江畔的六和塔下，碰到了他，並附回一詩：

惜昔面前當一箭，
至今猶覺骨毛寒，
只因面目無人識，
又往天臺走一番！

打從來處來，又從去處去！大菩薩和大和尚的行徑，看來並無啥個兩樣。

杜武庫杜父的杜預

一

「杜武庫」和「杜父」，都是西晉時代的人送給杜預的外號，一方面是稱讚他在追求學問上的勤奮、認眞；一方面是頌揚他在政治上的貢獻。

從來不教光陰白白浪費，也從不作無益之事的杜預，把「敏於事而愼於言」的古訓，切切實實的實踐，一點也不馬虎。

現在撇開了他在武功方面，獻上「平定東吳」的建議書，而被當權人物所接受，終於平定了江東的吳國不談外，且看看他對於民衆福利的措施和奮力的建設，是多麼脚踏實地、有計畫、有步驟的幹去。

公元二八二年，是西晉武帝司馬炎的有爲時代。官拜鎭南將軍的杜預，被派到南陽府來，接任之後，先了解民間的痛苦，馬上一一加以解除，然後想該採取什麼方法來增加民衆的收入，使他們的經濟，能夠豐裕起來，優先的措施，是利用水利，多開闢良田。

當他在南陽府巡視一遍，以便了解「府治」的範疇時，零零落落的，總可聽到小朋友在反來覆去的唱著單調的歌謠：

前有召父，

後有杜母！

「這是什麼意思啊？」一向凡事要求甚解的杜預，覺得有問個明白的必要，乃向正在歌唱的，問道：

「小朋友！什麼叫作召父呀！」

「不曉得！老師沒有說。」小朋友實話實說，依然玩自己的。

「唔！老師沒有說，就不大清楚；那麼，照你想，有人可能姓『召』嗎？」杜預不厭其詳的追究下去。

「不清楚，等我上課的時候，再問問老師。」小朋友的理由很充足。

「這樣的『不求甚解』，凡事不自行思索，樣樣都要依賴老師，這怎麼得了？」杜預的心中，認爲教育的方法，是該徹底改變了！一不作、二不休的他，索性再找個較大的來追問一遍。

較大的小朋友，侃侃的道：「根據我的祖父說，召父是姓邵，不姓召。」

「對的，你說得極對！」杜預先加以讚揚，復問下去：「那麼，杜母又是什麼人？」

「不大清楚！」還好，較高的小朋友，沒有說：老師沒有說。

「你不錯！以後必須把不曉得的事、物，都要弄得清清楚楚。」

「是！」小朋友說完了是，一溜煙的跑了。

杜預在回到衙門後，把前任太守的檔案，統統搬出來一查，至此才明白，原來「召父」指的「邵信臣」，而「杜母」就是「杜詩」。

這兩位政績輝煌的前任太守，都被廣大的民衆，封爲「父，母」，可見他倆的施政行爲和作人的準則，是多麼的受到人民的愛戴。

於是，杜預把他倆的行政措施，作一番詳細的研究，終於恍然大悟，不禁拍案的大叫起來：

「好呀！這個『杜母』，還是由我來作吧！」

第二天，他戴上涼帽，穿了便服和草鞋，攜帶著必要的文件和文物，偕同最要好的洪秘書，一起去爬那座有名的伏牛山。

站在崗陵上，縱目四望，天蒼蒼、野茫茫的，最後，他朝向東南，指著蜿蜒而去的水流：「那是什麼水？」

「是沙河，不是什麼水。」洪秘書順口的答道。

「唔！你只知其一，不知其二，沙河是時下的名稱，古人叫作滍水。」杜預即刻加以糾正。

洪秘書不禁打了一個寒噤，暗想，他倒知道得很多。

「滍水的源流，從那兒來？」杜預又續問。

「魯山縣的吳大嶺。」洪秘書一字一字的拼出。

「它流向哪兒去？」

「向東南流去，經過寶豐縣，再流到襄城縣，會合了汝水，再繼續東流，就會合潁河。」

「倒是分析得蠻清楚的！」

「因我是在這兒土生土長的。」

「原來如此，怪不得哪。」杜預輕聲的讚美著，轉過頭來，面對崇縣，道：「那座是什麼山？」

「古人叫支離山，今人叫作攻離山。」

「流經本府南陽的水，是從那座山來的吧？」

「不錯。」

「那叫作什麼水？」

「白河啊。」

「它還有一個名字，叫淯水。」

「太守所記憶的，盡是古老的名字。」

「哎！要曉得，只知今，不知古，就無從考定它的源流了。」杜預竭力強調著。

「是的。」晨風拂拂的，飄著洪秘書的清音。

「白河即淯水，流經本府南陽後，到哪兒去？」

「順流經過新野縣，到湖北省的襄陽府，會合唐河，流入浩大的漢水，所以又叫作唐白河。」

「白河的旁邊是什麼水？」

「湍水。」

「古人叫湍水。」

「對的。」

「洪秘書，我有一個建設的藍圖。」

「小的願意接受指教。」

「你看！」杜預以手指在空際比劃起來：「伏牛山是分水嶺，向東南流是沙河的湽水，向南流是白河的淯水，在這兩水之間，竟無一條小支流或溝洫，以致造成南陽府和寶豐、葉縣之間的一大片不毛之地，現在我們必須竭力設法，把這片不毛之地，變成膏腴之地的良田。」

「對！是好計畫，我們應當竭力的作去。」

「我告訴你，邵信臣太守，是在前漢元帝時代（公元前三十六年），就親自「斷湍水、立石堨」，後來在平帝時代（公元前五年），更開三門，成爲六石門，這就是現在的「六門堨」的由來。」

「唔！我明白了。」

「邵太守在水利方面，有輝煌的建設，所以民衆至今，猶在紀念著他。」拂拂的山風，飄起杜預的鬢絲，起起落落的。

「那麼，杜太守呢？」洪秘書追問著問題的中心。

「我嘛？我要把範圍擴大，把湽水和淯水作成背道而馳的平行線，畫一個圓心，就把這一大片不毛之地，讓溝洫有如脈絡般的灌溉起來，而且說作就作，明天就是實施的第一天。」

「行！我竭力的贊成。」

杜太守和洪秘書回到辦公室後，立即擬妥計畫，動員了龐大的人力，開渠、挖溝、分配支流……等，一天天的作去，通力合作的。

不久，這一片廣大的荒地，終於變成平蕪綠野，不但當地的人民，收入增加了數十倍，而且家給戶足、安和樂利的，於是知足又富足的民衆，無條件地贈給杜太守一個新封號——杜父，以別於杜詩的杜母。

二

被封爲「杜父」的杜預，在第一步成功後，要在交通方面，有些貢獻。

他親自查考，從湖北省的襄陽城，到湖南巴陵（今岳陽）的道路，長達一千數百里，全是羊腸小徑，對於運輸和旅客，實在太不方便。

於是，他再度號召了民衆，發揮偉大的民力，從襄陽起，先開揚口、起夏水，過竟陵縣（今湖北天門縣）。向北走、入沔陽；並先在出發點上，留下「楊口壘」作爲紀念，然後再讓它直趨湖南的巴陵（岳陽）。

這條水道的開通，功用很宏偉，它不但可以緩衝長江在洪峯期間內，洪水的內瀉，而且還可以交通零陵和桂林之間的漕運。

當偉大的工程於完畢之日，人民不約而同的唱起歌來了：

後世無叛由杜翁，

孰識智名與勇功！

智名和勇功，杜預是名至實歸的。

功成名就的杜預，覺得「行有餘力」，他要在學術方面有所成就。

他在晚年，撥出固定的時間，每天替《春秋左氏傳》作集解，註釋得明明白白，客觀又正確，旁徵博引的。幾年下來，他已成為專門研究《左傳》的專家。

在那個時代，有三個具有特殊嗜好的人物：

㈠學者和嶠，最喜愛玩弄錢幣，似是一個錢幣學的專家。

㈡學人王濟，懂得「馬經」，也會「相馬」，天天和馬兒泡在一起。

㈢杜預哪，手不釋卷，不管進出和待人接物，手裏老抱著《左傳》。

三人在當時，被社會人士稱作「三癖」，或「三痴」。

三癖的風聲，不但在社會上流行，甚至流傳到皇宮內去。

晉武帝司馬炎，有一天，坐在涼風習習、荷香處處的水榭邊，笑笑的和杜預開起玩笑來：

「哎！我想縱然我不說，可能你也早已曉得的了！」

「說什麼啊！」杜預覺得無頭又無尾的。

「時下的人士，都說和嶠有『錢癖』，王濟有馬癖，那麼，你呢？你有什麼癖？」

「左癖。」

「什麼叫左癖？」大皇帝弄不懂那新名稱。

「不不！我說錯了，是左傳癖。」杜預慌忙糾正口急的錯誤。

「好一個新名詞——左傳癖。」

左傳癖，其實不是什麼癖，只是他學有心得，並專攻一科，成爲該科的專家吧了。

所以，終杜預（字文凱）的一生，他感到很滿意，因爲自己的孳孳矻矻的勤學奮發，得到二個非常滿意的封號——杜武庫和杜父。

廣陵散曲的由來

「竹林七賢」的巨頭之一嵇康，怎麼會彈得一手好琴藝呢？

話說當他青少年時代，就誠懇地向名音樂家孫登求教，孫老師把他端詳了一會，很婉轉的拒絕了，道：

「你呀！才華蓋世，倜儻不羣，像野馬一般，如果朝美好的方向發展下去，當然可以保持令譽於不墜；要是不幸朝向相反的方面走，恕我說句不夠禮貌的話，你的終極下場，可能是一場災難。」

「既然孫老師說得這麼明白，也就證明著：孺子不足教了！」嵇康直接了當的逕探邢旨意。

「你能夠明白我的意思，實在太好了！」

「好吧！老師，再見。」嵇康仍極有禮貌的。

「再見，希望你好自爲之。」

「放心，我會的！」

嵇康辭別了孫登老師，琴，學不成了，心情相當的悒鬱；出了門，放嘯了一陣，覺得尙稱悠暢，於是信步的南行，來到會稽（今紹興）的王伯通家。

「什麼風把你吹來的?老嵇呀!」王伯通伸出歡迎的雙手。

「西北風。」

「現在是春末、初夏，那來的西北風。」

「人造的西北風。」

「好呀!既來之，則安之。」

「不!既來之，則吃之，兼宿之。」嵇康把主人原文盡量的修正。

「不成問題，歡迎之至。」

嵇康把王伯通家當作自己之家的吃著，自由自在的。到了夜晚，該入睡了，王伯通道：

「我家有一間別館，築成之後三年，幾乎沒有一個人敢住進去，老是空著。」

「爲什麼?」嵇康不禁的追問。

「似乎總是鬧得人通夜難眠!」

「我嵇某不怕。」

「眞的?」

「不信，你就帶我住進去。」

「一切由你自行負責。」

「一切由我概行負責。」

王伯通拗不過嵇康的要求，只得把那別館打開，給嵇康住。

嵇康住進館內，覺得很幽雅、清靜，雖然微微有些淒意，但一向仗著藝高膽大，又是倡導「世無神鬼」的人物，因之，心地泰然，什麼也不怕。

堂奧的一角，有座臺琴，這又逗引得嵇康「技癢」起來了，蹭近琴座，拂去蛛網的塵封，燃上檀香，心意專一的撫弄起來了。

嵇康的撫琴，越弄興趣越高，不覺已是二更天氣了。

恍惚間，有人在探首、張望。

「誰呀？」嵇康信口的小問一聲。

「…………。」

「誰呀！儘管大大方方的出來，不要鬼鬼祟祟的！」嵇康改用命令式，雙手不停的撫弄著琴絃。

來人終於出現了。

「你，是人，還是鬼？」

「你可別問這些。」來人輕聲的答。

「這座別館，鬧了好多年，鬧得沒有人敢住，敢情就是你的傑作。」

「絕不是我。」

「那你爲什麼偏偏在子夜的時候才出現？」

「我只是聽到你的琴音，所以特地來聆聽的。」

「原來，你也喜歡這一套。」

「不但喜歡，而且也不時的撫弄呢。」

「那麼，就請你指教一番吧！」嵇康一面說，一面起身離座，鞠躬的恭請著。

來人大大方方的登上琴座，手撫衆絃，目凝飛鴻的彈奏起來了，初始尙緩緩的，如山澗的幽泉，繼即由潺潺而淙淙，終則奔騰澎湃，聲如裂帛，如驟雨，如怒濤，喑嗚、啜泣、哀怨、沉吟、長歌，極盡繁音的美妙。

一曲終了時，嵇康請教著：

「此曲叫啥個名字？」

「廣陵散！」

「好一曲廣陵散呀！」嵇康衷心的讚揚著。

「怎麼你也學會了？」

「大概差不多吧！」嵇康已有百分之九十八的把握了。

「要不要照樣的撫個一曲，讓我欣賞一下。」來人反而要求著。

「行！」嵇康依舊坐上琴座去，連姿態都採取來人的模式，錚錚淙淙的演奏起來。

「行行！你眞是青出於藍，光憑聽覺，就學會了一首名曲。」來人備極頌讚的，於是悄悄地告退，也不知所終。

當晚，全王府的人，包括主人王伯通在內，都豎起耳朵來諦聽，並欣賞這一首萬分動人的名曲——廣陵散！

古幽默·新啓示

幽默！打從某名士以「幽默大師」自居並推銷以降，幽默的知名度，已無遠弗屆成爲人我的「共識」了。

性質雷同的突梯滑稽，祇因距離我人太邈遠，又缺有力人士多方的遊揚，早已闇然失色而無光了！究其實，倆者的況味，應是伯仲之間，套句現成話：原是一物的兩面，同體的異象啊！

假使不信的話，且看一只固有的幽默，是否比人家的遜色：

任棠是漢陽的名教授；當盧參名士被發表爲漢陽太守後，即輕車簡從的前來拜候，目的無非想討教當地沓洩的政風，民生的厚薄和得失。

當盧太守的名刺遞入後，奇事即時出現。

任府的玄關上，立擺出「三寶」來：

一大盆清水。

盆後豎一根大薤。

再來是任教授，躬親抱著愛孫，一言不發的，却鞠躬如也的佇候於半邊，兩眼盡盯著那盆淸水和大薙。

目睹這情況的侍從秘書長，認爲任某的態度，實「大不敬」，尤其對著已莅門來請教的大老爺。「報告大人，那窮酸這般的無禮，如果不作懲罰性的警誡他一下，以後，府座的地位，在本地可能會受到若干貶損！」侍從秘書理直氣壯，也振振有詞的。

「不不！千萬不可造次！還是讓我好好地來推敲這『三寶』的蘊義吧。」

盧參倚在馬畔，枯立在繁縷金線的柳絲下，藉著拂拂又習習的和風，一再的思索推敲：

「哦哇！我明白了，我完全明白過來了！」盧參活像歐幾里得在浴盆內悟得了定理的大吼大叫了起來：

「這一大盆水，是要我以及隨從們的行爲，都像它一樣的淸白廉潔——一得之寶。」

「那一支大薙，分明是教我竭力拔去鱗莖叢生的地下豪猾和特權份子——二得之寶。」

「至於抱孫當戶侍立而一言不發，明明是要我敞開大門，大力的撫恤孤寡——三寶之得。」

「謝了！任教授，你的明教和指示，我心領就是！謝謝！再謝謝！」於是作了三個揖，帶著侍從秘書，策馬回衙辦公去。

從此，盧參太守，就按照這只「半幽默」的啓示，奮力並按部就班的作去；他！終於成爲「最有作爲」的「當代循臣」。

幽默——國產的幽默！貴在大有裨益於人我或國計民生，光是教人在內心「幽了一默或半默」，何補於事呢？

活用知識判決奇案

讀書，時至今日，幾乎人人都會讀，但，能體認它的精華及實用性的，可就不多了；所以，讀書數量的多少，並不占主要的地位，最最重要的，是擷取它的菁華，獨立的思考，並作綜合性的靈活運用，三者都齊備後，才可以說是「眞正的會讀書」。

英國名史家吉朋曾說過：「書籍，只是把聖賢豪傑的心，原原本本地，照射著我人的一面鏡子而已。」話是說得多麼的踏實！假如讀書而未曾體會到這一點，旣未能「取精用宏」，又未能多方運用，縱然讀了很多的書，不過是一只「書袋子」罷了。

看了苻堅的弟弟苻融，活用書本的知識，替書生董豐化解冤獄的故事，益信前話的不假。

話說在苻秦時代，長安京城有一學子董豐，出外游學三年，自以爲學已有成，束裝回歸，到家之日，逢到太座歸寧，於是即逕到「泰水之家」去迎接，當晚即宿於妻家。就在這個「不尋常」的夜晚，太座遇害了，而董君却一無所知的。

翌日，天亮，姻兄把董豐扭到警所去，控以縊殺妻子的罪名；董君是文弱的書生，在「種種夏楚」的交相鞭笞下，爲求免得一時的痛苦，只得誣服——殺妻，理由是「無緣也無故」。

這件奇案往上報，終於來到官拜司隸校尉苻融的大辦公桌上。

在首善之區的長安，苻融一向是以「善於判決獄案」而聞名的；他以冷靜的理智，度情衡理，覺得不論在人情和物理上，董豐不可能在「故劍重合」的燕好情況下，無緣無故的殺害自己的太太。

大前提既確定後，他要親自偵查個明白，於是親自召見嫌疑犯，先解除他的心理負擔，乃從家庭、身世、兄弟、姐妹、交遊的師友，自己的志趣、抱負，一直談到他的前途……等等，當這些「背景條件」先行理清後，大抵已有了眉目，乃逐漸「拍入本題」，言歸正傳地問道：

「你在出外及回來前，也有些什麼異象嗎？譬如說：預兆或夜夢之類……等等。」苻檢察官略作旁敲側擊的提示著，因這些也是蒐集證據的借助呀！

一語觸動了董豐的記憶，若有所悟地，道：

「報告大法官，似乎有一個『連環的奇夢』。」

「說說看吧！不要緊的！」苻法官盡量安慰著。

「在我回來的前三個子夜，很清晰的夢見：自己騎著馬，向南渡水，接著馬自動的轉向而北渡，我卻一定要牠南渡。奇了！南渡的馬，行到水裏，說什麼也不想動了，縱然是加以抽打，也是白費的。」

「當此之時，我俯首往水中一望，水中出現兩個日頭，而我的坐騎——馬兒的左面是白而濕，右面是黑而燥，牠成了道地的『黑白馬』，於是我一驚而醒。」董豐娓娓地把夜夢，作翔實的報告。

「哦哦！」苻法官不斷地輕頷著首，只聽得董豐又續說下去：「這個惡夢，回來的前一天，又『拷貝』一次，心裏感到怪怪的，於是順便去『李鐵拐仙』家問個卦，不料，那『江湖的大哲學家』却給我一張『指示籙』：

『憂獄之訟，宜遠三枕，而避三沐。』此外，他什麼也不肯解釋了，教人如墜在『五里霧』中。」

「再說下去！」苻大法官以「嫌犯」已恢復正常的狀態，要他把故事續說個明白。

「我到了『泰水之家』，太太仍像往常一樣的招待我，並無啥個不同；當晚，她替我準備沐浴的湯水和新睡衣，床上，還舖著嶄新的枕頭，但不知怎樣，我却老記住『卦中的話』，所以，什麼都拒絕了！結果呢？太座似作了我的替死鬼！」敘述至此，董豐不禁放聲的號淘大哭起來，因他已吃足了「刑事上十八般武器」的苦頭，而感到吃得實在太不值得、太冤枉了些。

精通於《周易》原理的苻融，一面仔細地諦聽，隨即把爻卦的現象，活用著來分析目前的冤案：

「大體上，我已弄明白了！在《易經》上說：坎是水，馬爲離，夜夢中，乘馬南渡，不料她竟自動北旋，這就是『從坎到離』的現象，換句話說，連坐騎都不贊成你回歸故鄉；現在『三爻同變』，變成了離，離爲中女，坎爲中男，此中的男女，已有了不正常的關係；至於馬兒：左面白而濕，濕是水，左水而右馬，分明是個『馮』字；而你注視水中有兩日，兩日重疊，即是一個『昌』字，兇手準是『馮昌』，卦中和夢象已告訴我人了，你大可放心！你的案情已大白。」苻融綜合著各種現象，作客觀的說明與判斷。

於是，苻法官以「十八號分機」通令全市緝捕馮昌。

不日，果然捕到，一訊之下，馮昌相當的合作，自動補充說明上述的內幕：

「本來，我已與董太太約好，共謀殺害親夫，訊號是穿新睡衣和新枕頭的，不料，臨時却誤殺起來。」

案情至此，終於大白，一時，長安市上，爭出號外，譽爲「神明的判決」。

苻融活用書本的知識和原理，不但解救了人，而且還證實一個原理：除非我人從思想中得來的智慧，宜作多方面的化解，活用於周遭的事事物物上，否則，書籍，祇不過是一堆廢紙而已。

古筆・古弼

做人忠厚、謹慎，精於騎射的古弼，剛被政府派任的官職是「獵郎」，一個在帝王出獵時的小獵官。

但，有膽略、有抱負、敢說敢言又敢做的古弼，每一次在向上級報告事務時，都說得明白、敏捷、有條有理的，所以人人都讚美他；說他能幹，作事和說話，都恰到好處，不拖泥帶水。

他是在北魏的王朝服務的。

再說說，古弼的形狀，有些怪怪的；頭部尖尖，有些突起的樣子，好像一座小山丘。

北魏的明元帝（鮮卑人，名叫拓跋嗣），在第一次看到古弼時，悄悄地小問左右道：

「這個人的模樣，有些怪。」

「他有個別號！」左右偷偷的小答著：「就是人人都曉得的筆頭。」

「眞像個筆頭！」拓跋嗣心中，私自暗笑起來了，思索了半晌，半開玩笑的，朝著古弼道：

「古筆仔！你過來！」

「有！」古弼應聲的蹭上前去，兩腿併攏，站得畢恭畢正的，像一根石柱般。

「我想賜給你一個新名字。」

「歡迎歡迎！並謝謝！」

「你姓古，名筆，就叫作古筆。」拓跋嗣一字一字的吐著，咬音是既正確、又淸脆。

「這個嗎？」古弼思索了一下：「古筆的名稱不太好，小的願意作一支新筆。」

「我已經作了決定，並且頒賜了！不管古筆或新筆，你只管接受就是，不必多說話。」大皇帝把半開玩笑的事，認眞的推行起來。

「好吧！既然是皇上頒賜的名筆，看來我不接受是不行的！」古弼終於逆來順受的接受了一個新名字。

事情演變至此，似乎該告一段落，但，却並不這樣的簡單。

當他持著大皇帝發給的「手詔」字樣，跑到區公所戶籍課，要求改正名字時，又有新的問題。

那職員持起了「手詔」來一瞧，半感慨半欣樂的自言自語著：

「哦！原來你就是筆公。」

「我本來就是筆公啊！」

「古筆的筆公。」

「該是新筆的筆公。」

「是是是！是新筆公，但這兒，却明明寫的是古筆呀！」那職員理直氣壯的。

「……！」古弼正想作有力的解釋時，只聽見旁邊的一個「臨時雇員」，下意識的唸起繞口令來：

尖頭奴、尖頭奴，

頭尖身胖太臃腫！

「你嚼什麼蛆？」古弼虎虎的追問起來。

「奇了！難到我連說：『尖頭奴』都不可以嗎？」臨時雇員一副滿不在乎的神態。

「可惱啊可恨！」古弼恨得緊咬著牙舌，半晌，楞在櫃臺邊，自言自語著：「都是這個怪名字惹來的禍，害得我……。」

他由長櫃邊移到窗口，抬起頭來，瞧瞧窗外的行雲。

一陣凜烈的寒風，拂刺刺的拂過，把古弼熱呼呼的怒氣，吹得無影又無踪，剎那之間，他靈機一動，又接近櫃臺，態度很溫和的道：

「有了，幹事先生，我的姓名，應當是這樣的——古弼。」

「行呀！蠻文雅的。」

「誇獎！誇獎！不但文雅，而且古意盎然，同時既諧音，又不會違背聖意。」

古筆，不！該是古弼，古弼的大名，至此終算有個著落，也算是被「欽定」了。

行事端正縝密，處事敏捷殷勤的古弼，被最高當局任命，和崔浩、張黎等，共同輔導太子（拓跋燾，他年的太武帝），練習處理國家的大政。

有一回，他接到民衆的「陳情書」，說是皇家的「上谷花園」，占用民間的土地太遼闊、太廣大了，應當縮小一大半，並把那縮小的大半土地，無條件的發還給人民來耕作。

不論從情、理、法各方面來說，民衆的基本要求是對的，而且是百分之百的對。

古弼認爲合理的要求，宜馬上就辦，千萬拖拉不得，即在公文的末尾，簽上自己的意見，並蓋上「最速件」的鈐印，要求亟辦。

公文的手續辦妥後，即興冲冲地端起這份文件，來到大皇帝拓跋嗣的大辦公廳內，請他在擬定的項目上，加上「如擬」的批准，然後可馬上推行。

不料事情竟有這般的不巧：

拓跋嗣正和棋界大國手劉樹在下圍棋，彼此都聚精會神的，忙著作棋局上的「劫、殺」工作，根本無暇理會別的事。

在半邊等候了大半天的古弼，始終看不出大皇帝有所動靜，甚至連頭部都不曾抬起來，別說是瞧一瞧和批一批。

當古弼的肝火，一點一點的燃旺開來，而耐性却一點又一點的消失時，只見他，一個箭步，衝上前去，伸出強有力的大手，一把把劉大國手的頭髮抓住，硬生生的拖下座來，並破口的指責著：

「朝廷的政治行政，所以會弄得這般沒有效率，全是你們的罪過！」

古弼一面說，一面就想左右開弓，來個全武行。

這種難得一見的「打鬥場面」，使大皇帝感到驚惶失措，慌忙加以勸阻：

「別動手，別動手！不在辦公的時間內照常辦公，是我的過失，跟劉樹全不相干。」拓跋嗣知道錯在自己，很勇敢的承擔起來。

「行呀！姓劉的，我原諒你這一次！」古弼趁機，找個下臺的臺詞。

「現在請教你，有何貴幹？」大皇帝反問著。

「這是一件最緊急的公函，事關無數人民的權益，敬請過目。」古弼的口氣，已溫和得多。

拓跋嗣先生，端起了新筆，連正眼都未瞧，就在上面簽了字，一切自然是：如擬，照准。

古弼走了！拓跋嗣和劉樹，狼狽地彼此相互咋咋舌，一句話也不曾說。

但，「棋興」已被消滅了，再也著不下去，算了。

這邊的棋興已消失的無踪無影，而那邊的古弼的理性，已完全恢復過來了。

理性和理智已完全恢復後的古弼，自行要求處分，理由是：

「作為一個小臣子，竟膽敢在皇上的面前動粗動武，實在太不禮貌，所以，請求依照法律，作適當的處分！」

一方面，古弼自己已脫去了冠帽和鞋襪，擺出一副「待罪之身」的模樣來。

相當理智的拓跋嗣，很瞭解這件案子的前因後果，先命令古弼把帽子戴好，把鞋襪穿上，然後予以接見，並安慰著：

「筆公，你還難過些什麼呢？關於那件事，過去的就算了，不必認眞去計較，更千萬不要難過，因為，事件的發生，我要負很大的責任！」

「皇上太謙虛了！」

「不不！事實上，我倆不該在辦公的時間內，作消遣性的下棋，所以嚴格的說，該接受法律處分的，不是你，而是我和劉樹。」拓跋嗣堅持著自己也應該接受法律的處分的理由在此。

「但，我總嫌我的修養太差，耐性等於零，更不該在陛下的面前動起粗來，顯得我是一個極野蠻的樣子。」古弼深深地自我譴責著，態度是萬分的誠摯。

「算了！算了！過去的，彼此就相互一筆勾銷了吧！」

「但是我自問……。」

「不要再提下去，從今以後！」拓跋嗣突把聲浪提高，神態顯得很嚴肅的：「打從今天開始，如果是有利於國家的，和有利於人民的，縱然是有些『造次』或踰越常規，沒有啥個關係，你儘管放手做去，我絕對不會來責怪你，非但不責備你，而且還要給你多多的獎勵哪！」拓跋嗣把自己的態度，表得明明白白，既光明也磊落的。

「謝謝皇上的明識！」古弼在潛意識上，覺得這個胡兒的皇帝，倒是一個極開通、極有理性的人物。

世上，唯有理性及極講理的人物，才能得到他人的尊敬。

斛律豐的歌意

北魏拓跋氏的王朝，有幾幕劇力萬鈞的劇情，接連地發生著：自胡太后亂政起，至爾朱榮在「河陰之役」的大屠殺，立孝莊帝止，是第一序幕。

兇橫跋扈的爾朱榮被暗殺，洛陽大亂，高歡大將軍討亂成功，立孝武帝，是第二序幕。

孝武帝不願寄人籬下，西奔關中，依附大將宇文泰；高歡另立孝靜帝，史劇進入第三幕。

北魏王朝，演變至此，實際上已分裂為東、西兩魏了。

東魏王朝的開創者，就是這位手握軍政大權的高歡大將軍，他與操縱西魏王朝的大將軍宇文泰（鮮卑人），遙遙相對。

東魏的王朝，除了楊愔胸中尚有些墨水外，其他的，大抵都是以「不識字為榮」的武夫。

在椎魯不文的「武夫輩」中，斛律豐是比較胸中有些墨水的一員。

那是一個涼氣送爽的晚秋，高歡在宮內歡宴文武大臣，三杯水酒下肚之後，作主人的先行開腔：

「喔喔！親愛的文士和親愛的將軍好！為了使本宴會能更生色起見，你們不妨每人各哼一首歌兒，來助助興！」

「幼稚園的老師，從未教過；所以我們都不會哼！」有人坦率的吼著，算是代表「衆人的心聲。」

「不需要文文雅雅的，只要是小令、小調等的小玩意，民間能哼哼，你們也能哼哼的，就行！」

高歡把尺度放得很寬、很大。

「那還差不多！」將軍們妥協了。

隨即有人提出反建議：

「皇上先哼一首吧，作爲『爲民前鋒』的榜樣。」

「當然是可以的！」高歡應承著：「不過，建議是由我提出的，所以，我有權唱『壓軸』。」

「……。」將軍們無話可說，只得依了。

「誰先開始？」

誰也不願首先「開腔獻唱。」

「由陛下點唱吧！」

「這樣也好！」高歡咧開著大嘴巴，笑嘻嘻的：「那麼，我要點名了！斛……斛……。」

「斛律豐、斛律豐！」

「對，斛律豐。」

斛律豐耐著頭皮的起立，反問了一句：

「哼什麼？」

「隨便，隨便！」

「好吧！我就哼個『隨便歌』」：

「朝亦飲酒醉，
暮亦飲酒醉，
日日飲酒醉，
國計無取次。」（按取次，即次第。）

「恩可！恩可！」衆臣掌聲如雷的鼓著，還混雜著一些叫囂聲。

「不錯！不錯！」高歡也興高采烈地擊著掌，然後，賜上一杯酒的讚歎著：

「斛律豐在本朝服務了這麼多年，始終保持著一項特色，那就是人人皆知的——一不吹牛、二不拍馬，是非分明的一個好人。」

四座激起輕度的感歎聲，算是應和著。

而斛律豐是這樣的一個人，當他目擊著滿朝的文武官員（其實是包括大皇帝及其家眷、子女在內），幾乎清一色是酒徒，精神頹喪，辦公無力的情況，才有感而臨時編綴成功的。

唯「會錯了意」的高歡，不從歌謠的內容上作爲「著眼點」，偏從他個人的品德上發揮，實在太違反「歌者的本意」了。

高歡未能從斛律豐的「歌謠」裏，擷採「雅意」，從而來個「不乾杯運動」，這一失著，也是構成「東魏王朝」衰亡的主因之一。

花木蘭二世

唧唧復唧唧，木蘭當户織。不聞機杼聲，唯聞女歎息。問女何所思，問女何所憶。女亦無所思，女亦無所憶。昨夜見軍帖，可汗大點兵。軍書十二卷，卷卷有爺名。阿爺無大兒，木蘭無長兄。願爲市鞍馬，從此替爺征。東市買駿馬，西市買鞍韉，南市買轡頭，北市買長鞭。旦辭爺孃去，暮至黃河邊。不聞爺孃喚女聲，但聞黃河流水鳴濺濺，旦辭黃河去，暮至黑山頭。不聞爺孃喚女聲，但聞燕山胡騎聲啾啾。萬里赴戎機，關山度若飛。朔氣傳金柝，寒光照鐵衣。將軍百戰死，壯士十年歸。歸來見天子，天子坐明堂。策勳十二轉，賞賜百千强。可汗問所欲，「木蘭不用尚書郎，願借明駝千里足，送兒還故鄉。」爺孃聞女來，出郭相扶將，阿姊聞妹來，當户理紅妝。小弟聞姊來，磨刀霍霍向豬羊。開我東閣門，坐我西閣床；脱我戰時袍，著我舊時裳。當窗理雲鬢，對鏡貼花黃。出門看伙伴，伙伴皆驚惶。「同行十二年，不知木蘭是女郎！」雄兔脚撲朔，雌兔眼迷離；兩兔傍地走，安能辨我是雄雌？

總共只有三百三十二個字的〈木蘭辭〉，成長於北魏時代，是民間傳聞中的軼話，經集體創作，再經唐代文人的潤飾，遂成爲文學上的叙事史詩，雖然，似嫌絀短些，但，詩貴精練而不在漫長。

該詩句中，如「可汗大點兵」、「可汗問所欲」等，可汗，塞外民族所稱的王，有分教：這是北魏的鮮卑族於入主中原後，胡兒仍樂於保存「原有的稱呼」，作潛意識的流露。

再則：「但聞燕山胡騎聲啾啾！」鮮卑人由胡人而漢化了，聲啾啾的「胡騎」，顯然係指北魏的大敵——縱橫於大漠南北的突厥。

如所周知，木蘭姓花，但也有複姓「木蘭」的，足見北魏孝文帝於「統令改姓」的華化政策中，仍存有改姓的痕跡。

英勇、武威如花木蘭，代父從軍，殺賊衛國，正表現出當時北方女姓的「戰鬥雄風」。

像花木蘭那樣的英姿勃發，襯托著允如其份的〈木蘭辭〉，眞是相得益彰，珠聯璧合，永垂千古。

〈木蘭辭〉的叙事委婉、流暢、明達，堪與當時另一首膾炙人口的短歌——〈李波小妹歌〉，前後輝映。

〈李波小妹〉，原辭甚短，謹錄如次：

李波小妹字雍容，
褰裳逐馬似轉蓬，
左射右射必疊雙；
婦女尚如此，
男子安可逢！

就事論事，花木蘭可能是個「男性化十足的女性」，容貌準「不太美麗」，不然，「同行十二年，不知木蘭是女郎」，難道那些「阿兵哥或阿兵弟」，都是「阿木林」？（滬語傻瓜意）。退一步來說，縱然當時風俗淳厚，永無非禮之舉，但相處、戰鬥、生活在一起達十二個寒暑之多，等到他年，木蘭恢復女兒粧之時，「出門看伙伴，伙伴皆驚惶」，事實上，會有這種可能嗎？親愛的，你說吧！

花木蘭的故事被美化、被傳播後，木蘭以矯健、雄威的英姿，塑造出一個巾幗英雄的形象來，給世人「留下一個深刻的印象」（三家電視臺評論報導員的慣用語）。

花木蘭是第五世紀時代的人物，從此之後，漫長的一千四百餘年間，以中國人物之盛，是否復有「花木蘭二世」的出現呢？

事實上證明是有的，但「花木蘭二世」的遭遇，就遠不及花木蘭了。幸與不幸，教人不勝扼腕，且聽道來。

公元一八六三年，大好的中原河山，依然是英雄們打打太平拳的演武廳，什麼東捻、西捻，什麼湘勇、淮兵，都在這兒槍來刀去，捉對兒打得不也樂乎。

有個安徽籍的書生朱某，察覺到讀書應試已「此路不通」，不如改行，最後，索性效法班超的「投筆從戎」了。

朱生雖然是投筆從戎，在「幕府」中，却依然幹著搖筆桿的工作，作個「文書上士」，因他除了這個外，耍耍長劍大槍，那是絕對不行的。現在，他是屬於「陳提督．巴圖魯」將軍的麾下。

生來體態風流又倜儻，年少翩翩，文質彬彬的朱生，待人接物和處事總是彬然有禮，客客氣氣的，因之，同仁們既加以敬重，層峯也另眼相看，敬愛有加。

那是一個金風送爽，已涼天氣未寒時的深夜，明月在天，蟲聲唧唧又啾啾，落葉蕭蕭復瑟瑟，給人平添無限的鄉愁。

朱生循著自己的好習慣，入夜以朗誦詩歌來解憂，正在吟誦的時際，毗鄰的吠犬，聲若巨豹地起鬨，朱某還以爲是擊柝者的巡邏，唯諦聽之下，似又不像，好奇心教他熄燈、撩幕踱了出來，一瞧，是自己的上司：

「陳將軍，晚安！」

「朱書記，晚安！」陳將軍彬然有禮地。

「這麼晚，還未入睡？」

「我喜愛聽人家的讀書聲。」

「眞的？」

「我從來不說謊。」

「我從小就會朗誦詩歌。」

「我一向喜愛聽人家的讀書聲。」

（按從前的朗誦、讀書聲，講究抑揚頓挫、快慢疾徐，有音調可循，今則此調多不彈了。）

「唔！你眞喜歡聽？」

「是的，能更誦一二嗎？」

「當然可以。」朱生略一思索，信口哼起：

冰簟銀床夢不成，

碧天如水夜雲輕，

雁聲遠過蒲湘去，

十二樓中月自明。

「是爾樓？」（諧十二之音）

「不，是十二樓。」

「爲什麼一定要有十二樓呢？」

「這個嘛，」朱生想了一想，「相傳我們的民族共同始祖黃帝軒轅氏，曾築了十二樓，以等候『神仙』的來臨。」

「唔，有這種可能嗎？」

「不太清楚。」

兩人行行重行行，不覺來到陳將軍的宿舍。將軍於挑燈後，尋出陳年老酒，開起樽來，用巨觥對飲，三盅過後，朱生已告不支，又被加上一盅，即搖晃著身體，要求回去；妙的是懂得人意的天公，下起雨來了，這分明是「留客雨」。

「我就回去。」

「留在這兒吧！」

「不行，我要回——」

「都是一樣的，那兒是宿舍，這兒也是宿舍，外面雨又大。」陳將軍誠心留客。

朱生不得已，恭敬不如從命，寬衣入寢。

接著，陳將軍熄了燈，解衣寬帶，也上床來了，兩體一經廝磨碰接，教朱生驚懼萬分並大喜過望的是：陳將軍竟是一個女生，而且是個「在室女」……

事後，朱生幾夜夜不請而自至，情愫之好，儼若夫婦。

同僚們都加以鄙視，以爲朱某已成了陳將軍的「男色相公」，自己有宿舍，偏不樂睡了。

世事就在衆口紛紜中過去，光陰荏苒，三兩個月下來，陳將軍的腹部已漸隆起，蓋已懷孕有日哉。

大事發展到這一地步，彼此都大懼也大憂，一對未婚的夫妻，愁眉對著苦臉。

事態到達「紙包不住火」的階段，朱生主張實情實報，把實際的情況向頂頭上司——陝甘總督左宗棠陳情，看他作何處置？

「燙手的熱山芋」拋出後，作爲頂頭上司的左宗棠，猛吃一驚，徬徨無策。

左氏覺得茲事體大，不敢遽然作答，改爲召開參謀會議，討論的結果是：

「事屬欺君罔上，一旦往上報告，朝廷勢必見罪，不如命朱生襲繼陳將軍名而續領其部下。」

大事進展至此，陳將軍只得「易弁而釵」，而朱生儼然「夫代妻職」成爲「陳朱將軍」。

朱生成為「將軍」後，隨著左宗棠征討回疆（一八七六年），率領將士，西出玉門關，一路奮戰，戰功輝煌。

至是，他再也不願覆戴「妻姓」要求還其本來眞面目，以便衣錦榮歸。

再則，朱生對於糟糠之妻，已有厭倦之心，趁機再娶個美姬妾，且享齊人之福。

但是原配見他義絕恩斷，攜著所生之子，一怒而去。

晚清末造的花木蘭二世，至此草草終了，世人也就「付諸淡忘」，甚至連兩者的眞姓名，也一概成了煙雲。

至於陳提督・巴圖魯，究意是怎樣的一個人與事呢？

據說一八六一年，多隆阿將軍（滿人）由湘入陝時，道出荊子關，招募補充兵的「長夫」，有個青少年來應募；那人面貌黎黑、滿臉痘瘢，唯孔武有力，入營時，初任馬夫，後因參與作戰，英勇無比，因功擢升至提督巴圖魯。初未料及「他」竟是女兒身，而成為「花木蘭二世」；所可惜的，她旣未讀書，也不識字，更不知花木蘭為何人，一生的遭逢如此，竟無人為之播成詩歌，多不幸的「她」啊！

楊廣的狩獵

自古以來，帝王級大人物的出外打獵，泰半帶有演習軍事武藝的性質，罕有拿來作爲「娛樂嘉賓」的；但是，隋煬帝楊廣的「佃獵」，就純然屬於後者，這和他的一向喜愛「玩玩」的性格，是非常符合的。

公元六〇七年（大業三年）的秋天，東突厥的啓民可汗和西域東胡的君長，都到「勝朝」的首都「大興」（今西安）來朝貢，把個好大喜功的楊廣，樂得龍心大放特放；於是特地選定楡林，作爲閱兵兼佃獵的大會場，在官定的正式名稱是行「冬狩之禮。」

頗好舞文弄墨的楊廣，提起筆來，下著手詔，命令管理山澤、草木、禽獸的「虞部」，測量延山南北周圍二百里，立定表記，作爲大會場之用。

虞部會同兵部（等於國防部），建立旌旗於外線，每五華里，樹一大旗，分佈四十軍，每軍一萬人，另有騎兵五千匹，總共是四十餘萬人，來參加這一空前的盛典。

檢閱的前一天，諸將各率領著部隊，集合於自己的旗幟下，並備軍鼓敲擊，以壯聲威，不得有誤，違令的處斬。

另命令四十位特使，均建節揚旗，以分佈「佃令」，且須留下軍士，作為監獵布圍之用，東、西、北三面全圍上，唯獨南面缺圍，因這是專供帝王之用的。

盛典之日到了，楊廣戴上黑色的高帽，身穿草綠色的衫褲，跳上「闖豬車」（即漢代的獵車），兩旁跟隨儀仗隊，由太常卿領導的戰鼓、笳、鐃、簫管、號角……等軍樂隊在前「開路」，共有一百二十人左右。

奉命跟隨出獵的百官，一律穿上戎裝，乘著坐騎，聽從鼓音，一起入圍內。

另有「逆騎」一千二百人也尾隨著，這是專門作為驅逐各種野獸「越線」以供大人物狩獵的。

當大皇帝的獵車，在正南面安頓下來時，有司揮動著大旌旗，鼓聲、樂音同時並奏，雷鼓動山川，呼聲震四野的。

王公大臣，都持滿弓矢，排列在御駕的前面，好不威風。

鼓聲小停後，有司即揮動小旗幟，驅逆騎即驅入各種走獸，走過皇帝的面前；走獸一出現，有司即把備妥著的弓矢呈到御前，但皇帝並不忙於射打，要直等到第三批野獸走過，鼓吹號角大吹特響時，高高在上的大人物，才好整以暇地持起箭來，意思意思地發射三箭，妙的是三箭均能全「中的」，無一虛發的。

大皇帝的節目表演一過，大旌旗又高高地舉起，於是先由王公來發射，其次是諸將，最後才是三軍、四夷，和百姓的「射獸縱獵」。

實際上，眞正精彩的節目是在後者，因三軍、四夷和百姓才是眞正的獵手。

狩獵的成績分爲上、中、下三等。

一箭射中野獸的髆胳的，上等。

發一箭射中牠的右耳骨的是次等；一箭而打中了牠的左股脾骨的屬下等。

看來似乎只有大皇帝可以打「三箭」，其他的都以「一箭爲準」。

附帶的條件，更是奇妙，驅逆騎所驅的野獸，雖然多的是，却不能趕盡殺絕，因爲在場的三軍四十萬人，如果一人打一隻，恐怕野獸是會不夠的，所以有個限制，也表示出「皇恩浩蕩」，這是一，尙有——

(二)凡是已受傷的，不得重複再射。

(三)受傷的野獸，向人們投奔時，不得作正面的射擊。

(四)善跑的動物，已逃出獵場的範圍，不得再追趕、射殺。

「冬狩之獵」將告一段落，凡有所斬獲的，可獻於大纛下的「虞部」；每有所獻時，從駕的征鼓以及諸軍的軍樂，同時並作，士兵們並高聲的噪喊，一時，山川也爲之震動。

大皇帝曾規定，所獲的野獸，統統作爲供獻宗廟之用，並將迅速地製成臘肉，帶回京師去，至於小獸，則歸私人所有。

楊廣的這一場「冬狩之獵」的做作表演，委實笑落西夷的大牙，怪不得以後他們要頻頻地來入寇，因爲這種連小朋友「辦家家酒」都不如的狩獵，在無形裏，已把自己的弱點全行暴露了！多麼的可哀啊，勞民傷財的楊皇帝的狩獵。

一代女皇的詩歌

由於傳播媒介的多方並大力的推廣，一代女皇武則天小姐，入夜「訪問」了寶島的家家戶戶，現已無人不知國史上有這個縱橫捭闔、指揮如意的權謀「女強人」了。

就事論事，國史上，堪稱爲「雄才大略」的帝王、皇后，在二十五史裏所記載的三百九十七個皇帝中，男、女生各得一名，男生以漢武帝劉徹先生爲代表，女生則以武則天女士爲翹楚。

劉徹先生畢生的事業，泰半忙於征討大犬羊的匈奴和開疆拓土的工作，自然稍遜文采；而「女強人」武則天，除政治上指揮順遂外，於詩、文、歌、賦，幾無所不能，且信筆拈來，盡是佳構。

武氏曾大集當時的碩德名儒，如元萬頃、崔融……等，集合於內禁，斟字酌句地撰定《列女傳》、《臣軌百僚新誡》、《樂書》等一千餘篇。此且不算，尙有她親自撰著的《垂拱集》一百卷、《金輪集》六卷，氣勢磅礴，文辭典雅，屬對工穩、蘊義深邃，行文端莊，運字暢達，實爲古今所罕見。

請看她寫的〈如意娘〉：

看朱成碧思紛紛，

憔悴支離爲憶君；
不信比來常下淚，
開箱驗取石榴裙。

這首「情詩」，在短短的二十八字中，表現得這般的婉轉、綿遠與不盡的翹企、矚望。

再誦她的〈遊上苑、命花神發花〉：

明朝遊上苑，
火速報春知；
花須連夜發，
莫待春風吹。

在簡短的二十個字裏，以詔書的口吻，向一無所知的「花神」發佈口令，其事頗爲奇妙、虛誕；但據說那些花居然因「人工的烘焙」而神妙地開了花，滿足了「一代女皇」的欲望。

誰都曉得，太平公主是武則天的親生女兒，母女有「同嗜」，更是「同好」；因之，常常「同遊」。一日，同遊九龍潭，武氏信筆以詩爲紀：

山窗遜玉女，澗户對瓊筆；
山頂翔雙鳳，潭心倒九龍；
酒中浮竹葉，杯上寫芙蓉，
故驗家山賞，唯有入松風。

字不艱澀，義白文顯，而氣勢雄渾、運筆委婉，若非胸中宿有奇岩壘石，曷克以臻此境？

公元六九六年，她著匠工鑄造「九鼎」成功，鼎上圖寫本州山川、物產的形象，即令著作郎賈膺福、殿中丞薛昌容、鳳閣主事李元振、司農錄事鍾紹京……等分題，左尚書令曹元廓畫，令南北衛士十餘萬人，並仗大牛、白象拖曳，自玄武門（在長安）入城，武氏於得意之餘，一面下令把該年改爲「萬歲通天元年」（年號四個字由她首創），一面濡毫命紙，自製了一首「蔡州永昌鼎歌」：

羲農首出，軒昊膺期，
唐虞繼踵，湯武承時，
天下光宅，海內雍熙，
上玄降鑒，方建隆基。

論體勢的魁偉，蘊義的雍容典雅，音節的鏗鏘動人，幾與《詩經》並列而無愧色！

他如〈唐饗昊天樂〉的樂府詩，乃是明堂的樂章，古質醇樸，幾比美於「唐山夫人」的〈安世房中歌〉，僅錄其一小節：

符恩承顧託，執契恭臨撫，
廟略靜邊荒，天兵曜神武，
有截資先化，無爲遵舊規，
禎符降昊穹，大業光寰宇！

再如〈從駕幸少林寺〉：

陪鑾遊禁苑，侍賞出蘭闈；
雲偃攢峯蓋，霞低插浪旗，
日宮疎澗户，月殿啟岩扉，
金輪轉金地，香閣曳香衣，
鐸吟輕吹發，幡搖薄霧霏，
昔遇焚芝火，山紅連野飛，
花臺無半影，蓮塔有金輝，
實賴能仁力，攸政資世威，
慈緣與福緒，於此欲皈依，
風枝不可靜，泣血竟何追？

論其寫景、叙事、遣懷，文如其人，端莊、流麗、飛揚、厚重，洵不可一世。

武則天以豐渥的才情，自六八四年（時年她已過花甲——六十晉一了）即取而代李唐的天下，改國號爲「周」，以迄於七〇五年遜位，共達二十一年，以文章而華國，用詩歌以美世，稱之爲「絕代女皇」亦不過分！

帝王的『開心果』

——細說中國皇帝的社交生活

人，每一個具有肝、心、脾、肺、腎五臟的人，先天上，已賦有喜、怒、哀、懼、愛、惡、欲的七情以及眼、耳、鼻、舌、身、意的六欲，條件既充分，人人都相等，不論男女、種族、膚色、語言、宗教等的意識型態。

帝、后是人，既具備了五臟，當然有七情六欲，甚至可能比一般人要強烈得多。

高踞在峰頂上的帝后，絕對不會是三家村冬烘所描述的，是高不可攀的聖人，既不苟言笑，復死板板的，總想下令訓人，宰人並坑人，而以他的一言一語、一顰一笑、一舉一動為「青年守則」；恰恰相反，他（她）更需要眞摯的友誼、融洽的風趣、純潔的情感……等，來調劑並豐富那機械、單調、刻板、無聊的半自由半囿禁的「內庭生活」，正不知有幾？

讓我們共同來打開他（她）的另一面生活圈，是多彩多姿，抑枯寂無味？

夠格把酒只有他

個性活潑、高度外向、雅善交際；更喜愛人們敢於指摘他的過失的唐太宗李世民，只要稍有機會，總會邀請一些文士、學人、老友等前來聊聊天、談談話，藉以瞭解社會中下層的生活狀況，有時談得忘機，開飯時間已屆，那就由他「請客」——便餐，反正非常簡單，吩咐御廚把酒菜搬到御書房或會客廳來，問題就告解決。

席面一拉開，座位已擺定，東道主是李世民，興會淋漓的，即席的說明：「今天這一席，我規定，由自認爲最高貴的人來把酒壺。」

在座，夠資格入席的，計有宰相房玄齡、大將軍內弟長孫無忌，及僕射蕭瑀等等；玄齡與無忌自問不夠資格，只得安分守己，自動棄權；但瀟灑飄逸、風流倜儻的蕭瑀，可不同了，只見他，捋起袖來，伸出雪白如嫩薑的右手，一把把酒壺端了起來：「來，看我來把酒。」

「慢些！你自問是最高貴的嗎？」李世民有些愕然地企圖予以阻擋。

「論資格，我可當之而無愧！」蕭瑀語氣侃侃，理直氣又壯，信口的唸起〈定場詩〉來了：

臣是梁朝兒，隋室皇后弟，
唐朝左僕射，天子親家翁。

「啪啪啪啪！」在座的都鼓起掌來，連李世民也不例外。隨即禮讚著：

「硬是要得，像閣下這樣的人才，才不愧爲第一高貴。」

查蕭瑀口中所說，純屬眞情實事，他是後梁明帝的兒子，有個親姐姐，也即公主，嫁給隋朝的晉王楊廣（當年的煬帝）作妻子，到了李唐時代，自己作了唐高祖李淵的左僕射，即首相，後來又與當朝的成了兒女親家，歷時三代，都在「皇家之內」打轉。

即席口角爭諷

另一回合，再度輪到李世民作東，不料，在席面上，卻發生了針鋒相對，瀕於對罵的情事，所幸的是，全係學養淵深的人，不會像阿毛阿狗的罵街，唯在程度上，卻又似有過之而無不及。

誰都曉得，大書法家歐陽詢的爲人，公忠嚴正，學識博洽，是當代的「楷模人物」，李世民非常崇敬他，特地登門禮聘，作爲東宮太子的「率更令」，這是個極崇高的職位，相當於太子的導師兼生活指導員。

話說回來，人，一旦作了文人，總是不大喜愛運動的；歐陽詢爲人頎長瘦削，這是他的外表「賣相」，那想到，這副賣相，會成爲被訕嘲的對象。

趙后的弟弟趙元忌，刻意地開起歐陽詢的玩笑來：

聳髆成山字，埋肩不出頭，
誰家麟閣上，畫此一獼猴。

一代文才，機智敏捷的歐陽詢，當然不願無故受辱，立還以顏色，道：

索頭連背暖，俒襠畏肚寒，

只由心溷溷，所以面團團。（按侻襠是褲襠，處在兩股之間。）

「只因心溷溷，所以面團團」，把趙元忌的尊容、性格及依仗權勢的嘴臉，刻畫得淋漓盡致。善作排解紛爭的東道主，覺得雙方的砲火，都太猛烈些了，且作試探一下：

「歐陽詢，你難道不怕，讓皇后曉得你罵她愛弟後，會責怪你嗎？」

「是他當面先罵人，我不得不依禮的回報他一下罷了。」歐陽詢不爲所屈的，據理力爭著。

「好啦，好啦！以後大家出言忠厚一些，因語言的傷人，深入肌骨，不能不謹愼的選言。」李世民委婉地奉勸著。

一場口角的紛爭，終於被擺平。

豬種貴族

武則天小姐於公元六八四年篡位成功；六年後，廢去李唐的稱號，改國號爲「大周」。她，正式地有了自己的帝國，眞是一個奇特無比的巾幗女英。

即位不久，西戎叛變，舉兵犯塞，形勢相當吃緊。

則天皇帝，認爲機會難得，讓「武家子弟」表現些能耐，爲國出力，立些汗馬功勞，也可對大周王朝有個交代。

當即命令武懿宗統率大軍出征，殲彼西戎的醜類。

武懿宗行到陝西西部的邠縣近郊，尙未跟敵人打個照面，終因紈袴成分太高，畏敵怕死，夾著尾巴潛逃回長安。這個既醜惡又渺小的角色，簡直等於一隻小毛蟲。

官拜左司郎中的張元一，是個心直口快、滑稽多智、口角生風、絕不饒人的當代諷刺家，眼看好材料湧上門來，即時編了一首流行歌：

長弓度短箭，蜀馬臨高蹁（蹁，足不正）；

去賊七百里，限牆獨自戰；

忽然逢著賊，騎豬向南竄。

新詩由「新聞局」傳到女皇的御座前，女皇居然尚未透悟個中的玄妙，特地召張元一來問道：

「武懿宗無馬嗎？爲什麼要騎豬？」

「報告女皇！騎豬，是矮了大半截，夾在一群豬仔裏，一起作豕突。」

「原來是如此！」女皇不禁莞爾的笑了起來。

呆立在半邊的武懿宗，由不大受用而惱羞成怒了：

「阿姑！這個姓張的張元一，自以爲了不起，老是譏笑並侮辱我們的『不會用武』，請你教訓他一頓。」

「有這回事嗎？行行！來！罰他再賦詩。」女皇俯從侄子的要求。

「要賦一個『菶』字的。」武懿宗存心要刁難。

「聽到了沒有？姓張的！」

「裹頭極草草，掠鬢不菶菶，

未見桃花面皮，先作杏子眼孔。」

張元一頓時作了一首即景新詩，把武懿宗的尊容，再度作高度的刻畫。

「滿好，滿好！」對於詩學，有高深造詣的女皇，萬分激賞著，不覺手足有些舞蹈的樣子。

但武懿宗，卻氣得滿臉成了豬肝色，畢竟他是屬於「豬種動物」。

開胃之歌

女皇對於向她表示積極效忠的諸蕃，不惜賜給高官厚祿，甚至有作到專會監視他人行動的「右臺御史」的。

一個公餘的午後，女皇和張元一閒聊：「呃！近來外面，敢情有可笑的笑料嗎？」

「怎麼會沒有？有的是。」張元一寫寫意意的。

「那就說些來開開胃吧！」

「朱前宜著綠，綠仁傑著朱；
閻知徵騎馬、馬吉甫騎驢；
將名作姓李千里，將姓作名吳楊吾；
左臺胡御史，右臺御史胡。」

女皇莞爾地在心湖上泛起一陣笑漪，而後小問著：「右臺御史胡，指的是不大識字的蕃人胡元禮吧。」

「不錯，皇上說得對，他什麼也不曉得，只會打打小報告，作個御史大夫，天天鬧笑話。」張元一實情實說。

「我會作適當的處理。」女皇明白了，即把他調職。

冰塊般的吐屯御史

不識一字的諸蕃，藉著「特殊祕功」而作了女王朝的御史臺；頗有幽默感的唐人，統給他們一個綽號——吐屯（當是時，倘譯爲被崇拜的圖騰 Totem ，似更適合那種味道。）

西域的蕃使來朝了，女皇盛裝，大排儀隊予以接待，唯「吐屯御史」卻無人願入朝排列以捧捧場。

機智百出的張元一，趁機探問蕃使：「你曉得有新貴人不願入朝來捧場嗎？」

「吐屯御史」蕃使直截了當的指出。

「給猜對了！人們都說朝廷的御史冷冰冰，想不到這些吐屯御史，全是冰窟裏的冰塊。」

「唉！」蕃使相當感慨的把唉字拉成長麵線。

宰圭誅虞御史

出身皁隸級的侯思止、言語支吾、咬字不清，因精於打小報告，立了微功而被女皇授爲御史臺。

不巧那年天災地變，糧食歉收，愛民的女皇，登時下令「禁屠」——她是第一位全球禁屠家。

因爲禁屠在雷厲風行，侯御史就發表了高見的談話：

「宰圭誅虞縷，居不得詰，空詰弭泥去，儒何得不饑？」

詰屈聱牙的話，引得女皇侍御崔獻可大笑不止。

惱羞成怒的侯御史，故技重施，再向女皇告密。

「小崔呀！你好沒來由，又笑侯御史幹啥？」女皇在追究案情。

「我只笑他連雞與豬都搞不清楚。」

「怎麼說來著？」

崔獻可一字不漏把原版敘述了一遍，女皇也給弄胡塗了，只得翻譯如次：

「宰雞、豬、魚、驢，俱不得吃；空吃米、麵去，如何得不饑？」女皇頓時，幾乎笑痛了肚子。

御史裏行

公元六九〇年，女皇已把李唐王朝抹掉，改國號爲大周了，擔心天下人會人心不服，下起手令：人人可以自舉爲供奉官，除「正員」之外，更添置有左右拾遺、補闕、御史臺……等。藉以籠絡「一心想作官」的角色。

有個正員的御史臺令史，將入臺所，想不到「裏行」的新官人，群聚在大門口塞阻去路，令史跳下驢背，驅著牠衝進去。

「裏行」的新官大發脾氣，搬出木板，想揍打一頓。

局勢相當緊張，令史慌忙上前賠不是：「對不起，這畜牲無禮、衝撞了諸位，讓我責罵牠一頓，然後再處罰不遲。」令史一面施禮、一面歌吟起來：

「你技藝可知，精神極鈍；
何物驢畜？敢在御史裏行？」

一語兩關、機帶雙敲，教「裏行」的新官聽後，個個面色泛紅變白，終成豬肝色。罵，要罵得夠技巧。

懼內俱樂部的正副主席

公元七〇五年，張柬之等舉兵，入宮掃除妖氛，誅戮人妖張易之，並請中宗李哲復位，李唐國土重光；同年，大周王朝的太皇太后武則天小姐「向世界行告別禮」。

李哲的能夠復位，一般都認爲，得力於韋后的暗助力極大，漸漸地就弄成「牝雞司晨」的現象；李哲得了高度的「懼內症」，朝野上下，大家都曉得了。

無獨有偶的，御史大夫裴談的「太座」，兇悍嫉妒，舉世無雙；潑辣驃狠，一時翹楚；裴談每天朝見，活像兎崽子見了母老虎。

李哲和裴談，君臣倆，頓時成了首都長安「怕老婆俱樂部」的名譽正副主席。

當內廷的御宴召開時，名譽正副主席以及其他的會員等，都踴躍參加，臺上的優伶，唱起流行的迴波爾歌來：

「迴波爾時栲栳（形狀彎曲的柳木器）
怕婦也是大好！
外邊只有裴談，
內裏無過李老。」

名譽正副主席聽後，寂焉全無反應，安謐如恆的；但韋后和裴太卻高聲的猛吼起來了：「嶄、嶄、嶄！唱得佳、唱得妙、唱得滿得體；給獎！給獎！」即刻頒賞錦帛等物。（按嶄等於臺語的讚。）

有樂同享

以上各式各樣的「開心果」，別說是身受者其樂無窮，即使千載之下，瀏覽的似也與之有樂同享。

皇帝愛吃的粽子

端午佳節，又是一番應時的新氣象，正如明代莊昶所誦的：

蓬萊宮中懸艾虎，
舟滿龍池競簫鼓，
千官曉掇紫宸班，
拜向彤墀賀重午，
大官角黍菰蒲香，
綵繩萬縷紅霞光……

門懸艾虎，池賽龍舟，好不熱鬧；但總忘不了「角黍」的飄香。

角黍就是粽子，原本應作「糉」，因古人以菰蘆葉包裹黍米（糯米），作成尖角形，有如糉櫚葉心的樣子，煮熟後，以祭三閭大夫——偉大的愛國詩人屈原，投江以獻，免得它被蛟龍竊食的緣故。

角黍粽既出現了，以後的花樣，就隨著各人的心思靈巧，別出心裁的包裹了，現談些史籍上，頗有些名氣的名粽：

益智粽

在南北朝時代，孫恩和盧循，假借著「天師道」（其實是五斗米道）的名義，於四〇二年，在浙東、浙西一帶作亂，聲勢非常龐大，且進逼京師建康（今南京）。

當是時，劉裕大將軍，正率領著大軍，渡江北伐，征討南燕的慕容德；知悉後方有變後，立即回師討伐。

盧循爲了譏訕劉裕是個「鄉巴佬」，一字不識的，特地教人包了「益智粽」，派專使送給劉裕，請他多多「益智」。

不識個中原委與含意的劉裕，根本不理會那些，先把粽子拿來跟部下「大快朵頤」一頓，然後再揮軍「疾進」，終於平定了「盧循之亂」。

查益智草是植物名，葉如蘘荷，其根上有小枝，高八九寸，無花萼，莖如竹箭，子從心中出生，一枝有十子，叢生、大如小棗，其中核黑而皮白，四破去核，取外皮蜜煮，作爲粽食，味微辛（見顧微《廣州記》）

但，嵇含在《南方草木狀》上，卻作這麼說：

「益智、二月花、色若蓮，著實，五六月熟，其子如筆頭而頭尖，長七八分，雜五味中芬芳，亦可鹽曝及作粽。」

嵇含所說近乎眞，所以，生長在南方的盧循，才會想出以「益智粽」來贈送劉裕，帶有「機帶雙敲」特殊的含意在，但其奈劉裕尙「智不及此」何？

雜粽

當蕭道成尙未躋身於帝王的「九五行列」，坐鎭於彭城（今江蘇銅山縣）。

當是時，北魏（鮮卑族）的太武帝拓跋燾，耀兵揚威，時時在計畫南下侵略，終於選定了端午節，派人向沛郡的太守張暢，索討牛酒和甘橘，張暢不敢不從，乃以「蕭道成」的名義，贈送螺杯一只，「雜粽」一串，讓拓跋燾嘗嘗南方佳粽的美味。

黃甘粽

范雲是梁武帝蕭衍的「尙書殿中郎」，官位相當吃香；當他奉命出使到北魏時，北朝不敢怠慢，特地指派李彪爲專使，竭誠招待。

當晚，李專使設宴洗塵時，國賓席上，出現了「甘蔗」和「黃甘粽」。

按甘蔗一物，在南方是普通植物，但在北方，却異常名貴；唯范雲是南方人，當然覺得「無啥稀奇」，倒是對於「黃甘粽」，頗有興趣；一試之下，其味無窮，頃刻之間，全盤黃甘粽，由他一人報銷，意猶未足，再向主人索取。

頗爲吝嗇的李彪，於奉上第二盤時，當面交代著：「范散騎，倒要節約些才好，這回給後，再也不給了！」「唔……！」范雲邊吃邊唔著，一副狼狽相；他，成了食粽的「老饕」！不過，黃甘粽究竟是由哪些原料而包裹成的，史書既無明文說明，教人只有「莫測高深」了。

蜜粽

隋煬帝的大業年間，南海郡送到京都來的「念子樹」一百枝，囑令種在西苑的十六院內。念子樹高可一丈左右，葉似白楊、柯枝修長、細花、色作赤紅，有如蜀葵，其子頗大，略小於柿子，味微酸而甜，蜜漬後，作成「蜜粽」，馳名遐邇；范成大有詩道：「蜜粽冰團爲誰好？丹符綵索卿自欺。」足見後代仍有人吃到「蜜粽」的。

九子粽

唐玄宗開元年間，每屆端午節，宮中造「粉團・角黍」——號稱九子粽，貯在金盤上，以小角造弓，纖妙可愛，架箭射盤中的粉團，射中的有獎——得食，祇因粉團圓滑，甚難射中。李隆基有詩：「四時花競巧，九子粽爭新」，就是紀實的寫照。

基於「上有所好、下必有更甚之者」的定理，當是時，長安的達官巨賈、豪門閥閱，莫不盛行這種遊戲，而九子粽也名聞全國。

巧粽

盛行於北宋時代，是「大內」的特製品，內容不詳。

以上幾種「名粽」，全是帝王家「御廚」的產品，蓋他們有的是「優閑」的時間，更有的是充裕的財力和物力，自然可以從容地去發明應時的珍品，以應口腹之慾。

附提「巧粽」的一件軼事：

宋哲宗元祐三年（一〇八九年），蘇東坡學士在翰苑任職，端午節到了，得到皇家特賜的粽子一串，立作「端午帖子」一詩以謝恩：

上林珍木暗池臺，
蜀產吳苞萬里來，
不獨盤中見盧橘，
時于粽裏得楊梅。

「時于粽裏得楊梅」，粽子裏能摻雜滋味微酸的楊梅嗎？

顯然地，是不大可能的，但，蘇學士却偏那麼說，於是有人懷疑大概是「楊梅乾」。

拉雜說來，盡是「可望而不可及」的名物，唯乍談起來，證實佳節必有佳物以應景！

唐玄宗當媒婆

話說大唐王朝的好國王李隆基（玄宗），惦念著前方戰士的辛勞，命令宮中的后妃、宮嬪、美女才人……等，全體動員，製作寒衣獻給戰士，不日，第一件「韻事」就「蹭」上來了。

某一位幸運的戰士，穿上了宮人所製的寒衣，寒浪教他把另一手匿到袋中去，一張小小的花箋，垂手而揀得，摸出來一瞧，題著一首五言律詩：

沙場征戍客，寒苦若爲眠。
戰袍經手作，知落阿誰邊？
蓄意多添線，含情更著綿；
今生已過也，重結後身緣。

纏綿、哀惻，一股脈脈含情的盛情：「蓄意多添線，含情更著綿」，體貼、蘊藉，自天靈蓋直暖到後脚筋，而且還許下了宏願，要結「後身緣」吶！

有幸又有緣的該戰士，不敢私自「暗戀」，乃把該詩呈給主帥，主帥轉呈給玄宗。

善於處理「庶政」的李隆基把該詩貼在宮內的大佈告欄上，用硃筆加密圈，附註的批示語是：

「作者是那一個人？請坦白地『自首』吧！沒有一點關係的，也絕對不會受到譴責和處分的。」

當即有一位嬌健、美好的宮女，出面自首，承認是臨時起意，有感的「偶成」。

「偶成嗎？也許會成爲『天成』了。」心中已別有打算的李隆基道：「你不錯，你心裁別出，朕成全你，請你與該有緣的戰士，結成連理枝，完成『今身緣』吧！」

是爲「奉旨完婚」的第一美例，一時，美滿的佳話，傳遍了首都、邊圉和四野，人人爭頌著：

好心天子撮美事，

千里寒衣締良緣。

李唐王朝的「慰勞」戰士的「好家風」，一直流傳下去，冥冥中已構成「傳統的美德」。

當該王朝傳到第「十八世」的僖宗李儇時代，自然也以后妃、宮嬪、美女才人……等所親製的戰袍、寒衣一千套，奉獻給守邊禦敵的戰士。

無獨有偶的，一位運氣特佳的戰士「中獎了！」

他往穿在身上的戰袍內，一摸，摸出一片「金鎖」來，翻過來一瞧，附有一首小詩：

玉燭製袍夜，金刀呵手裁，

鎖情寄千里，鎖心終不開。

瞧吧！她是多麼的辛勞，在燭影搖紅下，於冰冷的深夜裏，一邊呵呵手，一邊小心的裁剪，爲的是把「心緒的情結」，隨著寒衣，寄到千里外，不知落在阿誰的手裏？

她那千結的「心鎖」呵！何時才能開？何時才會跳出似海的侯門而開放呢？

有緣有幸而誠實無私的戰士，即把那兩物，一起的呈交給主帥，主帥再呈交給僖宗。

熟識老家風的李儇，也依樣畫葫蘆的把「開元成例」搬出來照抄一遍。

該題詩的宮女，終於自動出來，坦承不諱，李儇親自接見，並作親切的談話：

「你的膽量眞不小，不但寄上了『情詩』，而且還附上實物的金鎖片。」

「錯了！」小宮女登時加以糾正：「報告皇上，是寄上了金鎖片，再附上詩的。」

「爲什麼要這樣做？」李儇有些大惑不解的，小心追問著。

「依小婢的想法，金鎖片是宮中的『無用之物』，正象徵我——這個無用之人；可是一旦到了捍衛國土的戰士手裏，那效用可就大呢！」

一語雙關的「口角春風的用語」，猛教李儇吃了一驚，暗想這姑娘好厲害，把無用之人和物混爲一談，一到了戰士的手裏，馬上化無用爲有用，眞有她的一套，於是裝作不懂的追究：

「請你說得清楚些！你所指的，究竟是金鎖片，抑或是人？」

「兩者都是吧。」

「所以你才附上詩，預作說明書，對嗎？」大皇帝自以爲猜中了。

「……。」她輕輕地頷著螓首，不擬逕答了。

「朕可以依照開元的老例，即日成全你，你的意下如何？」李儇有意要作「月下老人」了。

「謝謝皇上的恩典，小婢唯命是遵。」

「眞萬想不到，朕在無意裏，學作了先皇「玄宗第二」，現在你的心鎖，終該『開』了吧！」

「……。」小婢盈盈地下拜，無話可說。

「即時起，準備與該有緣的『開鎖戰士』成婚，再頒賜金鎖片一雙。」李儼敎有緣人成了神仙眷屬。

多少個世紀送寒衣、勞軍，伴隨著時代的行輪而消失了！但這些可歌可傳誦的韻事，依舊是人們津津樂道的話題。

奇幻

唐玄宗開元年間，有兩位考生——李生、張生，均因「名落孫山」的緣故，在怨恨、氣憤交加之下，相偕看破紅塵，而入山求道。

求道，需要經過一段不太舒服的磨練，李生吃不起那種苦，就此不告而別，偷偷地回到莽塵寰來了。

回來後的李生，奮發力學，鑽研經書，一場文戰下來，金榜題名，從此之後，他的官運，一路亨通，也扶搖直上。

到了天寶年間（西元七四一年），李生的官職，已作到大理丞（相當於時下的大法官）。

爲了一件重大的公案，李生須要到揚州去出差，在半途中，竟和昔年共同學道的張生邂逅了，班荊道故，兩者很親密的聊著。

聊了半天之後，張生執著李君的手道：

「能夠在此地和多年不見的老友見面，眞是難得之至，這樣吧，就到舍下去聊聊吧！」

「貴府離這兒遠不遠？」作了官兒的人，最怕的走遠路，李生是官兒，自然有此顧忌。

「不遠不遠，就此轉彎處的數箭之外的地方。」張生竭力安撫著。

李生心想，本來就打算找個地方來作下榻，現在有了現成的，又碰到老友，可以促膝長談，實在太美好了！

於是欣然同意，隨著張生而前行，果然在轉個小彎的一角，就出現一座門庭宏壯、園林蔭翳，僕從如雲，排場偉麗的巨宅。

李生目睹張生闊了，生活豪侈起來了，在目接心儀的情況下，也就由愕然而忘了追問：是由何時發起財來的？

既到廳堂上，僕侍、丫頭、雲鬢環佩、穿梭往來不絕；不一會，豐盛的筵席，就開起來，接著，庭中的女樂也出來歌舞，以娛佳賓。

在歌聲舞袖中，李生獨對著那位搊箏的女郎，注目了良久，雖然是酒眼模糊，但總覺得，她的一舉一動，一顰一笑，就是乃妻的模形。

最後，終於想把悶葫蘆打開，指著該彈箏女郎而問張生道：

「這位姑娘叫什麼？」

「你有意嗎？」張生好奇的反問一句。

「不！」

「那問她作什？」

「實不相瞞，她，不論從哪方面看來，太酷像我內人了！」

「哎！天下的女子，容貌相似、動作相同，從各方面看來都差不多的，多的是！」張生竭力否定著。

「說的也是！」

席將散，張生把該彈箏女郎叫到席前：

「老友佳賓，對你很有意思，現在借花獻佛，賜你一林檎（臺語叫釋迦）。」於是順手替她繫在裙帶上。

女郎作揖，謝禮，退下。

李生目凝，心旌搖搖，却無一話可說。

席散後，李生被送出門，上路，直奔揚州，把公務弄畢後，馬上回家。

到家之後的第一件大事，是試行搜索那林檎，結果在乃妻的裙帶上，果然找到了，好奇的李生追問著：

「這是怎麼回事，怎麼搞來的？」

「我也搞不清楚！」乃妻淡淡的，也有些眩惑的道：「那夜作了一個怪夢，被人強邀去觀宴，並表演搊箏，臨別時，得到這個特別紀念獎。」

「噢！」李生至此才明白，張生已能作幻遊戲了。

人才焉忍浪費

一

唐代的古文健將韓愈，爲文雄壯氣盛，健筆如大帚，橫掃駢儷的靡靡之風，抑且文隨意轉，言之有物，有卓越的理論、有創作的業績，兩者相輔復相成，自然得到人們的推崇；他與柳宗元共同成爲「古文復古運動」的健將，是事有必至，理所固然，並名至實歸的。

但，韓愈能寫動人的散文是一回事，而他個人的行徑，則又是一回事，兩者似可涇渭分明的劈劃開來。

且看韓氏於上宰相書後，「後十九日」暨「後廿九日復上宰相書」，是怎麼的「刻畫著自己」：「前『鄉貢』進士韓愈，謹再拜言」：「乃復敢自納於不測之誅，以求畢其說，而請命於左右！」末段是：「古之進人者，或取於盜，或舉於管庫，今布衣雖賤，猶足以方於此；情隘辭蹙，不知所裁。」又：「愈每有進而不知愧焉，書亟上，足數及門，而不知止焉，寧獨如此而已，惴惴焉惟不得出大賢（其實是大官兒）之門下是懼，亦惟少垂察焉。」（那位宰相是令狐綯先生）

韓愈爲什麼要表現一副猴急的可憐相呢？很少有人願意作「深入一層」的探討。

原來唐代的舉士出身有三：

㈠生徒，來自學校的挑選。

㈡鄉貢，由州縣所保舉。

㈢制舉，由朝廷所詔徵。

韓氏自我表明，係來自州縣的鄉貢進士，屬於第二項目，並無啥個了不起。

何況自唐玄宗的「御選六典」以來，言：凡貢舉人有博識高才，強學待問，無失俊選者，爲秀才；通三經以上者，爲明經；明嫻時務，精熟一經者，爲進士；是以進士不如明經，明經不如秀才。

但當時一般士人的趨向，唯重明經、進士二科，故其取士，亦以二科爲特盛；明經科得狄仁傑、徐有功；進士科得顏眞卿、白居易……等。

而韓氏出身鄉貢，雖然及第，雖在及第之後，必須復試於吏部（相當於考試院），假如（得選），才能「解褐而入仕」，可憐的古文學家，在禮部的選士試上，文戰大捷，但在吏部，則三戰皆敗北，是以「十年消磨」，依然是「布衣一個」，無官無職，可任可派，似此情況，怎麼能教他不猴急而要「恐懼，不敢逃遁，不知所爲」？並「自納於不測之誅」，再三再四的上書，「亦惟少垂憐」、「亦惟少垂察」呢？

其實，他的可憐相，猶不止於此而已，《白話文學史》的著者新文學家胡適氏，就老實不客氣作深入一層的剖析：

「當他諫迎佛骨時，氣概勇往，令人敬愛；遭了挫折之後，他的勇氣銷磨了，變成一個鄙卑的人。他在潮州時上表謝恩，自述能作歌誦皇帝功德的文章：『雖使古人復生，臣亦未肯多讓』，並勸皇帝定樂章、告神明、封禪太山、奏功皇天，這已是很可卑了；他在潮州任內，還造出作文《祭鱷魚》，鱷魚爲他遠徙六十里的『神話』，這更可卑了。」（見胡著：《白話文學史》）

胡氏雖一再強調他的「可卑」，却始終並未瞭解他的未能「解褐入仕」的內心苦悶，以及希冀長期地「保有祿位」的悸懼心態；徒然作表面的指摘，失之輕泛。

二

瞭解了韓古文家雖是「鄉貢進士」出身，却未能「解褐入仕」的來龍去脈後，則對於時下若干犖犖的大新聞，諸如：「大批醫科畢業生，醫師執照考不取」，馴致有九百四十餘人，賦閑在家無事可做！以及「法律學系畢業生，至今猶找不到職業的，比比皆是」的情況，也就不難「思過半」了。

原來醫學院的畢業生，於參加檢覈考試時，多有因「三民主義」和「國父思想」等科未能「過關斬將」而告「落第」的（法律學系的，想來也有志一同），於今既「榜上無名」，執照無從自「吏部」取得，只得賦閑在家，上焉者看看武俠小說，消遣消遣，較自愛的則作爲西藥廠的「推銷員」，戶限爲穿的穿梭於醫院與門診之間，求得衣食之資；次焉者多有「不克自持」地淪爲「無照的密醫」。

而在另一方面，醫院與法院，却羅致不到住院醫師和執法人物，形成了「人才的浪費」。該當如何解決那「吏部的瓶頸」，且看時賢的「鼎鼐手段」。

同日校正

一九八〇年度的戶口總檢查，鐵定於該年十二月廿八日的子夜零時舉行，屆時，全省各地的所有人、車等交通工具，均進入「休止狀態」，聽候戶籍有關人員的校對。

這項「同日校對」的查正，起於何時呢？

根據史書的記載，起於唐代，而其「提議人」，則是蘇環，在他的傳上，曾有這般記載：「環出爲同州刺史！」（同州，今陝西省大荔縣爲其舊址。）

當時是，「十道使」搜刮天下的「亡戶」，並不確立戶籍，人民以財賦既被徵收，却未得到保障與應享的權利，因之，彷彿鳥獸散般，多流向鄰縣旁州，藉以躲避搜刮，以致造成浮虛不實的現象，在戶政上。

蘇環深知個中的弊端，即行奏請：罷去十道使，把淸查戶口的工作，專事付與州、縣去執行，並責以「成效」呈報。

接著，蘇君又請求，囑令各州、縣先預立薄注，以爲登記，然後由朝廷頒定「同日校正」，且明定這項有意義的工作，一定要在一個月之內完成，違則依法議處。

蘇氏復強調著它的重要性：

「務使『梶奸』（梶作杜字解）匿藏，一括於『實檢』、制租、調，免勞弊。」（按唐代實行租、庸、調制）。

由於蘇環的徹底把握弊端，大力地一舉而加以廓清，因之政治又走上「淸明之路」！

同日校正

李德裕奇遇

李德裕是中唐時代的傑出人物，官至宰相，與牛僧孺互爭雄長，成爲「牛．李黨」的敵對巨頭。他自述一生遭到三次奇遇，被江湖術士看相論命，未付一文錢，均不幸而言中，也是夠教人納罕的。

某一個機緣，長安北門令管涔，把他的長相端詳了一會後，很認眞的作起揖來道賀：「恭喜恭喜，明年閣下就可作到皇帝的秘書。」

「什麼啊？作皇帝的秘書？」李德裕驚喜參半的。

「是的！命理已經安排妥當了！不過，話得說淸楚些，不是老皇帝的，而是少皇帝的。」

「眞的嗎？」李德裕幾乎不敢相信自己的耳朶。

論命的自悔失言；蓋因此時的憲宗李純，端坐於龍座之上，而太子李恆（他年的穆宗）尚小，怎麼會有「老皇、少皇」劃分於明年呢？自知失言的管涔，匆匆地避席而去，李德裕不願坐失良機，逕隨著在後的追問：「是啥個道理，而會服侍於少皇帝呢？」

「宿緣！宿緣！」一句既畢，人也溜了。

這一年是八二〇年，到了冬季，不幸的大事發生了，憲宗李純被閹醜陳弘志暗殺了；翌年（八二一）正月，穆宗李恆繼位，果然召李德裕入禁宮擔任秘書，職位是中丞，正式應了江湖術士的論斷。

查穆宗李恆在位，只有四年而已；至八二五年，闈中有個隱士前來求見李德裕，尙未寒暄，即開門見山的道：

「時事已大變，如不早日自我去職，你可能會作到『臨時宰相』，但大禍準緊隨在後。」

「那該怎麼辦？」疑惑、驚喜各參半的李德裕，誠惶誠恐的請教著。

「很簡單！馬上辭職，則代位的人，就是受禍者。」

「哇！」

「放心就是，十年之後，你終必入相，而且起自西方。」隱者的話才說完，拂起袖來，走了，連「拜茶」的時間，都認爲不必。

李德裕只好聽從論斷而辭職，出鎭吳門，作一個芝麻大的小官，那時才三十六歲。

公元八三三年，也即他在吳門待了九年頭後，有個于生伴個鶴髮的老道士來，才登上臺階，連法號都未詢明，老道頻頻作揖，且恭喜連連的：「未來的宰相，詔命快到了。」

「好說，好說！」李德裕莫名其妙的。

不久，詔命果然來了，遂束裝入京，出任爲文宗李昂的首揆，顯榮不可一世。

以後歷經武宗李瀍，宣宗李忱兩帝，忽起忽落，時入時出，與牛僧孺爭得鼻紅目腫；八四七年，終為宣宗所貶，降為崖州司戶（海南島的一個荒縣小秘書）。

這些「際遭」的奇特，使李德裕非常的不滿：「當我將榮顯時，就有奇人來道賀恭喜，當我在降職謫遷時，怎麼沒有半個怪人前來指點一二呢？」

那年，他在崖州，撒手這個莽塵寰，僅六十有三歲。

敬新磨·打天下

一

心中毫無種族和階級觀念，而竭誠願與優伶打成一片的後唐莊宗李存勗，憑心而論，他的心地，是最純良不過的，連「皇冠」的尊嚴都不想保持，他是多麼的「平民化」，在生活和藝術的造詣上。說來眞是令人難以置信，有那麼一回，李存勗就以「自己的本色」出現在舞臺上，高興得縱橫跳盪，去來的大呼大叫著自己的「藝名」：

「李天下、李天下！」

喊喊自己的「藝名」，原也不打緊，不料他還要繼續的拼命的喊，並且換了口吻：

「李天下，李天下你在哪裏呢？」

一語未畢，只見名演員敬新磨一個箭步，跳上前去，右手一揚，「劈」的一聲響，「刮啦鬆脆」的一只耳光，在李大皇帝側面臉掃過。

這樣當衆、無緣無故的無禮打擊，打得李存勗赧赧然的，滿臉漲得通通紅，呆呆的站在那裏，不知要怎樣找「臺階」來下場。

兩旁的侍衛，也被這驟然發生的「意外大事」，嚇得不知如何是好？

一些解事的伶人，一起跳上前，伸手把敬新磨加以抓住，一面準備聽候處分，一面大聲的叱問：

「你瘋了，膽敢對皇上這般的無禮？」

既安詳、鎮定也極有把握的敬新磨，當然有他的理由，乃從容不迫的道：

「李天下者，就祇有他一個人吧了！但他卻連續的呼喊著。不知他在呼喊著那個，所以，我才……。」

左右一聽，不禁都作「會心的微笑」，連那個已吃了「一只耳光」的大皇帝也不例外。

「說得好，糾正得有理！」李存勗終於找到「下臺」的臺階：「給獎，給獎！」

左右以及優伶們，既嫉妒也羨慕，更敬佩著敬新磨眞有一套，敢出手打了大人物，還有獎品可拿。

敬新磨的「手法」，似乎可推廣並效法，只要有理由和膽識——天下無事不可為。

「打天下」的典故，就是這麼發生的，以後竟化成通俗的流行語。

二

放肆慣了，又一向粗野無禮的名伶敬新磨，不知為了什麼特別的事故，把「好好先生」的李存勗，氣得七孔生煙，理智全失，並暴跳如雷起來。

古今中外的大拇指人物，有一不變的「不成文法」，即失去理智後，大權敎他可以隨便的宰人、殺人；出出鳥氣呵！大角色的鳥氣是極其可怕，並必須「一出」的。

當此之時，只見李存勗現出軍人的本色，信手抓起了弓矢，瞄準著敬新磨的心臟地帶，口中唸唸有詞的：

「我打死你這個小王八羔子，我打死你……。」

此刻，他只要把「食指」一放，敬新磨非馬上把「戶口遷入另一個國府」去不可。

這事態，是夠嚴重的，絕非眞戲假作。

陷於危急之中的敬新磨，覺得解鈴還是繫鈴人，乃很鎭靜，更很機智的應付著：

「哎哎！大皇帝，請你別再開玩笑！你要放明白，千萬不能殺我，殺了我，你自己也……嘿嘿！」敬新磨改用感歎詞來作結論。

「你還有理由吶?!殺了你就怎樣？」李存勗有些遲疑了，手中的「玄鈎」也略略放鬆些。

「殺了我，你就大不祥！」

「爲什麼？」

「因爲我與陛下共同體呀！」

「哼！」李存勗改用鼻音的：「你也配稱『跟我共同體』」？

「報告陛下，你聽我說吧！」

道：

「快說快說！」

敬新磨知道「拖延戰術」已生效，他的火氣已全消失了，於是慢條斯理地，又是一副頑皮相的

「你的開國年號是『同光』，天下的人，都叫你作『同光帝』，同是什麼？同，就是銅！銅，不管是純銅、紅銅或青銅，一和空氣接觸，最容易生鏽，生鏽就必須多磨多擦，因多擦多磨才會亮、才會光，所以，如果你殺了我敬新磨。就無人來擦來磨、無人來磨來擦，銅就無光了，一旦無光，皇帝也就黯然失色了！」敬新磨滔滔不絕地說出一片似是而非的道理來。

「也算是說得有理！」李存勗在聽完敬新磨的自白後，手中的弓箭，早已掉在地上。

敬新磨又逃過一次自行招來的危厄。

三

一向奔馳於草原及戰場上的李存勗，已貴爲天下的大拇指人物了，卻始終保持著「一慣的本色」——嗜好打獵，只要是有餘暇。

當他聽說中牟縣的丘陵和山野有的是野獸，於是就選定它作爲牧場來行獵；當山野的野獸在走投無路的情況下，本能地奔入田野的麥苗中去躲避災難，正在追奔逐北的畋獵大人物，興趣濃得化不開時，自然不顧一切，揚鞭縱馬的殺入田野中去，左右侍從的人員，一看大角色尙且如此恣意的蹂躪「民物」，當然更無所愛惜的全部投入，爭相在田野中「作業」起來了。

上下「有志一同」的共同摧毀「民物」，作賤「民生」物資，這是多麼荒唐，多麼殘暴的行爲啊！

綠綠油油、葱翠、碧青的麥田，在刹那之間，被踩得七零八落，荒蕪不堪。

目擊斯情斯景，心如刀割的中牟縣令，頓感覺這又是一場不可饒恕的「人爲災難」，只見他，本諸良知良能地躍馬而前，扣住大皇帝的馬轡，哀婉地爲民請命。

一心一意只顧自己的行獵興趣，完全忽略了「民脈的民生問題」的大皇帝李存勗，認爲中牟縣令，太不知趣，純然是來掃他的興，一時，理智全失地怒吼起來：

「滾！滾滾！」

可是強項的中牟縣令，既然膽敢出來爲民請命，當然也有恃無恐，決不因大角色的「說滾、就滾」，因之，仍相應不理地，很執著的懇求著。

「左右啊！把這小角色推出去！」

（謹按：推出去，這一名稱，於大權在握者的心目中，等於推到刑場去執行！）

一看「苗頭」不對的中牟縣令，心知紕漏鬧大了，馬上揚起馬鞭子，啪的一聲響，一溜煙的跑了。

「那角色非宰掉不可！」李存勗的餘怒猶未息的，理智自然尙未恢復過來。

跟隨著大皇帝一起來打獵的優伶們，都不知如何是好？

只有敬新磨心中明白，大角色爲了面子，心火被燒旺起來，餘怒難息，中牟縣令可能準有一場災難要受了！於是也馬上把鞭子一揚，快馬加鞭地去追捕那中牟縣令，不一會，果然被他逮捕到，帶到李存勗的面前，自己擔任起「臨時檢察官」來，很快地編出「口頭起訴書」：

「你呀！枉費你，白作了中牟的縣令！要明白，既作了地方父母官，第一件『基本守則』，必須弄明白的是：咱們的李大皇帝，最最喜愛打打獵！打獵，怎麼可以沒有牧場？沒有牧場還打啥個屁獵？」

「所以，你儘可教老百姓不必去耕種，不耕種就不必交賦稅、納地租、繳稻穀，儘可以把田園荒蕪，讓其中長滿了野獸，好讓咱們李大皇帝及侍從們來開開心、打打獵！現在你既枉作了『縣令』，什麼也不知，什麼也不懂！這就死有餘辜了！」敬新磨一五一十地，信口的揑編出一篇「話中有話」的「罪狀」來，教人聽後，有些啼笑皆非的。只見他，又鄭重其事的對著李大皇帝道：

「馬上宰了怎麼樣？」

那跟隨著的優伶，爭相隨聲附和的吵嚷著：

「他該死！宰了算了！宰了算了！」

情況演變至此，理智已由「風言風語」中逐漸恢復正常的李存勗，也感覺自己太魯莽，太情感用事了，不禁微微地莞爾起來，道：

「算了算了！不必認眞！」

「要不要就地——？」敬新磨特地又加上一句別的「雙關語」。

「他——中牟縣令，沒有錯，放了他吧！」

「聽著！中牟縣令呀！大皇帝已宣佈：你沒有錯！也就沒有罪！現在當庭開釋，不必去覓店保或人保，請叩謝我主李大皇帝的隆恩！」敬新磨純按著官家的禮節來進行，有板有眼的。

「算了算了！他既沒有錯！一切都免了！」李存勗慌忙補加著。

「唔——呵！免了！謝恩的大典也免了，一切從寬！」敬新磨窮吼起來。一片歡樂，盈充著整座田野，彷彿仍在舞臺上般。

落日的餘暉，襯出原野的景色，清新、脫俗又莊嚴。

砭時雜劇・趙宋的「連環泡」

盛行於唐代的參軍戲，嬗遞到趙宋王朝的時候，一變而成爲「雜劇」。在脚色與佈局方面，業已擷採該劇裏的主角（參軍）與配角（蒼鶻）的特色，融冶於一爐了。從演技上說，自然較以前更爲洗練；而在情節上，比較複雜化，且大量的注入幽默詼諧，以及訕誚諷誡，因之，從本質上剖析，竟是不折不扣的砭時滑稽戲。

凡扮演這類雜劇的優伶，必備的基本條件是：「猛打諢入」，同時更須「猛打諢出」。也即把往事與時事兩者撮合在一起，靈活的運用，以達到逗趣、取樂、諷時、救弊的目的。

表面上，似是在給人歡樂、解頤，但內涵卻相當嚴肅；伶人須具備膽識、魄力，更要把社會各方面的脈動型態，以及民衆心目中所亟需表達的意見，通過藝術的形式，既委婉也含蓄，更很技巧的表演出來，好讓世人瞭解到時弊在哪兒、輿論是什麼？

俠伶們所反映的、所糾正的砭時雜劇，目的祇有一個：「言者無罪，聽者足誡」；在那個毫無民意可表達的「君權・神權」混而爲一而盛行的時代裏，他們居然能把「民意」作間接性的表達，實不啻爲「民衆的喉舌」、「有力的代議士」。

他們非常關懷行政的措施、社會的風氣、民心的趨向以及學術的動態……等，然後把它打碎、調和，經過提煉並昇華到最高層次的準則，復通過藝術的手法，來表現征愁祛恨、嘲諷糾謬的目的；有的因而犧牲了寶貴的自由與寶貴的生命也在所不惜，多麼豪邁英偉的伶人啊！

教人遺憾不已的是，這類雜劇滑稽戲，僅流行於大內的宮廷或高官巨賈、豪門閥閱的「讌集・堂會」裏，一般民衆是未能沾沐其惠的；正因唯此，俠伶的高水準，以及富有幽默感的諷誡表演，成了曲高和寡的現象，從糾謬砭時「雅的方面」來說，是無負其使命的終於達成了；但在下里巴人的「俗的方面」來講，卻未能普徧的平民化，這是不能不引爲遺憾的。

爲了徹底瞭解那性質、行徑的動態，略加以「類型的差別」，以期更深入一層的洞悉那內涵的蘊義和功效：

解紛

力圖振興去弊的青年皇帝宋神宗趙頊，已查知一位宗親大員，自以爲有了大功而大開門面的收受紅包，爲數很可觀；這樣公然的破壞了政治的新氣象。

該怎樣來處理這個貪官呢？趙頊傷了好幾天的腦筋。

妙法終於被找到了！內廷有御宴，宮劇要扮演，趙頊把伶官請來，請他變相的給「貪官」一頓教訓。

機智百出的優伶，即時有了好材料，自己化裝成「十五郎」，姓「旁」（諧「螃」蟹），等候人家來釣魚。

不一會，有人持竿出來垂釣，就在大盤內，釣了一隻大蟹，十五郎一見之下，大驚的喊了起來：「你啊！好長的手脚！我想要把你烹掉，又想念你我是同姓同宗，現且原諒你，不過只限這一次，下不爲例。」俠伶有聲有色的指責著，那貪官已面無人色，渾身打起「疙瘩」來；第二天，神宗下令，把他放到邊地去「思過」。

一件關係國家「綱紀問題」的棘手大事，哪料到竟在伶人的輕鬆「口風」裏，給解決了，眞令人拍案叫絕。

救厄

金人在華北採取大規模軍事行動，攻城略地，刧掠民衆；宋朝自問無力抵抗，即派樞密使路允迪北上，以河東之地割讓，算是以安撫手段來換取和平的一種。

路允迪有個票友王亢，以前是伶官，被拉著作伴同行。

查王亢的形相，是深目眶、高鼻子、鬍鬚滿面，再加上氈帽羊裘、猴坐在駿馬上，模形太有些「異樣」了。

在當時，民衆因缺乏政府有力的保護，多結聯相保，一旦發現不倫不類的王亢，誤以爲是敵人的間諜，立即逮捕，並打算綑縛後解押至州府；王亢一面解釋，一面抗禦。

有條大漢猛吼著：「你如果不肯被縛，我馬上把你的雙臂砍掉。」

「好啊！把我的左臂砍掉吧。」王亢居然會同意的。

「咦！這是爲什麼呢？」那大漢疑惑起來了。

「留下右臂，我可以抓抓癢呀！」

「原來他是個伶人！」群衆不禁都哄笑起來。

王亢就憑那一句，化險爲夷。他那帶滑稽性的口頭禪用語，成了最好的「身分證」。

㈠警　悟

公元一一〇三年（宋徽宗的崇寧二年），宰相蔡元長（即蔡京）建議並執行，改鑄大錢，以一當十使用，民衆感到很不方便，儘管不方便，但也莫奈他何。

機會終於被抓到了。宮廷內宴，雜劇上演：

舞臺上，有個豆漿攤，有人在賣，有人在飲用。

客人飲後，付出一個「大錢」：「找一找吧！」

「對不起，沒有零錢（即輔幣）可找。」賣者說。

「那怎麼辦？」

「請你再飲幾碗吧！」

「也只好如此了。」客人不得已，一連飲了五六碗下去，直到大腹便便的，鼓起腹部無可奈何的道：

「假使相公以一改作百，教我怎麼辦？」

徽宗趙佶、蔡宰相聽後，顏色立變，隨廢去前法。

蔡元長的剛愎自用、渾然不顧民間的「方便與否」的妄行政令，經不起伶人的一場輕鬆活潑的短劇而煙消雲散；俠伶的行徑，不啻是「人民的喉舌」。

(二)減　半

趙宋自建國以來，財政永遠虧空，原因固錯雜萬端，實質不外乎：官吏冗員膨脹，俸祿恩賞激增，加上遼夏的歲幣、封禪郊祀的浪費、齋醮宮觀的糜用，此外就是軍人數量的暴漲，結果是竭天下之財，養一大批「飯桶兵」，兵額愈多，國勢竟作出反比的愈弱。

現在國庫虛空了，有人提出「薪津減半」的動議。

宋代的「連環泡」雜劇上演哉。

有個優伶，打扮成「衣冠之士」的模樣出場，奇妙的是：他的冠帽、服裝、腰帶甚至於鞋襪，都自動的減去一大半，有人感到稀奇的探問，回答很乾脆：「減半！」

減半已減得捉襟見肘、不倫不類了，但劇情尚在發展中，接著，伶人併兩足共穿半條褲，然後拼成一足的往前跳行；有人又感到怪怪的，再作探問，回答仍同前：減半。

探問者不禁長長的吁歎起來了：

「只曉得減半，哪想到『難行！』」

連環泡短劇，傳到有權決定「減半」的權威人物的耳鼓內，即刻罷議。

根據這一點，伶人已在無形裏，為千萬的公務人員請命，如果說：他們才是懂得民情的議員，則當之而無愧；這與那終年訥訥、尸位素餐的，實不可同日而語。

㈢三十六髻

當金人在關外聲勢大盛時，在朝的首揆蔡京、童貫等認為機會難得，派遣使者，泛海北去，締結「攻遼」的軍事同盟，結果是金勝遼，遼仍勝宋，等於大敗北，時在公元一一二三年（宋徽宗宣和五年）。

轟動的時事，教伶人有了時新的劇材。

內廷讌宴，教坊所排列出來的，全是丫頭的打扮，共三四人，服裝首飾，都不相同。

第一位是把雲髻壓在額頭上，自己說明：「小的是蔡（京）太師的家人。」

第二位把雲髻作偏墜狀，自稱：「鄭太宰居中的家人。」

第三位滿頭都是小髻，道：「童大王的家人。」

有人，上前，探問：那雲髻有啥個意義？

蔡家小丫頭答道：「太師覲清光，這叫『朝天髻』。」

鄭家的也說明了：「我家的太宰奉祠就第，這叫『懶梳髻』。」

最後，輪到了童家的小丫頭，她說：『大王方用兵，這是三十六髻』（按髻諧音計，象徵三十六計，走為上計）。

童貫係一閹醜，渾然不知兵事為何物，居然以軍團司令自居，揮軍攻遼；而敗北，原是意料中事，於是每年再增貢絹、銀各二十萬匹、兩給金，以購買「暫時的和平」，童大王所建立的豐功偉績，難怪俠伶要替民衆出一口怨氣。

依同一事例，還有更糟的緊接而來：

㈣生　菱

金人縱兵循線而南下，進攻六合，守將郭倪、郭果等竄逃至揚州。

宮廷雜劇開演：桌上，擺滿了「生菱」。

有二人在搬移桌子，桌子一移動，生菱滿地的墜落。

一個伶人大聲的喟嘆：「苦啊苦啊苦！苦啊苦啊苦！壞了這麼多的『生菱』，祇因移了果桌。」（按生菱諧生靈，移果諧同倪、果。）

只因郭倪、郭果兩將的窩囊，苦壞了偏地的生靈，這是多麼痛徹肺腑的「民衆心聲」啊！

諷　誡

南宋高宗趙構的紹興十五年（公元一一四五年）四月，秦檜因功，賜第於（臨安・今杭州）望仙橋，並賜銀絹一萬兩、匹，錢千萬，綵千縑；有詔：就第、賜宴。

讌宴席開，敎坊上演：有位優官出來作開場白後，退入；繼而有個參軍出場，盡量歌頌秦某的功德；另有一伶，持一只荷葉狀太師交椅尾隨著，然後是相互打諢揷科、鹹酸夾雜，致使在座的來賓，無人不展開歡顏笑靨。

在一片歡笑聲裏，那參軍拱揖答謝，想就椅子上小坐，突然間，幞頭掉落在地，竟出現個「總髮髻」，如行伍的大巾鐶，作成雙疊勝的模樣。

伶人遥指著的問道：「這是啥個鐶？」

「兩聖鐶！」參軍答著（按兩聖指徽、欽兩帝，暗諸兩聖還之意。）

那伶人即刻以「樸木」打擊他的腦袋，道：

「你啊！只管坐太師交椅，領取銀絹例物，把此『鐶』掉在腦後，讓他去，就是了。」

一語才畢，滿座失色。

秦檜大怒，明令手下爪牙，逮捕伶人，送入獄中，多有被活活用刑至死的。

從此之後，『語禁』（鉗制言論自由）盛行了。

多麼英勇、多麼豪邁的俠伶啊！膽敢在人家的權傾內外、炙手可熱的「大下」裏，依然本著天地的正氣，既無所畏懼，也無所逃命的把民衆心中所想表達的，堂堂正正的公開，並表演出來。

可愛可敬的俠義豪伶，終因敵不過有權柄者的淫威而倒下去了！鏗然有聲地；但廣大的「有志一同者」，並不因而有所畏懼，從而放棄了他們的「天良職責」，恰恰相反，他們依舊我行我素地克盡了他們的「天賦言職」，渾然不把人家的「權威」擺在心上，不管人家的官位有多大多高多炙手可熱！瞧！請瞧瞧：

㈠政由裏面

韓侂胄爬上相國的寶座，自恃有功，一切政務，皆「矯旨」的推行。

正值宮廷內譙，「連環泡」幕開。

伶人汪公瑾，表演一套後，慨然的表白了：

「今天的政務諸事，完全像客人賣傘，不油裏面。」

一語雙關，已逕指朝政不由寧宗所主，而由韓某獨行獨斷了。

公元一二〇六年（寧宗趙擴的開禧二年），不自量力的韓宰相，想對外建功，藉以自固其相位，乃揮軍北伐攻金，不出所料，各路潰敗，只得講和，條件是：宋主稱金章宗爲伯父，歲幣增爲三十萬兩、絹三十萬匹，另付「犒軍錢」三百萬貫。

南宋的國庫，被搬運一空，韓宰相苦惱之餘，鬍鬚、鬢髮，在數天之內，全部變白；憂鬱、煩悶、長吁、短歎、痛苦不可名狀：結局還是駕到宮內去「觀劇」吧：

㈡樊　惱

舞臺上，出現三位演員：樊遲、樊噲、還有一個，自稱是「樊惱」（諧煩惱）。

有一伶人自內出，作揖的問道：「你的大名誰取的？」

「誰都曉得，俺的名字是孔老夫子所取的。」樊遲答著。

「唔！原來是孔門的高足，失敬失敬。」他一面道歉，一面轉向次一位：「閣下的大名呢？」

「漢高祖劉邦所取的。」樊噲猛吼著，宛如在「鴻門宴」的大廳上一樣。

「眞是漢家的大將，久仰久仰。」伶人道歉如故，再轉向第三者：「足下的大名是啥？」

「小的叫樊惱。」樊惱自我吹噓著。

「這名字似不見經傳。」

「是的！樊惱是自己惹來的。」

「自取煩惱」的典故，是這般輕鬆的被搬上舞臺，並在有權勢者的面前，表現給你看，多麼的有魄力！

俠伶膽敢當面揶揄有權者的不自量力、喪師辱國、耗盡人民的血汗，純是未能知己知彼的「煩惱自取」，怪不得任何一個人。

像這樣機帶雙敲、寓意深邃的上乘創作，顯見俠伶們的亢爽豪邁、卓絕不群的行徑，已爲砭時雜劇建立一塊仰之彌高的紀功碑。

不絕如縷的時事，紛至不斷的沓來，再瞧另一個：

㈢鑽彌遠

公元一二二四年，宋寧宗趙擴在政治舞臺上「謝幕」，權臣史彌遠認爲機不可失，簇擁趙貴誠，爬上寶座，是爲理宗；坐位後，叫區公所改名爲趙昀，把前名作廢。

擁立有功的角色，當然是宰相，一朝權在手，便把令來行，人事、政務、官吏……等，都出自「史家」。

制闈大宴：優伶統穿上華麗的衣裳，成衣冠人物，都說是「孔門弟子」，並相互宣佈：我們全是選人，然後個個報名道姓：

「我叫常從事。」

「我叫作於從政。」

「我是吾將仕。」

「我嘛?!路文學就是我。」

另外，又蹦出二個人來。

「呃！我叫宰吾！夫子曰：『於予與改』，眞是僥倖。」

另一個道：「我，顏回是也！老夫子說：『回也不改』，我爲四科（按即德行、言語、政事、文學）之首，就是不改，你爲什麼要獨改？」

「我鑽，所以改了，你爲啥不鑽？」作宰吾的答。

顏回冷冷地道：「我並非不鑽，而鑽彌堅啊！」

扮宰吾的大聲吼著：

「你的不改，也許是對的，但爲啥不鑽鑽『彌遠』呢？」

機智百出的伶人，熟識了《論語》中「仰之彌高，鑽之彌堅」的成典，從而聯想到當權派人物的「彌遠」，乃用機鋒逼人的機話、直戳進他的內心去，讓他瞭解民衆的苦惱，遠比那譏諷更厲害。

㈣奸相肚裏……？

世人莫不相信傳統的說法：「宰相肚裏好撐船！」這得看什麼人，大抵的說：賢相是可以撐一撐，而奸相哪，非但不能撐，而且準教人在「陰溝裏翻船」。

伶人諷刺了秦太師檜，結果鋃鐺入獄，庾死囹圄之內。

其次該輪到史大丞相的「整人」。

史彌遠拜相的那天，相府裏盛開筵席，賓客盈門、鑼鼓喧天，堂會的「雜劇」連環泡上演了。

有一個伶人，衣冠楚楚的，出來唸歌頌式的定場詩：

滿場朱紫貴；
盡是讀書人。

站在一邊的另一個衣冠楚楚客，連忙加以糾正：

「不對，不對！」

「怎麼不對？」

「滿朝朱紫貴，

盡是四明人。」（按四明，係阿拉寧波人。）

史大宰相，登時氣得一佛出世兼七孔生煙。打從這個時候起，史宰相痛下決心，以後絕對不看「連環泡雜劇」，他主政二十餘年，確確實實的作到「貫徹始終」。可惜到了北伐兵敗，又不得不到內廷「應卯」的瞧他一瞧時，他的首級，已必須伴著「議和書」，一起向「金主謝罪」了。

㈤撏撦李義山

多才多藝的伶人，不但由衷的關懷著政治、社會、風尚，而且更關心學術的風氣哪。

下面一齣簡短的雜劇，蘊義最爲深邃、綿遠：

宋眞宗趙恆的大中祥符（四字頭年號）及天禧間（約自一〇〇八至一〇二一年），自從王欽若僞造天書以欺世外，一般的說來，文士如楊大年、錢文禧、晏元獻、劉子儀等皆以「文章立朝」，四位文士所作的詩，清一色的都以李義山（商隱）爲宗。

後進的來者，多有剽竊李義山的詩句而揚揚自得的，是爲一時的風尙。

宮廷的內宴開始，舞臺上出現一個詩人——李義山；衣服破敗、鞋襪不全，一副齷齪相，踽踽地在獨步。

另一個伶人上，問道：「閣下是誰？」

「李義山。」

「怎麼會搞成這副模樣？」

「無辦法哇！我被諸館職的各路文物，撏撦、摘取成這種樣子的。」

臺下哄然大笑不止。

連環泡雖短暫，但不難從「李義山」的嘴裏，窺見當時「文壇風尙」的一斑；胸次旣無半點墨，偏要剽掠撏撦，把個李商隱，搞得像馬路上的「癟三」。

再欣賞那多方規諫「時弊」的：

砭　時

御前雜劇上演，在座的都是顯赫的角色。

舞臺上，有打扮成「秀才型」的共三員。

有人首先問第一個秀才：「仙鄉是哪兒？」

「上黨人。」第一秀才回答著。

再問第二位秀才：「仙鄉何處？」

「澤州人。」其次的答道。

復問第三位秀才：「貴府在哪裏？」

「湖州人。」

轉過來問上黨秀才：貴鄉出產啥個生藥？

「本鄉出人參。」（其實是黨參。）

再問澤州秀才：「貴鄉產有啥個名藥？」

「某鄉出甘草。」

三問湖州秀才：「貴鄉呢？出啥個名藥？」

「出黃蘗。」

「什麼哇？湖州怎會出黃蘗？」

「最是黃蘗苦煞人！」

嗟歎之聲四起。

（按黃蘗俗叫黃柏，又叫蘗木，實如黃豆。熟時變黑；這也就是說，皇伯秀王在湖州，仗勢欺人，貪污犯法，亂來一通，俠伶以此來作反映；即日該秀王被召回，一地得以安寧。）

件。

㈠女冠

女冠（即女道士）吳知古用事，人人皆側目。

內廷讌宴上，連環泡開幕，有個參軍，在筵席邊傾聽奏樂，朝廷裏的幹事，却蹭上前請他閱看文件。

參軍故意很生氣的道：「我正在傾聽觱栗（古代的軍樂器）的吹奏，稍等一等。」

幹事再三、再四的堅請。

但參軍所回答的，總是那一句。

已失去了耐性的幹事，終於火大了，用手栗爆敲擊對方的腦袋：「什麼事都被那觱栗搞壞了。」

（按當時稱呼「黃冠」（道士）為觱栗。）

一句委婉的句子，教那些被「女冠」的「迷魂咒」所蠱惑的帝王，要及時的把腦筋抹上「清腦油」。

㈡笑罵由他

幽默、逗笑、取樂、突梯滑稽的，均是伶人們的看家本領和拿手好戲。

有個叫袁三的，聲名相當的響亮。

他的副官、也姓袁的，被派到四川去，坐鎮一方，好不神氣。不幸的是，好收紅包，醜聞時時傳出。

雜劇上演了：有四個伶人，名字叫作酒、色、財、氣；四個人各自炫誇自己的愛好及取樂之道，然後是相互的譏誚、調侃。
有個姓袁的伶人，竭力強調著：
「我平生最最喜愛的，就是錢財！財財財！錢財是我的第一生命。」
群伶再度相互調侃、譏笑，甚至於詈罵。
那袁伶毫不在乎的，徐徐以手指對著自己道：
「任憑你們去譏笑吧！其奈老夫就是偏愛錢財何？」
多麼的鏗鏘有力，譏盡了人間世上，那些永遠守住財物的守財奴。
無獨有偶的，又有一個袁某的行徑，幾乎雷同的：

㈢酒拍戶

袁彥純是個京官，專心作「公賣局」賣酒的事業，一旦供不應求，酒賣光後，他會取常州、宜興的縣酒以及衢州、龍游的縣酒，當作京酒的在都下販賣。
這絕好的題材，被伶人搬作御前雜劇而演出：
三個官人出現於舞臺上，一是京官，一是常州太守，另一是衢州太守。
三者在激烈地爭奪座位。
「行行，我讓你，因你不宜在本州之下。」常州太守禮讓給京官。
衢州太守有些不高興了，道：「京官應當在我們二州之下才對勁。」
「怎麼會有這種論調呢？」常州太守疑惑地反問著。

「因爲他是我們兩州的『拍戶』啊！」衢州太守毫不客氣地逕指著。

（按拍戶，相當於經紀人的 Broker，或稱作掮客。）

寧宗等，不覺哈哈地猛笑著，只有袁某一人是例外。

另一與「酒太守」有關的「連環泡」如次：

㈣徹底清

王叔在吳門（今蘇州），主持「酒政」，爲了使酒能與名牌並列起見，特地命名爲「徹底清」。

御宴時，雜劇上演，幕開：

有個伶人，持一個大酒樽、夸夸其談的誇著海口：

「哎哎！諸位看清楚：這是新出的名酒——徹底清。」

「開樽讓我們看看吧！」觀衆要求著。

「可以，可以！」

一開之下，卻是「濁醪」。

「你既說是徹底清，怎麼會變成濁醪？」憤怒的觀衆，群起的責備著。

「告訴各位吧！本來是『徹底清』，沒想到被錢打渾了。」臺上緩緩地解釋著。

天下的事事物物、徹底清自然應在內；原本是徹底清的，但都被錢打得渾渹渹，甚至於昏頭轉向或昏天黑地哪。

盛行起來了！

詼諧百出、寄意深長的宋代雜劇，表面上，似尾隨著南宋的滅亡（一二七六年）而消失，顧在事實上，卻「大謬不然也」。它反而大盛特盛地流行了起來，原因哪，當然要歸於崛起於草原的蒙古民族。因椎魯不文，無從欣賞中國民族的高深文化，獨對於舞臺之上的生、旦、淨、末、丑的一舉一動、一顰一笑、一舉手一提足，寄以由衷的激賞、欣賞、鑑賞，並賞之又賞的深賞下去。

在這數賞之下，雜劇在中國的戲曲史上，乃成爲一個新紀元。

當是時，即有北曲、南曲的差別；前者繼起於北方的雜劇，後者發展於南方的南戲，亦即地方戲。

人們大抵都明白：戲曲是表演於舞臺之上的綜合藝術，音樂和載歌載舞，雖是其中的主要因素，但動作與賓白的對話，乃是戲曲必備的基本條件。

所以，雜劇到了元代，已自我化爲「代言體」：有動作、有賓白、更有歌曲，復加上角色的化裝與乎佈景的講究，於是乎由從前歌唱、說話分工的大曲、曲破等舞曲，由坐而說唱的諸宮調，演變至此，已水到渠成地變爲登場扮演的「舞臺藝術」了。

宋代俠伶的膽識、正義的行徑及其「連環泡」的雜劇，至此已克盡了時代的使命，理合剎筆才是。

但，餘風所播，流波所及，朱明王朝的宮中，居然出現孟德爾定律中的「隔代遺傳」，一併談談，以顯示那宏偉的影響力。

隔代遺傳

朱明宮廷內，有一個中官（太監），姓名不淸楚，因他幽默又詼諧，人家統叫他爲阿丑，阿丑成了他的姓名。

阿丑有膽識、魄力，膽敢在皇帝面前，表演諷趣的短劇，而大有東方朔「譎諫」的韻味。

當大太監汪直（閹醜）被憲宗朱見深於一四七七年發表爲「西廠」（等於德國的蓋世太保）的主持人後，勢傾中外，人人無不側目。

㈠汪太監來了！

阿丑認爲應當給朱見深「上一課」。

那一天，他化裝成一個酗酒的醉漢，瘋瘋癲癲的。

有人大聲的警告：「某某警察署長（執金吾）來了。」

他理都不理，醉態如故。

不一會，有人又警告：「皇上聖駕到。」

阿丑不理也如故。

不一會，又有人高聲喊著：「汪太監來了！」

醉漢阿丑，驟然驚懼，不再裝瘋賣傻而帖然地站在半邊恭候。

「呃！是啥個道理？」那人要探問個究竟了：「連聖駕駕到都不怕，卻怕一個汪太監？」

「唔哦！你不曉得嗎？」阿丑清醒地反問著：「我只曉得有汪太監，不再知道有天子。」

這是阿丑的連環泡第一齣，還有別一齣：

㈡兩　鉞

當是時，汪直是炙手可熱的至高無上人物，拍馬客特別多，就中以王鉞、陳鉞兩大員拍得最不像話。

好題材給阿丑抓到了。

他化裝成王、陳兩官兒的模樣，兩手各持著一根大斧，踉踉蹌蹌的遊行。

「你是幹啥子的？」有人追上去逕問著。

「我是帶兵的將官，完全要依仗這兩根大鉞。」阿丑一面趨走，一面解釋著。

「那鉞叫啥名字？」

「這一根叫王鉞，這一根叫陳鉞。」

「行嗎？」

「汪太監手下的大將，怎麼不行？」

憲宗朱見深聽後，莞爾地一笑。

查中官阿丑，原本是與「汪相公直」，「同乘一條船、同吃一鍋飯、更同穿一條褲」的「同字號」兄弟；但，他竟本著天賦的良知，厭惡汪直的不守本分的恣睢跋扈、凌虐無辜的平民，因之，膽敢在有權者的面前，開起玩笑來的幽汪直個半默，希望朱見深先生能從中領悟「個中的資訊」。

果不出所料，公元一四八二年，汪閹醜被貶，西廠宣佈「長期打烊」。

不廢江河萬古流！

綜觀上述這些近乎突梯滑稽的雜劇，功能之多，計有解紛、救禍、警悟、醒世、諷誡、規時、譏誚以及逗趣、幽默，在這些行徑裏，想見這些俠伶的風儀，是這麼的具有卓越的高標、橫溢的機智、雄壯的氣勢和豪邁的膽識，那種絕不爲「大氣壓力」所懾伏的精神、爲人民表達心聲，爲民族表現正氣的大無畏精神，益發令人欽敬不已。

他們難道不是曠世的賢豪，而寄隱於市井的遊俠？

他們有的是骨鯁在喉的痛心人，假借紅牙拍板，取瑟而歌的長歌著。

他們藐視世上「一切的權柄」，並把有權柄者玩弄於股掌之上。

他們誠誠懇懇、一心一意地獻身於「綜合藝臺」的戲曲之上。

有人愛玩「大舞臺」，但他們寧願玩玩「小舞臺」。

玩大舞臺就成大人物了嗎？哼！哼！爾曹身與名俱滅。

玩小舞臺就成爲小人物嗎？嘿！嚇嚇！不廢江河萬古流！

宋代的「考核」

我國自唐虞、三代以來，對於官吏的考績，早已列爲「黜陟之典」，蔚爲宋世的「常制」。

趙宋於開國之後，把唐代的「四善」接受下來，作爲一歲之中的「考核成績」，那四善是：⑴德義有聞。⑵清愼明著。⑶公平可稱。⑷恪勤匪懈。

復把唐代的「二十七最」，簡化起來，分爲三最：

㈠獄訟無冤，賦稅不擾——治事之最。

㈡農桑墾殖，水利興修——勸課之最。

㈢屛除盜賊，民獲安處困窮，不改流移——撫養之最。

條文規定得至爲明確，法良意亦美，至於是否能循此以「別爲優劣而詔黜陟」，則又是另一回事，觀乎下文的二個例子，就不難思過半了：

㈠九八九年（宋太宗端拱二年），鎭州都部署，宣徽南院使（總領內諸司及三班內侍之籍，掌軍民之務）郭守文逝世了！守文爲人沈靜而有謀略，是坐鎭邊圉的封疆人物，自九八六年的岐溝關大敗後，契丹常常入寇，北邊一夕數警，但趙匡義把郭守文安排於常山（今河北正定縣），付與事權，以抗禦「北寇」；一時，邊疆也就安靜而無事，足見郭守文應付的「有方」，而且「得法」。

郭守文的應付有方，朝廷方面是否很清楚呢？不見得，因爲當他逝世後，朝廷並無啥個特殊的表示，但在當地，可就不同了！不論識與不識的「武夫、悍卒」……等，莫不流淚，趙匡義覺得很奇怪，爲什麼會有這種現象呢，一位從北方來的「中使」道：

「郭守文把自己的俸祿，薪津所得，並沒有帶回家去，統統買了牛酒，犒賞將士，所以，在他逝世之日，身上幾乎一無所有。」

趙匡義聽後，深爲感動，也嗟嘆了一會，然後叫有司們「賜錢五百萬」，以獎其廉能公忠；假如前面的「年終考核」有貫徹實行的話，當不至於此吧！

㈡三年之後（九九二年），涼州觀察使，判雄州事（今河北雄縣），下邳人劉福也去世了。

劉福雖貴爲觀察使，卻目不識丁，連「之無」兩字都渾然不識，可是，不識字是一回事，對於待人接物，御下有方又是一回事。

劉福爲政簡易，御下有方略，坐鎮於邊圉的雄州，達五年之久，境內一片寧謐，他的子女常勸他廣建府第，劉福很冒火的斥責著。

「我的薪俸，可以養活你們，也夠租賃房屋，你們全無一尺一寸的功勞，以報效國家，怎麼老想享現成的福？」

他絕對不容許他的子弟們去建造大府第。

又，他的治績甚爲良好，百姓們曾把他的政績向轉運使說明，並要求立下「遺愛碑」，這點倒是被做到了。

趙匡義在聽完一個疆臣的行狀後，又相當感動，贈劉福爲太傅、忠正節度使；凡此，全是人在死後的「考核」。

鐵笛富春子

一

不幸的際遭，有時反而招致了奇異的遭遇，成為「不幸中的幸運者」；造化就是這般的捉弄人。

浙江省富陽縣人的孫守榮，正是「不幸中的幸運兒」，當他長到了七歲，要進國民小學唸書的那一年，病了，而且是一場極可怕的惡疾——病瞽，熱度高到常在四十一度左右徘徊，經過了這一陣「病磨」的折磨後，他已疲累，瘦弱得很不像樣，書也讀不成了，多可憐的他。

說來也夠奇特的，一天，他在富陽山谷中散步，一個長髯飄飄的長者，在吹奏鐵笛，音節鏗鏘，韻律悠揚，孫守榮聽了，不覺神為之往。

老人發覺小朋友在諦聽，當一曲告終後，問道：

「小朋友，你也想學一學吧。」

「是的，老先生，我覺得這樂音很好聽，也極動人。」孫守榮興起了學音樂的興趣。

「好吧，那就來學吧，我馬上教你。」老人很樂意的教人。

孫守榮小心翼翼的受敎，從宮調（C大調）的反、工、尺、上、乙、五、六、四、合（即1、2、3、4、5、6、7、i）學起，不久，就覺得很順手。

「我告訴你，吹笛或叫做擫笛，用的是物理學上的「氣柱」，或叫做「氣流」的流波，波有橫波和縱波，用橫波吹起來，就是笛，用縱波吹起來，就是簫。橫波屬於高音，縱波屬於低音，前者較易學，後者比較難。」老人娓娓的解釋，指著那根鐵笛。

「原來吹奏簫笛，其中還有這麼大的學問。」孫守榮感到天下的學問太大了。

「是的，只要你肯誠心的向學，學問是求之不盡的。」

「謝謝老先生的指敎。」

「這支鐵笛，就送給你練習、練習，明天再來，我再敎給你別的。」說罷，老人走了。

翌日，孫守榮依照時間，再到那兒時，老人已先在等候了，一見如舊後又談論起來，老人道：

「小朋友，你如果把鐵笛學會，本來也就可以『衣食無憂』了，但光會一種學問，是不夠的；我現在敎敎你，你可以從宮、商、角、徵、羽的五音裏，來推五數的數理，配合金、木、水、火、土的五行常理，兩者配合得好，就可以測度萬物的始終，盛衰的定理，甚至於一個人的休咎。」

「小的願意跟老先生學習。」

「好吧，以後你常來，帶著這根鐵笛，一面可以吹吹，一面可以學習徹悟五行的道理。」

過了個把月左右，聰明伶俐的孫守榮終於學會了老人的全套本事，於是他以「富春子」爲號，常常到大都市去吹奏一通，人們都覺得普普通通，無啥稀奇的。

二

南宋理宗寶慶三年（公元一二二七年），孫守榮獨自來到吳興，驟聽到「譙樓」上的鼓角聲，跟一般都不同，心中感到很納悶，於是蹭到一間茶樓，買杯茶喝，碰到一個風度翩翩、神態不凡的人上來，孫守榮馬上跟那人——王元春握手道賀。

「先生，你我初度見面，有什麼可賀的？」王元春感到很吃驚。

「我以憂喜參半的神情，一爲本郡的地方憂，一爲先生賀。」孫守榮解釋著。

「能請孫先生詳說嗎？」

「我可以坦白的告訴你，根據我特殊的感覺，本郡在三個月之內，一定會有變動，屆時你準是本郡的主宰人物了。」

「這眞是新奇。」王元春依然很納罕的。

「天機本來不可洩漏，請你記下我的話，屆時如果不驗的話，可以來找我理論，這是我的名片和地址。」

王元春只得疑信參半的依了。

兩個月之後。潘丙在吳興郡作亂，王元春事先知道那叛變的機密，先向臨安政府（今杭州）告密，有功，果然被派爲吳興郡的守長。

當王元春把這段秘密公開後，鐵笛富春子的大名，立傳播了全國。

三

淮南的守帥李曾伯將軍，即把富春子孫守榮向朝廷的當權派人物——丞相史嵩之推薦。史丞相即請孫守榮至相府一談。

孫守榮依約而往，當他到達相府時，因未能向司閽者呈奉「紅包」，司閽的說道：

「丞相在午睡，沒有空見客，明天再來。」

「何必當面說謊哪！先生！丞相分明在相府池上釣魚，怎麼說是在午睡，沒有空見客？」孫守榮據理力爭。

「我說丞相今天不見客，明天再來。」司閽者的態度，倔強又傲慢。

「這是丞相給我的親筆信，你瞧瞧。」

情況發展至此，司閽的不敢狡賴了，改口道：

「你憑什麼知道丞相現在在釣魚呢？」

「憑天機，道理很深奧，讓我和他見過面後，再告訴你。」

司閽者不得已只得去通報，孫守榮終於達到了目的。

有一天，孫守榮和史丞相在聊天，庭前的喜鵲大聲的噪叫。

「這是什麼意思？孫先生，請你占卜一下吧！」

熟門熟路的孫守榮，依著卦理，占卜了一下道：

「大喜大喜！明天中午時候，一定有大臣來獻寶物。」

「哇！」猖獊萬分的史丞相，不喜歡人家知道他私受寶物的秘密。

到了明天，地方大員李全獻上了「玉柱斧」。

後來，李全叛變，居然有了「檄文」，那篇告全國同胞書的「檄文」，史丞相故意把它藏在手袖內，要孫守榮猜測：

「很簡單，那是李全在敲詐大丞相，只要三十萬兩金銀，就滿足他的欲望了。」

史丞相把它拆開來一看，果然一如所說的。

孫守榮既具有「知機之先」的本事，胸襟狹仄的史丞相，轉而討厭他，弄個罪名，把他送到遙遠的邊疆去受罪。

富春子孫守榮倒很知足的道：「老師教我兩套本事，一套使我榮耀顯貴，一套教我適心養性。我還是返歸本眞，作我的富春子，吹吹鐵笛吧！」

朱元璋如何「經營司法」

幹勁衝天，不知艱危爲何物的朱元璋，由沿門托缽的小沙彌，一路衝刺，終於領先攫得金鑾寶殿上的大權柄；這種曠古稀今的行徑、背景和際遇，無可避免地導致偉大皇帝個人的「人格分裂」，產生「雙重人格」猶不自知。

事實已夠明顯，他恨透了人間世上的貪官墨吏，那種深惡痛絕的程度，使他對自己的「臣工、僚屬」，常常採取百分之九十的懷疑態度，以致於在潛意識中，把自己塑成一個典型的暴君猶渾然不自覺。

相對地，他由衷的同情芸芸衆生的苦難同胞，尤其是對著胼手胝足、從事於耕耘的農民，儘量減輕他們的賦稅，寬緩著繇役差使，鼓勵他們的子弟向學、讀書明理，並獎勵人民上書言事，只要是好意見並有建設性的，一定付諸實施，以慰民衆的喁喁之望。

他最擔心的是：負責司法人員的舞文玩法、深文週納的去侵擾人民。因此，所有的司法執行者，都須經他親自考核，從個人的操守、行徑，以至於學識、心地和抱負，無不詳加細考，絕不馬虎從事，怕的是他們一旦與民衆接觸，天高皇帝遠便狐假虎威而威福由己，可以「生・死」人了。

行天使者不辱命

當他從報告上，看到山東全省鬧饑饉，必須馬上派人前去賑濟時，他思考數日並憂心忡忡地終於挑擇了李質（字文彬）爲欽差特使，當李特使臨出發時，朱元璋親自寫了一首詩以壯行色：

遣鄉持檄招山東，
念爾賢勞久著功。
經國老臣勤撫恤，
行天使者起疲癃。
官備有粟宜從賑，
囊橐無私任至公。
七十二城皆歷遍，
馬蹄無處不春風。

整個山東省，只有七十二個城市，他希望這位「行天使者」，均能一一的走徧，規規矩矩地讓「馬蹄無處不春風」。

行徑光明磊落、表裏如一的李特使自然完成了使命。

硬黃硬繃繃

常常打扮成平民身分，外出明察暗訪的朱元璋，當他潛行到司法部門時，耳朵特別靈敏的他，已由一般民衆的「口碑」裏，得知檢察官黃月章是條錚錚的「硬漢」。

「怎麼硬？」

「千兩黃金、放在他面前，休想教他『曲書』一個字！這就是『硬黃』的硬繃繃之處。」

朱大皇帝回到辦公室，隨即以鈐印加御詔，擢升黃某爲刑部郎中。

廖莊有「水心」

供職於司法部門的廖莊，清廉自誓，絕無隕越，臨事如履薄冰，矢勤矢謹的。他對於人們因訴訟而私通關節，以求勝訴的答復，總是老生常談的口頭禪：

「我門雖如市，我心卻如水；我的行事，絕對無愧於我心。」

憑著這顆「水心」，他被擢升爲刑部侍郎。

無路可通唯楊翁

一生只知奉公守法，小心勤謹的楊志學，當被派到司法部門服務時，立下了宏願：但願「案頭公案日日清」，絕不拖延或積壓。

事有湊巧，有個富豪因案犯法，乃執著大塊黃金，以打通關節的方式，向楊法官要求「緩法寬恩」。

楊法官鄙視那黃橙橙的阿堵物，冷冷的說了句老話：

「楊翁無路可通！」

一時，小市民都在耳語著：「無路可通唯楊翁！」

朱元璋敎錦衣衛查明屬實後，立升楊某爲刑部尙書。

廢學可教導　曠官宜修理

不大願意被鎖在宮殿內的朱元璋，常常化裝成小老百姓，到處去獵取「廉能」的幹吏；一天，他來到刑部主事陳璋的辦公桌，目睹他的座右銘：

士而不讀書，謂之廢學；

官而不讀書，謂之曠官。

「有理有理！」朱元璋沉吟地咀嚼著：「廢學，我可以命人教導他；曠官，我一定要好好修理他！」

不幸的是，廢學與曠官，何代無之呢？不過是自昔已然，於今爲烈罷了！

明英宗的俘虜營生活

害人誤國的宦官司令

懵懂、迷糊又剛愎自用的朱祁鎮（明英宗），在得知瓦剌的也先，分四道入寇時（公元一四四九年），本能地打出「太監專科學校畢業的高材生」王振作為總司令，並以志願聽從指揮而「御駕親征」，率領國防的「衛所兵」，欲一舉殲彼醜類。

一行人馬，抵達大同府，即日回師，行到土木堡（察哈爾懷來縣西），仍不想和殘敵打照面，卻被也先的騎兵團追上了。

壓根兒連一點作戰經驗都談不上的總司令王振，本能地占據土木的高地，自以為居高臨下，可以全盤控制敵情，萬料不到正因為地勢高亢，深挖了二丈有餘的深井依然找不到一滴水，而水源的汲道已控制在敵騎的手中，士兵和馬匹，都感到饑渴，人心惶惶，馬兒嘶嘶，不知如何是好？

敵騎把明軍一圈圈地包圍著，先用「饑渴政策」來進攻；不久，卻發現明軍一無動靜，第二套戰術馬上耍出，「僞裝退軍」，這個妙策奏效了。

王振總司令目睹敵人在撤退，隨即下令「移營」。當南軍正採取行動時，也先的騎兵團頓時反攻，且四面衝擊，饑渴的明兵各自爭先奔走，行列大亂，敵騎再來一只「中央突破式」的跳陣衝鋒，明大軍立潰不成軍。死傷積野，達數十萬之多。高階層的人物，如英國公張輔、駙馬都衛井源、尙書鄺埜、王佑等五十餘人，全部死難，王總司令振呢？與有榮焉地也列名其中。

英宗朱祁鎭就在這般糟不堪言的情景下，成爲天字第一號的大俘虜，唯咱們的史官，說得很文雅，這叫做「蒙塵」，分明是「爲權貴者諱」的說法。

換了身分證，成爲「大俘虜」的朱祁鎭，因身分高貴無比，乃被禁在伯顏・帖木兒的營內，營長是也先的令弟，臨時特挑了先此被俘的校尉袁彬及宦官喜寧兩人，作爲「侍奉官」，專爲大俘虜服務。

大肉票的行情

在也先的單純心目中，大俘虜到手，宰了用來祭旗，最有激勵士兵的「豕突狼奔」的作用。但參謀人物一再強調「奇貨可居」的市場價值，於是也就改變了主意，先把朱祁鎭帶到大同府去敲詐並勒索一番，看看這張「肉票」的行情。

大同府都督郭登出現在城牆的雉堞上，也先高聲喊道：「郭大都督，請參觀一下，這張肉票的票價？」

「你要多少？」郭登探聽一下綁票者的價碼。

也先伸出了一隻手，五根手指同時並動著。

「五千？」

「加十倍。」

「五萬？」

「差不多。」

「行！一言爲定。」郭都督下定了決心，用金錢把肉票大俘虜贖回來。

就在「一手交錢」的時際，郭都督想趁機奪回「大駕」。不料膽小如鼠的朱祁鎮不願合作，不敢臨陣奔逃回來，以致郭都督白白犧牲了「五萬贖金」的白銀。

撮合可汗的令妹

當朱祁鎮以「龍口兼龍胃」正在消耗黍香味時，北京城內已由兵部尙書于謙等擁立大俘虜的小弟朱祁鈺爲帝，這是根據儒家的傳統作風——喪君有君，以防敵人敲詐的舉措。

果然不出所料，也先詭稱要「送還英宗」，敵騎直薄北京城下。被早已有準備的于謙、武淸伯石亨、都督孫鏜等，通力合作，把敵人打得鼠竄而去。

敵酋也先改打居庸關，又被都督楊洪所敗，先後吃了兩次大敗仗，大俘虜成了燙手山芋，不知要如何處理？

也許是由於「兩度敗績」的緣故，大俘虜的利用價值就越發輕易顯露出來吧，這不難從下列的「俘虜生活」的改善上，窺出些端倪來：

一、在一週之中，必定送些新鮮的牛、羊肉，再加上特級土酒，使大俘虜有蒙古烤肉和赤燒可嚐嚐。

二、也先已弄明白：大角色在宮中，擁有一后三夫人、九嬪、二十七世婦、八十一御妻共達一百廿一人等不算外，尚有數不盡的宮娥美人侍候，而現今卻孤家寡人一個，未免太寂寞了！聰明的也先善體人意的，即日起以豪華香車，載著自己的幼妹，要大俘虜和「可汗的令妹」舉行婚禮。

依朱祁鎭的傳統慣例，是「既來之，則娶之」，蓋因這是帝王家的「小小事」，不用大驚小怪。

四大皆空了

俘虜營中的通譯官——譯使吳官童，相當明白事理的他，偷偷地提醒了大俘虜：

「注意啊皇上，你以萬乘之君，一旦接受了強敵的要求——作了戰俘又作了敵人的女婿，以後向皇家將作何交代？」

「朕處在無可奈何及萬不得已的情況下啊！」朱祁鎭倒很想親一親蒙古小姐的芳澤哪！

「不錯，這個誰都明白，但在萬不得已與無可奈何下，更應當有個基本守則和立場，不然，將來向歷史又作何交代？」吳官童更進一步的逼問，提升了問題的層次。

「那朕該怎麼辦才好？」

「依小的意見，不妨作這麼說：『可汗的妹子，是千金玉葉，朕當然萬分高興的接納；但千萬不能草率從事，一旦草率從事，就成了野合；野合！不是一個國君所應有的行爲，所以，等待朕回國之後，以皇后之禮來聘娶，就顯得非常隆重而合乎國禮了。』」吳官童代想得格外的婉轉、周全並合情合理的。

「只好委屈了我，就這般作去吧！」朱祁鎮相當委屈地同意。

譯使吳官童，以振振有詞的外交詞令，把上述的「美意」，闡述得非常得體。頭腦簡單、四肢發達的也先，在諛詞美語的夾攻下祇有「同意」的份，並無「抗議」或威脅的說法；光憑著這些理論，也是導致他決心釋放朱祁鎮回家吃老米飯的動機之一。

當雙方正在討價還價的進行期間，也先依然擔心大俘虜會太寂寞，孤衾難眠的，又特地挑了半打的「蒙古小姐」，前來作「薦寢」的服務。

朱祁鎮覺得如果再不「收下來」，未免太辜負大可汗的盛情和美意了。

但譯使吳官童又有意見：

「拒絕！就該徹底的拒絕！理由是：這樣美好矯健的姑娘，留作他日可汗令妹出閣時的從嫁，將來作爲朕的妃嬪，不是更美滿嗎？」

大俘虜只得再度同意，也先也覺得有理而贊同了；凡此，全是導致也先決心釋放朱祁鎮回國的動機和緣由。

英宗朱祁鎮終於無條件回國了，心情異常的悒鬱，江山、皇位、國貨和異國美人，全行泡湯，縱身體自由了，但自由之於他，已失去味道了呀！

又：當大俘虜「半榮歸」的前夕，也先特地爲他舉行一個規模不小的「高級營火歡送會」，會中備有歌兒舞女雜耍……等表演，節目相當精彩。

當是時，朱祁鎮既不敢拂逆主人的好意，也不敢違背命令，只得躬自參加接受獻花等物；不過，一來歸心似箭，二來前途茫茫，以致表情木然呆然，史臣遂棄而不記云云。

舞十二般癩

鐵定要經過七十五個年頭，方能對地球拜訪一次的哈雷彗星（國人叫做掃帚星），已是男女老幼，耳熟能詳的「新寵星」了，尤其是在一九八七年。

當它在宋代出現時，居然鬧了一件不大不小的幽默故事，過程卻相當單純化。

在那個時代，有一首流行很普徧的「舞十般癩語」童謠，音節很調和，含義明白又淺顯，人人都愛唱，其中有一只的內容，是這般：

一般癩來一般癩，
渾身爛了肚皮在，
也不礙。

有一個小官員，生性滑稽，喜愛詼語的董公邁，竟把該「舞十般癩」的童謠，依照那順序，從頭至尾的背誦，並一字不漏的牢記在心；這是他個人的喜愛，倒也沒有什麼可議的。

只因董某喜愛得太厲害了，就替該歌謠，作記實式的補充一首：

掃帚掃來也不癩，
滿天星星它獨在，
也不礙。

他獨自哼唱著，覺得頗稱心愜意。

或許，由於他的過分喜愛歌詞，以致漫不經心的把一份重要的「公函原文」給弄丟了，只剩下公文封的「印紙」。

紕漏鬧出來後，事情就實事實說的往上陳報；層峰當局隨即派了一個「侍郎級」的大官，前來調查「遺失的眞相」。

「董先生！是你把公函給弄丟了嗎？」侍郎單刀直入的探問。

「是的。」董公邁無所畏懼的承認著。

「怎麼弄丟的？」

「朝官大夫董公邁，

失去官誥印紙在，

也不礙。」董某信口的又唱起臨時編撰的「舞十般癩」來，神態自若的。

「好啊！丟掉了公函，還說『也不礙』！」

「我只是引證舞十般癩的歇後語罷了！」

「可見你的辦公精神太差，不配作個公務人員。」侍郎抓住了他的把柄和弱點。

「是嗎？我不配？」

「不須多說，本侍郎宣佈，你應接受處分，罰打手心十下。」侍郎公事公辦起來了。

「行！既然我有錯，就接受處分。」董公邁認了。

「董公邁雖受了些委曲而受到處分，但他卻爲「舞十般癲」增添了兩首新詞，使得該童謠更爲出色、動人，並一直流傳至今。

茲且看哈雷彗星——

淡江水，
水泠泠；
小楊柳，
已青青；
今天「大家樂」，
齊看「掃帚星」。

元宵節的活動

角觝

公元前一〇八年（漢武帝元封三年），西京長安的正月十五日，有人公開表演「角觝戲」；一時，鳴鑼擊鼓，噪聲動天，觀衆雜沓，燈炬照地，京都三百里之內的民衆，莫不爭來參觀，眞是盛況空前。

「角觝戲」，是啥個玩意兒哪？

事後，有人加以註明：角，是角技，觝，是牴觸；即相互角力競技的意思。

這玩藝傳到唐代，居然夤緣「出口」而東渡，嗜好這種激烈運動的東瀛人士，大加提倡，並改名爲「相撲」；而國人則改稱作「摜跤」，反而式微了下去。

拔河

正月十五日元宵節，民間所盛行的另一項玩藝是拔河比賽；相傳，它起源於楚國的江漢流域，原是軍中鍛練體魄的運動之一。

創始時，用細竹篾編成「大篾纜」，長約四十餘丈，兩端各分繫著數百條「小纜」，以備參加比賽的，人各有份；在大纜的「正中央」，繫豎一大旗，作爲「界線」，以定勝負。

比賽時，事先分成兩大隊（古人叫作朋），各以同等的人數，分執著兩端的「小纜」（賽法與今略異）。

嗚鼓乍響，喊叫嗓嚷，聲震天地，彼此奮力，相互扯挽，直至中央的大旗爲一方所奪，稱勝而止；後來以篾纜粗糙，不易掌握，才改用大麻繩，這就是時下的拔河。

重元

公元九七八年（宋太宗太平興國三年），吳越王錢俶，爲顧念全國的一統山河而志願「納土」，撤去「吳越國」（今浙江）的名號，全國終於統一了。

錢氏還獻上一筆爲數可觀的「禮金」，指名「購買十七、十八兩夜」，以放「燈火」。宋太祖趙匡義，自無不允之理，提起御筆來，詔令：「特允放燈假三天」，此即放十六、十七、十八的三個夜晚，一般統稱作「重元」，也有叫作「張三元」。

民諺・農占

在風調雨順的正常情況下，正月十五的元宵節前後，必定有料峭的寒風，以及毛毛的小雨，前者叫做「元宵風」，後者稱作「初春雨」；苟兩者同時連袂而到，實大有裨益於農功。

然而今年的元宵節，非但找不到元宵風雨的蹤跡，抑且旭日高照；住在都市的人，全無所謂，但仰賴春雨，以資灌漑的農友，對於未來的春耕，就憂心忡忡了。

證諸事實，早在春節那幾天，炎陽普照時，農友們的預感，已有些「不寒」而慄，一則基於名諺所歸納的經驗：「易拜年，難種田」，已可預見「未來的農業景觀」，另則更可怕的名諺——春寒無雨，碓裏無米——又接踵在後哪！

兩只諺語，相偕前來，而證諸目前的事實，教農友們怎能樂觀？

魁　星

首善之區的臺北市，原已擁有八四一座神壇寺廟了，去年又平增一七四座，現已屆達一〇一五座的紀錄，多麼的興隆、興盛與興旺啊！神壇祀廟業。

在如此這般的「旺盛」神壇祀廟業中，座落於酒泉街第九巷的「×興宮」，祀的是「魁星大帝」。

魁星大帝，是何方神明？

茲根據《日知錄》上的說法，演繹如次：

在科舉時代，學子們無不以「奎」（析字為大圭）作為文章的宗府，因之有志一同的建立廟宇來祀拜，卻又未能塑造出「奎」的形象，有人戲把「奎」改作「魁」，唯未能創塑「魁」的形象來崇拜也如故；但，既有了魁，聰明人望形生義，復依義而造像，魁中之鬼，乃成了舉足而踢斗的形象——魁星踢斗的蘊義本乎此，而作為「文運之象徵」的魁星，終於應運而生了。

現今科學昌明，天文學上的知識，已為人我所共識，人們大抵均已瞭然；北斗七星（即大熊星）中的第一顆亮晶晶的星星，那就是「魁星」的眞名；可是，有人持相反的見解，認為七星之中，從第一顆至第四顆星兒，都可名之爲魁星。

究竟如何命定，只有待於天文學家的商榷了。

當此「槐花黃・學子忙」的時際，多有爲了求得「榜上有名」的考生，爭向魁星大帝「許願」，爰把魁星的來源，略述如上。

好人行好事得好報

四川新津人王少林，把經書的義理文字弄通後，想替社會服務，即收拾了行李，來到京師，先找個寄宿的地方，當他照「召租」地址找到一家時，那房內已住有一個書生，卻病得很厲害；看到有人來，書生強打起精神來道：

「我眞不幸，來到京師（今洛陽），就得了一場病，看來命在須臾了。」

「別難過！別難過！我馬上替你找大夫」！王少林很親切的竭力安慰著。

「來不及了！我內心明白，不行了！我腰間有十兩黃金，可以相贈，但希望能收埋骸骨。」病者斷斷續續的說。

「請教你的貴姓大名？」

「我姓……。」尚未及說出，兩眼翻白，嚥氣了。

王君在逝者的腰間，果然找到十兩黃金，花去一兩，辦完喪事，其他九兩，安放在棺內埋葬，並無一人知曉。

數年後，王君出任爲「大度亭長」（相當於刑警隊長），上任那天，奇事接連發生：有一匹駿馬，奔到亭中來，就此不想走了！接著一陣大風刮過，憑空掉下一條繡被來；不貪非分之財的王君，即把此二物，往上呈報，經久而無領主，當局即將繡被連那匹駿馬在內頒贈給王君。

過了不久，王君因事騎馬到洛縣，不料馬兒突然狂奔起來，不聽制止的直奔到一座莊院前，那主人一見之下，大聲大吼著：「好呀！馬兒把強盜帶上門來了！」

聞聲的鄉人，都圍攏來看熱鬧。

「呃呃！客氣些！這馬兒自己來的，我還向當局報備在案呢！」王君很自在地辯解著。

「我家丟了馬兒和繡被，你怎麼會找到了馬呢？」

王少林不得不把上述的情況說了一遍。

「這麼說來，你一定積了陰德，才會有這奇蹟。」

「我那有什麼陰德，不過是掩埋了一個生重病的書生。」

「什麼書生？」

王少林又把當年的情況，再說明一番。

「哎呀！那是我的孩子啊——金名彥，自從離家後，一直無訊息，原來他已經……。」作主人的不禁大哭失聲了。

王君再三的勸慰，作主人的才逐漸平靜下來；在周遭看熱鬧的，都一致稱讚王君，是最熱誠、最夠朋友的好人。

老玻璃

新近，大陸考古家，在西安附近的扶風縣「法門寺」地宮之內，發現了大批唐懿宗、僖宗時代，宮廷中常用的稀世珍寶。

在琳瑯滿目，愛不忍釋的寶物裏，當以那十七件「玻璃器皿」，教人的耳目爲之一新又一亮云云。

如所周知，構成玻璃的成分，不外乎：鋁、鈉、鈣、雲母（古人叫作火齊的）、白砂（二氧化矽）、石灰石（碳酸鈣）、碳酸鉀……等等。

由以上這些成分所構成的玻璃，最早已出現於西漢時代（公元前二世紀左右），當時的人，把它叫作「琉璃」，意義是取其具有「流光陸離」的性質。

其後，琉璃的玻璃，隨著時代的變更而向前躍進，終於有了名聞遐邇，人人珍愛的琉璃瓦、琉璃椀、琉璃燈，甚至於琉璃杯和琉璃硯。

琉璃杯在盛唐時代，曾傳出一則千古美事來。

當大詩人李太白以「錦心繡口」，向楊玉環小姐（即貴妃）進獻那有名的〈清平調〉時，梨園子弟隨即把它播諸管絃和誦歌中。

雍和清平的樂調，把個環肥的貴妃，樂得一面哼、一面親自持起「琉璃七寶杯」，酌滿了西涼所進貢的「葡萄美酒」，以奉獻「詩仙」，造成震撼文壇的盛事而流傳至今。

於今必須附提一筆的是：時人有一錯覺，總以爲玻璃是埃及人或阿拉伯人發明，而國人不會製造；而今好了，大批的唐代玻璃出土了，這就足以證實，國人也會製造玻璃。

中西紀年法

一個民族所孕育出來的文化，自有其先天性的特徵，此一特徵，一旦成爲「公器」後，人們均有加以認知、熟識並運用的必要。

紀年法，該是中、西文化迥然有別的「分水嶺」吧！

如所周知：我國約定俗成的「紀年法」，是人人耳熟能詳的「年·月·日」的順序法，這是根據《春秋》編年的「成文法」，不須贅述，國人——甚至於附麗於「我文化圈範疇」的日、韓，均會瞭然於心的。

跟我文化作一百八十度相反的，是泰西的那一套紀年法，這，又可逕分爲兩項：

㈠英式的紀法：通常以「日」居首，「月」次之，然後才是「年」，譬如一九八七年十一月四日，英式的紀法，可略爲 4/11,1987，倒也簡明、顯著。

㈡美式的紀法：似採「折衷辦法」，先書「月」，其次是「日」，然後才「繫年」；準如前項，則可書成爲 11/4,1987，似也昭明、卓著，唯月分有時則明書。

美式與英式，既有這般的迥異，則在閱讀和「應用文」上，就務須多多的小心在意了！否則，苟鬧成「非驢非馬」的現象，就叫人成了丈二金剛，仍摸不著頭腦。

所幸的是：時下的美軍軍用語以及科學家們的「紀年法」，大抵以「英式」爲主。紀年法，只要簡便與實用，準能獲得普遍的首肯與採用。

恆勤作筆記・博約成史家

一

讀書，是吸收知識的方法之一；讀書的目的，在擴充並擷取耳目所未涉及的見聞和新知。因之，必須讀得其法，專心的讀，才學有心得，然後再把書中的知識及其精華，化爲自己的養分。

讀書的方法，只求心神融而爲一，勿求捷徑與獵等，自能體會書中的滋味，這就是所謂「心到」，然後鉤玄提要地隨手作成筆記，把書中的要旨，概略地箚記下來，以備必要時的查閱；這樣，不但可以加深讀後的印象，一旦該應用和實踐的時候，準能觸類旁通，下筆如有神助，「手到」的功用，至此被發揮到極致。

關於讀書的方法，頗多的名哲與時賢，都諄諄地闡明過了，再說也是贅餘的，不如談談一些不但善於讀書，抑且精於作筆記的傑出人物，讓他們的研究精神，作爲後人取法的榜樣。

二

正如人我所周知，班固撰寫了一部《漢書》（即前漢書），這是一部極有名氣的「斷代史」，把西漢劉氏的興起與衰替，作一完整的敍述，總共是一百二十卷，內容是帝王本紀十二篇、八表、十志以及列傳七十篇，起自創業的劉邦以迄於孝平帝、王莽的崩潰，共二百三十九年的事蹟。

班氏的行文，敍事賅密又詳贍，文句千錘復百鍊，使該書成爲研究西漢一代最完備的史書。可惜的是，它依然具有若干不容諱言的缺失——因爲敍事太過於賅密，行文太過於精鍊，在句讀上，如沒有下過一番水磨功力的話，實不易一目瞭然；何況，古文不分段落，不加標點符號、怪姓，怪名與僻字、地名……等混淆在一起，頗不易辨別，且在文字中，不時引證著奏疏、辭賦和歌謠、俚語，全無引號、冒號以資識別，更何況尙有若干地方，出現自我相互牴牾、浮濫以及蕪累……等現象。

東漢晚期的獻帝劉協，很喜愛唸這部書，可是，他年紀輕、學力淺、見聞又有限，因之，每每在披閱、誦讀時，總被上述的那些問題困擾著，使他苦惱萬分地感到「文繁難省」。

劉協是帝王級人物，在他的「侍讀」（官名）中，有三位著名的學者——荀悅、荀彧，和孔融，全是博學能文之士，知名度極高；一回，劉協很坦誠地把自己的苦惱問題說明後，就拜訪荀悅代爲刪節一番。

荀悅於接受命令後，即把《漢書》作一番「鉤玄提要」的工作，終於完成一部「節約本」《漢紀》三十篇，文辭簡約，敘事詳贍，確實是一本不可多得的名著——至今堪與《漢書》並列——，劉協讀後，對他大大的讚揚，說是他已把《漢書》的精華全擷取出來，百不失一的。

荀悅，本是春秋時代大儒家荀卿的十三世孫，他的父親，一共有兄弟八人，個個成名，不論文章或品德，人人均被頌讚著，所以當時潁川（在河南，他的家鄉）流行著這樣的名諺：

荀氏八龍

慈明無雙

（慈明是荀爽的字，也是他的第六叔。）

而荀悅的父親荀儉，不幸早年去世：荀悅深明自己的身世，刻勵力學，到了十二歲，已能解說孔子的《春秋》，可見他的聰穎加上力學的精神。

荀悅所讀過的書，除了徹底瞭解其蘊義外，最大的特色是能鉤深致要的摘記那重點，然後予以融會貫通，他就憑著多作筆記，使他成爲著名的學者。

精通歷史的荀悅，對於學習史學的意義，提出五大主張，那就是：

㈠達道義

㈡彰法式

㈢通古今

㈣著功勳

㈤表賢能

這五大主張，是古今中外的史學家，所共同遵守的法則（註），如果他不是具有眞知灼見，且在平時，下過極深的札記功夫的話，哪能有這般優良的業績；所以，他的示範作用，後人宜多多的向他學習。

註：梁啓超說：「自有左丘明、司馬遷、班固、荀悅、杜佑、司馬光、袁樞諸人，然後中國始有『史』；自有劉知幾、鄭樵、章學誠，然後中國始有『史學』。」

三

唐代的史學家很多，但最會讀書，而且讀得「很得法」的史學家，當以**劉知幾**最爲傑出。他曾做這樣的自述：

在十二歲的時候，他的父親，搬出一部晦澀艱深的《尙書》來給他讀，而《尙書》本是夏商周三代的章誥、公函的彙集物，文辭艱難瑣屑、蘊義枯澀難明，他唸了大半天，始終有如「山東人吃麥冬，一懂也不懂」的。在那個時代，作尊長的，一點也不會諒解兒童年齡與兒童讀物，是須要作密切的配合；只見孩子的學業，未能按「預期」的進步時就誤認爲是愚頑，「違拗抗命」，於是搬出大籐條（美其名曰夏楚）來伺候、威脅，並鞭打，可是儘管是這樣的採取高壓政策，學業卻未必就此而進步。

有一回，他很偶然地聽到乃老爸在為諸兄講解《春秋左氏傳》，覺得津津有味，甚至置書停誦而「旁聽」，終於把讀書的興趣給提高了，他說：

「假使讀書全都像這類史書的話，我就不再厭倦唸書了！」

老爸在聽完他的陳述後，覺得言之有理，隨即改用《左傳》來教授，雖然；他那時只是一個少年，未必能深入地瞭解書中的蘊義，但大體上，卻可以「不假師訓」，均能瞭然在心，他明白了。

從此，他下了五年的鑽研工夫，一直到十七歲，自東漢以來的各種書籍，包括皇家的實錄，大抵均過目。

到了二十歲的加冠年，他出而參加考試，擢為進士及第，後來，調任為「獲嘉主簿」（秘書級）；從此，不管是公家、私人的藏書，他都可「恣情的披閱」。

他一面讀書，一面治史，發揮鑽研的精神，深知書中的精華及其得失、利害；同時，順手作成筆記，日積月累之後，他覺得「心得殊多，筆之簡編」，應該整理成一本書，以供同好來欣賞。終於他完成了那部巨著——《史通》，二十卷，共五十二篇，除了「闕篇」，無從窺見外，總共是八萬三千三百五十二個字，字字珠璣，擲地可發金石聲，而立論的正確，鑑空衡平的，多能發明前人所未見的創見，現不妨摘錄一些極重要的見解，以見一斑：

㈠他主張把編年體和紀傳體兩者，融為一體。因為前者的優點是「繫日月而為次，列歲時以相續」，中外一律，同年並世，共同記載，理盡於一言，語無再重出。

而紀傳體則把帝王級人物，寫成本紀，公侯是世家，英雄有列傳，此外尚有表與書志，使讀者可以反覆便覽，一舉目即可詳盡一切。

（按：此兩大優點，時下的通史，多已採用。）

㈡撰史務求眞實。他痛恨道聽塗說、街談巷議的損害事實。所以力主「事皆不謬，言必近眞」，使作史家的，養成一貫的求眞精神。

㈢良史貴在直書而不諱。他說：「君子以博聞、多識爲工；良史以實錄、直書爲貴。」貴在哪裏呢？貴在於「既不掩惡，也不虛美」，忠實地把握實情、作實報。

㈣作史宜用時代的語言。他主張用時人所說的話，史家即根據那話而記下。雖然，難免要作些「潤色」的工作，但千萬不能失去「況味」。他一再強調，假如史家作者而「怯書今語，勇效昔言」的話，請問？教誰來讀史、信史？

㈤他發揮荀悅的「五志」：達道義、彰法式、通古今、著功勳、表賢能的理論外，又補上三項：

㈠叙沿革

㈡明惡罪

㈢旌怪異

旌怪異，乍看起來，有些怪怪的，其實他並非要史家們記載妖魔鬼怪、牛鬼蛇神之類，而是對於事物的創新，對國家民族有特殊貢獻的新發明，（諸如科學等等）這些才是值得旌揚的「怪異」。

總而言之，他的觀點與作法，證實他是一代的特出學人，是最堪效法的史學家。

四

國史上，整個趙宋王朝，始終保持著極盛的文風，即使是偏安於江左的南宋，文風依然熾盛。撇開詞章不談，就以史學一項來說，福建一省，就誕生二位同等傑出的史家——袁樞、鄭樵。

袁樞是建甌人，字機仲，自幼即刻勵力學。當他去參加「修身科」，在國子監應試時，周必大一讀他的文章，就肯定他是個極有前程的青年，乃加以大大的策勵；後來，他在禮部應試，得到第一名，提出有名的「論對三疏」：

㈠論開言路，以養忠孝之氣。

㈡論規恢復，當圖萬全。

㈢論士大夫多虛誕，僥榮利。

全是有關轉移社會的風氣，交通上下意見的讜論。一時，人人都刮目相看。

喜愛史學的袁樞，常常瀏覽司馬光的巨著——《資治通鑑》，覺得這種編年體的大事紀，說得好聽些，是以「時事為主」，說得難聽些，全是陳年的流水賬，前後失去連貫性和綜合性：有的光有開始，卻無結局；有的雖有結局，卻無從瞭解它的起因、事件的來龍去脈，一旦失去聯繫，使人如墜入五里霧中，不但翻檢是白費精力，甚至一讀之下，索然寡味。於是他加以分門別類，重新綜合整理，以一事為一篇，各詳其起訖「始末」，使節目分明，經緯條貫，類敘而條分，首尾均詳備，鉅細且無遺，遂使史家的「編年」「紀傳」二體之外，獨立地增闢一個園地——紀事本末體。

他在每篇，各繫上年月。自「三家分晉」起，以迄於五代周世宗的征服淮南，把一千三百六十年的「流水賬」，分成二百三十九種，合成四十二卷。

宋孝宗（趙眘）在唸完他的《通鑑紀事本末》後，嗟嘆良久，一面賜給東宮的太子閱讀，一面分發給大江上的各位將領，並命令他們非熟讀不可，且作這樣的批示：「治道盡在其中。」

話說那位新黨的頭頭——章惇，也是建甌人，彼此是同鄉，當他曉得袁樞在史學上，有著這般輝煌的成就後，即託人前來關說，請看在同鄉的面上，在章某的傳記上多多的「美言」一番。

凡事秉公處理的袁樞，嚴顏正色地加以峻拒，道：

「他啊！高高在上的作首相，卻盡幹著誤國欺君的工作，我是史官，所根據的是春秋筆法，絕不虛美，也不隱庇，所以我寧可對不起『同鄉人』，卻絕不能對不起天下人和後代人。」

當是時，趙雄總攬著史事，在看到他的著作後，道：「不愧是一代的良史。」

而梁啓超先生說：「善抄書的，也可以抄成創作！」說得更透徹些，善於綜合、整理而作成筆記的，準可以成爲作家。

袁樞不愧爲敢作敢爲的史家，當他由吏部員外郎陞遷爲大理少卿（相當於高等法院副院長）時，他處理一件奇事：

有一個通州籍的平民高氏，因爲產業問題而打起官司來，屢敗訴但屢上訴，殿中侍御史冷世光接受高氏的紅包，教他去大理寺（最高高等法院）上訴，準有辦法打贏官司。

其過程的人證和物證全落在袁樞的手內，即據實的向大皇帝作個報告。孝宗很生氣，因爲連「殿中侍御史」都貪污，其他的也就不必多問，於是迅速地摘去冷世光的紗帽，叫他回家去休息休息，也趁機多多的思過。

袁樞以一個少卿而彈劾「御史」，論性質與職務完全相反，使人再度刮目相看；其實呢，在他的心目裏，只是秉著春秋的大義，爲民伸冤，愛護眞理罷了。

總之，他的巨著，章學誠帶批評的讚揚著：「文省於紀傳，事豁於編年，決斷去取、體圓用神。」

而梁啓超先生作起結論來：「欲求史蹟之原因、結果，以爲『鑑往知來』之用，非以事爲主不可，故紀事本末體，於吾人之理想的新史，最爲相近。」

這是很公允的評定語。

五

第四位不但會讀書，而且善於綜合、歸納地作筆記的史家是**鄭樵**。

他是福建莆田人，喜愛遊歷名山大川，搜奇訪古，曾在夾漈山中待過一段時日。後來，他的學生、門人等，乾脆就稱他爲「夾漈先生」。

鄭樵保持著一個特點：遇到有藏書的人家，非把那人的所有藏書借來讀完，絕不肯走。可惜當時尙無時下的大圖書館，不然，他就可優游於圖書館裏，從從容容的啃了。他讀書的範圍很廣，從經、傳、禮、樂、文字學、天文、地理、魚蟲、草木以及宗教……等的書籍，幾乎是無書不讀，讀後無不作成箚記。

公元一一四九年，他上書給高宗，理論極佳美，高宗下手詔，由秘書府妥爲保存，留待以後的「參考」。

侍講王綸和賀允中，乃竭力向皇帝推薦，因而被召到御前作答對。

他一開始就說：「自班固以來，歷代的撰史官，都有些缺失。」

「是的！」高宗趙構很同意他的看法，道：「朕早就知道你的大名，且能自成『一家之言』，眞教人相見恨晚吶！」

於是任命他作一名「右迪功郎」。

他對於史學，具有獨特的見解，道：「自孔子作《春秋》之後，唯太史公司馬遷的《史記》，才可說是『擅制作之規模』。不幸的是，班固未能通達『通史』的基本意義，所以才有『斷代史』的創作。」

他一再強調：梁武帝蕭衍，頗能洞悉太史公的深意，因之，才命令吳均續著通史，上自漢武帝的太初元年（意即繼承《史記》，因《史記》止於此年），下迄於蕭齊，可惜書未成而吳均病逝，這是「續通史」的第一次挫折。

到了隋代，楊素奏請：令陸從典續撰史記，以迄於楊隋，書未成而陸氏免職，是爲第二次的挫折。

他竭力強調的是：

「歷史是國家的大典，負責史職的人，一定要留意於憲章，而不必相尙於言語。」那情況，正如一個當家的主婦，她的任務是注意著家中「七件事」的齊備，而不是賣弄她的口舌。

他富有科學上求眞、求是的精神，奮力抨擊迷信和五行，他認爲史籍上的「五行志」（大抵總是談些神鬼、妖怪、報應的事），簡直是「鼓勵迷信」，違背孔子一向不說的「怪力亂神」的原則，所以應當省去。

關於這一點，他的觀點幾與劉知幾的「旌怪異」，似相密契。（見上文）

所以，他所手書的名著《通志》，有二十略，完全是出自「自己的胸臆」（觀點），與漢、唐諸儒的議論，全不相干。

至今，一般都認爲：他在二十略中，六書、七書二略，是他的得意傑作。

總而言之，他的採摭，非常廣博，論斷也極爲警闢，所以《通志》應是一本治歸納、比較與創作於一爐的好書。

章學誠作這般客觀的論斷：

「鄭氏《通志》，卓識名理，獨見別裁；古人不能任其先聲，後代不能出其規範，雖事實無殊舊錄，而諸子之意，寓於史裁。」

梁啓超先生也讚道：「鄭樵生於左丘明、司馬遷千載之後，奮高掌、邁遠蹠，以作《通志》，可謂豪傑之士。」

一代史家——尤其富有開創性的史家，幾全得力於多讀書、多見聞、多獨立思考，而其著手處，只是多作筆記而已！

御前口吃翻譯官

一個陳姓青年，於八歲時，得了惡疾，痊癒後驟成了口吃；從此之後，自卑心理教他不愛貧嘴饒舌的有口常開，乞乞巴巴地去討人歡喜。

他的苦衷，只有藏在心裏，不爲外界的人所瞭解。

不爲外界的人所瞭解的青年，終於招來一場無妄之災了。

一個黃昏，他在臺北車站等人候車，拉客黃牛以他爲對象的趨前搭訕，他全然不予理會，竟被該黃牛誤爲「狗眼看人低」，不由分說，隨即揎拳捋袖動起粗來，把口吃的青年打得鼻青眼腫，萎頓在地，而一點也不理會他是「有口難開」的緣故。

現且撇開「舶來種」的新黃牛，具有特級的蠻性不談外，實不難窺出這個社會，隨處均盈充著毆打的戾氣，強橫的欺凌羸弱的，兇暴、野蠻的隨地都佔著便宜。

陳姓青年的不幸遭遇，除教人寄予無限的同情外，更教人憶起一個有幸的人物來，雖然他也是患了同樣的毛病——口吃。

他是誰呢？

明代的大皇帝（神宗朱翊鈞），他在位雖有四十七年之久，而上朝辦公、會見臣僚以及接見外國使節……等，卻無時無日不成爲他的最痛苦的時間；原來朱翊鈞在幼年時代，不但得了惡疾，而且服了過量的「御藥」，因此在大病痊癒後，就期期艾艾，也支支吾吾的，說了大半天，依然不知所云。

幸虧朱翊鈞的時辰佳、八字大、命運讚、斤兩足、地位高得無可再高——摩天級；於是上蒼顧及他的困難，特地下降四位富有天分的「奶媽」來服侍他，並均能徹底地瞭解朱翊鈞的一舉一動以及口腔內所欲表達的「御意」，眞是「高人自有吉物助」。

四位奶媽中，尤以「女官」林氏和魚氏的口語翻譯，最爲精確，百不失一的。也正因唯此，四者幾成爲朱翊鈞的「侍從女翻譯官」。

當朱翊鈞上朝時，四位奶媽翻譯官必有一人輪番隨侍在側，服役地負起「御前舌人」的大責來。時當「金闕曉鐘開萬戶、玉階仙仗擁千官」的會見僚屬，抑或「九天閶闔開宮殿，萬國衣冠拜冕旒」的接見外國使節，朱翊鈞依舊老本行的，支支吾吾、期期艾艾了老半天，無人能瞭解他說些啥個「洋涇浜」，彼此愕愕又諤諤的，卻並無一人敢發出笑聲來。

就在這「風雨的寧靜」裏，輪值女翻譯官，出而一一的代爲「旁白」，絕對不會含糊或差錯。

當神情肅敬、心情緊張、誠惶誠恐的臣僚們於聆聽完畢，均牢記在心，大事似已告個段落，理合「退朝」才是，不，不！不能就此輕率的告退。

要直等朱翊鈞的神情恢復了正態，認爲「彼此兩了，無所事事」後，莞爾地一笑，臣僚們才鬆了一口氣，雁行有序的「下班」，過個太平的日子哩！

地藏王菩薩惲壽平

清初的畫家，一般的以「江左四王」（王時敏、王鑑、王翬、王原祁）最爲有名；在那個時候，能與「四王」並馳藝苑且能「獨樹一幟」的，那就是吳歷和惲格，統統合稱在一起，叫作「清初六大家」（畫家）。

惲格就是惲壽平，江蘇武進人；他的字號相當多，諸如正叔、南田、白雲外史、溪雲外史、東園客、東園草衣生……等，都是他喜愛的別號。

他本來也是世家的子弟，祇因在幼年時代，由於大環境的急劇變化，而留下一段「不尋常」的坎坷史來：

公元一六四四年，滿清鐵騎衝入關來，明朝滅亡了！江南各地的「義軍」，紛紛起來抗清救國。在一次義軍反抗清兵侵略攻防戰中，惲壽平跟親愛的父親失去聯絡，被賊逮捕後，迅速地賣給杭州某大富商作奴隸，而富商的太太，竟是一個生性殘酷，具有「虐待狂」的母老虎，對於下人，稍有不如意，馬上就是「一頓生活吃」，鞭笞交加，把奴隸鞭揍得傷痕纍纍，而且還要「餓飯」。

生性柔順又隨和的惲壽平，總是逆來順受的，一點也沒有怨言，而且格外小心的服侍主人；因爲他心中明白，一旦降身爲奴隸，不如此服侍主人，又要怎麼樣？

一些頗知道他那身世的「父執輩」，覺得他很可憐，老想加以緩頰、拯救，卻想不出適當的辦法，因爲縱然出了「高價的贖金」，人家依然是「不稀罕」的緣故。

機會！終於在好心的父執輩的留意裏，被看出那「苗頭」。

杭州的靈隱寺，是名聞四海的寶刹，多少善男信女，常常會到這座名寺來禮懺，參拜菩薩；而三月十九日，相傳是觀世音菩薩的生日，依照當地的風俗，這一天，幾乎全杭城的婦女，都要上山來燒香、禮拜一番，藉神明的威靈，保護家門的平安。

那個好心的父執，認爲「機不可失」，即把惲壽平的遭遇，詳詳細細地告知該寺的方丈——諦暉大和尚，並請他盡量設法營救。

諦暉方丈，一聽之後，不禁大驚，因惲壽平的父親，不但是個虔誠的佛門弟子，而且也是大和尚的「方外好友」，現在拯救友人的孩子，自然是義不容辭的。

到了當天，善男信女，紛至沓來膜拜菩薩，人數多以萬計。

當諦暉方丈打聽出該富商夫人也攜著奴隸，前來禮拜時，即「撥衆而前」的，朝著緊跟在夫人身旁的奴隸——惲壽平，拜了下去，並口宣佛號：

「罪過、罪過！貧僧有失遠迎！」

「這是怎麼回事呀？」商夫人大驚失色地，也無所措手足的問：「老方丈啊？」

「貧僧參拜地藏王菩薩！」老方丈福了又福的。

「什麼呀！他是我的僮僕哪！」商夫人怪聲怪調的，以爲老方丈弄錯了人。

「不錯！他就是地藏王菩薩！託生人間，專來訪問人間的善惡，而夫人卻把他當作奴隸看待！罪過、罪過！」

「我不但把他當奴隸，而且還常常鞭打呢！」商夫人很坦率的說。

「這就使夫人的罪孽，更加深重了！」老方丈完全是一副悲天憫人的口吻。

「那我該怎麼辦才好呢？」商夫人茫茫然的，完全失去了主意。

「你自己看著辦吧！」

「老方丈！請你作作好事吧！」商夫人反而懇求起來：「現在，我把『這名奴隸』，不不！是地藏王菩薩，暫留在這裏，讓我回家去跟『老闆』商量一番再說。」商夫人幾乎是要哭出來的樣子。

「善哉！善哉！」

富商夫人乘著轎子，飛快地趕回家去，不多久，就把「乃夫」一起帶來，夫婦雙雙地長跪在大和尚的面前。

「求求觀世音菩薩開一線『佛門的生路』，赦免弟子無知的罪孽吧！」

「夫人啊！」諦暉大和尚打開「金人的金口」道：「這不但是你倆夫婦有罪，就以貧僧來說，也是有罪的，因爲地藏王菩薩，親自降臨本寺，而本寺的僧衆，一點也不曉得，以致有失遠迎，所以，本寺的僧衆和貧僧的罪過，遠比你們還要大得多哪！」

「那我倆該怎麼辦？」

諦暉大和尙，判定該富商夫婦已「完全入彀」了，改用極莊嚴的口吻道：

「現請以香花淸水，供奉地藏王菩薩入寺，讓本寺僧衆和貧僧，朝夕爲你倆夫婦懺悔，同時，也爲本寺懺悔，兩位的意思怎麼樣？」

「感謝！感謝！我倆夫婦感謝方丈的超度，除恭請地藏王菩薩的多多原諒外，並願捐獻香油一公噸！」夫婦倆，誠惶誠恐的奉獻著。

故事到此，算是告一段落：諦暉大和尙，利用自己本身的職責，耍了一點小花樣，教惲壽平脫離了虎坑，恢復了自由身。

從此之後，讓湖光山色，來涵養他的情性，以詩文、書法來涵濡他的筆調；壽平初學山水，力負復古的大任，但，當他看到常熟的名畫家王石谷的山水畫後，自歎不如的道：

「在山水這方面，讓他獨步吧！我恥作第二流的畫家！」

於是他捨棄了山水畫，專向花卉進攻，斟酌古今，一洗時俗，生面獨開，著色明麗，天機物趣，畢集筆端，並力作寫生，創「沒骨法」一派，他有一詩，寄給王石谷：

墨花飛處起靈煙，
逸興縱橫玳瑁筵，
自有雄談傾四座，
諸侯席上說南田。

他的自負和不平凡處，可由詩裏概見一斑。

愛國畫僧・八大山人

滿清入關，占有我國的錦繡河山後，就採取「懷柔政策」，以攏絡國人，作爲他們的「順民」。有四位擅長繪畫的「愛國僧侶」，根本就不理他的那一套，而不時的聚集在一起，運用高古奇異的筆法，寫出胸中綿邈幽深的意境，那就是有名的「清初四僧」：第一位是稱作「八大山人」的朱耷（音答，即耳朶特大的意思），其次是石濤（朱若極，號苦瓜），漸江（原名江韜）和（劉）石谿。

「八大山人」這四個字，被朱耷簽起名來，連在一起時，就變成「似笑非笑、似哭非哭」的模樣，光憑這一點，可見他的內心是多麼的悲痛。

原來他是大明王朝朱寧王的宗室，世代居住在南昌，他悲憤著王室的傾覆，自己孤弱，隻手難以「回天」，忿恨之下，才取這個怪名字的。

在此之前，他自稱爲「人屋」，人屋的本意，是採取詩聖杜甫的名句：

安得廣厦千萬間，

大庇天下寒士俱歡顏。

的本意，由此，足見他是具有「匡時濟世」之宏願的。

他的個性，雖嫌孤高、怪僻；但人很聰穎敏慧，在八歲的時候，已能作詩了！至於書法，更是拿手，除此之外，還學會「大小篆字」的刻印，尤其是對於「丹青」的繪畫，最最擅長的是水墨、芭蕉、怪石、花木，以及洲雁、汀鳧，無一項而不是瀟灑絕塵，了無俗氣。

他曾信筆地寫了一枝菡萏，欲開未開地斜出於波面之上，枝葉麗披的，生意勃然，教人一睹之下，頓時感到那清風，在習習的襲來，清香盈懷而不散的。

朱耷的個性，本很詼諧，也善於議論，娓娓說來，可以傾倒四座的座客。

但，不幸的災難臨頭了！

一六四四年，明朝被滿清推翻，乃父在極度悲憤下，不久就「一命嗚呼」，朱耷也憂憤過度，遂效法乃老爸的消極作法，自動的「暗啞」起來，不再高談闊論了，彷彿作了「啓聰學校」的學生一樣，不管是什麼行爲，皆以指手畫脚來作爲代號，譬如說，是則點首，否則搖頭，與人寒暄，以手示意。

當他聽人家說大局的時事，如果有會心處，就啞然大笑，或仰天大笑，就這樣，身體力行了十餘年，最後感覺到「家」也累贅，索性棄了家，跑到奉新山，出家作和尙，又起了一個新號——雪个。

雪个和尙，後來得了一場大病，這病象使他常常伏地嗚咽，接著是仰天大笑，哭笑之後，再跳足跳躍，呼天叫號，有時則完全相反，也放聲高歌一曲；總而言之，一日之間，他的瘋態百出，癲味無窮。

一些有心人，很同情他的處境，買杯水酒給他喝喝，瘋癲病隨即就痊癒，於是又自號為「个山」。

有一天，他摩挲著自己的圓頂，彷佛悟道的道：

「我已作了和尚，為什麼不以驢子作名呢？」

於是在「个山」之下，再加上一個驢字，成了「个山驢」，不久，又覺得改為「八大山人」，更為符合自己的心意，為什麼？依照他自己的說法，是：

「八大的意義，是四方加上四隅（西南隅叫作奧，西北隅叫作漏，東北隅叫作宧，東南隅叫作窔，象徵著人的品行端正。）都以我為最大。」

再無比他大的，唯一的大嗜好就是杯中物的酒。

當人們窺出他的這一弱點後，事先擺下酒食、菜餚可不論，但佳釀一定要豐盈，旁邊另放著紙幅及筆墨，讓他在大醉之時，攘起了臂，搦起管來，狂呼大叫地淋漓潑墨，有的是一抹秋林，有的是丘壑縱橫，無不筆隨意轉，神態自然，再添上一些竹、石、花、鳥，散綴其間，栩栩如生，動人心目。

剎那之間，十數幅巨大的畫，馬上就可畫就，得到的人，無不視如珍寶。

但是，當他一旦清醒後，情況又不一樣了，縱然是陳列著成堆的金銀財寶，也休想取得他的「片紙隻字」。

他的癲狂是這樣，而狷介也是這樣，這就是「八大山人」之所以成為「八大山人」。

所以，八大山人是「國畫」史上，一朵璀燦絢麗的「奇葩」！

妙縣長妙判婚姻

江蘇省興化縣籍的鄭燮（字板橋），在滿淸時代，該是最最特出的「奇人」；不但文奇、字奇、詩奇、畫奇，而且在處世接物，甚至於處理「政務」的「官道」行事上，也奇得非常出人意外的新奇，奇得令人拍案叫絕，奇得人人讚嘆不已。

當他擔任山東省濰縣的縣太爺時，因在那個時代，須兼理一些「民事訴訟」的案子，終於理到一件相當頭痛的棘手事，結果經他的「大力斡旋」下，居然以「喜劇」來收場，那經過倒是饒有趣味化的。

這是一個美好晴和的日子，縣太爺處理了幾件重要的公務，正要進入「吃茶」的時間，下人走近前來報告：

「外面有個書生來按鈴申訴，控告他的『準泰山賴婚案』。」

「行！把他請到書房來！」鄭縣太爺不擬在公廳上作公開的調查審問，私下先行瞭解情況。

書生終於應聲的出現在書房上，縣太爺劈頭先問一番，循著一向的規則：

「喂！年輕人，你倆的婚姻，是自由戀愛的呢？還是奉父母之命的？」

「兩者都有些近似！」青年的書生，說起話來，倒有些模稜兩可的。

「這話怎麼說？」

「因係青梅竹馬的緣故。」

「有人說：戀愛是艱辛的，不可能期待它會隨著『美夢』的一起實現。」縣太爺作點題的試探著他的態度與見解。

「報告縣太爺！這個我明白，但，如果不發揮愛的動力而加以執著追求的話，美夢會自動的到來並實現嗎？」青年書生堅持自己的意見。

「說得有道理，不過，就一般來說：男生是爲了厭倦孤單而結婚，女生是爲了好奇而結婚，現在，你不妨說說看，畢竟你爲了些什麼？」縣太爺作進一步的逼問。

「融和『厭倦』和『好奇』於一爐，所以才想到該組成一個家，使彼此互不失望。」青年書生侃侃的作答，條理分明的。

「有道理，年輕人，你所說的，可能是對的！」鄭板橋對於這位年輕人的見解，相當的欣賞，尤其是他的說法，幾與奇人的奇想，不謀而合，於是再作追蹤的盤問：

「你可曾把這些構想的見解，跟未來的『準泰山』商談過？」

「他是一竅不通，只曉得『金錢力量』的『鄧通派人物』，除了拜拜金錢外，其他都免談。」青年直接了當的說。

「既然是這樣，你要我怎麼來替你效力？」

「我只要他履行婚約，把女兒送過來，讓我們結婚就行。」

「行！這件婚事，看來只好由我來試試你倆的運氣。」

處事果決的鄭縣太爺，即派人去把該富翁父女一起請來，女兒先送進後房去，由太座問話，自己則和富翁作單獨的長談，方式是單刀直入，先探問本題：

「令準女婿，蠻不錯的，論學識、人品和談吐，都可作個乘龍快婿，閣下爲啥不要這門婚事呢？」

「窮、太窮，窮得滴哩答啦的！」富翁所持的理由是這個。

「也就是說，因爲太窮，所以你才不願意成全這門婚事？」

「對啦、對啦！」

「好的，但解除婚約，照大清律令，是必須付出一筆代價，作爲精神和物質的賠償的。」

「這個我明白。」

「好吧！精神和物質的賠償費，是一千兩。」

「不成問題。」富翁早已預料有此一手。

「行行！」鄭板橋頻頻的頷著首，又道：「哎！富翁先生！我倒很想替你『物色』一個好女婿，論品格、器識和談吐，都是在第一流的水準以上，你看怎麼樣？」鄭板橋趁機要作起「大媒」來了。

「要得！如果由縣太爺來介紹，那是求之不得的！」富翁衷心愜意、滿口應承著。

「行！請到大廳上等候！」鄭縣太爺一面請他上堂，一面吩咐後堂準備。

不一會，廳堂上鼓樂齊鳴，人聲喧騰，在人們的喝采、鼓掌與祝賀聲中，一對年輕的夫婦——青年書生和他的愛人，簡單樸素、莊嚴端正的，由鄭縣太爺夫婦護送到大廳來，然後由縣太爺「福證」，結爲百年好合的同命鴛鴦，然後再叩見泰山大人。

一段如此簡單又曲折的姻緣，一時，轟動了整個濰縣。

憶「六三」濫觴史

鴉片

鴉片這個名詞，本是舶來品，是英語 Opium 的音譯，更是阿拉伯語 Afyum 的重譯；一旦入境隨俗、出現在國人的口頭禪上，即有截然不同的兩種說法：通俗點的叫作「阿片」或「鴉片」，文雅一些的，就喊作「阿芙蓉」；它本是罌粟花的液汁，內含嗎啡、哪可汀（Narcotine）……等十多種烈性生物鹼，有劇毒，唯作正當用途，專用作「藥物」時，功能止痛、安神、麻醉、興奮；若作「毒物」來吸食，則無異「自我沉溺於黑海裏」，勢必窮愁潦倒，喪志墮落，終於滅頂地淪胥以亡。

鴉片的主要成分是嗎啡，經過提煉的處理，變成白色的粉末，那就是有名的「海洛因」。一個意志薄弱的人，如果不幸而吸食上述兩者——鴉片或海洛因的任何一種，就會上癮，上癮的後果是：身體虛弱，感覺遲鈍，記憶力減退、渾身懶散、意志薄弱，更不願從事生產，當此種種的壞現象集於一身時，他就成了百無一用的「煙槍，煙鬼」了。

煙鬼或煙槍，是被人們所唾棄的，所不齒的；因爲煙鬼們早已成了「行屍走肉」；活著，只有害而無益，倒不如死了算數。

鴉片史話

罌粟，在一般人的心目中，總以爲出產於印度，錯了！它最初的誕生地，倒是尼羅河的三角洲。由於亞歷山大王的東征，富有科學頭腦的希臘人，就把它的津液提煉出來，當作藥品來應用，功能安神、止痛、忘憂、且能酣眠，倒是滿不錯的良藥；至今某些病患，如癌症屆達末期，陷入痛楚不堪的掙扎時，善良的醫師，爲了減輕他的煎熬，偶而也加以應用，理由在此。

後來，直到盛唐時代，梯山航海的阿拉伯人，就把鴉片從印度、南洋等地，販賣到我國來，但依然是當作「特殊洋藥」的應用。

這項分明是「洋藥」的鴉片，隨著朝代的更迭，也向前「躍進」著；在明代，東南沿海的人民，多數把它當作「土膏」吸食起來，而最最要不得的是，在土膏的「煮法」上，也相當講究的進步著：那過程是煮、煎、過濾、提煉、再提煉……等等，於是一躍而成爲「福壽膏」。

在明代，佛朗機的葡萄牙人，是首先來扣關的，扣關的後果，鴉片的輸入量，變得異常的可觀，幾乎隨處都可碰到鴉片，會動腦筋的人，主張徵收「鴉片稅」，這在國家的財政上，顯然不無小補，於是在一五八九年（明萬曆十七年），正式公佈徵收鴉片煙稅，每公斤交稅二錢，意思意思而已，是爲鴉片收稅的濫觴。

至一六八四年（清康熙二十三年），海禁半閉，南洋的鴉片仍被列入藥材，每公斤徵稅錢三分，依然是「薄徵」，談不上「寓徵於禁」。

但，由於這類「特殊洋藥」的半開放，民間的「煮土成膏法」和「吸食法」，在有志一同、集體的研究下，竟一日千里的進步又進步的進步著！

那美妙的吸食法是：把老桂竹管鑲製成「煙槍」，煙槍頭的一端裝上「煙斗」，煙斗中心點，套上「煙泡」，然後把它轉向一盞燃點著的「豆油燈」，一榻橫陳，短笛橫吹，就此呑雲吐霧起來。

且看一段當時描寫吸食鴉片的「報導文學」：

「以浙江黃岩一縣來說：無人不吸煙（鴉片煙），晝眠夜起，杲杲白日，闃無其人，月白煙紅，乃開鬼市，煙禁大開，鬼世將成。」

所說的，是百分之一百的鐵眞，那個時候，甚至有開設「鴉片煙館」的（一般叫作「燕子窩」，按煙、燕諧音），是爲公開專賣的明證。

吸食鴉片的結果，就個人來說，是身心衰弱，遊惰懶散，喪失志氣，不事生產，日夜沉溺於煙雲中，難以自拔；就社會方面來說，是整個經濟的崩潰，大量的白銀，盡流入白鬼的口袋中去，風俗日壞，生計日蹙，於是不幸的家庭悲劇，幾無日無之，慘不忍睹。

英夷專賣

當我國的家庭、社會，因吸食鴉片而日趨於崩潰時，英夷東印度公司因有利可圖，大喜過望地奮力取得孟加拉、貝哈蘭及俄里薩等地出產的鴉片「專賣權」，英商就此大量地把它輸到我國東南的各省來，從一八一七年的三千二百一十箱，至一八三八年，驟增到四萬零二千一百箱，在短短的二十年之間，膨脹率那裏只是「倍蓰」，簡直是「大量的傾銷」。

在英夷的心目中，每一個「不知自愛」的中國人，最最理想的作法，是人手一槍，個個成煙鬼。說句不應說的話，四川就有「兩槍兵」，步槍與煙槍並肩。這可以從英夷的頭頭——首相麥唐納所手著的《印度政府》一書上，窺出一二：

「東印度公司犧牲了印度人民的利益，以成全它本身的『商業利益』，有時，看到鴉片的存貨很充足，它命令將罌粟田改種穀物，以期維持鴉片的利益；有時，下令不許種穀物，而改種罌粟。」

「英政府從『鴉片稅』裏，每年可得到接近五萬萬佛朗的收入，那是鴉片貿易的專利得來的，他將這種毒物，飾以『家庭萬應膏』的美名，以期將鴉片的使用，推廣到（中國的）廣大的群衆裏去。」

（見德人斯脫伊所著的《英國與世界》）

上帝無眼！芸芸衆生無辜！當是時的那個懵懵懂懂的社會概況，竟完全符應著英夷的要求，上自高官、巨賈和地方有頭有臉的縉紳先生，下至工農各界，販夫走卒，牽車賣漿的，旁及家庭婦女，寺觀廟宇的僧尼、道士，甚至於青春美好的青少年和兒童，泰半以「吸食鴉片」爲榮，而販賣店的普遍——光賣煙泡，等於時下在各大馬路的小攤頭上，買包香煙的俯拾即是，中國人民的悲慘命運，頹敗、墮落一至於此。

禁煙！禁煙！禁煙！

鴉片的爲害，是標準的「無形殺手」，遠比洪水猛獸還要兇狠、惡毒到千萬倍以上，有識的人士，早就下著這樣「肯定」的斷語。

清廷於一七二九年（雍正七年），通令如下的「禁煙令」：

「販賣鴉片的，枷號一個月，發近邊充軍；私開鴉片煙館的，引誘良家子弟（吸食）的，從杖一百，流放三千里，失察的地方文武官員和不行監察的海關監督，均交部嚴加議處。」

條文的缺失是，只提到販賣煙土的，私開鴉片煙館和失察的地方文武官員等，並未有對於嗜愛「吸食者」的處分，實在是糊塗透頂的措施。

至一八一〇年（嘉慶十五年）因在首善之區的北京城內，查到「身藏鴉片」的犯徒，才幡然徹悟到吸食者的毒害，乃再申禁令如次：

「鴉片煙，性最酷烈，食此者，能驟長精神，恣其所欲，久之遂致戕賊身命，尤爲風俗人心之害，本干例禁……一有緝獲，即當按律懲治……」

五年之後（一八一五年），才作進一步的防止那個大黑洞，下著諭令：

「嗣後西洋貨船到澳門時，自應搜船查驗，杜絕來源。」

「搜船」，海關的查驗從此始，不過，查驗只是一道官樣文章而已，並無實際的效果。

鴉片的大量傾銷，像移山倒海般的輸入，居然逼得兩廣總督李鴻章，實在無法再看得下去，充斥整個洋面的躉船，幾無一不是販賣鴉片的，而海關卻視若無睹，也無能爲力，李氏乃於一八二六年，特創「水師巡緝船」，嚴禁偷漏、走私的。

但，道高一尺、魔高一丈；期望能嚴禁偷運、走私的「水師巡緝船」，結局全被紅包、臭包有條件收買，每船每月接受『陋規銀』三萬六千兩，乃私自准許它入口，所以，「水師」的生活費，月餉只是十分之一，而得自「土規」的要占十分之九，包括查船的門丁、胥吏……等等，人人都有「分潤」，個個都已「發財」。（見魏源的〈聖武記〉）。

後來，總督盧坤，覺得太不像話，設水師巡緝，結果反變成幫忙公開走私、藏垢納污，莫甚於此，即把它裁撤，但奈其積重難返，其勢已不可挽回何？

一八三六年，粵督鄧廷楨不知受了何人的「蠱惑」，又把「水師巡緝船」復活起來！至是我人倒有機會共同來看看那個水師副將韓肇慶的一副嘴臉和大肆活躍的概況。

「水師副將韓肇慶，專以獲私漁利，與洋船約定，每萬箱，許送數百箱與水師『報功』，甚至以『水師船』代運進口。」

韓肇慶的聰明、大膽與狡獪，在此充分的表露出來，名利雙收的，於是「他反以獲煙功、保摺總兵，賞戴孔雀翎。」水師的人員，個個發大財，而鴉片終於以萬箱爲單位的進口了。（見同上〈聖武記〉。）

危言・正言

高瞻遠矚、有膽識、有見解的鴻臚寺卿黃爵滋，以經濟、國計民生爲著眼點，於一八三八年，痛論鴉片的毒害，並奏請重治吸食鴉片者，一律處以極刑，他說得痛快淋漓的話是：沒有人吸食，當然沒有人來販賣；沒有人販賣，鴉片就不會進來；鴉片不會進來，白銀也就不會自動的流出，這是很緊湊的三段論，也是極普通的常識。但他也明白，戒煙，是萬分艱難痛苦的，所以，他提議，給人們——癮君子，一年的戒煙期，一年之後而依然並未戒絕的，證實其無心戒煙，才予以重處；這是就人民方面來說的，人情、法理，面面顧到，不失爲持平之論。

另一方面，如文武、大小官吏的吸食者，逾期依然並未戒絕，那就是「以知法之人，爲犯法之事」，其刑罪，應照常人而加等，附帶一條，除「本犯官」治罪外，其子孫不得參與考試，以示薄懲云云。

這篇法良意美、法理兼顧的建議，得到湖廣總督林則徐的「擊節」贊成，認爲是有心人的讜論，林氏加以愷切的補充：

「（鴉片）流毒天下，爲害甚鉅，法當從嚴，若猶泄泄視之，是使數十年後，中原幾無可以禦敵之兵，且無可以充餉之銀，興思及此，能無股慄？」

說得多明白的痛心話啊！如果不認眞禁煙的話，數十年之後，中國就無可以抗敵的將士，也無可以作爲薪餉的白銀；到了那時候，將怎麼辦呢？

沉痛的話，敎愛新覺羅旻寧（道光）不禁也悚然一驚，於是才下定決心：「必欲淨絕根株，毋貽遠患。」

林則徐是在如此這般的情況下，膺著重命而出使的。

斷纏丸

在近代史上，林則徐是傑出的大政治家，他的行事，明辨義利是非，顧瞻周詳，從遠處著眼，從近處著手，且處處、時時爲苦難的人民著想，絕非魯莽的從事！

他非常的明白，敎一個普通人，去戒除香煙，尙且極不容易，何況是「纏肌刻骨」的鴉片煙；因之，他收集戒煙的「秘方」，依法的泡製了大量的「斷纏丸」，免費地配給有意戒絕的癮君子，一時，頗有成效，脫離「黑籍」的人物，數以千百計。

一八三九年一月八日(道光十八年)，帶著充分信心的他，駕到廣東，寄寓於「越華書院」，而非湖廣總督的大衙門，於是，他可得心應手地來推行他的「剋毒手法」，手法分治標、治本兩路來進行。

先來一則近乎民意測驗的考試，要求諸生賦「觀風賦」：

把廣州府內的粵秀、越華，和羊城三大書院的學生數百名，假「學政考場」，出題考試，題目的內容計有四事：

㈠大堂口的所在，及設者的姓名？（專門販毒者）。

㈡零星販戶？

㈢過去弊端？

㈣禁絕之法？（自由發揮題。）

考卷上，不必書寫姓名，任憑諸生發揮暢論，這麼一來教林氏洞若觀火地徹底明瞭「屯戶的姓名」和水師受賄、包庇、作假案、獻假功、欺矇、掩飾……等等的罪惡。

林氏另一面，派出幹練的所部，大力的查緝、挪辦，絲毫不予寬貸。

在林氏的雙管齊舉，雷厲風行下，英夷的老鴉片商查頓（Jardine）看看情勢不妙，打算逃離中國，把停泊伶仃洋面上的番船十二艘（每艘載有一千箱以上的鴉片），一起企圖闖關逃避，被林氏所派的「新水師」加以制止，並予以挪辦，同時，並下令再拏辦另一英夷大販毒犯顛地 Lancelot，併案處理。

一面，傳諭英商「怡和洋行」的伍紹榮等，發給「諭帖」多份，令轉告各洋行公司、人等，限於三日內，向夷人取得「永不夾帶鴉片」的「具結」書面保證書。

「諭帖」說得很明白：如果此事行商不能辦到，證實平日串通奸夷，私心外向，本大臣將該商「擇尤」，正法一二，抄產入官，以昭炯戒。

同日，又有另一「諭帖」，交由行商，帶赴夷館，將「躉船鴉片」盡數繳官，點驗燬化，一面也須交出書面保證書，聲明著：

「嗣後來船，永遠不敢夾帶鴉片，如有帶來，一經查出，貨盡沒官，人即正法」云云。

光陰荏苒，三天的期限，剎那間過去了！期限也滿了！外商居然並無一人來呈交鴉片，更無一人願交出「書面保證書」。

林大人認爲外商既這般「冥頑不靈」，難以理諭，不可教化，只得用「法」來感化了！於是按照舊有的「封艙」老例，下令停止中外貿易，派兵圍守商館，撤退買辦人員，斷絕飲食等物的供應；同時，調集大批的巡邏船，嚴厲地截斷躉船和商館之間的往來；一時，被扣禁於商館之內的洋人共有二百七十五人。

深明事理的林大人，生怕這些唯利是圖的洋人，不明事理，因一時的「禁足」而生怨懣，於是復以：⑴天理、⑵國法、⑶人情、⑷事勢等「四事」，多方的開導、曉諭他們；像這樣開明、民主的作風，在近代史上，實不作「第二人想」。

冥頑不靈的英夷商務監督甲必丹・義律（Captain Elliot）現在再也無法施展他那狡獪成性的詭計了！不得已只好乖乖地署名具稟，願意遵從「諭帖」的話，交出所有的鴉片，一共是二萬零二百八十三箱，共重二百數十萬斤，約值當時的美元三百萬元，或銀洋一千二百萬元。

通達人情與法理的林則徐林大人，因英夷已表示服從，一面解除商館的包圍，一面再鼓勵洋人，凡是每交出鴉片一箱的，酌賞茶葉五斤，以獎勵他那「恭順畏法之心」，堅定「改悔自新之念」。

林大人這種「除惡務盡」的精神，試問中外古今，能有幾人？

六三！六三！六三！

一八三九年六月三日，行事光明磊落的林則徐，爲表示大公無私、淸淸白白，徹底斷絕煙毒起見，特地在虎門的海灘上，挖地成槽池，下舖著食鹽和生石灰，再把一箱箱的鴉片傾倒上去，然後才引水流入，分解、燃燒；燃燒分解，使鴉片化爲一無用處的廢物。

林氏這一處置明確、公允的作法，使在場參觀燒燬鴉片的洋商、夷人和新聞傳播人員，敬佩得五體投地，一致稱讚著，是最懂得「科學方法」的人物。同時，更敬佩他那銷滅「煙毒」的雄心和壯志，堪作爲「垂範千載」的典型。

鴉片是在六月三日這一天被燒燬的，「六三禁煙節」，就是紀念這個輝煌的日子而來的。

鴉片被燒燬盡淨了，但事後，根據目睹者言，仍然有若干不肖者從中作了「手脚」。

原來那些奉命行事、燒燬鴉片的差役，覺得碰上鴉片，是天賜良機，太有利可圖了，因此，在集思廣益，共同的研究下，採取「君子可欺之以方」的策略，把必需用來反覆搗翻，以便鴉片燒燬的竹槓，事先把竹筒內的關節，盡行打通，在搗翻的時際，儘量用力的刺擣，於是鴉片的土膏，自自然然地藏到竹槓中去，一槓旣滿，再換一槓，一人保持數竿，每根飽滿之後，已有數十百兩了，多可怕的數字啊！這害人的東西。

當是時，人人心中明白，禁煙之後，鴉片煙價，勢必昂貴，一個人擁有數十百兩，豈不是「百萬富翁」，那些燒燬鴉片的差役，不出所料的，個個發了大財。

這，當然不是林大人所能意想得到的！

林公已謝世近乎一個世紀了！他的高見明識，磊落行狀與乎良風遺範，猶皎然如同日星般的「在人耳目」，尙祈普世的芸芸衆生，都有林氏的「共識」，消滅這害人害己的煙毒。

「六三」──君子可欺以方

鴉片的戕害國人的健康，及影響國民的生計，在近代史上，當以大政治家林則徐認識得最爲清楚；他的刻骨銘心的名言，是：

「數十年後，中原幾無可以禦敵之兵，且無可以充餉之銀。」

言括意賅，一針見血，千古之下，猶令人欽遲不已。

一八三九年六月三日（陰曆四月二十二日），林大臣把那個狡獪萬分的英監督義律所交出的二萬零二百八十三箱的鴉片煙土，掃數倒在虎門的海灘上，作有史以來的第一次燒燬。

爲了示大公、徵大信、行大事，不教任何人可以從中上下其手起見，林大臣約會外商、外事人員及中外新聞記者等，共赴海灘，監視燒燬的總數及其過程，直至所有的煙土，燼滅之後，才告離去；這種爲國爲民，光明磊落的行徑，教人欽仰得五體投地。

孰料利之所在，仍有若干不肖之徒，從中謀取不法的利益；那就是一些搗拌煙土，使其繼續燃爇的役夫。

事先已作好奸計的役夫們，各持長竹竿一支，竿中的關節，早已用長鐵鎚在暗中打通，是以在奉命搗拌鴉片之際，人人爭爲先登，且無不奮力的挑、翻、刺、擣，表示「痛恨、惡絕鴉片」的樣子。但，就在汗流夾背的挑、翻、刺、擣的邪許聲裏，那些鴉片煙土，已自然而然地灌注入竹竿筒內去了，無聲無息的。

妙的是每一個役夫，無不各自準備著數支竹竿，當一竿既已「盈滿」之後，再輪換一支，周而復始的「輪竿以上」云云。

一場鴉片燒燬下來，役夫們已在冥冥中注定「非發一場鴉片大財」不可了。

如所周知，鴉片的價格，異常的昂貴，那是以錢論兩來計算的；一個人，如果突然擁有一、二十公斤的鴉片煙土，幾乎等於中了時下的兩個「愛國特獎」猶不止吶！愛信不？

役夫們的奸計，無不得售，那是出乎林大臣的意料之外的。

老賤婢、元宵砸花燈

清廷將告閉幕的晚期，尤其當慈禧太后仍然把持朝政之際，官場方面是一個標準的「大賄賂場」。

例如，大員入宮晉見的「宮門費」，就是一道「剝取板油」的大陋規，其他什麼進獻、賜膳、觀劇等，甚至於進「福壽膏」（鴉片煙土），莫不均有常費。

元宵佳節快到了，一日，慈禧命令內務府及時準備花燈，佈置宮內。

相傳某位新上任的內務大員，自持操守廉潔，實報實銷，不願上下其手，從中撈取回扣；這原是人臣所應有的本分，毫不稀罕。

糟的是，這位新大員並未摸清「宮門費」等陋規，以爲花燈送進大內去懸掛起來，職責也就盡了，可以太平無事。

事實上並沒有這麼簡單。太監年年都有奉送上門的「規費」可拿，於今竟告闕如，怨懣之餘，怒從心頭起，惡向膽邊生，「有志一同」地把花燈搞得七零八落，瑕疵百出，然後向慈禧報告：

「差勁呀差勁!堂堂的內務府大員，辦的都是劣等貨的花燈，虧他還有臉拿到禁宮來!眞不知他撈了多少油水。」

說著便搬出一些動過手脚的花燈，呈獻上去，作爲有力的憑證。

慈禧一聽之下，杏眼倒豎，肝火迅即冒上來。

「好小子!眞夠大膽，把他叫來!」

接著，又下起緊急命令:「把所有的差勁貨，全給我砸毀掉。」

巴不得有此一聲命令的太監，全體馬上動手又動脚，刹那之間，把花燈砸毀殆盡，狼藉滿地。

不一會兒，內務府的新大員，踉蹌地進來，趴在御座前，使勁磕著響頭，聽候發落。

「狗奴才!辦的好事，究竟得了多少好處?」

「奴才不敢!奴才該死……」新官兒盡磕著頭。

「分明是拿了，反說不敢哪!現在我倒要試試你的手上工夫，把所有的碎玻璃，統統揀起來吧!」

「是是是!奴才該死!」新大官兒趴在地上，整整揀了一整天，揀得兩手血跡斑斑、傷痕累累，直到深夜，才佝僂著腰爬回家去，嘆道:

「在封建腐化的王朝裏，縱然竭力想作個廉官，也不容易啊!」

超級武生的宮中奇遇

慈禧的學歷，只有小學五年級程度，家境欠佳，以致她很喜愛逃學；家住南京秦淮河附近，因之，夫子廟內的「免費座」上，不難常看到她的形影，她的自幼喜愛觀劇，已在此時奠下「深厚的基礎」。

由「小醜鴨」飛上枝頭，變爲「大鳳凰」後，她愛看京戲了；聽力與聽覺相當敏銳的她，覺得「南苑無好歌喉！」（按南苑戲劇團，全是中性的太監們所組織的，不可能會有中氣豐盈的歌喉）既然如此，具有「好歌喉」的外班戲，就成爲她獵取的「目的物」。

外班戲中，當以譚鑫培、孫菊仙、汪桂芬和楊小樓等名票最爲吃香，就中，尤其是武生泰斗楊小樓最令慈禧傾倒，因而常常被召入宮，在養心殿附近的「閱是樓」演唱。

戲齣演完後，老太婆即召見楊小樓，小樓相當謹言愼行，不敢貿然而入，總攜著小女兒，才一起晉見。

「小樓仔！桌上所有的『不托』（滿語：糕餅），都賞賜給你！」慈禧的心情很開朗，語調也明快。

小樓慌忙在地上磕響頭：「謝謝皇太后隆恩，但敬請老佛爺原諒，奴才不敢領賞。」

「爲什麼？」她有些疑惑了。

「這些物品，賞賜得太多，小屋內容納不下。」

「那你要什麼？」

「求老佛爺，賞幾個字吧！」

「要什麼字？對聯？扇幅？」

「求賞『福・壽』之類就行。」

「不成問題。」老太婆即時命令太監把文房四寶搬來，當著超級武生父女的面前，大模大樣的「揮毫」，有「福」字幅，也有「壽」字幅，一如小樓的意見。

字幅之外，又把若干小禮品賞給他的小女兒，楊氏父女，又忙著在地上磕頭、謝恩，然後退出。

依照當時皇家欽定的成規，任何朝廷上的王公大臣，如果官職尙未屆達二品的（部長級），是絕對不可乞求「福・壽」幅的字樣，不過楊小樓是唯一的例外，誰叫他是「超級武生」呀！

窩窩頭狀元

「餓餓」，是北方窮困人家所吃的窩窩頭，卻出了一個人我共知的「餓餓狀元。」這個狀元爺，就是李蟠。

李蟠太窮了，到京都去參加廷試時，身邊只帶了三十六個窩窩頭，足夠他一天三餐之用。考試那天，一般的考生都「交卷」回家去了，只有他一個人還在窮思苦索的揮毫。

監考老爺有些不耐煩了：「快呀快！快交吧！」

李蟠苦苦地哀求著，詞調很委婉：「老爺！請多多包涵！學生畢生的學業，全寄託在今朝，請千萬不要催促，讓我完成功業吧！」

監考老爺一時動了同情心，答應不催促。

這份最後交卷的「卷子」，得到最優先的評閱，因而被層峰主考官評鑑爲第一，成爲狀元，而他的同榜——第三名探花就是姜宸英。

姜宸英有首寫實的紀事詩：

望重彭城郡，名高進士科，
儀容如絳勃，（註）刀筆似蕭何；
木下還生子，虫邊更著番，
一般難學處，三十六皺皺！

「皺皺狀元」，就由這首微富有戲謔性的詩而傳揚開來。

註：絳勃即絳侯周勃，漢代的大將軍。
木下還生子，即李字；虫邊更著番，即蟠字。

談姓氏

我國人口衆多，暫且拿十二億來算吧，就不是「百家姓」能容納得了的；尤其是從北魏孝文帝元宏先生的竭力推行「華化政策」以後，願意改姓的鮮卑人，自然用攀附「甲性」（國姓）的「膏粱、華腴」來自豪，但是依然保有他們固有的本姓的也大有人在；正因如此，姓氏的繁多和複雜，由一字、雙字、三字到四字，可以開成一項獨特的專門課程，提供人們共同來研究，是綽有餘裕的。

首先在這門課程上，下過深入的水磨功夫的，應當算是宋代的史學家鄭樵（夾漈先生）。在他的巨著《通志》上，開宗明義地揭櫫著《氏族略》第一篇上，把氏族來個分門別類的歸納工作，並有條有理地分成三十五項，計開：

1. 以國爲氏——

(1)單字如：唐、虞、夏、商、殷、周……。

(2)雙字複姓如：淳于、有窮、有扈、孤竹……。

2. 以郡國爲氏——

(1)單字如：紅、蘄、番、郴……。

(2)雙字如：東陽、東陵、信都、冠軍……。

3.以邑爲氏——

(1)單字如：蘇、毛、尹、樊、單、甘……。

(2)雙字如：羊舌、虞丘、毋丘、堂邑……。

4.以鄉爲氏——

(1)單字如：裴、陸、龐、閻、郝……。

(2)雙字如：胡母、大陸。

5.以亭爲氏——

(1)單字如：糜、采。

(2)雙字如：兪豆、歐陽。

6.以地爲氏——

(1)單字如：傅、池、嵇、喬、勞、闞。

(2)雙字如：申屠、南郭、西門、北宮、楚丘。

7.以姓爲氏——

(1)單字如：姬、姚、姜、歸、任。

(2)雙字如：伊祁、侯岡、偃匽。

8.以字爲氏——
(1)單字如：林、方、吉、施、貢、牛、樂……。
(2)雙字如：公父、公儀、子叔、子我……。
9.以名爲氏——
(1)單字如：伏、湯、栗、泠、莫、容……。
(2)雙字如：高陽、巫臣、黑肱、楚季……。
10.以次爲氏——
(1)單字如：孟、仲、种、季、祖、古……。
(2)雙字如：第二、第五、第八、主父……。
11.以族爲氏——
(1)單字如：左、景、索、昭……。
(2)雙字如：長勺、魯陽、趙陽、屈南……。
12.夷狄大姓——
(1)單字如：黨、朴、赫、茹、副……。
(2)雙字如：徐盧。
13.以官爲氏——
(1)單字如：史、雲、烏、符、褚……。

(2)雙字如：太史、司馬、司寇、樂正、宗正……。

14.以爵為氏——

(1)單字如：皇、王、公、侯……。

(2)雙字如：公乘、庶長……。

15.以凶德為氏——

(1)單字如：鬪、莽、趙、黥、蝮（唐代武則天把有罪的家族，賜為虺氏。）

(2)雙字如：聞人。

16.以吉德為氏，只有複姓，如：冬日、老成、考成。

17.以技為氏——

(1)單字如：巫、屠、陶、卜、甄、優。

(2)雙字如：御龍、屠羊、路洛、干將。

18.以事為氏——

(1)單字如：杜、兒、車、冠、苻。

(2)雙字如：新垣、白象、白鹿、白石、章仇。

19.以謚為氏——

(1)莊、嚴、康、武、閔、文。

(2)敬（文恭）、穆（繆）、簡（耿）。

20.以「爵系」爲氏——如：王叔、王子、王孫、子、公孫、士孫。

21.以「國系」爲氏，如：唐孫、室孫、廖叔、滕叔、蔡仲、齊季。

22.以「族系」爲氏，如：仲孫、叔孫、季孫、臧孫、揚孫、賈孫。

23.以名爲氏，如：士丏、士季、巫咸、孟獲、彭祖、熊相。

24.以「國爵」爲氏，如：夏侯、柏侯、韓侯、莒子、戎子、葛伯、息夫。

25.以「邑系」爲氏，如：原伯、溫伯、召伯、申叔、甘士。

26.以「官名」爲氏，如：師延、師祁、尹午、呂相、史晁、侍其。

27.以「邑鎰」爲氏，如：苦成、古成、庫成、臧文、丁若。

28.以「謚氏」爲氏，如：共叔、惠叔、顏成、士成、尹文、武仲。

29.以「爵謚」爲氏，如：成公、成王。

30.代北複姓（無單姓，幾乎全是複姓），如：長孫、万俟、宇文、慕容、獨孤、賀若、爾朱、豆盧、赫連、屈突、斛律、庫狄、拓跋……。

31.關西複姓，如：鉗耳、莫折、荔菲、彌姐、夫蒙、屈男。

32.諸方複姓，如：黑齒、夫餘、似先、朝臣、瞿曇。

33.代北三字姓，如：侯莫陳、破六韓、乙速孤、可朱渾、步大行、串穆陵……。

34.代北四字姓，僅有兩姓而已，如：自死獨膊、井彊六斤。

複有平、上、去、入四聲的分氏：

⑴平聲，如：東、桐、宮、躬、叢。
⑵上聲，如：奉、重、隴、闞、起。
⑶去聲，如：統、鳳、祕、利、義。
⑷入聲，如：復、木、沐、谷、陸。

除此之外，尚有「第三十五項」的複姓，連史學名家如鄭樵氏也弄不清它的本源所由來，現本著鄭氏統計和分析的精神，開列於後：

⑴以「母氏」爲氏的，如：綦母、慈母、巨母、母將、母車……。
⑵以「方向」爲氏的，如：西乞、西鉏、北人、索盧、中梁、中野、室中、路中。
⑶以「動物」爲氏的，如：青馬、馬矢、馬適、羊角、苑羊、浩羊。
⑷以「音樂」爲氏的，如：呂管、瑕呂。
⑸雜式類的，如：庚桑、養由、巫馬、安期、端木、澹臺……。

拉雜地敘述了這麼多，既枯燥也乏味，但有一些微的益處，可以教人了解「自家本姓」的由來，是屬於那一氏類的——希多多利用，對於「本姓」的由來。

且舉一個實例來說明：

前幾天，有人在討論「第五」氏，就未能敘明它的出處；如依本文開列的項目，在第十的「以次爲氏」的項下，這一族姓的順序，是由祖、伯、孟、仲、叔、季起，然後複由第一、第二以次類推到第八。

在這「八者」當中，當以第二、第五，及第八的人才最爲特出。

附說幾句贅言，由於某種機緣，筆者有幸參加了「新編高級中學歷史研討會」，會場上，由師大沈×璋教授作「專題演講」。

沈教授提到曾到達杭州，謁拜「兵王墓」，並看到跪在𡘙邊的四個「鐵人」——老奸秦檜和他的老妻王氏、万俟卨和張浚等民族罪人。

万俟、是「代北複姓」，和長孫、宇文、賀若、爾朱、拓跋……等，全是甲姓巨族，「見前文第三十項）， 顯赫不可一世。

遺憾的是，沈教授在提到「万俟」時，竟唸成「萬士」，而不是原有的「墨其」。當時，原想提出糾正，又怕失禮，所以沒有貿然提出；但爲了正確讀音起見，還是說一下比較好。

且把閑話說回來：姓氏，在每一個人，每一家一族裏，都蘊藏著先人奮發有爲的光榮紀錄，因此，如何繼續地發揚光大，乃是後人，也就是作子孫的基本職責，所以列舉各項資料，給大家參考。

選舉史話

選舉，在我國的文獻上，是歷史悠久、動人心絃的盛事；詳考它的基本蘊義，實不外乎「選擇而推舉之」與乎「擇賢良而向上薦舉」罷了！這自然是古事古義，與時下的「拜託一票」，名相如而實不相如。

假如要追溯其源流的話，選舉，上則可逕溯到周代的「賓興」——自鄉小學舉賢能而予以賓禮、以薦於國子——，下及漢代的察舉，均是「選舉的先河」。

查賓興之禮，邈遠且欠周詳，只得捨是而不談；茲就察舉和選舉，在遞嬗、銜接和演變上，略作探討：

察舉的濫觴，始於漢高祖劉邦十一年（公元前一九六年）所頒佈的〈求賢令〉：

「蓋聞王者莫高於周文（王）、伯者莫高於齊桓（公），皆待賢人而成名；今天下賢者，智能豈特古之人乎？患在人主不交故也！士奚由進？今吾以天之靈、賢士大大，定有天下，以為『一家』！欲其長久，世世奉宗廟亡絕也！賢人已與我平之矣！而不與吾共安利之，可否？賢士大夫，有肯從吾游者，吾能尊顯之……。」

准此；其後，朝廷乃屢詔公卿、郡國等察舉賢才，也即從中央層峰的三公、五府、九卿直到地方上的州牧、守相，均應落實地推行；唯宜注意的是：在中央是偶一為之的舉措；在地方則成為經常的事務，對於這種「由上而下」的選拔人才，是以操行、品德為主的察舉措施。

誠如衆所周知，那位首創郡國學即地方教育的文翁，少時，博洽多聞、精治《春秋》，以郡縣吏「察舉」，至景帝時，被任命為蜀郡太守（秩晉二千石）；文翁乃在成都招下縣子弟，以為「學官弟子」（相當於公費生），優其待遇，數年之間，文教大盛；就是察舉制度下的一個絕好例子。

察舉，在中央方面，泰半因一時的亟需人才而舉辦，諸如：有時選「直言極諫」，有時選「勇知兵法」；而傑出的外交家張騫，係以郎應募、出使西域，締造出輝煌的業績，為「察舉」制度生色不少。

至於察舉的科目、相當繁多、茲歸納一般性的如次：

(一)賢良方正——由郡國選拔才俊，至中央經帝王親自策試的叫「特舉」，或稱「特科」；有人認為「科舉」應溯源於此。

(二)孝廉——乃選孝子和廉吏之意，計有

(1)漢文帝十二年（公元前一六八年），詔舉三種人物：①孝悌②力田③廉吏。

(2)漢武帝於元光元年（公元前一三四年）；令天下郡國舉「孝子、廉吏」各一人。

(3)又，元朔元年（公元前一二八年）：嚴令推行「察舉」，至是遂成了「定制」。

㈢茂材——原爲「秀材」之意，計有：

⑴漢武帝元封五年（公元前一〇六年）有詔：

「蓋非常之功，必待『非常之人』；故馬或奔踶，而致千里；士、或有負俗之累；其令州郡察吏民有『茂材，異等』，可爲將相及『使絕國者』。」

⑵宣帝時代，數遣巡使於天下，舉「秀材異能，特立之士。」

正因在上位的「吾能尊顯之」，於是焉多少傑出的才俊，均脫穎而出，蔚爲國用；武帝以及昭、宣兩代的國威，就憑著「非常之士」而弘揚於「絕國」的。

察舉一制，既能產生如此豐碩的效果，因之，到了東漢時代，索性明文規定「每郡國的選舉人才」，作比例式的選出。

凡人口滿二十萬以上的，歲舉一人；四十萬以上的，歲舉二人；不滿二十萬的，二歲舉一人；不滿十萬的，三歲舉一人。（杜佑：《通典》）

查察舉孝廉的初意，係由地方官吏察舉當地的孝子、廉吏，報告於朝廷，聽候擢用；顧名思義，孝子務須名實相符，以「孝」著聞；而廉吏多出於鄉官小吏，至是，遂涉及「薦舉」與「辟舉」。

廉吏既出自鄉官小吏，如非有眞才實學，殊不足以應朝廷的「詔舉」，故郡縣泰半不願「薦舉」，因爲如所舉不廉，勢必僨事，受連帶處分；後來，復迫於政令：

「不舉者、不奉詔，當以不敬論；不察舉，不勝任也，當免！」遂索性薦舉大吏以應詔，表示奉詔守法。

漢宣帝對於郡守、州牧的曲解政令，頗爲不悅，有詔糾正著：

「舉廉吏，誠欲得其『眞』也；使六百石，位大夫，毋得舉。」

是爲明文禁止秩祿在六百石的卿大夫之輩，不能向上「薦舉」，庶免剝奪「小吏」上昇的機會。

至於「辟舉」，是公卿郡國對其椽屬、郡縣對其僚曹，皆自「薦舉」裏，考行、察能，以次遷補的；倘使小吏，確是才俊，能「剸繁活劇」的，方知是才；能臨財不苟的，方知是廉！如趙廣漢；少爲郡吏，舉「茂材」爲平準吏，察「廉」升爲陽翟令，以「活行」尤異，遷京輔都尉，守京兆尹。（相當於長安特別市市長級）

此外，尙有「徵召」，這是朝廷聞知其高才重望，直接指名徵聘，委以重寄；也宜於此一併叙及。

不幸的是，任何制度，在「行之旣久」後，因未能適應著客觀環境的變遷而作適當的調整，終於發生了若干流弊，是爲勢所必然的，於「察舉制度」似也未能免俗，因之，有識之士，在洞悉其流弊後，即提議「修正」：

官拜尙書令的左雄，於東漢順帝陽嘉元年（公元一三二年），上書奏議：

「……郡國孝廉，古之『責士』，出則宰人，宣協風教；若其面牆，則無所施用；孔子曰：四十不惑，禮稱『彊士』，請自今，孝廉年『不滿四十』，不得察舉，皆先詣公府：『諸生試家法，文吏課牋奏』，副之端門，練其虛實，以觀異能，以美風俗，有不承科令者，正其罪法；若有『茂材異行』，自可不拘年齒。」

左雄的用意甚善，他在奏章裏，公開地提出若干救弊性的限制：

㈠凡年齡未屆不惑的四十歲，不得察舉。

㈡分類舉行：諸生試家法，文吏課牋奏。

㈢若有茂材異行，獨特之士，則年齡不拘。

如此法良意美，挽頹救弊的建議，反對者，竟至爲「夥多」，甚至如胡廣、郭虔、黃瓊等，莫不認爲「選德之科」，一變而成「試文之舉」，是捨本逐末、勢必導致人才的「日敗」。

事實上，人才非但並未日敗，且在改制之後：「牧宋異法，莫敢輕舉，十餘年間，察舉清平，號爲得人。」

不獨此也，如濟陰太守胡廣等十餘人，皆坐「謬舉」而免黜，是爲收得效益的一證；唯有汝南郡的陳蕃、穎川郡的李膺、下邳郡的陳球等三十餘名「風骨人物」，得拜郎中，是爲「新法得人」的卓著成效。

等到這些風骨稜稜的青年才俊來主持「選舉」，遂燦然地在選舉制度上放一異彩，諸如：

「龔勝爲司直（助司徒督錄諸州郡所舉，考察能否，以徵虛實）？郡國皆謹選舉。」

「陳蕃與黃琬，共與選舉，不偏權責。」

既有這些賢能、公忠的賢士來主持人才的選舉，則「賢能的人士」還能庋藏起來而不爲國用嗎？

七月七日的故事

煙霄微月澹長空，
銀漢秋期萬古同，
幾許歡情與離恨，
年年并在此宵中。——白居易：〈七夕〉。

農曆的七月初七日，俗稱「七夕」，在民間的一般意識裏，始終遵循著農村社會的古老傳說，把銀河上的兩顆熠熠巨星——牛郎和織女，賦予多彩多姿的神話，使得一班靈感洶湧、遐思連篇的墨人騷客，從而附會其說，以生花的妙筆，多方的大事渲染，因而越發增添它的絢麗和美化，於是那些朗朗可誦的詩篇，諸如：「迢迢牽牛星，皎皎河漢女……盈盈一水間，脈脈不得語」的古詩，近如賈雲華的新詠：「斜髀香雲倚翠屏，紗衣先覺露華零，誰云天上無離合，看取牽牛織女星」……等等，盈篇累篋地，記在史籍上。

際此人類的科技，已征服了太空，爬上月球「廣寒仙宮」的時代，似無必要再作踵事增華的渲染與傳會，那麼談一些七夕的習俗與韻事，也是應景的吧。

乞巧

依照前此的一般習慣，七夕這天，家家戶戶，莫不盛設瓜果酒餚於庭心或樓臺之上，祝祀一番；婦女則藉著上弦的月光，對著月姊穿針，名叫作「乞巧」。有的特備小盒，內盛著小蜘蛛，俟次日早晨，觀看它結網的疏密，以定「得巧」的多寡。乞巧、得巧，眞夠巧的！詞人陳師道，目睹此一現象，覺得有一記的必要，書成〈菩薩蠻〉一闋：

倚樓小小穿鍼女，秋光點點蛛絲雨，今夕是何宵？
龍車烏鵲橋。
經年謀一笑，豈解令人巧？不用問如何？人間巧更多。

人間巧更多，寓著無限的喟感於記叙之中，確實是抒情兼寫實的佳構。

曝衣

一般地說，國人大抵都養成一個好習慣，把冬季的服裝，趁夏天的「三伏天」，復行曬曝一次，讓炎陽的強而有力的輻射熱，來消殲潛伏的「宵小醜類」，以備蘋末的秋風乍起時，非惟依然有件完整的輕裘可禦寒，抑且舒適慰貼，稱心愜意的。

但是，曝衣也有專揀在七夕來舉行的。理由是：「此日曬衣裘，可以避蛀」的緣故。

據說，開創此一新例的，倒不是泛泛之輩，乃是鼎鼎有名的漢武帝：

「（長安）太液池西，有武帝『曝衣亭』，常至七月七日，宮女登樓曝衣。」（見宋卜子的《楊園苑疏》）

這個相當可愛的習俗，就此相沿成風的傳了下來。

來到西晉時代，又產生另一件聞名的故事：

阮籍、阮咸倆叔侄，同是「竹林七賢」的名流，他們所共同煽起的「玄風」以及附麗而生的「嬉痞作風」，招致外界無數的物議和指摘，但他們卻滿不在乎，依然我行我素的。

當是時，兩阮均住在「道南」，而同宗的諸阮則住在「道北」；北阮富有而南阮貧窮。

七月七日，北阮把冬季的輕裘錦裳，綾羅綺緞，掃數出籠，粲然滿目地來個「衣裳展覽會」。

食垢匿瑕的南阮（阮咸），當然是一付寒傖相，但爲著不讓北阮專美於前，竟也大模大樣地以長竿挑起經年未洗的破舊裘裳、牛犢鼻……等，大曬於通道中。路人竊竊地笑問道：「像這樣連估衣店裏都準備『出清存貨』的寶貨，也值得一曬嗎？」

「未能免俗，咱們總不能無所表現啊！」阮咸理直氣壯的逕說明理由，神情竟不會走樣，眞是有他的一手。

唐人李商隱，覺得阮氏的理論鑾充分、有趣，特地在〈七夕偶題〉裏，半訕嘲半記述的唱著：

寶婺摇珠珮，嫦娥照玉輪，
靈歸天上匹，巧遺世間人，

花果馨千户，笙竽濫四鄰，
明朝曬犢鼻，方信阮家貧。

曝書

七夕曝衣裘，既可避蟲蛀，以之援例也來「曝書」，效果大抵也「差不多」吧，依常理來說。

查我國的各大圖書館，經常是選定三伏天的某一日，暫停借出，實行大規模曝書，人說，創此先例的是東漢時代以文學知名的「邊詔」（字孝先），其後，承繼這股良好風尙的，大有人在，但以司馬懿和左宗棠兩者，全是因曝書而聞名的。

話說曹孟德將軍，在盱衡全國的人才後，覺得非徵辟司馬懿出山不可，但頗負高瞻遠矚的人物，則以「漢祚將終，不願屈節於曹氏」而「高臥不起」，最有力的藉口是「風濕病大作，不利於行！」

曹阿瞞是何等人物，誰也休想瞞過他的「隻眼」，立派親信的令史，微服前往該府秘密調查，就在該氏的宅前樹蔭下，窺見老奸巨滑的司馬懿正在曝書，那天夠巧，是七月初七日。

業有所獲的調查人員，隨即馳回報告，曹操劍及履及地復派遣特使前去「特辟」，臨行時的敕令是：

「假如他仍舊不願就道的話，馬上收押起來，交給軍法處法辦。」

聰明乖覺的司馬懿，這回吃不了兜著走，乖得像哈巴般，一起上路；司馬懿是由「曝書」而曝出「官職」，甚至於曝出一個「王朝」來的。

洗車雨・灑淚雨

七月初六和初七兩天，最好是不要下雨，但天有不測風雲，它要下雨，是誰都莫奈它何的。初六那天，如有雨，一般地概稱作「洗車雨」；如初七這天下雨，則叫做「灑淚雨」。杜牧有一絕，專爲「洗車雨」而苦惱：

雲階月地一相通，
未抵經年別恨多，
最恨明朝洗車雨，
不教回脚渡天河。

烏鵲即神女

神女，在時下的一般人心目中，指的是啥，似無須多贅，三尺童子均會明白的。茲根據奚囊自己的遭遇，作這般的記載：

七月初六日，行過高唐，碰上大雨，留宿於山家。夜夢成群的女子，都極豐麗，自稱是「神女」。作者戲問著道：「要到哪兒去啊？」

「明天替織女造橋去！」簡短、有力的答覆，來自神女的口中。

一驚而覺，天色已作魚肚白，啓窗瞭望，有群鵲東飛，是以烏鵲即爲神女。這樣的神女，多情又可愛，詩人劉威，因而有詩以爲記：

烏鵲橋成上界通，千秋靈會此宵同；
雲收喜氣星樓滿，香拂輕塵玉殿空；
翠輦不行青草路，金鑾徒聘白榆風，
綵籃花閣無窮意，只在遊絲一縷中。

中國戲劇溯源

打開中國文學史和西洋文學史作一比較，兩者的差異性，就呈現在眼前：在我國，以詩歌和散文首屈一指，高踞建翎的地位；相對地，西洋文學則以小說和戲劇占最優越的要地，爲什麼各有所偏兼各有所好呢？除與民族性以及社會、風俗、習尙等頗有密切的關係外，甚至於客觀大環境和氣候都不無相關吧！

現就較爲藐視戲劇的我國，來看它在史乘上發展的過程，也夠委婉動人，且微富有戲劇性。

辨別名稱

正如人我所共知，戲劇是由演員在舞臺抑銀幕上表演悲歡離合的劇情，以娛廣大的群衆的一項「綜合性藝術」；而構成「劇力萬鈞」的基本因素，實不外乎下列三大項：

㈠**科**——由男女演員，在臺上表演動作，用固有的專有名詞，叫作「科」。

㈡**賓白**——演員在臺上，不能盡表演「啞劇」，必須說話表意，凡兩位演員相互對話的叫作賓」，一人獨自表白的叫作「白」。

㈢曲——依照歌詞而演唱出來的，就是「曲」。

三者齊備，戲劇就有聲有色地正式開鑼。

至於戲劇的由來，實濫觴於上古時代「娛神的巫覡」，在《商書》和《楚語》之中，都有敘述到「巫舞」的記載，尤其在殷商時代，巫舞頗爲風行，在「恆舞於宮、酣歌於室」的情況下，不難概見一斑。

若問這些擅長「巫舞」的娛神人物，究竟是什麼人呢？那就是巫覡優伶；爲了瞭解他（她）們的性質和職業起見，且把這些專有名詞弄個明白：

㈠**巫**——專門娛樂神道，並以歌舞爲主，是女性的工作。

㈡**覡**——工作同上，男性。

㈢**優**——專事以娛樂觀衆爲主的雜戲演員，擅長以滑稽、詼諧、戲謔和開胃的「笑料」，來逗得觀衆笑口大開；以男性爲主，不兼音樂的伴奏。

㈣**伶**——專門作著調弄絲竹、管絃的樂工，不兼舞臺上的事務，泰半以男性爲主。

誰都明白：音樂和舞蹈的關係，是相互依存而相得益美的；但是，音樂可以無須乎舞蹈，仍然岸然獨立的存在，時下的獨奏、獨樂或合奏共樂，就是一個很好的明證；相對地，舞蹈一旦脫離了音樂，就變得「懸空八隻脚」而無所依歸了。

正因如此，專司音樂的「伶工」，沒有必要去習舞，而專作音樂的工作，可是以歌舞爲主的「優人」，就不能不學歌，並不時要倚聲而和，所以優伶的工作，是由相合相混而相輔相成的；時下的戲劇演員，流露在文人雅士的筆端時，常被稱作「優伶」，肇因於這兩項工作，混而爲一的緣故。

幾種古代名戲

我國的戲劇，起源不可謂爲不早，但一向屈於「未入流」的地位，因之連一本完整的「戲劇史」都不易找到，像元曲、元人百種曲、雜曲、六十種曲、南北曲，以及《西廂曲》、《琵琶記》、《長生殿》、《桃花扇》……等，《四庫全書》的編纂人物是不屑一顧而「拒收」的，那種高傲、自大的神態，就是鄙夷戲劇的典型。

但，戲劇史終於時來運轉了！一九一二年，國學大師王國維先生（浙江海寧人），在讀「元人雜劇」的時候，覺得元劇裏，既能「道人情、狀物態」，且「詞彩俊拔，出乎自然」，於是肆力的蒐集資料，華路籃褸的經營，積一百個工作天下來，終於完成了《宋元戲曲史》，先生得意揚揚的道：「世之爲此學（戲劇史）者自余始！」

王先生的這項高矚遠瞻的工作，使我國的戲劇和演員的社會地位，大大地提昇，所以，他應是戲劇界的有功人物。

提起我國戲劇的起源，以舞蹈、音樂、歌唱三種混合體的出現，而以文字加以記載的，屈原是最先動筆的記錄人，在他的巨著《楚辭》裏，諸如〈東皇太一〉、〈雲中君〉、〈湘君〉、〈湘夫人〉、〈大司命〉、〈小司命〉、〈河伯〉、〈山鬼〉、〈禮魂〉……等篇，泰半是合樂、合舞又合唱的大場面，他描摹著：

「成禮兮會鼓，傳芭兮代舞，姱女倡兮容與！」

那舞曲的表演、音樂、動作和舞蹈的動人，已教人目遊而神馳了。

戲劇進入漢代，百戲盛陳，公莫舞、巾舞、角觝戲（角力、角技、摔角）、射御比賽、蚩尤戲、假面戲，以及東海黃公……等且暫均不予細談外，試看下列幾種與戲劇有微妙關係的：

㈠**參軍戲**——後趙王石勒屬下有個參軍，名叫周延的，在作館陶令（縣長級）的時候，犯了大貪污罪，私自吞下官方的綢緞一萬多匹，案發，鋃鐺入獄，過了一段時日，依照「八議法」被假釋出來；以便每逢有大讌會，就叫兩個優伶，一個包裹頭巾，一個身穿黃衣，打扮成贓官周延的樣子，由前者盡情的調侃、舞弄貪墨的醜態。

㈡**代面**——是北齊所獨創，有歌舞，有動作又有化裝的舞曲，一般都叫作「蘭陵王入陣曲」。

按北齊的蘭陵王高長恭，武藝精湛也高強，而他的面貌又甚姣美，有個小生型的面龐，在爲國出戰的時候，不願以「眞面目」和敵人相見，總是戴上自製的「假面具」（代面）來衝鋒陷陣，勇冠三軍。

北齊的戰士和人民，都很敬佩他的英勇，以後就創造出這種代面，模仿他的指揮、擊劍和衝刺的動作；所以，代面，原本是一項工具，但是戴上後，一面載歌載舞，一面猶可模仿著蘭陵王英勇作戰的行爲。

㈢**踏搖娘**——又名「蘇中郎」，故事也產生在北齊：原來有個叫蘇鮑鼻的，並未作過啥個官，卻自號爲「郎中」，此君是個酒鬼，個性非常差勁，每天酗酒，爛醉之後，就以老拳毆打老妻；蘇太太銜悲負屈，向鄉里提出公訴。

時人覺得可以用另一方式來使蘇君覺悟和取樂。

有個大男生，穿上婦女的服裝，徐步入場並行歌，每哼一疊，旁人就齊聲應和：「踏搖和來，踏搖娘苦和來！」

因爲一路且行且歌，所以叫「踏搖」，因蘇太太稱冤，故說是苦；等到蘇齁鼻來時，模仿者又故意表演毆鬥的樣子，這就是「取樂」的方式。

(四)撥頭——一名叫做「鉢頭」，是由西域輸入我國戲劇的一種（有人認爲李延壽所著《北史》中的「拔豆國」就是），照劉昫在《舊唐書・音樂志》上的說法：是這樣的：

撥頭是西域的胡人，被猛虎咬成重傷，終於不治，撥頭的兒子上山，尋得乃父的屍體，並尋得該猛虎，奮力把大蟲宰了；該山有「八折」，因之，該曲有「八疊」，扮演者披著散髮，穿上淡黃衣，面貌憂愁，作「啼粧」模樣，蓋悲傷老爸的逝世。

演撥頭，是否有歌唱，雖不甚了了，但其動作部分，必更爲繁複、蒼涼與悲痛。

(五)樊噲排君難——又名「樊噲排闥」。先說明故事的由來：公元前二〇七年，楚霸王項羽邀請劉邦來赴「鴻門宴」，首席參謀長范增設計，趁機把劉邦宰了，正在緊張萬分的「入巷」時刻，劉邦的侍從保衛大隊長樊噲將軍，救主心切，持盾闖入，以正義遣責項羽，解除了劉邦之難。

而與此歷史劇的內容，倒也有些相似的：

公元九〇一年，唐昭宗李傑，被禁軍頭子劉季述等幽禁於東宮，幸賴宰相崔胤和鹽州「雄毅軍」孫德昭密謀，解救了昭宗。

翌年五月，孫德昭宰了劉季述，趁機勦盡他的羽黨，李傑才得復位。

頗有編導能力的唐昭宗，特製「樊噲排君難」一戲，以表揚孫德昭的功勳。

參軍戲

以上數種劇情，幾有如「百川赴東海」般湧進李唐的朝代，情況起著微妙的變化，「參軍戲」一枝獨秀的盛行起來，在內容上，已不拘束於演周延的醜事，妙的是凡一切扮演的「假官」，都叫作「參軍」，當此之時，演假官的角色，實有兩個：

㈠作參軍的，是主脚，即戲劇的主角，也即後世國劇中的「淨」或「副淨」，演變到後來，凡是「淨」脚，不論正與副，一律叫「參軍」。

㈡作蒼鶻，是配脚，也即是戲劇裏的配角，演爲後世的「末」或「副末」，凡是「末脚」，不論正的或副的，一律統稱作「蒼鶻」。（註一）

爲什麼叫作「蒼鶻」呢？據說「靚」（即淨）就是狐，因爲鶻能擊狐，所以「蒼鶻」可以打「參軍」，理由極爲牽強。

至於參軍戲的演出方式，大約有兩種：一是對白的，一是歌舞的；前者由參軍和蒼鶻，彼此相互戲謔、調侃，沒有歌舞；後者以歌舞爲主，偶而也羼雜一些滑稽的插話。

參軍戲大軍，「樊噲排君難」也提過了，在國劇界兼音樂界高居首席領導地位的唐玄宗李隆基不可不隆重推介，《唐書》這麼說：

明皇李隆基既精通音律，又酷愛「法曲」（按即道觀所奏的音樂，白居易認爲似失雅音，卻是諸夏之聲），挑選坐部伎子弟三百人（男生），親自教授於梨園，號稱「皇帝梨園子弟」，又再挑選宮女數百，在宜春北院教授，亦稱「梨園子弟」。

按玄宗依照乃祖李淵的遺制，把樂部分爲「立部伎」和「坐部伎」，兩者的差別是：前者在堂下演奏，後者在堂上坐奏，可能跟樂器有關係，因此時所用的樂器，計有：鐘、磬、敔、鼓、琴、瑟、箏、筑、笙、簫、箎、壎、鐃、鐸……等，眞是洋洋大觀。

玄宗又置「左右教坊」（國立音樂館吧），專教授俗樂，當時的教坊裏，擁有生員二千餘人，「太常樂工」萬餘戶，眞是盛況達於空前。

當是時，有個大音樂家李龜年，被派爲「梨園樂官」，因之，在作曲方面，貢獻特多；又因西域胡樂的隨著馬足而東來，故有了甘州曲、涼州曲和伊州曲……等，而李隆基本人又是一個作曲家，御製的就有龍池樂、聖壽樂、小破陣樂、光聖樂……等，以後有些與「餘曲」如：堂會、望瀛、霓裳羽衣、獻仙音、獻天花……之類混合，總名也叫法曲。

在音樂方面，李隆基的造詣是登峰造極，世人無出其右的，不幸的是，在戲劇方面，能編、能導又能演的他，竟然未留下富有創造性的偉大作品來，眞是遺憾之至。

不過，宜予以說明的，是梨園樂官所作的以及御制的「法曲」，演變到宋代，成了有名的「舞樂」、「大曲」，這就是元曲的濫觴。

雜　戲

當是時，除了「參軍戲」外，尚有：

㈠**滑稽戲**，這種戲比較進步，不一定要表演故事，也不雜羼歌舞，大抵以「諷刺、戲謔」爲主，舉個小例子來說明。

有個御廚大司傅，替大皇帝煮餛飩，夾生不熟地端了上去，挨了一頓罵不打緊，人還被扣押起來。

消息傳出後，御前的雜劇，有了新資料：

兩個打扮成讀書人的演員，相貌怪怪的，神情木然地分立著，有個優伶問他兩個是那年生的？

「我，甲子年。」一個說。

又問另一個。

「我，丙子年生。」另一個說。

問者：「你們兩人統統應被扣押起來。」

在臺下觀劇的大皇帝大吃一驚：「怎麼樣事呀？他倆？」

「茄子、餅子都是夾生的，和餛飩不熟同罪。」優伶理直氣壯的。

皇帝明白了，馬上下起手令，教大司傅恢復自由。

優伶在談言微中的笑謔裏，拯救了一個無辜的人。用戲言來「箴諫時政」，幾已符合著「古矇誦工」之義了，所以呂本中在《童蒙訓》上說得妙：「作雜劇，打猛諢入，卻打猛諢出。」就是入木三分的解析。

㈡**雜戲**，在種類上，大抵可分為兩項：

⑴傀儡戲——即木偶戲，起源於列子；以後，在公元前二〇〇年，劉邦在平城（山西大同），被匈奴的冒頓單于包圍，食盡、援絕，在「大聲呼救」無門時，幸虧陳平的「奇計」，才得脫險逃歸。陳平有啥個「奇計」呢？拆穿一句話，演的正是「傀儡戲」。自此之後，傀儡戲就相當流行起來了，從六朝至唐代，已能搬演著民間的故事，一樣的悲歡離合，應有盡有。

妙的是：它的「機關動作，不啻活的表演」，於是一路的發展下去，終於有了：①懸絲傀儡；②仗頭傀儡；③走線傀儡；④藥殺傀儡；⑤肉傀儡；⑥水傀儡……等的出現。（臺灣的布袋戲，也是傀儡的一種，但發展極遲，可能是在南宋時期）。

⑵影戲，功能和傀儡戲一樣，也能搬演故事，起源較遲，大概是在宋仁宗時代，因談「三國」的故事很流行，有人採取故事中的人物，加上修飾，作成「影人」，這就形成了影戲，種類也甚為可觀，計有：紙影、皮影、喬影戲……等。

由於紙製的紙影，容易破損，乃變為堅固耐用的羊皮（皮影）：由素質的形狀，變為有色的裝飾；同時，再在面貌上動腦筋，公忠爲國的給以正面，奸邪惡毒的予以醜化，「臉譜學」乃逐漸形成，以後由簡單進化到複雜，時下舞臺上的「整臉」、「三塊瓦臉」、「花三塊瓦臉」、「碎三塊瓦臉」……等都是由於「影戲」的出現，才附帶而誕生。

(3)小說（臺語叫講古），在起初，是把書中的故事照讀不誤的；照讀，容易引起聽衆的疲倦，於是在改進的需求下，才把「說話的本子」講給人家聽，這種「本子」，就是「平話」。

由「平話」又附麗地產生出一種「歌唱平話」的「淘眞」，（註二）再由「淘眞」向前推進一步，成了「諸宮調」。

淘眞即「講唱戲」，相當於時下的淸唱，以歌唱和故事爲主，伴奏著音樂，其中難免也有「表情的動作」，卻缺少正式的舞蹈。

由淘眞再跨出一步是「諸宮調」，一反他種歌唱戲的單調性，而採取宮調中的幾支曲子，合成一套，再連合著許多的套數，構成一個整體，可以隨意表演長短不一的故事。

留落在北方的文人、董西廂的「絃索西廂」是「諸宮調」中，最負盛名的創作。

走筆至此，已晉入「搊彈詞」的境界了。

註一：國劇的角色有：

(1)生，戲劇角色之一，扮演書生或具有此一風格的男性人物；凡元曲中的正末、副末、沖末、小末；傳奇中的生、外、末、小生，及京戲皮黃中、清一色屬於「生」。

(2)旦，扮演戲劇中的女主角總稱，如崑劇的正旦、小旦、貼、老旦等；至於「花旦」，是以樂器放在花籃中，擔著出來，叫作「花擔」，簡作「花旦」。

(3)末，末即副本，古之蒼鶻，元曲以末與旦爲當場正脚，自傳奇至崑曲，才以生、旦對立爲正角，一般以「末」開場，地位頗爲重要，漢劇中以「末」置於各角色之首。

(4)淨，俗稱花面或花臉的就是：一說，是古代「參軍」兩字的促音，一說係洗淨面孔後再加上彩繪；金、元院裏，屬副末。副淨爲當場角色，一代表正派，一代表反派。

(5)丑，一名「孤裝」，即「五花爨弄」，照王國維先生的說法；但，徐渭說是：「以墨粉塗面，其形甚『醜』。」今人省稱作「丑」。

註二：淘眞即陶眞，陶眞是浙江杭州城內的一位「瞽女」，擅長唱說古今小說及評話，時人統叫作「陶眞」。

歷史故事新述／李奕定著. -- 修訂版. -- 臺北市：臺灣商務，1996[民85]
面； 公分
ISBN 957-05-1239-3（平裝）

857.63 85001090

歷史故事新述

定價新臺幣四二〇元

著作者 李奕定
責任編輯 王林齡
封面設計 吳郁婷
校對者 陳寶鳳 許素華
發行人 張連生
出版者
印刷所 臺灣商務印書館股份有限公司
臺北市重慶南路一段三十七號
電話：（〇二）三一一六一一八
傳真：（〇二）三七一〇二七四
郵政劃撥：〇〇〇〇一六五—一號
出版事業登記證：局版臺業字第〇八三六號

• 一九六七年八月初版第一次印刷
• 一九九六年三月修訂版第一次印刷

ISBN 957-05-1239-3（平裝） 75450030